젊은 그들 2

오늘의 한국문학 12

젊은 그들 2

초판 인쇄 2022년 1월 20일
초판 발행 2022년 1월 25일

지은이_김동인
펴낸이_한봉숙
펴낸곳_푸른사상사

등록_1999년 7월 8일 제2-2876호
주소_경기도 파주시 회동길 337-16(서패동) 푸른사상사
대표전화_031) 955-9111~2 / 팩시밀리_031) 955-9114
메일_prun21c@hanmail.net
홈페이지_www.prun21c.com

ⓒ 푸른사상사, 2022

ISBN 979-11-308-1888-7 04810
ISBN 979-11-308-1886-3 (세트)

정가 19,000원

정본

젊은 그들 2

김동인 장편소설

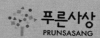
푸른사상
PRUNSASANG

〈오늘의 한국문학〉을 펴내며

한국의 근대문학이 한 세기를 넘어섰다. 개화의 이상과 환상, 식민 지배하의 삶의 질곡, 전쟁과 분단, 민주화의 출범과 군부독재의 출현, 그리고 산업화와 세계화를 지향하는 오늘에 이르기까지의 한국의 근현대사는 인류의 한 세기가 감당할 수 있는 역사적 사건의 많은 유형들을 그대로 담고 있다.

지난 한 세기 동안의 우리의 문학은 이러한 격변의 세월들과 밀접한 관련을 맺고 있다. 문학은 한 개인의 삶의 실존의 기록이면서 동시에 그 사회의 모습을 여러 형태로 반영하고 있으며, 우리는 따라서 한국 근현대사의 좌절과 희망을 정면으로 끌어안은 이들 작품들에게서 개인의 삶과 사회의 관계에 대한 새로운 인식, 문학과 사회의 독자성과 상호성에 대한 의미 있는 현상들과 만나게 된다. 그리하여 이제는 근대문학 한 세기의 축적 앞에서 그동안의 문학적 유산을 다시 검토하고 앞으로 우리가 참여하지 않으면 안 될 문학적 전통을 창조적으로 계승하기 위한 독서와 비평의 담론들을 마련해야 할 때이다.

모든 역사가 새롭게 해석되는 현재의 관점이듯 문학 텍스트 역시 새롭게 해석되는 오늘의 의미이다. 따라서 〈오늘의 한국문학〉은 과거에 무수히 간행되었던 한국문학에 대한 정리와 평가의 방식을 새롭게, 그리고 비판적으로 받아들여야 할 것이다.

따라서 우리는 이 전집에서 무엇보다도 새로운 작가와 텍스트들의 발굴에 주력하였다. 아울러 본 전집이 채택한 작가 작품들의 선정과 배열 방식은 과거의 우리 문학에 대한 관습적 이해와 독서 방식에 대한 반성과 함께 신선한 해석적 관점들을 제공해줄 것이다. 특히 서사문학의 본령인 중·장편소설들에 주목하여 이 작품들에 대한 오늘의 의미와 당대적 가치를 되묻고자 하였다. 따라서 이 전집은 교양으로서의 한국문학, 혹은 연구대상으로서의 한국문학 모두에게 유용하게 활용될 수 있을 것이다.

〈오늘의 한국문학〉 편집위원
서종택 안남일 윤애경 박형서

2권

이산(離散)

1

인화가 운현궁에서 숙으로 돌아오매 스승도 어디를 갔다가 왔는지 방금 밖에서 돌아온 때였었다. 스승은 인화에게 이런 말을 하였다.

"재영이는 아직 살아 있는 것 같아. 명한 여복(女卜)이 있다기에 가서 물어보니깐 아직 분명히 살아 있다더라."

인화는 마음으로 눈물을 머금고 제 방으로 돌아왔다. 통상시에는 그렇듯 미신을 경멸하던 스승이 재영이의 안부를 물으러 더구나 밤중에 여복을 찾아갔다 하는 것은 의외의 일인 동시에 눈물 머금지 않고는 볼 수가 없는 일이었었다.

인화가 운현궁으로 간 뒤에 처음으로 스승에게서 재영이의 봉변을 들은 숙생들은 인화가 돌아온 뒤에 모두 인화의 방으로 왔다. 그리고 거기서는 젊은이들의 용기가 낳은 바의 온갖 복수의 계획이 거듭되었다.

동트기를 기다려서 그들은 모두 수구문 밖으로 나갔다. 재영이가 총살당한 그 솔밭을 20명의 숙생은 제각기 구획을 작정하여 가지고 한 조각의 종이 조각이라도 그저 넘기지 않을 만치 면밀히 탐색하였다.

그러나 몇 시간을 삭여서 한 이 탐색도 한낱 피로를 산 데 지나지 못하였다. 재영이가 총살을 당한 그 자리밖에서는 그들은 한 방울의 핏자리조차 발견치 못하였다.

점심때 그들은 재영이가 총살을 당한 곳에 모여서 점심을 나누었다. 그때,

"이놈을!"

어떤 숙생 하나가 먹은 그릇을 내어던지며 비분하였다. 다른 숙생들은 뜻하지 않고 그의 얼굴을 쳐다보았다. 그 숙생은 분한 듯이 재영이의 피 흐른 자리를 흘겨보고 있었다. 다른 숙생들의 눈에도 일제히 눈물이 돌았다. 그들은 제각기 먹던 젓가락을 놓고 말았다.

"어제 이만 때는 사찰의 시신이 여기 있었겠지."

"싸지 싸! 사찰은 왜 그런 위험한 곳에 가면 혼자서 몰래 간담. 우리들도 같이 갔다면 이런 일까지는 당하지 않았을걸……. 에익, 점심도 먹기 싫다."

"나는 벌써 젓가락을 놓았네."

이리하여 그들은 제각기 점심 그릇을 내어던지고 다시 탐색의 길을 떠났다.

인화는 이번은 송만년과 같이 돌아다니게 되었다. 또다시 아까의 길을 돌아다니며 헛된 노력을 하고 있던 그들은 거의 황혼이 되어서 새[^1]를 베어서 지고 돌아가는 한 사람의 초부를 만났다.

만년이가 예에 의지하여 그 초부에게 어제 여사여사한 일을 보지 못하였느냐고 물었다. 보니 점잖은 두 젊은이에게 이런 괴상한 질문을 받은 초부는 얼른 피하여버리는 것이 제일인 듯이 모른다고 하여버렸다. 그러나 그 초부의 어떤 곳에서 이상한 점을 발견하였는지 만년이는 일단 붙든 그 초부를 놓아주지 않았다.

---

[^1]: 새 : 벗과 식물을 통틀어 이르는 말.

"대감. 존장. 하느님. 본 일이 계시면 말씀해주세요."

만년이는 이렇게 얼러도 보았다.

"이놈! 이실고지[2]하지 않았다는 당장에 쏘아 죽인다. 이 육혈포를 못 보느냐."

이렇게 위협도 하여보았다. 이리하여 그는 겨우 초부의 입을 열어놓기는 하였지만 거기서 알아보아도 역시 시원한 일이 못 되었다. 그 초부는 어제 점심 좀 뒤에 맨발로써, 어떤 젊은 선비인 듯한 사람이 하인에게 사람(인 듯한)을 지워가지고 동쪽으로 보이는 고개를 넘어가는 것을 보았다는 것이었었다. 만년이가 온 숙생을 모아가지고 초부가 가리키는 그 방향으로 가서 온 힘을 다하여 알아보았지만 그 이상 더 알 수는 없었다. 초부가 말한 바 하인이 지고 간 물건이 '시신인지 사람인지'는커녕 '사람인지 물건인지'조차 알 수가 없었다.

이리하여 더 알아볼 나위가 없도록 마음껏 알아보아도 아무 결과도 얻지 못한 그들은 날이 어두워서 하릴없이 피곤한 몸을 다시 숙으로 향하였다.

2

그들로서 만약 극도의 피곤만 없었다면 그들은 서슴지 않고 그 길로 겸호의 집으로 달려가서 사찰의 원수를 속이 시원하도록 갚고야 말 것이었었다. 그러나 진일의 노력 때문에 극도로 피곤한 그들은 누구의 발의(發議)랄 것 없이 발을 숙으로 들여놓았다.

그러나 숙에서도 또한 상서롭지 못한 일이 그들을 기다리고 있었다. 또 한 장의 익명의 편지가 점심때쯤 활민숙에 왔다. 거기는 활민숙의 정

---

2 이실고지(以實告之) : 사실 그대로 고함.

체는 이미 왕비당의 안 바가 되고 수삼 일 내로 토벌을 하게 되었으니 어서 그곳을 피하라는 말과 이것은 죽은 명진섭의 유탁(遺託)[3]이니 결코 어기지 말란 말이 씌어 있었다.

숙생들을 다 수구문 밖으로 내보내고 혼자 있을 때에 이 편지를 받은 선생은 처음에는 도로 숙생들을 불러들일까 하였다. 그러나 다시 생각을 돌리고 사람을 몇 명 사서 몸소 대강한 짐을 꾸리기로 하였다.

이런 생활을 하는 사람들의 예사로서 살림은 큰 듯하면서도 비교적 간단하였다. 몇 권의 책과 몇 뭉치의 서류와 상자 몇 개(무기가 든)를 끌어내리는 것으로 정리는 거의 끝이 났다. 군용금을 넣어둔 돈궤를 남몰래 꺼내는 것이 문제였었지만 그것조차 무지한 일꾼들을 속이기는 쉬웠다. 이리하여 피곤한 숙생들이 돌아올 때는 선생이 하여야 할 정리는 다 끝이 났다. 독이며 항아리며 그릇 나부랭이는 내버리기로 하였다. 숙생들의 방은 제각기 그 방의 주인이 하기로 하였다.

숙생들은 돌아오는 덧으로 선생에게서 몸을 지게꾼으로 변장을 하고 제각기 제 방의 짐을 꾸리라는 명령을 들었다. 그들은 한마디의 질문도 안 하였다. 곤하단 말조차 못 하였다. 스승이 이러한 처단을 하기에는 하여야 될 만한 중대한 일이 생겼음을 굳게 믿으므로…… 그래서 두말없이 옷을 갈아입고 각기 제 방으로 들어가서 짐을 꾸렸다. 짐이라야 이부자리와 몇 벌 옷과 몇 권 책과 한두 자루의 무기—이것뿐이었다.

주인 없는 재영이의 방은 선생의 명령으로 인화가 정리하게 되었다. 다른 숙생이 조력하려는 것을 인화도 거절하였다. 스승도 금하였다.

인화는 그 방 안에서 이미 죽은 이의 냄새를 풍부히 맡았다. 때 묻은 낡은 옷이며 손자리가 난 책이며 수십 자루가 남아 있는 일월도(日月刀)

---

3 유탁 : 죽은 사람이 남긴 부탁.

에서 돌아간 이의 냄새를 한없이 맡은 인화는 솟으려 솟으려 하는 눈물을 겨우 막아가면서 그 방을 정리하였다. 더구나 그 방에는 재영이가 천도산인으로 가장을 하고 다닐 때에 쓰던 그 가장조차 있었다. 인화는 그 가장으로써 처음으로 천도산인의 혼백은 즉 재영이의 가장이던 것을 알았다. 그 방 안에는 재영이의 집 족보도 있었다. 세상이 세상일 것 같으면 당연히 명씨 문의 맏며느리가 될 인화는 그 족보에서 받는 감명은 억제하기가 힘들었다.

짐이 다 정리가 된 뒤에 선생은 아까 사들였던 일꾼들은 돌려보냈다. 그런 뒤에 숙생들을 모아가지고 이렇게 갑자기 떠나게 된 그 이유를 간단히 설명하였다. 혹형에 못 이겨서 재영이가 활민숙의 일을 토사를 하였는지 혹은 왕비당에서 어떤 단서로 활민숙의 정체를 안 기미를 보고 재영이가 그것을 알아보러 들어갔다가 비번의 죽음을 하였는지는 알 길이 없으되 재영이가 죽을 임시하여 이 부탁을 어떤 사람에게 하여 지금 갑자기 떠나게 된 것이라고.

숙생들은 짐을 나누어 졌다. 이런 일이 생길 때의 준비로서 벌써부터 사두었던 조그만 집에 짐을 전부 옮기고 아직껏 숙 행랑에 있던 충복으로 그 집을 지키게 하고 선생은 숙생들을 거느리고 장래의 일을 의논하러 남산으로 향하였다. 어제는 사찰을 잃고 오늘은 하루 진일의 노력에 죽도록 피곤한 위에 또한 어버이 떠난 뒤에 아직껏 자라난 본거인 활민숙을 떠나게 된 20명의 숙생들은 한마디의 이야기를 할 기운조차 없이 더벅더벅 스승의 뒤를 쫓았다.

초열흘날 달은 밝게 비치고 있었다.

3

그들은 남산 마루에 이르렀다. 사람의 소리 하나 없는 조용한 산마루였었다. 벌레의 소리조차 없었다.

남산 마루에 이르러서 앞장을 섰던 스승이 섬을 따라서 숙생들도 다
섰다. 그러나 앉으려는 사람은 없었다. 깊이 가슴에 묻은 머리를 들려는
사람조차 없었다. 어버이의 슬하를 떠나서 이래 7, 8년간 고생과 즐거움
을 같이하던 그 집조차 잃은 그들은 그 집을 잃게 된 원인을 생각하며 잃
게 한 사람을 원망하려는 생각은 할 겨를이 없이 다만 비창한 마음에 잠
겨 있었다.

밤새가 하늘을 날아갔다. 새의 처량한 울음소리가 들렸다. 멀리 아래
서 보이는 장안(그 장안은 그들이 난 곳이었다. 그들의 어버이가 나고 자라고 죽
은 곳이었다. 그들이 또한 20년 동안을 밟던 곳이었다. 모든 단 일과 쓴 일을 그
들과 같이 겪던 곳이었었다.)에서는 때때로 헛개 짖는 소리가 들렸다. 그들
의 활민숙은 겨우 그 방향을 분별할 수 있을 뿐 위치는 도저히 알 수가
없었다.

누가 한 마디 흐득하니 울음소리를 내었다. 인제는 더 참을 수가 없었
다. 한마디의 느끼는 소리는 삽시간에 온 숙생에게 전염되었다. 이곳서
도 흐득 소리가 나다가 마침내 그 느낌은 통곡으로 변하였다. 푸르고 고
요한 남산에서는 때아닌 통곡성이 뫼를 울리었다.

스승은 숙생들을 등지고 돌아앉아 있었다. 그의 등이 때때로 들먹거
리는 것을 보아서 늙은 그에게서는 눈물이 흐르는 것이 분명하였다. 그
인들 왜 울지 않으랴. 그새 10년을 그 집을 본거로 하여 늙고 외로운 몸
이 20명의 사랑하는 아이들을 아내 겸 자식 겸 제자 겸 하여 보호하며 지
도하여왔거늘 오늘 뜻 안 한 일로 그 집 또한 떠나지 않을 수 없게 되었
으매 그의 애통도 또한 숙생들에게 지지 않았다. 뿐더러 가장 사랑하던
제자 명진섭이조차 잃었으며 명진섭이를 해한 사람들이 인제 다시 그의
본거까지 빼앗았음에랴.

숙생들은 피로도 잊었다. 서 있던 그들은 어느덧 고꾸라져서 땅을 두드리며 통곡하였다. 인제는 어디로? 벌써 민씨에게 귀순한 먼 일가밖에는 어버이도 없고 친척도 없는 그들은, 그들의 유일한 본거인 활민숙을 잃은 뒤에는 갈 곳조차 없었다. 간간 일가가 있기는 하였지만 민씨의 세상인 지금 세태에서 열렬한 태공당의 자손인 그들을 기식(寄食)⁴시킬 만한 용기 있는 의협가(義俠家)는 없었다. 있다 할지라도 그들은 그곳으로는 가기가 싫었다. 7, 8년간을 한 솥의 밥을 먹고 한 스승의 지도 아래서 서로 정들었던 이 벗―동지들을 떠나서 어디로 가나 하는 것은 생각하기도 싫었다.

이 울고 부르짖고 몸부림하는 20명의 숙생 가운데서 가장 천연한 태도로 앉아 있는 사람은 인화였었다. 그는 눈도 깜박 안 하였다. 몸조차 움직이지 않았다. 자기의 앞뒤에서 미친 듯이 통곡하는 숙생들은 그는 국외의 사람이라는 듯이 눈이 멀거니 바라보고 있었다.

숙을 잃는다는 것도 그에게는 무의미하였다. 갈 곳이 없다는 것도 그에게는 무의미하였다. 새가 살랴, 짐승이 살랴, 벌레가 살랴, 이 너른 세상에 사람의 한 몸을 눕힐 곳이 없으랴. 그러나 새도 짐승도 벌레도 짝이 없이 사는 것은 보지를 못하였다.

인화는 짝을 잃었다. 짝이 없는 사람이다. 인화의 비통이야말로 누구에게 비길 수 없는 비통이요 누구에게 말도 할 수 없는 비통이요 인제 회복될 가망도 없는 비통이다.

"이건 너무 심하지 않우?"

인화의 앞에 있던 숙생은 발버둥치면서 통곡하였다. 그러나 인화는 그 발길에 차이지 않도록 조금 몸을 피할 뿐 거들떠보지도 않았다. 심

---

4 기식 : 남의 집에 붙어서 밥을 얻어먹고 지냄.

해? 무엇이 심하냐. 자기의 위에 내린 비극만치 심한 비극이 또다시 있으랴. 인화는 한숨조차 쉬지 못하고 우두커니 그냥 앉아 있었다.

4

이윽고 스승이 먼저 진정하였다.

"이 애들아. 진정들 해라. 통곡하면 무얼 하겠느냐, 진정들 하고 장래의 일을 토구[5]하자."

그러나 그래도 진정치 못하는 숙생들을 스승은 몸소 돌아다니면서 잔등이를 쓸어주며 위로하였다.

다들 겨우 진정을 한 뒤에 스승은 뒤에 있는 나무토막에 걸터앉았다.

"이런 일이라도 있을까 해서 머리에 생각해둔 일도 있기는 하다. 그렇지만 너무 갑자기 당해놓으니깐 무에 무엔지 알 수가 없구나. 더구나 재영이까지 잃은 지금……. 이런 때 재영이라도 있으면 얼마나 일이 쉽게 되겠느냐. 생각하면 으음, 뼈를 갈아 먹어도……."

스승은 말을 끊었다. 그리고 한참 머리를 수그리고 있다가 다시 들면서 입을 열었다.

"자, 인제는 집도 잃었다. 우리 숙의 정체도 벌써 짐작한 모양이다. 그러니깐 당분간 산산이 헤어져서 다시 기회를 기다려야 할 터인데 너희들은 갈 집이나 있느냐."

갈 집―마음 편안히 마음 놓고 갈 집이 있었으면 그들이 왜 울었을까. 20명의 숙생에게서는 한마디의 대답도 안 나왔다.

잠시 대답을 기다려보던 스승이 다시 입을 열었다.

"있느냐 없느냐. 대답들을 해봐라."

---

5   토구(討究) : 사물의 이치를 따져 가며 연구함.

"없-습-니-다."

뒤에서 조그만 대답 소리가 들렸다. 동시에 이편 구석에서 또 한 사람의 숙생이 와 하고 울기 시작하였다. 그것을 군호 삼아 몇 사람의 울음소리가 또다시 울리기를 시작하였다.

스승은 우두커니 울음이 그치기를 기다렸다. 울음이 좀 멈춘 뒤에 스승은 또 입을 열었다.

"너희도 갈 곳이 없느냐. 나도 갈 곳이 없구나. 그렇지만 사람으로서 어찌 깃이 없고야 살겠느냐. 그런즉 인제는 제각기 조용한 사관을 정해서 헤어져 있는 수밖에는 수가 있겠냐. 우리가 비록 간적들에게 깃은 잃었을망정 보국하려는 일편단심이야 죽기까지 잃겠느냐. 각각 헤어져 있을지라도 전령(傳令)을 한 사람 택해가지고 서로 연락을 취하고 있다가 일이 있는 날에는 함께 모여서 힘을 합해가지고 나라를 위해서 몸을 바쳐야 하지 않겠냐."

스승은 말을 끊었다. 그리고 이 뒤에 할 말을 한참 생각한 뒤에야 다시 입을 열었다.

"그런즉 우리가 비록 그새의 정으로 헤어지기가 싫다 하더라도 지금 이런 경우에야 정을 돌아볼 여지가 있느냐. 싫어도 할 수 없는 일. 마음을 칼로 잘라버리고 한때 서로 헤어져 있자. 별 자는 봉이요, 봉 자는 별이라, 지금 서로 헤어지는 것은 장래에 다시 만날 날을 기약하는 것과 마찬가지이니라. 오늘 밤이 당분간 우리가 서로 모이는 마지막 밤이니 여기서 서로 담화로써 밤을 새우고 내일 일찍이 내려가서 제각기 사관을 정하고 한 사관에 두 사람 혹은 세 사람씩 묵도록 하고 송만년이 너는 전령이 돼서 매일 아침에 한 번 저녁에 한 번씩 각 사관을 돌아서 서로 연락을 취케 하도록 하고 이렇게 해서 한동안을 지내다가 저쪽의 경계가 조금 풀린 뒤에 다시 한곳에 모여 즐길 날을 기약할 밖에는 없다. 그리고 인화."

선생은 어두운 가운데서 인화를 찾느라고 두리번거렸다.

"인화, 어디 있느냐."

인화는 스승의 말을 들었다. 그러나 모든 일이 귀찮은 그는 못 들은 체하고 있었다. 곁에 있던 다른 숙생이 인화가 여기 있다는 것을 스승에게 알리었다.

"응, 인화. 너는 나하고 있자."

세상사는 왜 이다지도 마음대로 안 되나. 고진감래라 하지만 왜 우리에게는 고진 후에 역고래인가. 눈앞에 이른 이별에 그들은 묵묵히 앉아 있었다. 때때로 흙흙 느낌의 여음이 그들에게서 날 뿐 한숨 소리도 들리지 않았다.

밤새의 우는 소리가 들렸다. 꺼을! 꺼을! 그것은 마치 숙생들의 비창한 마음을 조상하는 듯하였다.

5

한참 뒤에 스승은 이번 재영의 건의 조처에 대하여 숙생들에게 주의시켰다.

―아직 시신을 보지를 못하였으니 죽었다고는 단정치 못한 일.

―지금 숙생들은 산산이 헤어져서(그들의 경계가 풀리기까지는) 당분간은 모이기 힘들 일.

―운현대감의 허락도 없는 일.

이러한 이유 아래서 선생은 숙생들에게 재영이의 원수를 갚으러 갈 것을 절대로 금하였다. 지금 산산이 헤어져서 연락을 취하기 힘든 때에 복수를 하러 그 집에 갔다가는 오히려 벌의 둥지를 건드리는 것과 마찬가지일지니 통분하기는 하겠으나 스승이 허락하는 때까지 기다리라는 것이었었다. 거기 대하여 몇 사람의 반대는 있었으나 그들은 스승의 말을 좇기로 하였다.

그 뒤에도 장래에 주의할 일에 대하여 스승은 생각나는 대로 훈유하였다.[6]

─밖에 할 수 있는 대로 나다니지 말 일.

─서로[7] 무슨 전할 일이 있으면 전령 송만년에게 부탁할 일.

─서로 만나는 일이 있을지라도 남 보는 데서 결코 시국에 관한 일을 말하지 않을 일.

─주거(住居)를 임의로 고치지 않을 일.

등등의 명령적 주의를 하였다.

그 뒤에 선생은 숙생들을 시켜서 산을 내려가서 술을 좀 사 오기를 명하였다. 임시적이나마 이별의 주배를 들려 함이었었다.

이윽고 달 아래서는 주연이 열렸다. 선생이 손수 잔에 술을 부어서 각 숙생에게 한 잔씩 돌렸다.

"우리의 운명은 왜 이다지도 기박하담."

스승의 주는 잔이라 받기는 받았지만 이런 생각 때문에 그들은 술조차 반갑지 않았다.

그들은 어려서 부모를 잃었다. 아니 잃었다기보다도 오히려 남에게 빼앗기었다는 편이 적당하겠지. 철모르는 그들에게서 어떤 거대한 힘이 그들의 부모를 빼앗아갔다. 그리고 그 거대한 힘은 그들에게서 부모를 빼앗은 뿐만 아니라 집과 가정도 빼앗았다. 홀연히 고아가 된 그들이 하릴없이 친척의 집에 몸을 의탁하려 할 때에 친척조차 그들을 냉시하였

---

6   훈유(訓諭)하다 : 가르쳐 타이르다.
7   서로 : 연재 원문에는 '서는'이라고 되어 있으나 '서로'의 오자로 보임.

다. 어제까지는 도련님 도련님 하며 발끝에 먼지가 묻어도 털어주던 아랫놈들조차 그들을 보면 외면을 하였다. 어제 명문의 공자로서 오늘 갑자기 거지와 같이 된 그들에게 문득 구원의 손이 이르렀다. 그들은 활민숙으로 모여들었다. 모여서 보니 숙생들은 모두가 같은 처지에 있는 소년들이었었다. 집안을 알아보면 모두가 자기네 아버지와 저편 아버지가 친히 지내던 사이였었다. 모두들 나이도 비슷하였다.

그 뒤부터는 활민숙이 그들의 가정이었다. 활민은 그들의 어버이였었다. 숙생들은 그들의 동기였었다. 그리고 그들은 활민에게서 어떤 까닭으로 자기네의 어버이가 없어졌는지 왜 친척들도 못 보는 체하는지 그 이유를 알았다.

자기네를 그와 같은 곳에 빠지게 한ㅡ말하자면 불공대천[8]의 원수가 오늘 또한 그들의 둘째 가정까지 빼앗았다. 7, 8년을 정들인 그 집과 그 스승과 그 동기들을 떠나지 않을 수가 없게 되었다.

이러한 그들에게 술맛조차 있을 리가 없었다. 스승의 주는 술이라 받기는 받았지만 모두들 넋을 잃은 사람같이 멍하니 있었다.

하늘에서는 밤새의 소리가 또 들렸다.

"끄ㅡ읅! 끄ㅡ읅!"

푸르른 달빛 아래서 들리는 이 소리는 더욱 그들의 심회를 어둡게 하였다.

"선생님, 인젠 술 그만둡시다."

석 잔씩 돌아간 뒤에 어떤 숙생이 마침내 이런 말을 하였다. 다른 숙생들도 일제히 술잔을 놓고 말았다.

---

8 불공대천(不共戴天) : 하늘을 함께 이지 못한다는 뜻으로, 이 세상에서 같이 살 수 없을 만큼 큰 원한을 가짐을 비유적으로 이르는 말.

그들은 묵묵히 밤을 새웠다. 밤이 새도록 한마디의 말도 하는 사람이 없었다. 때때로 약한 한숨 소리가 샐 뿐이었었다.

이튿날 새벽 그들은 산에서 내려와서 제각기 숙소를 정하였다. 그리고 다시 산에 올라와서 스승과 송만년에게 숙소를 알리었다.

6

인화는 스승과 함께 어떤 스승의 친구인 선비의 집을 숙소로 정하였다. 그들은 꿈쩍 밖에를 나가지 않고 안에만 박혀 있었다.

왕비당의 탐색의 그물은 매우 엄하였다. 낯선 젊은이들은 모두 한 번씩 잡혀가서 문초를 당하였다. 자기네가 습격을 하려는 것을 어떻게 미리 알았는지 그들이 가기 전날 벌써 본거를 벗어나서 어디론지 종적을 감춘 활민당의 당수와 당원을 잡으려고 그들은 마지막에는 현상까지 하였다. 포교와 나졸들은 눈이 발개서 장안을 골목골목 돌아다녔다.

전령으로 뽑혀서 매일 두 번씩을 각 숙생의 숙소를 찾아다닐 의무가 있는 만년이는 여러 번 그들의 그물에 걸릴 뻔하였다. 기지(機智) 있고 몸이 경첩한 만년이기에 매번 그 그물을 벗어났지, 그렇지만 않았다면 그는 벌써 잡힌 몸일 것이다.

스승은 하릴없이 잠시 서울을 떠나 있기로 하였다. 숙생들의 얼굴은 아직 왕비당에게 알리우지 않았지만 표면상 한 서재의 사표 노릇을 하는 활민의 얼굴은 널리 알리어 있었다. 잡히기만 하면 욕을 보는 것은 둘째 문제로 하고 당의 소멸이 그에게 더 큰 근심이었다. 재영이만 살아 있다면 비록 자기가 없다 할지라도 당의 우이[9]를 넉넉히 잡을 것이로되 지금의 숙생으로서는 그 임무를 감당할 만한 사람이 없었다. 그런지라 활

---

9 우이(牛耳) : 어떤 일이나 단체에서 으뜸인 사람.

민당의 장래를 위하여 — 한 걸음 나아가서는 조선의 장래를 위하여 활민이라 하는 자기의 한 몸은 결코 허수로이 할 수가 없었다.

어떤 날 그는 밤을 타서 운현궁으로 갔다. 그리고 이전과 달리 늙은 몸으로서 담을 넘어 들어가서 대원왕께 뵙고 사유를 설명한 뒤에 하직을 고하였다.

그때 태공은 마치 어린애가 부모에게 조르듯 활민에게 서울에 그냥 있으면 어떠냐고 몇 번을 말하였다. 활민도 태공의 심사를 알았다. 친구를 모두 잃고 권세를 잃고 재선이를 잃고 또한 진섭이를 잃은 뒤에 인제는 통사정을 할 만한 이 세상의 유일의 벗 활민까지 잃는다 하는 것은 태공에게는 아픈 일일 것이다. 태공은 마지막에는 운현궁에 와서 숨어 있으면 어떠냐고까지 말하여보았다. 활민의 늙은 눈에도 눈물이 어리었다.

"한 달만 지나면 좀 나아도 지겠지요. 그때 다시 와서 뵙겠습니다."

이러고 활민은 절을 한 뒤에 운현궁을 하직하였다.

활민은 떠날 때에 군용금을 넣은 궤의 열쇠를 인화에게 맡겼다. 그리고 열흘에 한 번씩 내어줄 그 절차며 금액을 설명하고 임기하여 할 일도 대략 말하였다.

"진섭이가 어찌 되었는지 모르고 떠나는 게 내게는 제일 마음에 걸린다."

그리고 자기가 가 있을 시골을 알려주고 급한 일이 생기든가 혹은 진섭이의 생사를 알게 되면 결코 이 일을 다른 사람에 맡기지 말고 인화 자신이 와서 알게 하란 말과 자기가 없는 동안에 경거망동을 하지 말 일을 이른 뒤에 떠났다.

산산이 헤어져 있는 숙생들은 스승이 떠나기 전에 다만 한 번이라도 뵙자고 하였다. 그러나 활민은 이것을 거절하였다.

"선생님."

"응, 인화야."

"선생님."

"인화야. 잘 있거라. 외롭기도 하겠지만 한 달만 참아라. 한 달만 지나면 오게 되겠지."

"선생님 – 안녕히 가세요."

쓰러져서 우는 인화를 버려두고 스승은 밤에 길을 떠났다.

상노[10] 모양으로 차리고 만년이가 스승을 문밖까지 바래다주었다. 문밖에서 1리가 5리 되고 5리가 10리가 되어도 그냥 따라오는 만년이를 억지로 떼어버릴 때는 스승의 눈에서도 마침내 눈물이 흘렀다.

"마음을 굳이 먹고 경동하지 말며 내가 돌아오는 날을 기다려라. 인제는 돌아가라."

큰길에서 사제는 잠시 서로 붙들고 이별을 아끼다가 하릴없이 남북으로 갈라졌다.

---

10 상노(床奴) : 밥상을 나르거나 잔심부름을 하는 어린아이.

인화와 인호

1

선생이 있을 때는 오히려 좀 나았으나 선생까지 작별한 뒤에는 인화는 죽은 몸이나 다름이 없었다.

해가 뜨고 졌다. 사람들은 아무 가치도 없는 이야기를 가장 긴요한 듯이 서로 지절거렸다. 뜰에는 개아미들이 기어 다녔다. 그러나 그것이 모두 무엇이랴. 인화는 이 세상에서 쇠전 한 푼의 가치도 발견할 수가 없었다. 귀찮게 길고 지리하고 너절하고 보잘 것 없는 것—이것이 세상이었었다.

그는 진섭이가 종적이 없어진 덧으로 아직껏 잠 같은 잠을 자보지를 못하였다. 자리를 펴본 일은 한 번도 없었다. 앉았다가 잠시 책상 귀에 기대어서 졸고 다시 깨고 또 깜빡 졸고, 이뿐, 잠을 이루어본 적이 없었다. 이제 몇 해나 더 살지, 그동안 졸음이 올 것 같지도 않았다. 이 극도의 수면부족 때문에 그의 머리는 늘 무거웠다. 밤이 길 때는 낮이 짧고 낮이 길 때는 밤이 짧은 것이 당연하거늘 인화에게는 긴 낮과 긴 밤이 연속될 뿐이었었다.

아직도 혹은 그이는 살아 계신가, 이러한 일루의 희망이 있기에 아직 그냥 살아 있지, 만약 진섭이의 죽었다는 증거만 나타나면 그는 한시를 주저치 않고 그의 뒤를 따를 것이었었다.

"나는 죽은 몸."

그는 늘 이렇게 자처하였다.

만년이는 매일 두 번씩 인화를 찾아왔다. 그리고 인화로서는 도저히 이해치 못할 속세의 군잡스런 이야기를 하고 알지도 못할 일을 묻고 알기도 싫은 일을 보고하고 하였다. 그런 때마다 인화는 한마디도 알아듣지 못할 말임에도 불구하고 혹은 수고하고 혹은 비정하였다.

어떤 날 인화는 만년이에게 이런 말을 하였다.

"사찰이 세상 떠난 게 분명하지요?"

"글쎄."

"아직 어디 살아 있으면 왜 우리를 찾아 안 올까. 꼭 세상을 떠났어요."

"글쎄. 살았다 해도 우리 있는 곳을 알아야지."

인화는 별소리를 한다는 듯이 만년이를 바라보았다. 그들이 숨어 있는 곳을 재영이가 모르리라는 가장 당연한 말도 그에게는 이상하였다.

그는 몰래 몇 번을 수구문 밖으로 나갔다. 그리고 그때 초부가 가리키던 방향으로 위시하여 그 근방 일대를 다시 찾아보고 알아보았다. 그러나 이런 모든 노력은 헛데로 돌아갔다. 재영이의 몸집은 하늘로 솟았는지 땅으로 새었는지 도저히 알 길이 없었다.

마침내 인화는 복수를 계획하였다. 참고 또 참았으나 인제는 더 참을 수가 없었다. 선생의 금령도 훈계도 인제는 더 지킬 수가 없었다. 죽으면 죽고 죽지 않으면 원수를 갚고— 이러한 독한 결심 아래 그는 어느 날 마침내 겸호의 집으로 가기로 하였다.

그날 아침 예에 의지하여 순회 온 만년이에게 인화는 스승에게서 맡았던 쇠를 맡겼다.

"잠깐 선생님한테 다녀오겠소."

쇠를 맡기는 데 대하여 이런 핑계를 대었다. 성공하면여니와 십중팔구는 자기 역시 그들의 독수 아래 죽을 것을 각오한 그는 열쇠를 미리 만년이에게 맡긴 것이었었다.

만년이가 돌아간 뒤에 그는 어버이의 산소에 갔다.

오늘 당신의 딸은 당신을 죽인 사람들에게 또 죽으러 갑니다. 당신의 사위도 그 사람들에게 또한 죽었습니다. 당신네가 떠나신 뒤에는 철없는 몸이라 그 뒤를 따르지 못했거니와 인제 그 지아비의 뒤를 따라서 당신의 계신 나라로 가겠습니다. 계집애로 태어나서 하루도 남편 섬겨보지 못하고 죽는 것은 불효막심하나 이것 또한 하늘이 지어주신 제 팔자오니 어찌하겠습니까. 정신없이 한참을 통곡을 한 뒤에 몸을 수습하고 일어나서 육혈포를 한 번 검분하고 일어나서 겸호의 집으로 향하였다.

인화는 이번 살아 돌아오리라고는 결코 생각지 않았다. 비록 요행히 원수를 갚는다 할지라도 갚은 뒤에는 당연히 그 사람들에게 잡히어서 죽을 것으로 예산하였다.

2

이번 들어가는 데는 인화는 춘삼이의 조력을 받으려 아니하였다. 비밀히 들어가려도 아니하였다. 복수의 마음에 불붙는 그는 위험을 막으려는 다른 생각은 하지도 못하였다.

인화는 정문으로 당당히 들어갔다. 그러나 아무도 말리는 사람이 없었다. 점잖은 집의 서방님으로 차린 지금의 인화를 아무도 이전의 복돌이로 보지를 못하였다. 이 집 문객 혹은 손님—하인들은 이렇게 볼 뿐 인화의 얼굴을 자세히 들여다본 사람도 없었다.

인화는 힘 있는 발걸음으로 사랑까지 갔다. 그리고 대청에 올라가서 사랑 문을 벌컥 열었다. 그때는 벌써 인화의 오른손에는 육혈포가 잡히어 있었다.

"?"

사랑에는 겸호가 없었다. 늙은 차지가 웅그리고 앉아 있을 뿐이었었다. 인화의 계획은 여기서 어그러졌다. 그 방에 물론 겸호가 있을 줄 알았기에 이렇게 대담히 들어왔지. 그렇지만 않았다면 다른 방책을 댈 것을……. 인화는 황망히 돌아서려 하였다.

웅그리고 앉았던 차지가 인화를 쳐다보았다. 손에 든 육혈포를 보았다.

"아."

얼굴이 밉게 찡그려지며 기다란 부르짖음을 발하였다. 인화는 돌아서려던 몸을 도로 돌이켜서 차지에게 향하고 방아쇠를 당겼다. 한마디의 총소리와 함께 차지는 그 자리에 고꾸라져서 몸을 버둥거리기 시작하였다.

인화는 그것을 보면서 몸을 휙 돌이켰다. 그러나 이미 사태는 글렀다. 때 아닌 총소리에 뜰로는 하인들이며 청지기들이 모여들기 시작하였다.

그러나 인화는 놀라지 않았다. 어떠한 일도 인화를 놀라게 할 수는 없었다. 이미 죽음을 각오한 그에게는 놀랄 만한 일이 세상에 없었다. 뜰에 모여드는 하인을 보면서 인화는 고즈넉이 주의 자락 안에서 또 한 자루의 육혈포를 꺼내어 양손에 한 자루씩 쥔 뒤에 대청 복판 가운데 버티고 섰다.

장대는 못하나마 탄탄히 생긴 듯한 괴한이 양손에 육혈포를 잡고 대청에 버티고 섰으매 하인들은 뜰 가운데는 나오지를 못하였다. 모퉁이 모퉁이마다 박혀 서서 야단들 하였다.

인화는 사람이 있는 듯한 한편 모퉁이를 향하여 육혈포를 세 방을 연하여 놓았다. 날카로운 부르짖음과 함께 두 사람이 넘어졌다. 넘어지는 사람의 머리는 모퉁이 밖으로 나왔다. 인화는 남아 있는 두 방을 또 다른 모퉁이로 쏘았다. 거기서도 사람의 부르짖음이 들리고 넘어지는 사람이 보였다.

인젠 탄환이 없어진 육혈포는 인화는 뜰을 향하여 내어던졌다. 그리고 왼손에 들었던 육혈포를 오른손으로 바꾸어 쥐고 또 한 자루의 육혈포를 허리춤에서 내어 쥐었다.

인화는 또 다른 모퉁이로 향하여 두 방을 놓았다. 그리고 육혈포의 부리를 또 다른 곳으로 향하려 할 때에 어떤 강대한 힘이 인화를 뒤에서 쓸어안았다.

인화는 몸을 움직이려 하여보았다. 그러나 뒤에서 그를 붙든 사람은 완력 센 사람으로서 움쩍을 할 수가 없었다. 인화는 발을 들어서 뒷사람의 발을 힘껏 찼다. 그러나 뒷사람은 마치 나무나 쇠로 만든 듯이 움쩍 안 하고 인화를 안고 서 있었다.

인화가 잡힌 것을 보고 숨어 있던 하인들이 차차 뜰로 나왔다. 그놈 복돌이라는 소리도 간간 들렸다.

뒤에서 인화를 안았던 사람은 팔을 조금 풀어서 아래로 내리어서 인화의 손목을 잡았다. 그 사람의 손힘이 차차 가하여짐을 따라 육혈포를 그냥 잡고 있던 인화의 손이 맥없이 풀렸다. 마침내 두 자루의 육혈포는 마루에 떨어졌다.

"육혈포 치워라."

이 명령에 하인들은 육혈포를 치웠다. 하인들이 육혈포를 치운 뒤에 그 사람은 인화의 몸을 휙 돌려서 자기를 향하여 돌려놓았다.

3

인화는 자기를 붙든 사람의 얼굴을 보았다. 그리고 과도한 수치와 경악으로 말미암아 한순간 숨까지 막혔다.

인화를 붙든 사람은 틀림없는 명인호였었다. 한때 그 사람을 자기의 약혼자로 알고 게다가 살아 있는 사람을 죽은 줄 알고 자기의 온 정성을 다하여 애조하던 명인호를 볼 때에 인화는 얼굴에 한순간 뜨겁다─기보다 오히려 불붙는 듯하였다.

인화를 보는 순간 인호도 한순간 놀라는 모양이었었다. 그러나 그 다음 순간 그는 커다란 손을 들어서 인화의 뺨을 때렸다.

"이놈! 여기가 어딘 줄 알고!"

인화는 눈이 아뜩하였다. 뺨이 아픈지 어떤지는 감각치를 못하였으되 극도의 격분과 수치 때문에 정신을 차릴 수가 없었다.

"간적!"

인화는 악을 부렸다.

"간적?"

인호는 웃었다.

"상감께 충성을 드리는 게 간적이냐. 그런 어림없는 소릴 하는 걸 보니깐 너는 활민당이로구나. 며칠 전에 죽인 놈의 부하로구나."

"간적! 역적! 도적."

"흐흥, 그럼 합해서 삼적이로구나."

인화는 몸을 흔들어보았다. 그러나 인호의 손에 두 어깨를 힘 있게 잡힌 인화는 조금도 움직일 수가 없었다.

"빠져나갈 듯싶으냐."

인호는 인화의 두 어깨를 잡고 인화의 얼굴을 들여다보면서 놀려대듯이 이런 소리를 하였다. 그리고,

"어디 날개가 있으면 날아가 봐라."

이런 소리까지 하였다.

"나리, 그놈이 전에 달아난 복돌이올시다."

대청 아래 둘러서 있는 하인들은 제각기 인호에게 인화가 복돌이임을 알리려고 야단들 하였다.

"음, 이놈이 복돌이더냐? 그럴듯한데. 나이는 어려도 담은 크게 생겼는걸. 야, 복돌아."

인화는 응치 않았다. 그리고 증오로 불붙는 눈으로 인호를 흘겼다.

"하하하하. 눈 부러질라. 야, 누구든 큰 바를 가져오너라. 대감이 계셔야 조처를 할 터이니깐 대감 환차하시기까지 묶어서 가두어둬라."

하인이 큰 바를 가져왔다. 하인이 결박을 하는 것을 인호는 큰 바를 받아 가지고 손수 결박하였다. 그리고 하인을 시켜서 이전에 재영이가 하룻밤을 지낸 그 옥에다 갖다 가두었다. 인화의 목에는 칼집까지 씌워놓았다.

옥 안에 들어가 넘어진 인화는 치가 떨려서 견디지를 못하였다. 남편의 원수를 갚으러 예까지 왔거늘 원수는커녕 좀 두드러진 가인 하나를 죽이지를 못하고 하인배 서넛을 죽일 뿐 자기 또한 잡혀놓았으니 이 일을 장차 어찌할까. 더구나 자기를 잡은 사람은 명인호―한때 알지 못해서나마 온 정성을 바쳐서 사모하던 그 사내. 이런 일을 생각할 때에 그는 부끄러움과 억분함을 참기가 힘들었다. 그 부끄러움과 억분함 때문에 그는 다른 일은 생각할 수도 없었다. 남편의 원수는 인제는 도저히 자기의 손으로는 갚을 가망이 없다는 데서 나온 절망이며 자기도 인제 곧 남편의 뒤를 따르지 않을 수 없는 운명에 걸렸다는 데서 나온 미련 등은 그의 마음에 떠오를 여유조차 없었다.

하인들은 때때로 창살 틈으로 들여다보았다.

"저게 계집애라지? 참말 계집애 — 일까?"

"예쁜데. 우리 마누라로나 주면 좋겠네."

"저것도 인제 죽이겠지?"

"아마 죽이겠지. 아무래도 죽일 이상에는 응? 에이, 나 같으면 그냥 두지 않겠네. 조런 예쁜 계집애를 그냥 죽여? 한 번 그, 응?"

상사람다운 이런 소리를 그들은 수군거렸다.

인화는 이를 갈았다. 이묵재의 딸 — 세상이 세상일 것 같으면 감히 자기의 앞에서 눈도 들지 못할 상놈들에게까지 이런 소리를 듣는 것이 인화에게는 죽기보다도 더 쓰린 노릇이었었다. 눈에서는 비분의 눈물이 나왔다.

4

저녁에 그는 그다지 흉하지 않은 음식의 대접을 받았다.

밤을 인화는 그곳서 지내지 않을 수가 없었다. 이것이 인화에게는 가장 두려웠다. 자기가 사내가 아닌 것을 안 뒤에는 무지한 놈들이 무슨 짓을 할지 예측할 수가 없었다. 죽으면 죽었지 무지한 놈들에게 욕을 결코 보지 않을 결심으로 있기는 하다 하지만 사지를 결박을 당하고 목에는 칼집까지 쓴 그가 어떤 수단으로 반항을 하며 그 욕을 피할까.

인화의 근심은 헛근심이 아니었다. 밤에 하인들은 제각기 인화의 파수를 서기를 경쟁하였다.

"내가 육혈포를 맞을 뻔했으니 내가 서야겠다."

어떤 놈은 이렇게 주장하였다.

"내가 칼집을 씌웠으니 내가 서야겠다."

어떤 놈은 이렇게 주장하였다.

"내가 큰 바를 가져왔으니."

"내가 제일 힘이 세니."

"내가 제일 나이가 많으니."

"내가 제일 이 댁에 오래 있었으니."

제각기 한 가지씩의 이유를 들어 가지고 자기가 파수를 서겠노라 다투었다. 그리고 그 서려는 속은 번히 들여다보였다. 하다못해 틈을 타서 예쁜 계집애의 얼굴 한 번이라도 쓸어보겠다는 것이었었다.

그들은 다투다 못하여 마침내 제비를 뽑았다. 그리하여 뽑힌 것은 인호에게 큰 바를 갖다가 주던 하인이었었다.

인화는 하인들의 다툼을 다 들었다. 제비 뽑는 것까지 알았다. 뽑힌 놈까지 보았다.

"제길."

제비에 뽑히지 못한 녀석들은 모두 제비를 내던지며 분개하였다. 그리고는 하릴없이 저편으로 갔다.

모든 것을 다 보았지만 인화는 죽은 듯이 가만히 있었다. 그러는 동안에 장차 받을 곤란에 대한 대항책을 생각하였다. 그러나 대항책으로 무엇이 남아 있으랴. 목에는 칼집이 씌워지고 전신에 결박을 당하여 조금도 움직일 수 없는 인화는 폭력에 대한 대항에는 완전한 무능력자였다. 날카로운 이빨 한 가지밖에는 쓸 수 있는 무기도 없었다. 그러나 칼집을 쓴 목 위에 달린 이빨이 인화의 위에 임할 폭행에 대하여 얼마의 효과가 있을까. '요행'이라 하는 것이 하늘에서 떨어지기 전에는 인화는 도저히 욕을 면할 수가 없었다.

밤은 차차 들었다. 뜰에 내왕하던 하인의 자취도 차차 드물어갔다. 인화를 지키는 하인도 밖에서 죽은 듯이 가만 있었다. 장차 올 즐거운 일을 공상으로라도 즐기는지.

마침내 뜰에는 사람의 자취가 없어졌다. 위험은 인화의 눈앞에 이르렀다.

이윽고 파수의 일어서는 소리가 들렸다. 파수는 돌아왔다. 파수의 머리가 창살 틈으로 보였다.

"야."

인화는 죽은 듯이 가만히 있었다.

"자느냐. 배고프지 않냐. 떡이라도 좀 갖다가 주련?"

인화는 역시 죽은 듯이 가만있었다. 그러나 그의 마음은 굉장히도 방망이질하기 시작하였다. 전투를 준비하는 뜻으로 그의 이는 갈렸다.

"자나? 어디 자는지 들어가 봐야겠군."

파수는 그저 들어오기가 싱거운지 스스로 이런 핑계를 대면서 문으로 들어왔다. 그리고 문의 걸쇠를 벗기려 하였다.

그때에 요행이 하늘에서 떨어졌다.

"최 서방, 혼자서 갑갑하겠네그려."

아까 제비에 떨어진 자 하나가 이런 소리를 하면서 이편으로 왔다. 걸쇠로 올라갔던 최 서방의 손은 내려왔다.

"아니, 갑갑치도 않네. 들어가 자게."

최라는 파수는 새로 온 자를 떼려 하였으나. 최는,

"염려 말게. 나도 졸음이 안 와서 그러네. 밤 동무나 해주지."

하면서 털썩 앉아버렸다. 이리하여 인화는 그들 자기네 새의 투기로 말미암아 욕을 면하고 밤을 지냈다.

5

제비에 뽑히지 못한 하인의 투기로 말미암아 하룻밤을 무사히 지낸 인화에게 이튿날 아침 조반이 왔다. 조반은 역시 비교적 먹음직한 것이었었다. 어제 저녁에 저녁밥을 적게 먹은 인화는 조반은 비교적 많이 먹었다. 시장하기도 하였거니와 많이 먹어서 자기의 담이 큰 것을 나타내려 함이었었다.

조반 후에 그는 끌리어 나갔다. 나가기 전에 칼집은 벗기었다.

'문초로구나.'

인화는 어렴풋이 이렇게 생각하고 그들이 끄는 대로 끌리어갔다.

그는 사람 앞으로 끌리어갔다. 대청에서 인호가 신을 신으며 내려왔다.

"흥! 사내인지 계집애인지는 모르지만 똑똑하게 생겼는걸."

그리고 하인들에게 향하여.

"데리고 오너라."

하고 앞장을 서서 갔다.

그들은 후원으로 돌아갔다. 그리고 원앙각까지 이르렀다.

인호는 각으로 올라가고 인화는 구름다리 아래 앉았다. 인호는 인화를 내려다보았다. 인화는 눈을 감고 잠자코 앉아 있었다.

잠시 인화를 내려다보고 있던 인호는 하인들에게 향하였다.

"자, 너희들은 인제는 저편으로 돌아가라."

인화는 깜짝 놀라서 눈을 떴다. 하인들은 인호의 명령에 저편으로 모두 물러갔다. 원앙각은 후원 가운데도 외딴 곳, 인호가 하인들을 물리친 까닭이 무엇일까. 모두 같은 놈―이놈 역시 어젯밤의 하인과 같은 놈이었다. 인화가 억분과 비분으로 몸을 사시나무같이 떨며 인호를 흘겨보고 있을 때에 인호가 몸을 일으켜서 인화의 앞으로 왔다. 그리고 손을 들었던 곤장 두 개를 그곳에 놓은 뒤에 넓적 인화의 앞에 엎디었다.

"아주머니, 뵙겠습니다."

"??"

인화는 무슨 영문인지 모르고 본능적으로 몸을 피하였다. 인호가 다시 입을 열었다.

"저는 명진섭의 의동생 명인호올시다. 뵙기가 너무도 늦었습니다."

끝없는 경악 가운데서 인화는 더욱 영문을 몰라서 눈이 퀭하니 인호만 바라보고 있었다.

인호는 사면을 한 번 살핀 뒤에 인화의 결박을 풀어놓았다. 그런 뒤에 가지고 내려온 곤장을 도로 집었다.

"이것 보세요. 이 곤장에 더덕더덕 붙은 고깃덩이는 형님의 것. 여기서 악형을 받으실 때 붙은 것이랍니다. 이것을 맡으세요."

인호의 내어주는 곤장을 인화는 기계적으로 받았다. 그러나 그는 그냥 영문을 몰랐다.

"이 육혈포도 받으세요."

인호는 두 자루를 꺼내어 한 자루만 인화에게 주었다. 인화는 역시 기계적으로 받았다.

"이곳은 오래 계실 곳이 아니니 어서 몸을 피하세요. 그리고 ××으로 가서 기다려주십시오. 세세한 사정은 그때에 아뢸 테니……. 이곳은 오래 앉아 계실 곳이 못 되니 어서 – 어서 피하세요. 뒷일은 제가 맡으리다."

그래도 정신없이 퀭히 앉아 있던 인화를 인호는 부리나케 재촉하였다.

"형님이 별세하신 것이 분명하거니와 아직 어디 생존해 계시다가 돌아오시는 날에 만약 아주머니가 안 계시면 얼마나 서운하시겠습니까. 다른 일보다도 형님의 생각을 하셔서 어서 몸을 피하세요."

그리고 가서 기다릴 곳을 자세히 설명하였다.

인화는 인호가 너무 채근하는 바람에 영문도 모르고 그곳을 피하게 되었다. 어제 인호가 매어놓았던 결박은 아주 허수러운 것이었다. 결박 졌던 자리가 저리지도 않았다.

인화는 그곳서 몸을 피하였다. 그가 담장 위에 올라설 때에 원앙각에서는 육혈포 소리가 났다. 깜짝 놀라서 돌아다보니 인호가 자기의 팔죽지를 향하여 육혈포를 놓았다. 인화는 그것을 보면서 담장을 넘어서서 달아났다.

6

그 집을 벗어난 인화는 인제 유숙하던 집으로 돌아갈까 혹은 인호의 지시하던 곳으로 갈까, 잠시 주저하였다. 인화에게는 명인호라는 인물은 괴로운 존재였었다. 만나자니, 몹시도 열적었다. 저쪽은 아무것도 모르겠지만 인화의 처지로 보면 만나기가 거북하였다.

그러나 그는 마침내 인호의 지시하는 곳으로 가기로 하였다. 혹은 인호에게서 그이의 일을 좀 더 상세히 알지도 모르겠다 하는 바람이 그로 하여금 그리로 가게 한 것이었다.

거기 가서 얼마 기다리지 않아서 인호가 왔다. 인호는 왼팔을 수건으로 어깨에 메었다. 아까 스스로 육혈포로 쏜 그 상처였다.

인호의 말을 듣건대 어제 인화가 겸호의 집에 들어갔을 때 마침 인호도 와 있었다. 한때 몹시 앓았지만 그때는 건강이 거의 회복된 때였었다.

육혈포 소리를 듣고 나와 보는 순간, 인호는 그것이 벌써 활민숙생임을 알았다. 그리고 사찰의 원수를 갚으러 들어옴을 알았다.

다른 사람의 손에 잡히거나 혹은 그 집에서도 총을 준비하기까지 내버려두면 큰 봉변을 할 그 숙생을 인호는 손수 붙들었다. 그리고 따귀 한 대로써 넘겨버렸다.

그 숙생의 얼굴을 보고 그 사람이 틀림없는 진섭이의 약혼자 이인화인 줄을 안 때에 인호의 놀람은 얼마나 컸으랴. 그러나 그는 눈을 꼭 감고 모르는 체하였다. 그리고 큰 바를 가져오라 해서 그다지 아프지 않도록 인화를 결박하여 옥에 가두게 하였다.

가두기는 가두었으나 그는 마음이 놓이지 않았다. 구원해낼 일은 둘째 두고 이 집안에서는 누구든지 여자인 줄을 아는 인화가 무지한 하인놈들에게 욕이나 보지 않나—이런 근심 때문에 인호는 한잠을 못 잤다. 그리고 그날 겸호의 집에서 묵으면서 밤중에 수없이 뒷간 출입을 하였다. 자기가 병석에 넘어져 있는 동안 형 진섭이가 잡혀서 혹형을 당하였다 하는 것은 무가내하[1]한 일이나 자기의 보는 눈앞에서는 결코 형수를 욕보게 하고 싶지 않았다.

인호의 감시 아래서 그 밤은 무사히 밝았다.

아침에 인호는 겸호에게 인화 문초의 건을 자기에게 맡겨달라 하였다. 자기면은 입을 열게 할 도리가 있으니 전권을 맡겨달라 하였다. 이전에 재영이에게 싫증난 겸호는 인호의 청구를 쾌히 승낙하였다. 이리하여 인화는 인호가 문초하게 되었다.

인화를 도망시킬 방책은 벌써 인호의 머리에 작성되어 있었다. 인호는 인화를 조용히 혼자서 심문하겠다는 핑계 아래 인화를 데리고 후원 원앙각으로 갔다.

하인들을 물린 뒤에 인호는 계획대로 인화를 놓아 보냈다. 재영이의 고깃덩이가 아직도 더덕더덕 붙어 있는 곤장을 선사[2]로 주고 만일을 염려하여 육혈포를 한 자루 맡긴 뒤에 공공히 인화를 끌려서 돌려보냈다.

인화가 담장을 넘는 것을 보면서 인호는 자기의 가지고 있던 육혈포로써 제 왼팔을 쏘았다. 그런 뒤에 기다란 부르짖음을 발하였다. 하인들이 그 총소리와 부르짖음을 듣고 달려온 때는 인호는 공중거리를 하며

---

1 무가내하(無可奈何) : 달리 어쩔 수 없음.
2 선사 : 존경, 친근, 애정의 뜻을 나타내기 위하여 남에게 선물을 줌.

방금 죽는 듯이 야단을 할 때였었다.

인호는 들것에 담겨서 사랑으로 나갔다. 대감의 눈앞에서 그는 자기의 피 흐르는 팔을 내어보였다.

"그래, 그놈은 달아났느냐."

대감이 이렇게 물을 때에 인호는 자기는 총을 받는 순간 정신을 잃어서 아무것도 모르노라고 하였다. 어떻게 결박을 끌렀는지 웬 육혈포인지 어디로 달아났는지 언제 달아났는지 도무지 모르노라 하였다.

겸호는 인호를 책망하였다. 바보라고까지 하였다. 그러나 인호는 머리를 조을 뿐 변명치 않았다.

대감이 성이 나서 들어가버린 뒤에 인호는 의원한테 가보아야겠노라고 하고 그 집을 나섰다. 이리하여 그 집을 나와서 인호는 잠시 의원한테 가서 약을 바른 뒤에 이리로 달려온 것이었었다.

7

그 뒤에 인호는 인화에게 자기와 진섭이의 사이에 얽힌 인연을 설명하였다. 선대로 올라가서 그들의 어버이가 태공의 양명(兩明)으로 총애를 받던 일에서 비롯하여 태공을 시하러 들어갔다가 진섭이에게 잡히던 일이며 인화에게 결박을 끌리어서 달아나려다가 담장 밖에서 뜻 안 한 진섭이를 본 일.

"그때 담장 밖에서 사찰을 만날 때 저는 인제는 죽었구나 했습니다. 그랬더니 형님은 죽이시지도 않고 한참 물끄러미 들여다보더니 왜 빨리 달아나지 않느냐고 하시겠지요."

인호는 그때의 일을 이렇게 말하였다.

그리고 숨김이라는 것을 모르는 인호는 인화의 듣기 거북한 말까지 하였다. 재영이가 자기를 투기를 하던 일이며 그 때문에 연연이의 집에서 하마터면 일월도를 맞을 뻔한 일―그리고 그것이 동기 되어 서로 마음을 풀어헤치게 되고 나아가서는 두 사람이 태공의 앞에서 팔을 째어서 형제의 의를 맺던 말까지 하였다.

"이것 보세요. 이게 그때의 그 자립니다. 피로써 맺은 형제의 의를 죽기 전에 어떻게 잊겠습니까. 친구의 두터운 의는 끊으려야 끊을 수 없는 것이외다."

인호는 눈물 머금으며 이렇게 말하였다.

인호는 활민 선생에게도 소개되었다. 그리고 서로 연락을 취하며 활동하였다. 공덕리에서 인호가 숙생들에게 붙들려서 하마터면 욕을 볼 뻔할 때 천도산인의 혼백으로 가장을 하고 달려와서 인호를 구원해낸 것도 진섭이였었다. 천도산인이 죽은 뒤에 장안 사면으로 횡행하던 천도산인의 혼백은 혹은 진섭이 혹은 인호가 가장을 하였던 것이었었다.

이야기를 하는 동안 인화는 인호가 마음에 들었다. 아무 데도 장식이라는 것을 할 줄을 모르고 솔직하고 굳센 인호는 그이의 동생으로 아무 데를 내어놓을지라도 부끄러울 것이 없을 것이다. 이 인호의 솔직함은 인화로 하여금 자기도 모르는 틈에 열적음도 없게 하였다. 명인호라는 사내에게 대하여 이인숙이라는 여인이 당연히 가져야 할 열적음도 어느덧 없어졌다.

인호의 이야기는 그냥 계속되었다.

―인호는 몹쓸 병 때문에 움직일 수가 없게 되었다. 그것은 마침 겸호의 집에서 중대한 회의가 있는 때였었다. 인호는 하릴없이 형을 그 집으로 보냈다.

그날 저녁으로 돌아올 줄 알았던 진섭이는 그날 저녁은커녕 이튿날도 돌아오지 않았다.

인호가 각처로 사람을 보내서 알아보았으나 아무 곳에서도 진섭이를 발견할 수가 없었다. 찾아보고 또 찾아보아서 찾지 못하고 인제는 겸호의 집에 있다고밖에는 할 수가 없는 결론이 나올 때에 인호는 익명으로 급서를 활민숙에 던졌다. 그리고 한편 쪽으로 사람을 겸호의 집에 보내서 알아보았다. 그의 예상과 마찬가지로 진섭이는 겸호의 집에 잡혀서 곤란을 겪는 중이었었다.

인호의 마음은 뒤끓듯 하였다. 그러면서도 활민숙에 급서를 던졌으매 어떤 조처가 있으리라는 한 줄기의 가망도 있었다.

초조한 하룻밤을 지낸 뒤에 이튿날 아침에 사람을 보내서 알아보니 활민숙에서 구해내기는커녕 총살을 하러 수구문 밖으로 나갔다 한다. 그는 인제는 더 참을 수가 없었다. 활민숙도 믿을 수가 없었다. 그는 가마를 불러서 극도로 쇠약한 몸을 싣고 겸호의 집으로 달려갔다. 그리고 겸호에게 간청을 하여 죽이기 전에 자기가 한번 문초를 해보겠노라고 하여 죽음을 잠시라도 유예시키고 기회를 얻으려 하였다. 그러나 그 달려간 때는 벌써 일월산인인 진섭이는 총살을 당하고 하인들이 모두 올 때였었다. 인호는 그 하인들과 대문에서 만났다.

"그때 일을 생각하면ㅡ 탁 주먹으로 겸호의 대가리를 부숴주고 싶습니다마는."

인호는 이를 갈면서 그때 일을 이렇게 말하였다.

인호는 영환이에게서 몰래 진섭이의 유언을 들었다. 그리고 그의 시신을 대궐로 향하여 앉히고 나뭇가지들로 버티었단 말도 들었다.

8

그 뒤 사흘 만에야 인호는 마음대로 기거하게 되었다. 그는 곧 겸호의 집으로 가서 그날 같이 나갔던 하인 하나를 데리고 수구문 밖으로 나갔다.

무정처하고 찾아다닌 인화와 달라서 인호는 곧 총살한 장소를 알았다. 그러나 의외 시신이 없었다. 하인도 눈이 둥그렇게 되었다.

하인은 분명히 총을 맞았다고 주장하였다. 하인이 주장치 않더라도 그곳에 흐른 피로써 총을 맞은 것은 분명하였다. 그러면 그 몸집은?

꼭 인화와 같은 의문에 부딪힌 인호는 먼저 하인을 돌려보냈다. 그런 뒤에 나무에 박힌 총알을 칼로 우겨내었다.

"아주머니. 이거올시다. 이건 제가 맡아두느니보다 아주머니께서 맡아두세요. 형님의 살을 꿰고 나간 총알이외다."

인호는 주머니에서 총알을 꺼내어 인화에게 주었다.

인호는 하인을 돌려보낸 뒤에 그 근처로 돌아다니며 알아보았다. 이튿날도 또 같은 일을 거듭하였다. 사흘째 그는 한 가지의 단서를 얻었다. 그것은 총살을 당한 곳에서 한 10리쯤 동쪽으로 가서였었다. 거기 외따로이 있는 조그만 오막살이의 노파가 인호의 질문에 이런 대답을 하였다. 즉—그날(진섭이가 총살을 당한 날) 오정이나 좀 지나서 어떤 선비 한 사람이 하인에게 시신을 하나 지워가지고 지나가다가 물을 얻어먹으러 들어왔다. 노파가 물을 주면서 겁에 띤 눈으로 몰래 보니 여기저기 몹쓸 매를 얻어맞아서 죽은 듯한 시신으로서 비록 시신이라 하나 아직 살빛조차 변치 않은 새로운 시신이었었다.

선비는 자기가 물을 먹은 뒤에 물을 다시 한 그릇 달래가지고 하인에게 명하여 시신을 가만히 땅에 눕힌 뒤에 호주머니에서 무슨 약을 좀 꺼내어 시신의 입에 넣은 뒤에 시신의 입을 억지로 벌리고 물을 부어 넣었다.

노파는 하 이상해서 선비에게 물어보았다.

"아직 운명하지 않은 분이오리까."

"글쎄, 회생하기가 힘들 것 같아."

선비는 이렇게 말할 뿐 노파에게 그릇을 돌려주고(마치 달걀을 다루듯) 조심조심히 그 시신을 도로 하인에게 업히어가지고 가던 길을 그냥 가버렸다.

노파에게 이 이야기를 들은 인호는 그 뒤부터는 마치 미치광이였다. 인호는 노파에게서 선비가 가더란 방향을 물어가지고 미친 듯이 그곳을 돌아다니며 알아보았다.

그러나 그뿐이었었다. 그 선비의 종적도 시신의 종적도 그 뒤에는 알 수가 없었다. 며칠을 찾아본 결과는 찾아보지 않은 것과 마찬가지였다.

이리하여 진섭이의 총 맞은 몸집은 하늘로 솟았는지 땅으로 새었는지 완전히 없어지고 말았다.

비통한 태도로 눈물 머금고 이 긴 이야기를 다 한 인호는 이야기를 끝낸 뒤에 겨우 머리를 들었다.

"형님께서 어디 생존해 계신지 불행하셨는지 이것은 아직껏은 도저히 알 수 없습니다. 그러나 모르면 모를수록 우리는 더욱 몸을 신중히 해가지고 형님이 행여 돌아오실 날을 기다려야 하지 않겠습니까. 상당한 시기까지 기다려봐서 그래도 형님의 생사가 판명되지 않으면 그때 제가 아주머니께 가서 복수를 권하려고 미리부터 생각하고 있었습니다. 아주머니의 심사를 저도 모르는 바는 아니에요. 그렇지만 꾹 참으시고 얼마간만 기다려주세요."

인호는 이렇게 말하였다. 이 인호의 말에 인화는 약간 머리를 끄덕여서 승낙을 표시하였다.

그 뒤에 둘의 사이의 타협은 성립되었다. 담벽에도 귀가 있다는 말이 있으니깐 비록 형제지간이 된다 할지라도 인화와 인호가 만나는 때는 서로 이 형, 명 형 이렇게 부르기로 하였다. 그리고 인제는 진섭이가 없어진 이상에는 활민숙과 인호와의 연락은 인화가 가운데 서서 하기로 하였다.

인호는 삼청동 제 사관으로 돌아갔다. 인화는 쓰리고 아프고 괴상하게 무거운 가슴을 품고 자기의 숙소로 돌아왔다.

두 여성

1

민영환이가 재영이와의 약속에 의지하여 연연이를 찾은 것은 재영이가 처형을 받은 이튿날이었었다.

일찍이 무섭게 소낙비 오던 날 명인호의 집으로 재영이를 보낸 날 밤 연연이는 재영이를 기다리느라고 앉아서 밤을 새웠다. 재영이가 겸호의 집에서 갖은 욕을 다 보며 지낸 하루를 연연이는 집에서 재영이가 돌아오기를 기다리며 보냈다. 가정이라는 것은 없으나마 정당한 숙소를 가지고 있는 재영이는 활민숙에서 묵는 것이 정당한 일이며 연연이의 집에서 묵는 것은 외계이요 그만 일은 연연이도 모르는 바는 아니었었건만 재영이가 돌아오지 않는 것이 그에게는 매우 마음에 켱겼다. 왜 안 돌아오시나 하는 생각이나 혹은 지금 어디 계신가 하는 생각에서 나온 조심보다도, 무슨 변이 생기지나 않았나 하는 데서 생긴 근심이 그로 하여금 그렇듯 마음이 내려앉지 않게 하였다.

아침결에 두 번이나 사람이 와서 어젯밤에 들어왔는지를 알아본 사건은 그로 하여금 더욱 근심을 크게 하였다. 더구나 그 사환이 짐작으로 보아서 인호에게서 온 듯한 점을 알고 연연이는 더욱 근심하였다. 명인호의 집으로 갔던 사람의 거처를 명인호가 물으러 왔다는 것은커녕, 명인호가 이렇듯 걱정하여 아침에 두 번이나 사환을 보냈다는 것이 더욱 수상하였다. 어떤 일이 있관대 어젯저녁에 사람을 데려가고 오늘 또 두 번씩이나 사람을 보냈을까.

저녁때는 활민숙에서 또 사람이 왔다. 저녁 뒤에도 또 왔다.

여기서 연연이는 직각적으로 재영이의 신상에 생긴 상서롭지 못한 일을 알았다. 활민숙과 명인호가 이렇듯 찾는 것을 보면 재영이는 그 두 곳에 다 없는 것이 분명하였다. 그 두 곳에서 재영이의 거처를 이렇듯 알고자 하는 것을 보면 그 두 곳서 다 모르는 어떤 '다른 곳'에서 재영이의 신상에 좋지 못한 일이 생긴 듯한 것조차 분명하였다. 그러면 활민숙에도 있지 않고 명인호의 집에도 있지 않은 그이는 지금 어디 있나. 그리고 어떤 일을 겪고 있나.

그날 밤도 연연이는 잠을 못 잤다. 자기의 근심을 조금이라도 헤치고 자ー그리고 갑갑함을 조금이라도 잊고자 밤에 연연이는 거문고를 내었다. 딩딩 동동 줄을 고르느라고 줄 위에서 뛰노는 손을 내려다볼 때에 그의 눈에는 뜻하지 않고 눈물이 맺혔다.

고요한 밤 죽은 듯이 잔잔한 밤에 상부련(想夫憐) 한 곡조는 울리어 나아갔다. 연연이는 자기의 손끝에서 울리어 나오는 그 소리에 귀를 기울였다. 그리고 스스로 감동되었다. 연연이는 밤을 새워가면서 거문고를 뜯었다. 간간 피곤한 손을 잠시 멈추면 그의 마음은 걷잡을 수가 없이 허공에 헤매었다. 밤이 들면 드느니만치 그의 마음은 더 뒤숭숭하고 걷잡을 수가 없었다. 거문고로라도 속이지 않으면 참기가 힘들었다.

그날 밤을 또한 헛되이 기다린 연연이는 이튿날 아침 사인교를 불러 타고 기생 농개의 집을 찾아가서 농개를 앞장세우고 삼청동 인호의 집을 찾아갔다.

그러나 이 길조차 헛길이었었다. 탈이 중하여 앓는 인호는 물론 제 집에 있으려니 하고 갔더니 뜻밖에 인호는 벌써 가마를 불러 타고 황황히 어디로 인지 나갔다 한다. 더구나 몹시 쇠약한 인호가 자기의 보행력(步行力)이 생기기를 기다리지 못하고 가마를 불러 타고 나갔다 하는 점은 연연이의 불안을 극도로 돋구었다.

그날 연연이는 활민숙 근처에도 몇 번을 가서 배회하였다. 구체적으로 어떻다 할 수는 없지만 활민숙에도 확실히 어떤 불안한 기분이 보이는 듯하였다. 드나드는 숙생들의 얼굴에도 불안의 기분이 넘쳐 있었다.

인제는 더 고찰할 필요도 없었다. 여러 가지의 일로 미루어 재영이의 신상에 무슨 불길한 일이 생겼음은 분명하였다. 밤에 피곤함을 못 이겨서 책상 귀에 기댄 연연이는 꿈인지 생시인지 여러 번은 꿈에 놀랐다.

2

이튿날 낮쯤 지나서 민영환의 방문은 연연이에게 의외였었다. 재영이를 보기 시작한 뒤부터 다른 객을 보지 않던 연연이는 영환이도 역시 거절하려 하였다. 그러나 그 말을 전하러 나갔던 삼월이가 다시 들어와서,

"아가씨께 긴급한 말을 한 마디 전하겠노라."

는 영환이의 부탁과 아울러 어떤 일이 있든 잠시만 만나달라는 전갈이 있을 때에 연연이는 마음을 돌이켜서 영환이를 만나기로 하였다. 오히려 근엄(謹嚴)한 편에 가까운 영환이의 인격은 연연이로 하여금 얼마만치 안심하고 그를 만나게 한 큰 동기가 되었다.

영환이는 이전과 같이 연연이에게 하대를 하지 않았다. 존경할 만한 젊은 부녀로 대하였다.

"명진섭 형에게 받은 부탁을 전해드리고자 왔습니다."

영환이는 이렇게 말하였다.

"네."

연연이는 가느다랗게 이렇게 대답하고 뒤를 재촉하였다.

영환이는 한마디씩 한마디씩 똑똑히 자기가 눈으로 본 바의 재영이의 신상에 생긴 참변을 다 이야기하였다. 그의 유언에 의지하여 시신을 대 궐로 향하여 앉혀놓았다는 말까지 하였다.

"기생 연연이를 만나거든 명진섭이는 나라를 위해서 목숨을 바쳤다고 좀 전해주시오."

죽음의 길을 떠나는 그가 눈물 머금은 눈으로 자기를 바라보면서 이 런 부탁을 하더란 말까지 하였다. 아까운 인물을 참혹히 죽였다는 탄식 까지 하였다. 그이가 죽을 암시하여서도 잊지 않은 연연이는 어떤 의미 로 보아서는 행복이라고 위로를 겸한 조상까지 하였다.

그리 짧지 않은 영환이의 이야기를 연연이는 한마디의 질문도 끼지 않고 까딱 안 하고 다 들었다. 영환이가 이야기를 다 끝낸 뒤에도 그냥 가만있었다. 한 무릎을 세우고 세운 무릎 위에 한 팔을 올려놓은 뒤에 그 손에 턱을 고이고 있는 그의 자세에도 사소의 변동이 없었다. 한숨도 안 쉬었다. 눈조차 깜빡하지 않았다.

순서를 밟아서 할 이야기를 다 끝낸 뒤에는 영환이도 입을 닫아버렸 다. 더 위로를 하려도 아니하고 더 조상을 하려도 안 하였다. 얌전하고 단아하면서도 또한 여장부적(女丈夫的) 일면을 가지고 있는 연연이를 잘 아는 영환이는 천백 마디의 위로도 연연이의 마음을 조금이라도 풀 수가 없음을 잘 알았다. 무표정 무동작 무변동인 지금의 연연이의 태도는 가 장 큰 비애와 격동을 억누르고 감추려는 데서 나온 것임을 잘 아는 영환 이는 이대로 버려두어서 저 혼자서 제 마음을 지배할 수 있게 되도록 기 다릴밖에는 도리가 없음을 잘 알므로였다. 한참 말없이 앉아 있던 영 환이는 고즈넉이 일어섰다. 깎아놓은 듯이 앉아 있던 연연이도 영환이의 뒤를 따라서 일어섰다.

연연이는 영환이를 중문까지 바래다주었다. 중문에서 그냥 대문으로 나가려던 영환이는 발을 멈추고 돌아섰다.

"마음을 꺾이지 말우. 한 번 났다가 한 번 죽는 것은 당연한 일, 다만 그 죽을 곳과 죽을 때를 바로 찾지 못하면 말대(末代)까지의 치욕이외다."

"네……."

"나라를 위해서 목숨을 바쳤노라고 호언를 한 뒤에 사지로 가신 명 형이 오히려 부럽소이다. 그이의 혼을 위해서라도 아예 마음을 꺾이지 말우."

"네……."

영환이는 머리를 푹 숙였다. 그리고 좀 머뭇거리다가 발을 돌이켜서 대문으로 향하여 나갔다. 연연이는 한참 그냥 그 자리에 넋을 잃은 듯이 서 있었다. 검게 땅에 비친 자기의 그림자를 내려다보면서 만져지지 않고 잡을 수 없는 저것은 원 무엇이람 이런 생각을 하고 있었다. 한참 뒤에 그곳서 발을 뗄 때야 그의 입에서는 처음으로 조그만 한숨이 나왔다.

3

방 안으로 들어온 연연이는 잠시 우두커니 앉아 있다가 종 삼월이를 불렀다.

"네."

들어온 삼월이를 모른 듯이 그냥 가만히 앉아 있다가 연연이는 천천히 손을 들어서 의장을 가리켰다.

"저 의장 열고 그 안에 있는 서방님의 옷을 다 꺼내서 보에 싸라."

삼월이는 주인을 보았다.

"참, 서방님이 요즘 왜 안 오세요?"

그러나 연연이는 대답치 않았다. 그리고 딴 말을 꺼내었다.

"보자기는 그 아래층에 있느니라."

그런 뒤에 머리맡을 향하여 돌아앉아버리고 말았다.

재영이의 입던 옷이며 안 입어본 옷을 모두 웬 영문인지 모르고 꺼내어 보에 싼 삼월이는 다음 명령을 구하는 듯이 그냥 서 있었다.

"다 쌌냐?"

"네."

"다 쌌으면 발치에 밀어두어라."

그 편으로는 머리를 돌리지 않고 연연이는 이렇게 시켰다. 그 뒤에는 연연이는 삼월이를 내보냈다. 삼월이를 내보낸 뒤에 연연이는 퇴침을 끌어다 놓고 곤한 몸을 그곳에 눕혔다. 잠시 뒤에 그는 잠에 빠졌다.

저녁때 저녁을 지어놓고 삼월이가 들어왔지만 연연이는 잠에 취하여 정신을 못 차렸다.

"응? 응? 오셨어?"

눈을 번쩍 뜨는 것과 동시에 일어나 앉으며 이렇게 물어보았지만 삼월이밖에 다른 사람을 발견치 못한 연연이는 도로 몸을 눕혔다.

"저녁 진지 어떻게 할까요."

"응? 저녁? 이따 먹지."

콧소리로 이렇게 대답할 뿐 연연이는 다시 잠이 들었다.

밤에 끼니를 채근하러 두 번과 자리를 펴자고 한 번 들어온 삼월이를 연연이는 눈을 잠시 떠볼 뿐 대답도 없이 도로 내보내었다.

이튿날 아침도 연연이는 느직이 깨었다. 그러나 깨는 순간 그는 자기의 위에 임한 거대한 비극의 의의를 처음으로 절실히 느꼈다. 벌떡 일어나는 순간 연연이는 머리를 쓰다듬을 겨를도 없이 밖으로 뛰쳐나갔다. 나가는 덧으로 그는 삼월이를 붙들어가지고 다시 들어왔다. 그러나 들어는 왔지만 그에게는 어떻게 하여야겠다는 아무런 복안은 없었다. 삼월이를 윗목에 세워둔 채로 연연이는 아랫목으로 내려와서 담벽을 기대고 팔을 걸고 서 있었다.

한참 뒤에 연연이는 겼었던 팔을 늘이며 머리를 들었다. 이때에 그의 머리에 떠오른 것은 이인숙이라 하는 여성이었었다. 자기와 재영이와 서로 삼각적으로 관련되어 끊으려야 끊을 수 없는 인연을 서로 젊어지고 있는 이인숙이라는 여성—비록 자기가 먼저 안재영이라는 사람을 점령하기는 하였지만 정당한 안재영이의 주인이요, 가까운 장래에 자기와 힘을 아울러서 안재영이를 섬길 것을 굳게 믿고 있던 이인숙이라는 여성—그 사람은 혹은 지금 생긴 이 비극을 아는지. 다행히 안다 할지라도 안재영이를 명진섭이로—즉 자기의 약혼자로 알고[1] 있는지. 그 약혼자가 지금 이 참변을 당한 줄을 아는지. 그이에게 이 일을 알게 하여야겠다. 그이는 나를 어떻게 생각할는지 모르지만 내가 안 이상에는 그이에게 알게 하여야겠다.

연연이는 벼루함을 열고 인화에게 편지를 한 장 썼다. 예를 낮추어 가지고 참람되기는 하지만 잠깐 소첩의 집에 와 주시면 매우 긴요한 의논이 있다고 하였다. 그 편지는 삼월이가 받아가지고 활민숙으로 달려갔다. 그러나 삼월이는 빈손으로 돌아왔다. 활민숙에서는 늙은 스승과 행랑 사람밖에 다른 숙생은 모두 일찍이 어디로 나가서 편지의 주인은 만나지 못하였다는 것이 삼월의 회보였었다.

4

그날 그 뒤에도 연연이는 세 번이나 삼월이를 활민숙에 보내보았다. 그러나 매번 다 헛길이었었다. 어디를 갔는지 숙생들은 아침에 나간 뿐

---

1 알고 : 연재 원본에는 없으나 문맥상 추가함.

돌아오지를 않았다는 것이었었다. 행랑아범에게 캐어물어보았지만 도저히 요령을 얻을 수가 없었다. 활민숙에서 10년을 늙은 아범은 낯선 사람에게 속을 보이지를 않았다. 무얼 하러 나갔는지 언제 돌아올지 숙생이 다 같이 나갔는지 따로따로 나갔는지 놀러 나갔는지 일을 보러 나갔는지 한 가지도 요령을 얻을 수가 없었다. 자기는 시키는 심부름을 할 뿐, 다른 것은 늙어서 아무것도 모르노라는 것이 꾸준한 아범의 대답이었었다. 뿐더러 오히려 아범의 편에서 삼월이의 근본을 알아보려는 눈치까지 있었다.

이튿날은 새벽 동이 트자 삼월이를 활민숙으로 보내보았다. 그러나 이번의 대답은 뜻밖의 대답이었었다.

활민숙은 텅 비었다.

커다란 살림이 하룻밤 새에 사라졌다.

동리에서도 어디로 갔는지 모른다.

아범의 행방조차 알 수 없다.

이것이 삼월이의 회보였었다.

연연이는 그 회보를 듣고 그 길로 삼청동 명인호의 집으로 달려갔다. 그러나 명인호도 없었다. 이 며칠 늘(몸의 쇠약 때문에 못 나다닐 그이였지만) 새벽에 나가서 밤이 늦어야 돌아온다는 주인의 말이었었다.

연연이의 마음은 산란키가 끝이 없었다. 자기의 모르는 어떤 곳에서 어떤 중대한 사건이 진전된다는 것을 연연이는 직각적으로 느꼈다. 명인호는 무얼 하러 어디를 그렇게 나다니나. 활민숙은 하룻밤 새에 어디로 없어졌나. 20명의 숙생은 어디로 갔나. 해산되었나. 모두 죽었나. 잡혔나. 숨었나. 뛰었나. 그리고 이 모든 일은 모두 안재영의 죽음과 무슨 관련이 있는 것같이 연연이에게는 생각되었다.

삼청동서 발을 돌이킨 연연이는 피곤한 다리로 농개의 집을 찾아갔다. 혹은 명씨가 그곳에나 있지 않나. 없다 하더라도 농개는 명씨에게서 무슨 내용이라도 들은 것이 없나 하여. 농개도 명인호의 소식을 알지 못하였다. 그리고 왜 안 오는가고 속으로 원망하고 있던 중이었었다.

연연이가 농개의 집에서 제 집으로 돌아온 것은 날이 어두워서였었다. 그동안 그는 농개에게 '그이'가 돌아가신 전말을 이야기하였다. 영환이에게 들은 뿐 아직껏 입 밖에 내어보지 않은 설움을 농개에게 처음으로 풀어헤쳤다. 그이를 조상하는 눈물을 농개의 앞에서 처음으로 흘렸다.

"큰일을 위해서 목숨을 아끼지 마세요."

이것이 늘 재영이를 격려하던 연연이의 말이었지만 그 일을 당한 지금 그는 그 말을 회고할 여유가 없었다. 가장 사랑하던 그 지아비를 잃은 젊은 아내의 비통뿐이 그의 마음에 사무쳤다. 쓸쓸하고 외로울 자기의 장래를 바라볼 여유조차 없었다. 집에 돌아온 연연이는 삼월이를 시켜서 눈에 뜨이는 곳에 '그이'의 냄새가 나는 기념품은 모두 걷어치웠다. '그이'의 그림자조차 보기가 역하였다. '그이'와 같이 베던 기다란 베개는 불에 살라버렸다.

그 뒤부터 연연이는 어떻게 하여서든 인화를 한 번 만나보려고 별별 애를 다 썼다. 만나야 무슨 별 신통한 일이 있으랴만 '그이'의 돌아가심을 같이 애통할 사람인 인화를 한 번 어떻게 하여서든 만나고 싶었다. 만나서 한 번 가슴을 풀어헤치고 그이를 같이 조상하고 싶었다.

그러나 인화의 종적은 장안에서 사라진 듯이 없어졌다. 인화뿐 아니라 활민숙생의 한 사람도 장안에 얼씬을 안 하였다. 친구 기생들을 찾아다니며 앎 직한 기생에게마다 숙생들의 소식을 물어보았으나 아는 사람이 없었다. 활민숙생은 장안에 남아 있지 않거나 남아 있다 하면 깊이 숨어 있거나 하였지 알아볼 대로 알아봤으나 할 수가 없었다.

5

어떤 날 삼월이가 저자에 나갔다가 우연히 명인호를 길에서 만나서 붙들어가지고 돌아왔다. 그것은 인호와 인화가 서로 겸호의 집에서 만난 지 며칠 뒤였었다.

본시 같으면 재영이의 신상에 불안한 일이 생긴 것을 인호가 알았으면 맨 처음으로 연연이에게 알게 할 것으로되 인호는 그 일을 연연이에게 알리지 않았다. 재영이가 참살을 당한 것이 분명하면여니와 인호는 아직껏 재영이가 분명히 죽었다고 믿기가 싫었다. 아직 죽지 않은 몸이 어느 고마운 이에게 구조되어 거기서 몸을 치료하고 있는 것이라고 믿고 싶었다. 그리고 그렇게 보자면 또한 그렇게 보이는 점도 없지 않았다. 만약 재영이로서 아직 살아 있다 하면 연연이와 상봉할 날이 물론 있을 것이다. 그때까지 인호는 연연이를 만나지 않으려 하였다. 그리고 거기는 무슨 이렇다 할 근거가 없었다. 무인으로서의 솔직한 성격의 주인인 인호는 연연이를 만나는 것이 좀 거북스럽다는 것이 유일한 근거였었다. 연연이의 집에 평안히 누워 있는 재영이를 자기가 끌어내서 겸호의 집으로 보냈으며 재영이의 행방이 불명케 된 지금 그 책임의 일부분은 자기가 지지 않을 수가 없었다. 그런지라 그는 연연이를 볼 면목이 없었다. 분명히 죽은 것으로 인정이 되면 책임상 연연이에게 알리지 않을 수 없을 것으로되─혹은 살아 있다는 것이 분명하여도 또한 알게 할 것으로되 길흉 양단간에 아직 끝을 알 수 없는 이 사건은 섣불리 연연이에게 알리기 싫었다. 그리고 전력을 다하여 재영이의 행방을 수색하였다.

겸호의 집에서 인화를 만난 뒤에는 인호는 연연이를 잊어버렸다. 미쳤다고밖에는 볼 수가 없는 담대로서 단신 이 백주에 겸호의 집에 들어온 인화를 볼 때에 인호는 눈물겨워졌다. 비교적 단순한 감정의 주인인 인호는 온 동정을 인화의 위에 부었다. 재영이를 생각할 때에 연상적으로 연연이를 생각하던 인호는 그 뒤부터는 연연이의 대신으로 인화가 머리에 떠올랐다. 더구나 한 번도 다정히 이야기도 하여보지 못하고 종말에는 그의 애정조차 뚱딴지 사람 기생 연연이에게 부은 그 '임'을 위하여도 미칠 듯이 날뛰는 정열의 처녀 인화를 생각할 때는 한때 연연이에게로 쏠렸던 재영이가 야속하게까지 보였다. 그런 일 등으로 인호는 연연이를 찾지 않았던 것이었다.

그러나 길에서 우연히 삼월이를 만나서 삼월이에게 끌리어 와서 그새동안에 무척이나 초췌한 연연이의 얼굴을 볼 때에 인호의 동정심은 또한 연연이의 위에도 부어지지 않을 수가 없었다.

연연이의 방은 지극히 질소²하였다. 온갖 화려한 장신구는 죄 치워버리고 버릴 수 없는 일용구 몇 가지만 방 안에 있었다. 거울조차 없었다. 그 방의 주인의 차림도 그 방에 적합하도록 검소하였다. 머리는 비록 빗었다 하나 머리에 기름기가 없고 얼굴에는 분기가 없었다. 옷은 위아래를 무명으로 입었다. 얼굴은 놀랍게 여위었다. 노적스럽게³ 애조는 안 하나마 마음으로 근신하는 것이 분명하였다. 연연이는 일어서면서 인호를 맞는 뜻으로 조금 웃어보였다. 여윈 뺨에는 웃을 때에 주름이 잡혔다.

"그새 왜 얼씬을 안 하셨어요?"

하는 연연이의 인사와,

"오래간만일세."

하는 인호의 굵은 소리가 동시에 들렸다. 인호는 들어서면서 연연이가 벌써 재영이의 사건의 어떤 윤곽을 아는 것을 알았다. 누구한테 들었는지 어떻게 알았는지는 추단을 할 수가 없으되 질소한 방 안이며 검소한 차림이

---

2 질소하다 : 꾸밈이 없고 수수하다.
3 노적스럽다 : 평안도 사투리로, '말이나 표정, 몸짓 따위를 일부러 꾸미는 듯하다'라는 뜻.

며 초췌한 얼굴로 보아서 재영이의 위에 생긴 비극을 어떤 정도까지 아는 것이 확실하였다. 혹은 자기보다도 더 깊이 아는지 – 깊이 알 만한 무슨 연락이라도 없는지. 기대와 의혹과 불안이 섞인 마음으로 인호는 연연이의 초췌한 얼굴을 바라보지 않을 수가 없었다.

6

연연이는 먼저 인호에게 영환이에게서 들은 바의 이야기를 다 하였다. 무슨 까닭으로 그 집에를 갔으며 언제쯤 갔는지는 알 수가 없지만 영환이가 아는껏 연연이에게 들려주었던 그 대개를 인호에게 이야기하였다. 그리고 거기 가게 된 이유의 설명을 인호에게 요구하였다.

재영이를 그 집으로 보낸 책임자인 인호는, 연연이의 질문을 피할 수가 없었다. 더구나 연연이의 초췌한 얼굴을 볼 때에 아직껏 연연이를 피하려던 생각이 눈 녹듯 사라진 인호는 연연이의 질문을 받은 뒤에 잠시 묵묵히 앉아 있다가 간단히 대답하였다.

"피하지 못할 중대한 일로……."

연연이는 한순간 인호를 쳐다보았다. 피하지 못할 중대한 일이란 대체 무엇인가는 질문이 꼬리를 이어 나오려 하였다. 그러나 연연이는 그 말을 삼켜버렸다. 그리고 머리를 푹 수그렸다. 여인이 능히 간섭치 못할 남자의 분야(分野)를 명료히 의식한 그는 입을 닫치지 않을 수가 없었다.

"사업을 위해서."

일찍이 그 자신이 재영이를 격려하던 이 말을 오늘날 인호의 말귀에서 발견한 연연이는 더 할 말이 없어서 잠잠하여버렸다.

인호도 간단한 한 마디의 대답 뒤에는 입을 닫아버렸다. 한참 동안 침묵이 계속되었다.

그 침묵 동안에 인호의 마음은 차차 연연이의 태도 때문에 눈물겨워졌다. 온갖 표정을 죽여버리고 숨소리조차 고요히 눈물도 없이 소곳이 앉아 있는 연연이로되 그 모양이 인호에게는 가엾기가 그지없었다. 연연이로서 이 자리에서 땅을 두드리며 울고 부르짖는다 할지라도 마음의 비통을 이렇듯 명료히 인호에게 전할 수가 없으리만치 인호는 연연이의 무관심한 태도에서 극도의 비애를 발견하였다. 그리고 그 비애는 인화가 단신으로 육혈포를 가지고 겸호의 집에 뛰쳐들은 정열에 결코 지지 않을 정도의 비애였었다.

한참의 침묵 뒤에 닫았던 입을 열 때는 인호는 처음과 같이 연연이에게 어떤 경의를 가진 인호가 아니요 한 개의 벗인 인호였었다. 인호는 연연이가 민영환에게 들은 바의 사건의 뒤꼬리를 이야기하여주었다. 시체를 찾으러 다니던 전말에서 시작하여 그 시체를 찾을 곳에서 찾지 못하고 그곳서 10여 리 되는 어떤 산곡에서 어떤 노파에게 재영이의 시신으로 인정되는 한 개의 시신(?)의 소식을 들었다는 이야기로—그리고 아직껏 조사한 그 결과에 의지하면 재영이가 죽었다는 증거는 하나도 없고 오히려 직성에 의지하건대 살아 있는 것같이만 보인다는 이야기며 지금 그날 그 수상한 시신을 건사한 선비의 행방을 찾는 중이라는 이야기까지 한 뒤에 연연이에게 그리 낙심하지 말고 길보가 오기를 기다리라고 위로도 하였다. 이번에는 길흉 간 재영이의 소식이 알아지는 날이면 시각을 유예치 않고 연연이에게 전하마 약속까지 하였다.

그 뒤에 인호는 연연이에게 이인화가 대담히도 단신으로 민겸호의 집에 뛰쳐 들어온 이야기도 하였다.

이 이야기를 기회 삼아서 연연이는 인호에게 이인화와 회견할 기회를 지어주기를 부탁하였다. 같은 이를 사모하는 마음 뒤라서 지지 않을 두 여인이 한 번 만나서 가슴을 풀어헤치고 그이를 조상하려는 자기의 심원을 인호에게 하소연하였다.

인호도 그 일을 쾌히 승낙하였다. 연연이가 그냥 앉아서 인화를 연연이의 집으로 데려온다는 것은 사리와 예의에 어그러지기는 하지만 이목이 번다한 다른 곳을 택하느니 손쉽게 연연이의 집에서 내일 저녁때 그렇지 못하면 모레 저녁때 회견할 수 있게 하도록 주선하기를 약속하였다.

인호는 저녁때가 거진 되어서 그 집에서 나섰다. 연연이는 대문까지 따라 나가면서 인호에게 꼭 잊지 않고 주선하여주기를 천백 번 부탁하였다.

7

이튿날 저녁때 인호는 인화를 데리고 연연이의 집으로 왔다.

삼월이에게서 명인호가 어떤 젊은 손님과 함께 온다는 말을 듣고 뛰어나간 연연이는 그들을 대청에서 만났다. 연연이의 눈발은 인호를 거쳐서 인화의 얼굴을 발견하였다. 그러나 연연이는 거기서 커다란 광채 나는 두 눈알밖에는 아무것도 보지를 못하였다. 애수를 띤 인화의 커다란 두 눈알은 정면으로 연연이의 위에 부어져 있었다. 그 눈알에 위축된 연연이는 자기의 눈을 아래로 떨어뜨리며 동시에 머리도 숙였다.

"누추한 집에 참……."

인사를 의미하는 작은 소리가 그의 입에서 새어 나왔다. 그러나 이상히도 이 순간 연연이의 마음에 일어난 것은 인화에게 대한 이유 모를 적개심이었었다. 어제까지―아니 잠시 전까지도 그렇듯 만나보고 싶던 인화에게 대하여 갑자기 일어나려는 적개심과 경멸감을 연연이는 삭일 수가 없었다.

비록 별견이나마 인화의 얼굴에서 본 바의 놀랍게도 광채 나는 두 눈알이 연연이로 하여금 적개심을 일게 하였나. 또는 당연히 낮추 보고 또

적시(敵視)하여야 할 자기에게 동정을 구하는 듯한 눈자위를 보낸 인화의 태도가 연연이로 하여금 경멸감을 일게 하였다. 그것은 연연이로도 알 수가 없었다. 그러나 어린애와 같이 천진스런 눈으로 자기를 바라보는 인화에게 연연이는 어떤 경의를 품지 않을 수가 없었다.

연연이의 인도로 주객은 들어와 앉았다.

"연연이, 인사드리게."

좌정이 된 뒤에 인호는 이렇게 말하였다. 연연이는 몸을 일으켜서 인화에게 공손히 인사를 하였다. 그러나 아직 가정적 예의에 익지 못한 인화는 이 뜻 안 한 인사를 어떻게 처치할지 모른 모양이었었다.

"아-이-왜."

인화는 황황히 연연이의 인사를 말렸다. 그리고 이것은 더욱 연연이로 하여금 경멸감을 일게 하였다.

연연이는 자기의 마음을 채찍질하였다. 떳떳한 자기의 손윗사람이며 나이로 보아도 연갑세4, 지벌로 말하여도 저편은 명문의 규수요 자기는 한낱 천비, 학문, 기예, 용모, 어느 방면으로 보아도 자기보다 승한 인화에게 대하여 까닭 없이 일어나려는 경멸감은 그의 마음에 일종의 고통까지 주었다. 이렇게 마음이 천하게 길러난 자기는 아니었건만, 오늘 저이에게 품게 된 이 기괴한 마음은 어디서 나온 것인가. 마음을 다시 먹자. 마음을 고치자. 한참 머리를 수그리고 있다가 눈을 천천히 들어서 인화의 가슴 바로를 바라볼 때는 표면이나마 얼굴은 지극히 유화하였다.

"참, 참람되이 와주십사 해서 어찌 황공한지 모르겠습니다. 벌써부터 한 번 뵙고 싶은 걸 계신 곳을 알지를 못해서 무척 애쓰다가 어저께야 겨우."

---

4 연갑세(年甲歲) : 연배. 어떤 범위에 속하는 나이. 또는 그런 나이의 사람.

연연이는 손으로 인호를 가리켰다.

"이 나리께 알고 이렇게 와주십시사 한 게여요. 얼마나 가슴이 아프신 지……."

연연이는 인화의 가슴으로 향하여 있던 눈을 잠시 들어서 얼굴을 쳐다보았다. 아직껏 연연이의 얼굴을 바라보고 있던 인화의 눈은 연연이의 눈을 만나서 곧 아래로 떨어졌다. 아래로 떨어졌던 눈은 곧 감겨버렸다. 그리고 감긴 다음 순간 그의 눈에서는 눈물이 새어 나왔다. 한 마디의 말 한 토막의 위로라도 '그이'의 일을 생각나게 하는 것이면 인화의 눈에서 눈물을 자아내는 것이었었다.

"가슴 아프기야 피차일반이지 너 나 할 게 있겠소?"

이것이 눈을 감은 뒤에 인화의 입에서 나온 바의 대답이었었다.

연연이는 그 눈물을 보았다. 그리고 그 눈물에 어린 적심[5]을 보았다. 동시에 인화가 재영이에게 가지고 있는 애련의 큼을 보았다.

8

눈물 머금은 인화의 얼굴 위에 잠시 머물러 있던 연연이의 눈은 다시 인화의 가슴으로 향하였다. 인화의 말을 받아서 연연이의 입에서도 무슨 말이 나오지 않으면 안 될 것이었다. 주객의 견지로 보든지 정실과 소실이라는 지위의 관계로 보든지 심지어 애교를 파는 기생이라는 자기의 처지로 보든지 무슨 애교 있는 위로의 한마디를 대꾸하여야 할 연연이였었지만 아무 말도 없이 연연이는 눈을 다른 데로 옮길 뿐이었다.

인화의 입이 다시 열렸다.

"어제도 하루 진일을 돌아다니며 알아봤지만 돌아가셨는지 생존해 계

---

5 적심(赤心) : 거짓 없는 참된 마음.

신지 알 길도 없구려. 그것이라도 분명해지면……."

인화의 말은 진정에서 나온 하소연이었었다. 자기의 맞은편에 앉아 있는 여성이 자기와 어떤 관계를 가지고 있는 사람인지 그런 것은 염두에도 두지 않고 가슴에 맺힌 말을 한 것이었었다. 아니 돌아가신 이와 매우 가깝던 사람을 맞은편에서 발견하고 서로 통사정을 하자는 하소연에 가까운 말씨였었다.

스스로 제 속을 책망하면서도 왜 그런지 인화에게 대하여 격의를 품고 있는 연연이는

"참……."

이 한마디로써 넘겨버리고 눈을 더욱 아래로 떨어뜨려서 방바닥을 내려다보았다.

윗목에 웅크리고 앉았던 인호가 몸을 조금 움직였다.

"내 잠깐 어디 다녀오리까?"

"왜요?"

인화에게 대하여 봉하고 있던 연연이의 입이 인호에게는 곧 응하였다.

"좀 조용히 말씀이라도."

"아니, 괜찮아요. 그냥 앉아 계세요."

"그래도……."

그래도 나가려는 인호를 연연이는 일어서다시피 하면서 말렸다. 인화와 단둘이서 마주 앉아 있는 고통을 연연이는 맛보기 싫었다.

그 뒤에도 이야기가 몇 마디 사괴어졌다. 그러나, 연연이가 직접 인화에게 대하여는 한마디도 한 일이 없었다. 이야기를 할 일이 있으면 인호를 건너서 하였다.

세 사람은 저녁도 같이하였다. 저녁 뒤에도 얼마를 그냥 같이 앉아 있

었다. 그러나 몹시도 **빽빽**하고 맛적은 좌석이었었다.

"그렇지 않습니까? 응? 연연이, 그렇지?"

인호 혼자서 때때로 호란한 웃음을 웃어가면서 두 사람의 이야기를 붙여보려고 노력을 하였다. 그러나 무인으로서 교제에 능하지 못한 인호의 알선이 효과가 있을 리가 없었다.

인화는 처음에는 연연이에게 대하여 아무 격의 없이 몇 마디의 이야기를 하여보았지만, 거기 잘 응하지 않는 연연이의 태도는 인화에게도 곧 전염되었다. 연연이는 까닭은 없어도 마음으로는 뾰롱하였다 하나 겉태도는 지극히 공손하였고 인호에게는 갈피없이 이야기를 하였지만 인화는 마음이 부르트면서부터는 온전히 입을 봉하여버렸다. 보고 있는 인호가 너무 거북하여 때때로 인화에게 향하여 이야기를 건네보았지만 인화는 대답도 변변히 하지 않았다.

그것은 어느 모로 뜯어보아도 큰댁과 시앗[6]의 대면하는 장면이었었다. 방 안의 공기에는 험악한 곳이 없으나 마음은 제각기 자기의 속만 차리고 있었다. 그러다가 저녁 뒤 조금 지나서 인화가 먼저 몸을 수습하면서 일어섰다.

"인젠 갑시다."

인호도 그것을 말릴 말이 없었다. 인호도 뒤를 따라서 일어섰다.

연연이도 말리지 않았다. 그리고 따라 일어나서 그들을 대문 밖까지 바래다주었다.

"종종 찾아주세요."

이것이 보낼 때의 연연이의 인사였다. 이렇듯 두 사람의[7] 첫 회견은 끝

---

6 시앗 : 남편의 첩.
7 인사였다. 이렇듯 두 사람의 : 연재 원본에는 없으나 문맥상 추가함.

이 났다. 만나기 전에는 커다란 정열로써 그날을 기대하고 있었음에도 불구하고 그 회견은 지극히 재미없이 끝이 났다.

9

그날 밤.

한참을 깊이 들었던 연연이는 밤중에 잠깐 깨었다가 펄떡 정신까지 차렸다. 아까 인화를 과도히 푸대접한 일에 대하여 번민에 가까운 고통 때문에 정신이 똑똑하여졌다. 동시에 몹시 불유쾌한 듯이 뒤도 안 돌아보고 가던 인화의 모양이 연하여 눈에 떠올랐다.

연연이는 몸을 일으켜 앉았다. 그리고 손을 들어서 머리를 한 번 쓰다듬은 뒤에 맥을 놓듯이 무릎 위에 양손을 내어던졌다.

그의 머리는 피로 때문에 앞뒤를 가릴 수가 없었다. 그러나 그러한 피로 가운데서도 인화에게 대하여 미안한 생각뿐은 명료히 의식되었다.

자기는 무슨 까닭으로 그이를 그다지도 푸대접하였나. 떳떳한 자기의 손윗사람, 말하자면 자기를 불러다가 보아야 할 사람이 일부러 몸을 굽혀서 예까지 왔거늘 왜 그다지도 푸대접하여 보냈나. 오히려 자기에게 향하여 적의를 가질 만한 사람이 아무 적의도 없이 자기를 찾아주었거늘 왜 자기는 그이에게 그런 대접을 하였나.

후회는 피곤한 연연이의 머리를 어지럽게 하였다. 그 후회를 더욱 힘 있게 하려는 듯이 연연이의 눈에는 아까 눈물 머금었던 인화의 눈이 어릿거렸다.

"가슴 아프기야 피차일반, 너 나 할 게 있겠소?"

눈물 머금은 소리로 하던 인화의 말이 귀에 쟁쟁 울리는 듯하였다. 그 천진스런 소녀에게 자기는 왜 적의를 품었던가.

아까 인화에게 대하여 갑자기 품게 되었던 적의를 그 죄를 연연이의

피로로 돌릴까. 혹은 너무도 커다란 비극 때문에 제정신이 아니었었다고
할까. 연연이의 마음에 후회의 염이 일어난 뒤부터는 가속도로 그 후회
가 커갔다. 동시에 아까 회견할 때는 조금도 느끼지 않은 인화에게 대한
친애가 후회와 같은 비례로 차차 커갔다. 아까의 적의가 아랫사람이 윗
사람에게 가지는 반항심의 산물이라 하면 지금 연연이의 마음에서 일어
나서 가속도로 커가는 그 친애는 윗동생이 아랫동생에게 가지는—혹은
선배가 후배에게 가지는 그런 종류의 친애였었다. 안재영이라는 인물을
빼앗은 자기에게 대하여 아무 격의도 없이 하소연하던 그—자기의 푸대
접에 뾰롱하여 인사도 받지 않고 돌아간 그—안재영의 기억을 일으키게
하는 한마디의 말에 눈물 머금던 그—이러한 몇 가지의 천진스러운 인화
의 기억은 더욱더 연연이로 하여금 인화에 친애의 염을 일게 하였다. 그
리고 날이 밝거든 인호를 찾아가지고 인화에게 가서 경우를 보아서는 사
죄까지라도 하려고 결심하였다.

　　연연이는 날이 밝도록 그대로 앉아 있었다.

　　조반 후에 연연이가 바야흐로 인호의 집으로 가려 할 때에 마침 인호
가 찾아왔다. 인호는 문에서 찾지도 않고 댓바람에 연연이의 방으로 들
어왔다.

　　연연이는 쿵쿵거리며 들어오는 괴한에게 첫 번에는 경악의 눈을 던졌
다. 그리고 그것이 인호인 줄을 안 뒤에 벌떡 일어섰다.

　　인호의 얼굴은 심상치 않았다. 그의 얼굴에는 분명히 노여움이 나타
나 있었다. 그리고 그 노여움의 의의를 연연이는 알았다. 벌떡 일어서 연
연이는 인호에게서 무슨 말이 나오기 전에 먼저 말을 꺼내었다.

　　"지금 막 뵈러 가려던 중인데요."

　　인호는 거기 응하지 않고 눈을 커다랗게 뜨고 연연이를 바라보았다.
그 쏘는 듯한 인호의 눈을 만나서 하마터면 아래로 떨어질 뻔한, 얼굴을

그냥 쳐들고 있는 연연이는 미소가 스치고 지나갔다. 그러나 그 미소는 억지로 띤 미소였었다.

"자, 앉으세요."

"연연이."

인호는 처음으로 입을 열었다.

"네?"

"네? 네가 다 뭐야. 내 형의 면목만 안 볼 것 같으면 당장에 한 주먹으로 때려 죽이고 싶다."

인호는 그냥 눈을 흘기면서 이렇게 말하였다.

10

연연이는 마침내 머리를 수그렸다. 그의 입가에 떠돌던 미소도 어느 덧 사라졌다.

"좌우간 앉으세요."

이 말을 할 때의 연연이는 어제 인화를 만날 때의 연연이가 아니었었다. 얌전한 그 지어미―어느 모로 뜯어보아도 정렬하고 착한 이전의 연연이를 회복하였다.

"오늘 찾아가 뵈려 한 것도 다른 까닭이 아니에요. 어제 웬 셈인지 몹시 피곤해서 사람을 만나기가 역한 때문에 그이에게 너무나 실례를 했기에 찾아가 뵙고 그런 말씀이라도 드리고자……."

하면서 먼저 고즈넉이 앉았다.

이러한 공손한 사죄에도 인호의 성은 삭지가 않는 모양이었었다.

"글쎄 네―자네가 그게 무슨 행실이냐 말이야. 자네가 한번 만나뵙고 싶다고 하기에 부러 예까지 모시고 왔더니 그게 무슨 짓이야. 내 면목도 내 면목이려니와 자네 꼴은 무슨 꼴이야. 그이를 누구로 알고 그이 앞에서—그이를—그이께…… 아무리 생각해도 어제는 자네 정신이 아니었네. 분명히 자네 정신이 아니야."

떠오르려는 성을 '분명히'라는 말에 힘을 주어서 인호는 그냥 까박[8]을 하였다.

"그리고 말일세. 이제 형님이 그냥 생존해 계시다가 돌아오는 날이 있으면 자네는 무슨 면목으로 또 뵙겠나. 그분은 형님의 정당한 내조가 되실 어른, 그런데 자네는 그 그래 대체 뭐이관대 그분께 그런 대접을 했단 말인가. 제 지위도 제 처지도 또 제 그 그 제, 아무것도 모르는, 철없는 아이와도 달리 그래도 장안에서 내로라고 하던 자네가 그래—그래."

연연이는 한 마디의 말대답도 아니 하였다. 그리고 머리를 조으며 자기의 잘못을 수고하였다.

"더 말씀 말아주세요. 인젠 다 알았습니다. 그 때문에 어젯밤에 한잠도 못 잤습니다. 죽을 혼이 들어서 그분께 그렇게 해놓고 지금 그 때문에 부끄러워서 자결이라도 하고 싶습니다. 나리, 오늘—인제라도 그분을 다시 한번 만나 뵙게 해주세요. 어제 너무 피곤해서 세상이 모두 매상 같아서 철없는 짓을 해놨지만 나리도 아시다시피 제 마음이 어디 그렇게 거만한 계집입니까? 또 설혹 거만하달사 그 거만을 그분께까지 그대로 버틸 처지오니까. 인제 즉시로 그분을 다시 뵙고 그 오해를 모두 물로 씻어버리지 않으면 오해가 차차 커질 것. 오해가 커지면 어떻게 하겠습니까. 돌아가셨다 해도 그 오해를 그냥 두고 괘씸한 년이라는 욕을 듣기도 싫거니와 요행 생존해 계셔서 다시 뵈올 날이 있다 하면은 그때 일을 생각하면 어떻게 오해를 그냥 두겠습니까. 이것은 나리께서 잘 생각하셔서 조처해주셔야겠습니다."

---

8 까박 : 트집을 잡아서 핀잔을 주거나 걸고드는 것.

연연이는 인호의 성이 꺼지기까지 인호에게 애원하였다. 이미 자기의 양심을 회복한 연연이는 진심을 다하여 인호에게 사과하였다.

곧고 순된 인호의 마음을 풀기는 그다지 어려운 일이 아니었었다. 인호의 마음은 얼마를 지나지 않아서 곧 풀어졌다. 그리고 또다시 만날 기회를 얻기 위하여 연연이를 데리고 인화의 묵고 있는 집으로 떠났다.

그러나 인화는 주인에 없었다.

"아침 일찍이 나갔습니다."

웬 기생을 데리고 온 수상한 젊은이를 하인은 의혹의 눈으로 바라보면서 이렇게 대답하였다. 그리고 그 뒤를 캐어묻는 인호의 질문에 도저히 요령을 얻지 못할 대답만 하였다. 인호는 주인영감을 뵙자 하였다. 이리하여 만난 주인은 인호를 알아보았다. 그새 몇 번을 인화를 찾아와서 격의 없이 이야기를 하는 것을 본 주인은 인호에게 별 의혹을 두지 않았다.

인화는 수구문 밖에 나가노라고 하면서 아침 조반을 먹고 곧 나갔다 한다. 그 말을 듣고 연연이는 인호를 재촉하여서 수구문 밖으로 가자고 하였다. 돌아오도록 여기서 기다리자고 인호는 제의하여보았지만 연연이는 그 말을 듣지 않았다. 여자의 몸으로 홀로 또한 수구문 밖으로 나갔다는 말을 들은 뒤에는 연연이는 더욱 마음이 급하여졌다. 그리하여 그들은 그 길로 수구문 밖으로 향하여 발을 돌이켰다.

11[9]

"연연이가 아주머니를 좀 뵙고 싶답디다."

이런 말을 인호에게서 들을 때에 인화는 여러 말을 허비치 않게 하고

---

9 연재 원본에서는 10화로 회차 번호가 잘못 매겨져 있어 바로잡음.

회견을 곧 승인하였다. 인호가 이것을 물어볼 때는 연연이의 집으로 가서 만날는지 혹은 불러서 만날는지 어떤 형식 아래서 만날는지 여러 가지로 마음에 걸리는 바가 있었으되 인화는 그런 모든 것은 생각지 않고 자기가 가서 만나는 것이 당연한 듯이 손쉽게 승낙하였다. 인화는 아직껏 잊고 있던 연연이에게서[10] 처음으로 동지를 얻은 듯한 느낌을 받았다.

그이의 행방이 불명케 된 지 10여 일, 낮에는 행여 그이의 소식이라도 알아지지 않을까 하여 홀로 수구문 밖을 헤매며 밤에는 울음으로써 세월을 보내는 동안 인화는 사람의 세상의 외롭고 쓰라림을 절실히 느꼈다. 스승이 서울 있을 때에는 그래도 때때로 하소연할 이도 있었건만 스승까지 시골로 몸을 피한 뒤에는 하소연할 이도 없었다. 인화는 혼자서 발을 구르며 울고 하였다.

인호가 인화의 앞에 나타났다. 그러나 인호가 얼마나 인화의 심통에 위로를 주었으랴. 비록 자기를 여성으로 아는 이 세상의 셋째 사람이라 하나 인호의 앞에서는 그는 마음대로 발버둥이를 칠 수가 없었다. 인호의 말 가운데서 아직 그이의 생사에 대하여 요행심을 붙일 가능성을 더 발견하였다 하나 이 발견은 더욱더 그의 마음을 답답케 하는 데 지나지 못하였다. 오히려 탁 단념하여버리면이어니와 오랫동안 요행심을 계속하는 것이 더 힘들었다.

늘 울고 싶은 마음과 죽고 싶은 마음 가운데서, 인화는 자기의 마음을 한 번 펼쳐놓고 하소연할 만한 동지를 구하는 생각이, 불 일듯 일어났다. 그러나 누구에게? 스승은 시골로 가셨다. 태공은 인화에게는 아직 낯설었다. 인호는 열적었다. 그리고 그 세 사람밖에는 인화의 심통의 정도를 알아줄 사람은 세상에 없었다. 뿐더러 그 세 사람은 모두 이성(異

---

10 연연이에게서 : 연재 원본에는 '인화에게서'로 표기됐지만 '연연이에게서'의 오류로 보임.

性)이요, 사(私)보다도 공(公)을 중히 여기는 사람들이었었다. 그이들에게 하소연을 한대야 인화는 마음에 품은 것을 할 수가 없었다. 동지—동성, 노파건 젊은이건 과부건 유부녀건 처녀건 자기의 마음을 풀어놓고 한번 울어볼 수 있는 동성이 인화에게는 그립기가 끝이 없었다. 그러나 그럴 만한 사람이 이 세상에는 없었다. 여인으로서 인화의 정체를 아는 사람은 없었다.

이러한 때에 인호가 연연이와의 회견을 제의하였다. 인화는 다른 생각을 할 여유가 없이 그 일을 승낙하였다. 더구나 같은 이를 사모하는 정열 때문에 가슴 아파하는 연연이는 이런 경우에 있는 인화에게 더 일각이라도 빨리 만나보고 싶게 하였다. 만나면은 서로 손목을 마주 잡고 마음껏 하소연할 수가 있으려니 하였다. 그리고 얼마의 위로라도 얻을 줄 알았다.

그러나 회견한 뒤에 인화에게는 낙망과 노여움을 산 것밖에는 수확이 없었다.

"얼마나 가슴이 아프신지."

아주 공손한 연연이의 이 말에 눈물 머금은 인화가 거기 적당한 대꾸를 하고 연연이에게서 다시 나올 위로를 기다렸지만 연연이의 입은 그뿐 봉하여져버렸다.

인화는 몇 마디를 더 건네보았다. 그러나 마디마다 더 냉랭해가는 연연이의 태도는 마침내 인화의 마음에도 반항심을 일으키게 하였다. 그리고 그 반항심은 곧 자기와 연연이의 지위와 처지를 고찰하는 데까지 인화의 생각을 끌어갔다.

'기생, 첩, 소실, 시앗, 천비, 상인.'

처음에는 자기와 동등의 사람으로서 대하려던 인화의 마음에도 (연연이의 태도 때문에 일어난 반항심으로 인하여) 이러한 경멸할 만한 연연이의 지위가 생각나게 되었다. 그리고 이 생각은 더욱 인화의 입을 무겁게 하였다.

일단 이렇게 마음을 먹은 뒤에는 연연이는 인화에게는 '낮춰볼 만한 비열한 인격'에 지나지 못하였다. 그리고 사랑하는 그이를 빼앗은 한 마리의 여우에 지나지 못하였다.

12

주인집까지 바래다주려는 인호도 인화는 거절하였다. 그에게는 사람이라 하는 것이 통 다 귀찮았다. 더구나 연연이와 회견할 기회를 만들어준 인호가 미웠다. 자기 혼자서 그이를 조용히 조상할 게지 무얼 하여 연연이 따위의 상계집의 집에를 갔던가 하는 후회는 각각으로 더하여 갔다.

밤에 혼자서 조용한 기회를 얻은 인화는 품에 깊이 간직하였던 총알을 꺼내어 책상 위에 놓았다. 그리고 벽장에서 곤장을 꺼내어 그 곁에 놓았다. 그 총알은 그이의 살을 꿰고 나간 것이었었다. 그 곤장에는 아직껏 그이의 고깃덩이가 더덕더덕 말라붙어 있었다.

그것을 보면 볼수록 인화의 마음에는 연연이에게 대한 증오의 염이 타올랐다. 그 가운데는 다분의 질투도 섞여 있었다. 곤장에 붙은 작은 고깃조각이나마 자기에게는 이렇듯 살뜰커늘 연연이는 대체 무엇이길래 그이의 온몸을 그동안 점령하고 있었나. 부모가 정하여주신 자기의 남편을 빼앗은 연연이에게 대하여 인화의 마음에는 질투의 불이 맹렬히 타올랐다. 그리고 이 '질투'라 하는 감정은 그의 아직껏의 생애에 처음으로 맛보는 괴로운 감정이므로 그의 받는 아픔은 더욱 컸다.

이 '질투'로 말미암아 인화는 자기가 여자—라는 것을 통절히 느꼈다. 그리고 거기서 출발하여 '한 남자에게는 다만 하나의 여자가 있어야겠다'는 점을 절실히 깨달았다. 아직껏 약혼자에게 대하여 막연히 가지고 있던 그 애정과 달리 여자로서 남자에게 가지는 애정을 비로소 가지게 되었다. 그리고 굳센 품이며 힘 있는 입맞춤 등 남녀의 관계에 있어서 야비한 짓이라고 생각하고 있던 일에 대한 욕구조차 맹렬히 일어났다. 그러한 모든 일을 그이가 이미 연연이와 하였으리라고 생각할 때에 인화의 마음은 거의 미칠 듯하였다. 기괴한 환상―그것은 얼굴을 붉히지 않고는 생각도 못 할 만한 기괴한 환상조차 끊임없이 인화의 눈앞에 어릿거렸다.

"여보세요. 당신은 지금 어디 계십니까. 아직 생존해 계십니까, 혹은 벌써 불행하셨습니까."

아직 그이로써 생존해 계시다 하면 이번에는 결코 그 기생에게로 보내지 않아야겠다. 그이의 굳센 품안에 결코 기생을 안기지 않아야겠다. 나, 나밖에는 그이를 차지할 사람이 어디 있겠냐. 아직껏 재영이에게 대하여 막연히 가지고 있던 애정의 위에 질투라 하는 감정이 가미되면서 그 정열은 더욱 높아졌다.

이튿날 조반을 일찍이 먹은 뒤에 인화는 또 수구문 밖으로 나갔다. 그새 찾아볼 수 있는 데까지 찾아보았지만 아직 더 찾아볼 여유가 있지나 않나 하는 막연한 기대로써 그는 다시 수구문 밖으로 나간 것이었었다.

그러나 급기 수구문 밖까지 나서매 그에게는 앞길이 망연하였다. 그새 인호와 힘을 아울러 수색해본 그 이상 더 알아볼 방책이며 계획이 없었다. 수구문 밖에서 이전에 한 일을 번복하여 한참을 이리저리 방황하던 그는 마지막에는 하릴없이 그때에 그이가 총살을 당한 그 상수리나무를 찾아서 솔밭으로 들어섰다.

그 상수리나무를 찾아서 애통과 피곤으로 말미어 솜과 같이 된 몸을 그 아래 내어던지고 인화는 누워서 번히 하늘만 쳐다보고 있었다.

거기는 그날 피 흐른 자리도 인젠 모르게 되었다. 피 묻은 나뭇가지들도 초부들이 주워 갔는지 없어졌다. 상수리나무에 있는 인호가 총알을 빼내느라고 우겨낸 커다란 구멍 하나가 그날의 비극을 말하는 유일의 현존물이었다. 인화는 눈을 굴려서 그 구멍을 바라보았다. 그리고 그 구멍으로 짐작하여 그날 총을 맞은 그이가 넘어져 있었을 위치를 산출하여 가지고 몸을 부비적거려서 그리로 옮아갔다.

"당신은 그날 이곳에 이 모양으로 누워 계셨습니까?"

이렇게 하소연할 때에는 인화의 커다란 눈에서는 눈물이 샘과 같이 솟았다.

13

한참을 그 자리에 정신이 없이 누워 있는 인화의 귀에 얼마 뒤에 사람의 가까이 오는 발소리가 들렸다. 인화는 소매를 들어서 얼굴을 가리었다. 비록 지나가는 초부에게나마 그는 얼굴을 보이기가 싫었다.

그냥 저편으로 지나가리라 하였던 발자국소리는 인화의 있는 편으로 향하여 왔다. 그리고 그 발소리로써 그것은 한 사람이 아니요 두 사람이었었다. 발소리는 인화의 있는 곳에서 한 10여 간 되는 거리에 미쳤다. 그런 뒤에는 무슨 수군거리는 소리가 들렸다. 그 가운데 한 사람은 분명히 여자의 음성이었었다.

인화는 소매 틈으로 눈을 뜨고 곁눈으로 그 방향을 보았다. 소매 틈으로 내다볼 수 있는 범위는 극히 좁았다. 시야(視野)의 한편 모퉁이에 어떤 여인이 땅에 꿇어 엎디어 있는 것이 어렴풋이 보였다. 그 곁에는 어떤 남자의 아랫동이 보였다.

"?"

어떤 남녀가 자기를 보러 여기까지 온 것을 알 때에 인화는 반사적으로 벌떡 몸을 일으켜 앉았다. 동시에 그 사내는 명인호라는 것을 알았다. 그러나 땅에 엎디어서 머리 위만 보이는 그 여인은?

"연연이가 왔습니다. 어제 잘못을 뉘우치고 처분을 받으러 연연이가 예까지 왔습니다."

인화의 의아하는 점에 대하여 인호가 설명하였다.

그 말을 듣는 순간 인화는 몸을 한 번 흠칫하였다. 연연이가 와? 독사 같은 연연이가 무얼 하려 예까지 왔을까. 꿈에도 다시는 만나기 싫은 연연이가 이 자리에까지─그이의 최후를 기념할 신성한 자리에까지 무얼 하려 왔나? 인화는 번번이 인호를 바라볼 뿐 대답도 안 하였다.

"자."

인호는 연연이를 채근하였다. 그러나 그 채근을 받기 전에 연연이의 입은 먼저 열렸다.

"뭐라 드릴 말씀이 없습니다. 어제 정신이 없고 곤한 때에 오셔서 그만 무에 무언지 모르고, 죽을죄를 졌습니다. 마음대로 처분을 해주세요."

연연이는 머리를 땅에 묻은 채로 이렇게 사죄하였다. 인화의 눈은 인호에게서 천천히 연연이의 머리로 내려왔다. 그러나 그의 입에서는 여전히 대답이 나오지 않았다. 일단 연연이를 독사 같은 계집으로 본 뒤로는, 이러한 공손한 복죄조차, 모두가 입에 발린 말로만 들렸다.

"괘씸한 년이라고 생각하시겠지요. 법을 모르는 년이라고 생각하시겠지요. 저도 어제 그 일을 저질러놓은 뒤에 밤에 문득 그 생각이 나서 밤 새도록 잠을 못 자고 오늘 아침, 이 나리를 만나서 이렇게 복죄하러 왔습니다."

연연이의 말을 인호가 받았다.

"네, 어제 행사가 너무도 괘씸하기에 오늘 아침 가서 꾸중이라도 좀

하고 그래도 모르면 법을 좀 알려주려 했더니 자기가 먼저 그 일을 꺼내어가지고 오늘 다시 한번 뵙고 사죄하도록 해달라고 너무 그러기에 예까지 데리고 나오게 했습니다. 댁으로 가봤더니 이곳으로 나오셨다기에, 곧 뒤를 쫓아 나와서 아까부터 계신 곳을 찾느라고, 통 편답했습니다. 어제 행사는 괘씸하기가 끝이 없지만, 자기가 그만치 잘못을 뉘우치니깐 그만 용서하여주시면 어떻겠습니까."

인화는 그 말을 들으면서 눈을 감았다. 세상의 온갖 일이 또다시 귀찮아지기 시작하였다. 용서? 사죄? 연연이? 모든 것이 시끄럽고 귀찮고 변변치 않은 문제─입에 올릴 필요조차 없는 사소한 문제, 생각하기조차 귀찮은 문제, 더구나 이러한 자리에서는 입에 올릴 가치도 없는 너절한 문제로만 보였다.

잠시 닫고 있던 눈을 뜰 때에는 그의 눈은 피곤함으로 차 있었다. 그러나 그 피곤은 육체의 피곤함이라기보다도 사람의 살아 나아가는 길의 험함에 대한 피곤이었었다. 그리고 그 눈은 인호와 연연이가 있는 편에서 떠나서 오른편으로 돌아왔다. 거기는 그이의 살을 꿰서 나간 총알이 박혀 있는 자리가 뚜렷이 남아 있었다.

14

한참 그 자리를 들여다볼 동안 인화의 눈에는 어언간 또 눈물이 맺혔다.

'여보세요. 살아 계실 때에 왜 다만 한 번이라도 당신이 누구신지를 알게 하지 않으셨어요? 그때 알기만 하였던들, 오늘날 이렇듯 가슴이 아픈 일은 당치 않을걸……. 당신을 알기도 전에 잃어버린 것이 제게는 제일 원통합니다. 다만 한 번이라도.'

"아주머니."

귓가에서 소리가 들렸다. 인화가 펄떡 정신을 차리고 돌아보니[11] 인호가 가까이 와 있었다.

"어떻게든 분부를 하십쇼. 제정신이 없이 그런 짓을 저질러놓고 오늘부터 여기까지 나와서 사죄하는 게 아닙니까. 생각하시면 괘씸은 하시겠지만, 형님의 면을 보아서—언제 돌아오실지 그날을 생각하시고 용서해주세요. 그것도 제정신을 가지고 그런 짓을 했다면 죽어 싼 일이지만, 정신없이 그런 짓을 한 거니깐, 이번만은 용서해주십시다. 나도 그—연연이의 성질을 잘 알지만, 제정신 가지고는 그런 버릇없는 짓은 안 할 것—입니다. 어떻게 하리까."

인화는 천천히 머리를 돌이켰다. 그리고 연연이를 보았다. 그러나 땅에 넙적 엎디어 있는 연연이는 인화에게는 머리 위밖에는 보이지를 않았다. 잠시 아무 표정도 없는 눈으로 연연이의 머리를 바라보던 인화는 다시 눈을 돌렸다. 그러나 입에서는 아무 말도 나오지를 않았다.

인호가 다시 달려들었다.

"자, 아주머니. 어떻게 하시렵니까. 한 번만 용서해주세요."

용서? 용서가 무엇이오? 나는 그 사람을 용서할 권리도 없는 사람이오. 용서할 만한 죄도 그 사람은 지은 일이 없소. 그 사람과 나와는 딴 세상의 사람—그 사람이 자기의 마음대로 행한 행동을 이렇다 저렇다 할 게 무어겠소? 이러한 마음 아래 인화는 그냥 묵묵히 앉아 있었다.

그러나 그동안에도 이상한 것은 연연이를 보기 전까지에 그의 마음에 들여 박혀 있던 연연이에게 대한 극도의 증오와 불유쾌는 사라져 없어진 것이었다. 인화에게는 다만 모든 것이 귀찮았다. 자기를 가만 내버려두면—그 이상 인화에게는 다른 생각이 없었다. 곁에서 이렇다 저렇다

11 돌아보니 : 연재 원본에는 '돌아오니'로 표기됐지만 '돌아보니'의 오류로 보임.

하는 인호가 귀찮고 성가시기가 한이 없었다.

"어떻게 하실까요."

인호가 또 채근하였다.

인화의 커다란 눈은 마침내 인호의 위에 정면으로 부어졌다ㅡ.

"네? 용서? 나는 무얼 용서고 무어고 그 사람에게 대해서 별다른 감정을 가져보지도 않았어요. 내가 그 사람을ㅡ 왜."

인화는 말을 끊었다. 그리고 머리를 딴 데로 돌려버렸다.

이 인화의 말을 용서한다는 말로 들을까. 혹은 아직 많은 원한을 품은 말로 들을까. 이편으로 보자면 이편이요 저편으로 보자면 또한 저편으로도 해석할 수 있는 이 말에 잠시 인화의 얼굴을 마주 바라보던 인호는 몸을 일으켜서 연연이의 있는 곳으로 갔다. 그리고 허리를 굽혀서 연연이의 어깨를 흔들었다.

"여보게, 용서하신다네. 가까이 가서 다시 말씀을 잘 드리고 노염을 풀어드리게."

연연이는 머리를 들었다. 그리고 윤택 있는 눈으로 잠시 인화를 바라보다가 일어나서 인화의 가까이 와서 꿇어앉았다.

"황송하옵니다. 어제는 참 죽을 정신에……."

인화는 연연이를 보았다. 연연이의 윤택 많은 눈에는 눈물기도 있었다. 그리고 눈물을 머금은 연연이의 눈과 얼굴은 놀랍게도 예뻤다. 그 얼굴을 쳐들고 애원하는 듯이 자기를 바라보는 눈을 볼 때에 인화는 이유는 모르지만 몸을 떨었다. 그러면서도 애원하는 듯한 연연이의 눈에 차차 혹하려는 자기를 발견하고 인화는 오히려 놀랐다.

"천만에……."

인화는 하릴없이 입술엣 대답을 하였다.

15

　그 뒤를 연하여 인호도 또한 인화의 관대한 마음에 대하여 찬사를 드리기를 아끼지 않았다.

　연연이의 하례에도 인호의 찬사에도 '천만에'의 한마디로써 응하고 있는 인화에게는 조금 뒤부터는 어느덧 그 말한 바 관대한 마음이 차차 일기 시작하는 것을 깨달았다. 그것은 기괴한 마음이었었다. 인화의 마음에는 연연이를 용서하려는 생각도 없었으며 인호의 말을 응케 하려는 생각도 없었지만 괴로움과 아픔으로 찬 그의 마음 한편 구석에는 커다란 단념과 함께 모든 것에 대한 무관심적 너그러움이 차차 움돋았다. 때때로 연연이의 얼굴을 혹은 인호의 얼굴을 번갈아 보는 동안, ─그리고 연연이의 눈물 머금은 예쁜 눈과 몇 번 마주칠 동안, 인화의 마음에는 연연이 때문에 쌓아놓았던 담벽조차 차차 무너졌다. 그리고 이전에 연연이와 만나기 전에 한때 먹었던 바와 같이 한 사람에게 가까이하였다는 데서 나온 친애함조차 막연히 느꼈다.

　인호는 연연이에게 상수리나무에 있는 커다란 구멍의 내력도 설명하여주었다. 그 설명을 들은 뒤에 연연이는 윤택 많은 커다란 눈을 천천히 들어서 그 구멍을 바라보았다. 그 눈을 거기에 떨어뜨릴 때에는 연연이의 눈에는 억분으로 말미어 구슬 같은 눈물방울이 맺혔다.

　인화는 그 눈물을 보았다. 단순한 감정의 주인인 인화는 그 눈물을 볼 때에 자기의 눈에도 뜻하지 않고 눈물이 맺히는 것을 알았다.

　"그 구멍에서 파낸 총알─ 그이의 살을 꿴 총알이오."

　이렇게 말하며 인화는 호주머니에서 이번에 인호에게서 받았던 총알을 꺼내어 앞으로 내어밀었다.

　연연이의 머리는 인화의 손이 있는 편으로 돌아왔다. 그러나 눈물에 어린 눈으로써 총알을 보지를 못하는 모양이었다. 잠시 뜻 없이 눈알을 이리저리 굴리다가 마침내 소매를 들어서 눈물을 씻고야 보았다.

"이게ㅡ?"

"네, 그이의 몸을 뚫고……."

인화의 입에서는 이를 가는 소리가 들렸다. 그리고는 머리를 저편으로 돌리고 말았다.

한참 뒤에 연연이는 인화에게 당분간 자기의 집에 와서 묵어달라고 부탁을 하였다. 누추는 하나마ㅡ그리고 식사며 침구며 온갖 것에 부족한 점은 많겠지만 마음 하나뿐은 놓고 계실 수가 있겠으니 생각해보시고 과히 마음에 꺼리는 일만 없으면 계셔주시면 좋겠다고 예를 낮추어서 간청하였다.

인화도 잠시 생각해본 뒤에 그것을 쾌히 승낙하였다. 마음이 자유롭고 어떻고는 둘째 문제로 삼고, 첫째로 인화는 동성(同性)과 좀 같이 있어보고 싶었다. 아직까지는 그다지 느껴보지 않은 그 적적함을 그이를 잃은 뒤에 절실히 느낀 그는 자기의 여성임을 터쳐놓고 하소연할 만한 벗이 그리웠다. 아직껏의 남복 생활이 놀랍게도 부자유이었던 것을 경이에 가까운 마음으로 돌아보는 동시에 동성의 친구ㅡ동지가 부러웠다.

"사오 일 내로."

옮길 기한에 대하여는 이만치 하여두고 좌우간 옮길 일뿐은 확실히 작정하였다.

그날 저녁 세 사람은 연연이의 집으로 돌아갔다. 연연이는 손님들을 위하여 삼월이를 시켜서 저녁을 차렸다.

그 집에서 저녁을 같이 하는 동안 인화의 마음은 '고통'이라고밖에는 형용할 수 없는 아픈 감정 때문에 무거웠다. 자기와 연연이는 이렇게 같이 앉아서 저녁을 나누건만 맞은편에 앉아 있는 사내는 대체 누구던가. 당연히 그이가 계셔야 할 자리에 그이는 어디 가시고 다른 사람이 앉아 있나. 이런 생각 때문에 생겨나는 괴로운 감정은 그의 마음을 아프게 하였다.

밤이 들어서 그들은 연연이를 작별하였다. 작별할 때에 바래다주는 연연이의 눈은 인화를 향하여 무엇을 애원하는 듯하였다.

16

인화는 나흘 뒤에 연연이의 집으로 이사를 하였다.

이사에 임하여 인화는 몇 번을 다시 생각하여보았다. 이사를 하랴, 말랴.

그 뒤에도 두세 번 연연이를 더 보았지만, 만나면 만날수록 인화에게는 연연이에 대한 인상이 좋아갔다. 한때 인화를 그만치도 구박을 하여서 돌려보낸 티는 그 뒤에는 한 번도 발견할 수가 없었다.

그러나 비록 만나면 만날수록 좋은 인상이 깊어간다고는 하나, 그날의 그 수욕은 인화로서는 도저히 잊지 못할 것이었다. 어려서 부모를 여읜 인화인지라 부모의 헤가림은 받지를 못하였다 하나, 몇 해 동안의 활민숙의 생활은 지극히 마음이 자유로운 생활이었었다. 아이들끼리의 싸움으로써 조그만 수모는 한 번도 받아본 적이 없었다. 연연이에게서 받은 수모가 인화에게는 첫 수모였었다. 그때의 원한은 인화의 골수에 박혔다. 더구나 이튿날 재영이가 총살을 당한 자리에서 아무 예고도 없이 인화의 마음을 습격한 질투는 맹렬한 것이었었다. 따라서 그 불유쾌함도 매우 컸다.

연연이를 볼 때마다 이 두 가지의 생각이 먼저 머리에 떠오르는 인화는 필연의 세로서 연연이의 집으로 옮겨 가기를 주저하였다.

그러나 그 뒤 만날 때마다 애원을 하는 듯한 연연이의 눈초리와 재영이에게 대한 지극한 정성을 볼 때에―그리고 또한 인화더러 제 집에 와

있어달라고 간청하는 것을 볼 때에 마침내 그 집으로 가기로 작정하였
다. 마음을 놓고 연연이와 함께 그이를 조상하겠다는 생각은 더욱 인화
로 하여금 연연이의 집으로 가 있도록 마음을 돌리게 한 큰 동기였었다.

이사를 간 뒤에 연연이가 인화를 섬긴 방법은 지극하였다. 이전에 재
영이를 섬길 때의 정성보다도 더하였다. 이전에 재영이를 섬긴 것은 지
극한 애정에서 나온 일, 그리고 설혹 실수하는 일이 있을지라도 재영이
의 애정은 넉넉히 그 실수를 눈감아주리라 하는 자신조차 있었다. 그러
나 인화를 섬기는 것은 순전한 의리—였었다. 따라서 마음에서 저절로
나오는 것이 아니었었다.

'이렇게 하여야겠다.'

'이렇게 하지 않으면 안 되겠다.'

이러한 마음 아래서 출발한 것은 그의 온갖 행동은 모두가 의무적이
요 의식적이었었다. 따라서 재영이를 대할 때와 같이 마음 놓이는 순간
은 한 번도 없었다. 그리고 잠시도 마음 놓이는 일이 없느니만치 연연이
가 인화에게 바치는 대접은 지극한 것이었었다. 물 한 방울 샐 틈이 없었
다. 손톱눈만치도 실수도 없었다.

그것을 경이의 눈으로 바라본 사람은 연연이의 종 삼월이였었다. 몇
해를 벼르기만 하던 재영이와 마침내 단란한 가정을 이루어 꿀과 같은
살림을 할 때의 연연이를 아는 삼월이는 그 재영이가 오지 않게 된 지 얼
마가 지나지 않아서 다른 사내를 끌어들인다는 것은 과연 놀랄 만한 일
이었었다. 여기저기 굴러다니는 기생과도 달리 마음에 무슨 줏대가 있느
니라고 꼭 믿고 힘입고 있던 주인 연연이에게서 오늘과 같은 좋지 못한
일을 발견한 것은 삼월이에게는 불유쾌하기까지 하였다. 이즈음 끌어들
인 사내는 상전과 연갑세였었다. 희귀한 미남자였었다. 똑똑히는 모르
나마 그 인격이며 학식이 재영이보다 떨어지는 듯하였다. 그러면 제 상

전은 다만 한낱(사내에게서까지) 얼굴의 미를 취하는 천박한 사람일까.

연연이는 인화와 단둘이서 있을 때는 언제든 삼월이로 하여금 방 근처에도 얼씬 못 하게 하였다. 그리고 울고 속살거리고 다시 울고 한숨 쉬고 하였다. 이것은 더욱 삼월이로 하여금 자기의 견해를 옳게 여기게 하였다.

연연이의 지극한 대접과 삼월이의 의혹의 눈─이러한 아래서 인화는 연연이의 집에서 날을 보냈다. 도(度)를 넘치는 대접 때문에 미안한 점은 있으나 연연이의 집은 당분간의 숙소로는 가장 적당한 집이었었다.

17

어떤 날─그것은 인화가 이사 온 지 한 사나흘쯤 되었었다. 인화는 어디 나가고, 연연이가 혼자 앉아서 인화의 옷을 짓고 있을 때에 삼월이가 들어왔다. 가만히 들어온 삼월이는 윗목에 눈을 푹 아래로 내려뜨고 서 있었다. 무슨 말을 하고자 하면서도 차마 하지 못하는 것이 분명하였다.

연연이가 눈을 그냥 일감에 향한 채로 물어보았다.

"왜?"

그러나 삼월이는 대답치 않았다. 몸을 약간 움직일 뿐이었었다.

"응?"

연연이가 다시 채근하였다. 이번에는 삼월이가 곧 응하였다.

"아씨!"

"왜 그러느냐."

"이전 서방님은 왜 안 오세요?"

연연이는 뜻하지 않고 일감을 내려뜨렸다. 그리고 삼월이를 쳐다보았다.

삼월이의 얼굴에는 불평의 기색이 많이 있었다.

"왜? 그것은 왜 묻느냐?"

삼월이는 곧 응하지 않았다. 잠시 뒤에야 그의 입이 벌려졌다.

"글쎄 - 그저."

연연이는 삼월이의 얼굴을 쳐다보는 동안, 삼월이의 물음의 진의(眞意)를 알았다. 연연이는 약하게 한숨을 쉬었다.

"그래, 지금 서방님은 이전 서방님만 못하단 말이냐?"

눈에 비애가 띤 미소를 보이면서 연연이는 이렇게 물어보았다. 삼월이는 황급히 대답하였다.

"천만에 - 그렇단 말씀이 아니라."

연연이는 마침내 눈을 아래로 떨어뜨렸다.

"이전 서방님은 인젠 안 오신단다."

"네? 그게."

"다른 데 혹한 데가 계시다나."

그리고 거기 삼월이가 응하지 않을 때에 연연이는 한마디 더 보태었다.

"다른 데 혹해서 안 오시는 임, 나 혼자 무엇이 그리워서 눈을 꺼벅꺼벅 기다리겠느냐."

거기도 삼월이가 응하지 않을 때에 연연이는 한마디 더 보태었다.

"게다가 이번 서방님이 이전의 서방님보다 나이도 더 젊으시고 인물도 더 낫지 않더냐?"

그리고 거기도 삼월이가 응하지 않을 때에 연연이는 한마디를 더 보태기조차 주저치 않았다.

"게다가 나 혼자 공규[12]를 지키기도 외롭고……. 그래 당신 뚱딴지 데

---

12 공규 : 오랫동안 남편이 없이 아내 혼자서 사는 방.

서 온갖 재미를 다 보시는데 나 혼자 눈이 꺼벅꺼벅 남의 님을 기다리고 있어야 옳단 말이냐.”

삼월이는 몹시 불만한 빛을 띠고 나갔다.

인화가 돌아온 뒤에 연연이는 삼월이 이야기를 인화에게 하였다. 그 이야기를 들을 때에 인화의 얼굴에도 눈물 머금은 미소가 떠올랐다.

그 뒤부터 삼월이가 인화에게 대하여 하는 행동은 차차 노골적으로 악화하였다. 심부름을 시켜도 못 들은 체하기가 일쑤였다. 이전에 재영이는 뒷간에만 다녀와도 곧 신발을 먼지를 털고 바로 놓고 하던 삼월이가 인화에게 있어서는 하루 진일을 돌아다녀서 먼지투성이가 된 신발도 그냥 모른 체하고 두었다. 세숫물 등속도 채근을 받고야 떠 왔지 제풀에 가져와본 적은 없었다. 웬만한 말은 대답조차 아니 하였다.

이 삼월이가 안 하는 직책을 연연이가 죄다 맡아 하였다. 연연이는 삼월이를 시키려 하지도 않았다. 인화에게 대하여 반항적 태도를 가지는 삼월이를 오히려 더 예쁘게 여겼다.

‘그것도 모두 그이에게 대한 정성 때문에.’

이리하여 때때로는 상전의 명령에조차 거역하는 삼월이였지만 그 때문에 더욱 귀염 받았다.

인화도 삼월이의 그 행동을 밉게 안 여겼다. 자기에게 대한 푸대접은 모두가 그이에게 대한 대접의 그림자인지라 조금도 마음에 언짢게 생각한 적이 없었다.

‘착한 애.’

인화는 때때로 미소를 하며 이렇게 생각하였다.

동요? 평정?

1

세상은 차차 더 어지러워갔다. 이전과 같이 천도산인의 혼백이 장안을 횡행[1]하며 어지러운 유언을 퍼뜨리지는 않았으나 겉으로 고즈넉이 보이는 조선 팔도는 속으로는 여간 어지럽지 않았다. 돈만 있으면 벼슬을 하였다. 설혹 그 사람의 마음에 벼슬하고 싶은 생각이 없다 할지라도 억지로라도 시켰다. 그리고 한 개의 벼슬에 대하여, 몇만 냥씩의 돈이 당시의 세도가의 창고로 들어갔다. 돈 있는 사람은 죄 없이라도 옥에 갇혔다. 그리고 옥에 가두는 데 대하여는 별별 기괴한 구실을 다 발명키조차 주저치 않았다. 콧구멍이 하늘로 향하였으니 이것은 역천(逆天)이라는 죄명 아래 하옥되었던 사람조차 있었다. 그 사람은 만 냥 돈을 사또께 바치고 아전이라는 굉장한 벼슬을 하였다. 집에 기르는 개의 이름을 '민충'이라고 명명하기 때문에 하옥되어 삼만 냥의 거액으로 이방이라는 직함을 얻고 겨우 출옥한 사람도 있었다. 돈만 있는 사람이면 무슨 핑계로든지 옥에 집어넣었다. 그리고 거액의 돈만 들여놓으면 아무런 죄라도 용서받았다.

---

1 횡행 : 연재 원본에는 '횡령'으로 표기됐지만 '횡행'의 오류로 보임.

동시에 그와 반대로 살인을 하고도 그냥 코를 쳐들고 다니는 일부의 사회가 있었다. 민씨의 가인 혹은 친근들은 여하한 죄를 지을지라도 벌받는 일이 없었다. 공명한 사람을 하자를 잡아서 그 일가를 몰살한 송모라는 사람은 자기의 매부의 외오촌 되는 사람이 어떤 민씨 집 청지기로 있는 덕택으로 아무 벌도 받지 않았다. 뿐더러 때때로 경골한(硬骨漢)[2]인 법관이 있어서 옳은 율을 씌우려 하는 때도 없지 않지만 그러한 때는 그 옳은 율은 쓰기 전에 장사당하여버리고 경골한조차 자기의 지위까지 잃어버리는 것이 상례였었다. 그런지라 웬만한 경골한이 있을지라도 누가 자기에게 미치는 것을 꺼리어서 제 마음대로 처사를 못 하였다. 법을 자기의 해석대로 운용하지 못하는 때문에 노염 난 경골한은 슬며시 그 사건에서 제 몸을 피하는 것을 유일의 방책으로 삼았다. 그런지라 뜻있는 선비들은 모두 도시에서 몸을 피하였다. 한가한 산골에서 시내에 발이나 씻으며 학이나 희롱하며 한가로이 책이나 읽는 것으로 일삼았지 국사라 하는 것을 돌아보려 하지 않았다.

"그런 것은 소인의 할 일."

군자의 할 일이 아니라 하여 그들은 모두 은둔하여버렸다.

학자가 없는 조선은 더욱 살풍경이었었다. 아무리 비리의 짓을 하기는 한다 하지만 그래도 마음에 아직 양심의 뿌리는 남아 있는 그들은 자기네를 감시하는 학자들이 없는 것을 오히려 다행히 여겼다. 그리고 더욱더 마음대로 뱃대로 제멋대로 놀았다.

이러한 정부 아래 눌리어 사는 백성이야말로 가긍키가 짝이 없었다. 그들은 비록 돈을 번다 할지라도 그것을 남에게 알게 하지를 못하였다.

---

2 경골한 : 의지가 강해서 자신의 신념을 남에게 좀처럼 굽히지 않는 남자.

집안에 경사가 있어도 몰래[3] 지냈다. 그들은 돈이 있다 할지라도 일정한 높이의 기둥과 일정한 제한의 간살이와 일정한 제한의 뜰의 넓이 이상의 집은 가질 권리조차 없었다. 의복이며 신발도 정부가 허락하는 이상의 값가는 물건은 할 수가 없었다. 금령을 어기고 마음대로 하였다는 엄벌을 당하였다. 따라서 돈이 있다 할지라도 그 돈을 쓸 데를 발견할 수가 없었다. 절대로 아무도 알지 못하게 어디다가 감추어두든가─그렇지 않으면 당시의 세도가에게 납금하고, 벼슬아치라도 얻어 하는 것, 이 밖에는 돈을 처치할 방법이 없었다.

이리하여 조선의 돈은 끊임없이 당시의 세도가의 집안으로 몰려들었다. 다른 것은 그만두고 그때 어떤 세도가의 심복으로 있던 모(某)가 아침 들어온 물품이며 금전을 모은 것이 수삼 년에 오륙백 냥이 되었다 하는 것뿐으로도 그때의 세태를 엿볼 수가 있나.

이리하여 몇 해를 지나는 동안 조선에는 벼슬아치의 수효가 놀랍게도 많아졌다. 그리고 그만치 새로 발명한 벼슬도 많아졌다.

2

그러나 겉모양으로는 지극히 평온한 조선이었었다. 양반들은 거리거리를 갈지(之)자 걸음으로 다니었다. 여편네들의 외출이 웬 것이 그다지도 흔한지, 안행차들도 놀랍게 많았다. 갑작양반들이 서투른 갈지자 걸음으로 골목을 횡행하였다. 그리고 그들은 모든 지금의 이 세태에 만족하는 듯이 보였다.

그러나 한 껍질을 벗기고 볼 때에 그 속에는 온갖 불평과 불만이 있었다. 가장 내 세상이로라고, 쪽─쪽 다니는 양반들의 마음에도 언제까지

---

3 가 있어도 몰래 : 연재 원본에는 없으나 문맥상 추가함.

나 이 시대가 계속될까 하는 불안이 늘 있었다. 더구나 겉은 평온한 듯이 보이면서도 속으로 어딘지 불온한 기색을 발견치 않을 수 없는 그들은 그 때문에 더욱 불안하였다. 괴인 일월산인의 시신이 어디로인가 없어진 것은 그들의 불안을 더욱 돋구었다. 불의에 습격하려는 활민숙이 뜻밖에 먼저 달아나버린 것도 그들의 불안의 불길을 돕는 기름이 되었다. 게다가 그 이래 일삭이나 지나도록 그만치 노력하여 수색했는데도 불구하고 일월산인의 시신은커녕 활민숙의 20명의 숙생의 한 사람도 그 그림자조차 보지를 못하였다.

당연한 일로써 활민숙생의 복수를 예상치 않을 수 없는 그들은 이 침묵과 행방불명이 더욱 꺼림칙하고 마음에 걸리고 성가셨다.

-어디 있나.

-무얼 하고 있나.

-언제 나타나려나.

이리하여 집에서는 연락으로 길에서는 갈지자 걸음으로 천하가 태평하다는 듯이 지나기는 하나마 마음은 늘 바늘방석에 앉은 것같이 무시무시하고 초조하였다. 길에서 갈지자 걸음을 걷는 무리에서, 우리는 또 다른 방면의 한 사회를 보지 않을 수 없다. 그들은 비록 격에 맞는 갈지자 걸음을 걸으며 말소리 하나라도 점잖게 하나 의복은 남루하고 아주 곤궁히 지내는 한 무리였었다. 그것은 다른 사람이 아니라 정권을 다른 파에게 앗기고 마음에 품은 불만과 불평을 그날그날의 한 잔의 막걸리로써 모호히 하는, 전시대의 세도가-혹은 벼슬아치들이다. 일찍이 태공의 부름을 받아서 태공을 도와서 '대조선 건설'에 노력하던 그들이었었다.

'천도는 순환하나니.'

이러한 생각 밑에 그날그날의 먹을 것조차 부족한 곤궁한 생활을, 그래도 오는 한때의 즐거울 날을 예상하고 아직껏 지내오던 무리였었다.

그들은 태공의 힘을 믿었다. 이대로 쓰러져버릴 태공이 아님을 굳게 믿고 있었다. 그런지라 그들은 민씨의 귀순 권유에도 혹은 아직껏의 쓴 살림에도 한마디의 불평도 없이 지내왔다.

금년 봄에 천도산인이 문득 장안에 나타났다. 천도산인의 예언은 지극히 막연한 것이었었다. 그러나 물에 빠진 자는 짚올이[4]라도 잡는다는 격으로 그들은 그 천도산인의 말 가운데서 정체(政體)[5]가 변하리라는 한마디뿐을 깊이 명심하여 들었다. 천도산인은 유월에 무슨 괴변이 있으리라 하였다. 그 유월은 인제 한 달 남짓이 남아 있다. 유월을 격한 한 달, 그들의 마음은 차차 긴장되어가기 시작하였다. 어떤 일이 생기며 어떻게 생길지는 예단을 허락지 않되 정체에 변동만 생기면 어디서든 지금보다는 나은 생활이 생겨날 테지. 이만한 막연한 생각으로 그들은 천도산인의 말한 바 유월을 손꼽아 기다렸다. 그들 가운데 늙은이들은 밤에 때때로 하늘을 우러러보며 기도하였다. 설혹 정권이 우리에게는 오지 않는다 할지라도 무슨 변동만 생기게 해줍시사. 지금의 이 생활을 그냥 계속하려면 조선이라는 나라는 온전히 망하여버리고 맙니다. 변동만─ 변동만─ 어떤 변동이든 변동만 생기게 해줍시사.

이리하여 겉으로는 지극히 평온하나 속으로는 커다란 동요가 벌써 종자가 뿌려졌다.

3

겉으로 보기에는 지극히 평정한 조선이었었다. 아무런 무도, 아무런 비행이 그들의 눈앞에서 실행될지라도 조선의 사회는 거기 눈을 감았

---

4 짚올이 : 지푸라기.
5 정체 : 국가의 통치 형태.

다. 보고도 못 본 체하였다. 듣고도 못 들은 체하였다. 누가 그런 말을 할지라도 그런 일이 어디 있겠느냐고 눈에 피를 올려가지고 그 말을 거짓말로 돌리려 하였다.

그러나 겉으로 지극히 평정한 사회였었지만 그 이면으로는 한 떼의 검은 구름이 떠도는 것은 부인할 수 없는 사실이었었다.

천도산인이 죽었다. 일월산인도 죽었다. 활민숙이 해산된 뒤부터는 경향에 떠돌던 바의 모든 유언과 비어도 새것이 나오지 않았다. 떡 장사는 떡을 팔고 죽 장사는 죽을 팔고 포목전에서는 포목을 팔고 술집에는 여전히 취객들이 돌아다니고 이러한 평정한 이면에는 똑똑히 지적할 수 없는 암운이 떠돌고 있었다. 백기경천이면 필유천화라는 속담 말을 아는 이 국민에게 운명을 지시하는 지침과 같이 정월을 내내 온 조선을 통하여 동서로 걸치어 있던 백기는 지금은 비록 하늘에서는 사라졌다 하나 그들의 기억에서까지 사라질 수는 없었다. 따라서 그 백기에서 생겨난 충동도 사라질 리가 없었다. 천도산인은 비록 잡혀 죽었다 하나 천도산인이 끼치고 간 바의 무시무시한 그림자조차는(나는 새를 떨구는) 민씨의 세력으로도 어찌할 수가 없었다. 겉으로는 지극히 평정한 조선사회였었지만 그 이면에는 불길한 그림자가 차차 자랐다.

이러한 사회의 위에 임하여 있는 민씨와 및 그 일파의 생활은 이 사회를 온전히 모르는 듯이 호화로웠다. 그들이 행하고자 할진대 태산이라도 넉넉히 옮길 만한 세력을 가지고 있는 그 일파의 생활에 방자함과 화려함은 이로 다 말할 수가 없었다. 그들은 하늘조차 두려워하지 않았다. 하늘도 자기네의 앞에는 머리를 숙이는 듯하였다. 그리고 또한 그렇게 생각할 만도 하였다. 이러한 무도 이러한 폭정(그들 자기네로도 넉넉히 짐작하는 바의)을 그냥 두는 것을 보면 하늘도 그들의 세력은 당치 못하는 듯하였다.

그러나 그들의 마음에도 또한 일말의 암운이 없지 못하였다.

첫째로는 정월의 백기였다.

둘째로는 천도산인의 예언이었었다.

셋째로는 일월산인의 시체의 분실이었었다.

넷째로는 활민숙생의 거처의 불명이었었다.

일월산인의 시체가 분실되었다는 사건이 그들의 귀에 들려올 때에 그들은 가슴이 뜨끔하였다. 그리고 그들이 자기네의 경찰력을 이용하여 알아본 결과로서 20여 명의 청년(정녕코 활민숙생일)이 눈이 벌겋게 되어 그 시체의 행방을 탐색한다는 것을 발견한 뒤에 그들의 경악은 더욱 커졌다. 일월산인의 시체가 분실되었다 하면 그 혐의를 첫째로 활민숙생에게로 돌리겠거늘, 숙생도 또한 자기네와 마찬가지로 시신의 거처를 알지 못한다 하는 것은 세 가지로밖에는 해석할 수가 없었다.

첫째로는 시신을 누가 매장하였다 하는 것이었다. 그럴진대 그것은 그다지 겁이 나지를 않았다.

둘째로는 바른 데를 맞지 않아서 회생된 일월산인을 누가 구호하지 않았나 하는 점이고, 셋째로는 회생되어서 스스로 몸을 감추지나 않았나 하는 점이었다.

첫째 문제는 더 논지할 것이 없으되 둘째나 셋째 해석이 옳다 할진대 이것은 그들에게는 커다란 위협이었다. 몇 가지의 사건으로 이미 익숙히 아는 일월산인의 역량은 그들의 생활에는 커다란 위협이었었다. 그 겨냥이 놀랍게도 정확한 비수며, 토좌견(土左犬) 두 마리를 주먹으로 때려 죽인 완력이며, 문초할 때에 (경악치 않고는 볼 수가 없는) 그의 인내력이며 생활력이며 저항력이며, 거기 따르는 비범한 용기─이런 것들은 이미 그들이 익숙히 본 바로서 그만한 종합력을 가진 일월산인이 아직 그냥 살아 있다 하면 그의 건강만 회복되는 날이면 그들의 눈앞에 다시 튀어

나올 그였었다.

4

일월산인의 시체의 행방이 불명케 된 것이 그들에게 커다란 불안을 주는 것과 같이 활민숙의 해산도 또한 그만한 불안을 주었다.

그들이 토벌을 가기 전날 벌써 활민숙의 전 숙생이 어디로인가 종적을 감추어버렸다 하는 것도 과연 기괴한 일이었었다. 그들은 자기네의 내막을 어디서 알았나? 어떻게 알았나? 도저히 알 길이 없는 것을 알았다 하는 것은 두 가지의 해석의 길밖에 없으니 자기네의 가운데 누구든 활민숙에 내통을 하는 사람이 있거나 그렇지 않으면 활민숙의 사람 가운데서 그렇지 않은 듯이 자기네에게 다니는 사람이 있다 하는 것이었었다. 그렇지 않으면 그런 기괴한 사건은 발생할 리가 없었다. 누구? 누구? 그들은 아직껏 서로 믿고 있던 동지들에게도 의심의 눈을 던지지 않을 수가 없었다. 누구를 믿으랴. 만약 활민숙에 동정을 가지는 사람이 자기네의 새에 섞여 있다 하면 이 세상에 믿을 자가 누구랴. 자기네의 지위와 재산과 생명과 온갖 것의 위협이 되는 활민숙에 동정을 가지는 자는 누군가.

이러한 불안과 동시에 느끼는 더욱 큰 불안은 활민숙생의 피신과 그 뒤의 죽은 듯한 침묵이었었다. 어디로 사라졌는지 하룻밤 새에 20여 명이 장안에서 사라졌다. 그 뒤에는 어디 박혀 있는지 꿈쩍을 안 한다. 일월산인을 총살을 한 부근에서 농군들이 몇 번 활민숙생으로밖에는 인정할 수 없는 청년의 무리들을 보았다 하니 숙생들이 장안—혹은 서울서 멀지 않은 곳에 있는 것은 분명하였다. 무서운 원수를 지척에 두고 그 때문에 받는 불안은 과연 작지 않았다. 더구나 활민숙생인 듯한 한 사람이 미친 듯이 겸호의 집에 뛰어들어서 두세 명의 하인을 살상할 뿐 그 숙생까지 행방불명이 되고 그 뒤에는 꿈쩍 소리가 없는 것이 그들에게는 더 무시무시하였다. 한두 군데 벌낏벌낏 그림자를 보여주는 것보다 이러한 침묵이 더 무시무시하였다. 이 침묵은 일월산인의 회생으로도 볼 수가 있었다. 일월산인이 회생되었으므로 인제 일월산인의 건강을 기다려서 일거에 복수의 깃발을 들려는 준비 행동으로도 볼 수가 있었다. 동시에 인제 좀 더 힘을 기르고 기회를 엿보아가지고 자기네가 마음을 놓은 때에 습격하려는 복수적 일 수단으로도 볼 수가 있었다. 그 아무 편으로 보든지 그들이 복수를 할 것은 의심 없는 사실인데 이러한 침묵은 무시무시하기가 끝이 없었다. 그들은 나날이 모여서 그 선후책을 의논하였다. 그러나 아무리 선후책을 강구한다 한들 거주와 용모와 성명을 알지 못하는 활민숙생을 어떻게 할 수가 없었다. 활민숙생을 잡으려 하는 것은 마치 구름을 잡으려는 계획과 마찬가지였었다. 의논하여야 거기 대한 그럴듯한 계획이 나오지 않았다. 그래서 그들은 자기네의 집을 엄중히 경계하는 이상으로는 다른 방책을 쓸 수가 없었다.

그들이 이번의 사건을 왕비께 아뢸 때에 왕비의 역린은 컸다. 당장에 이활민과 및 그의 제자 전부를 잡아서 찢어 죽이라 하였다. 그러나 왕비의 명령이 없다 한들 잡히기만 하면 당장에 찢어 죽일 것 — 잡을 수 없는 것이 걱정이지, 잡은 뒤의 처결은 왕비의 명령이 없을지라도 넉넉히 할 것이었었다.

겉으로는 그들은 태평한 듯하였다. 궁중과 부중에는 매일과 같이 커다란 연회가 열렸다. 그들의 창고로는 끊임없이 부자들의 돈이 몰려 들어왔다. 그들의 동생, 자식, 친척, 심복들은 계림 팔도 각처에 방백6으로 가 있었다. 서슬은 하늘을 찌를 듯하였다. 그러나 마음속으로는 전전긍

---

6 방백(方伯) : 관찰사(조선 시대에 둔, 각 도의 으뜸 벼슬).

궁하였다. 출입할 때의 행차의 경계도 놀랍게 엄중하였다.

태평한 것은 그들의 하인들뿐이었었다. 그들은 위로 그런 커다란 근심이 있는 줄을 몰랐다. 아래로 민심이 그렇듯 동요된 줄을 몰랐다. 행패를 하여도 아무 반항도 안 하는 국민과 행패를 하여도 보호하여주는 대감―이러한 가운데서 그들은 제 마음대로 제멋대로 제 밸대로 놀았다. 천하는 그들을 위하여 생겼고 그들을 위하여 존속되는 듯하였다.

5

당시의 세력들은 힘을 다하여 해산된 활민숙생의 거처를 수색하는 한편으로 그 수색의 한 방법으로 몰락된 태공당들의 위에 감시의 눈을 붓기를 게을리하지 않았다.

그들은 일월산인을 처형을 한 뒤에 처음으로 일월산인의 정체를 알았다. 일월산인을 총살하러 내보내기 조금 전에 민영환이가 제 아버지에게 죄수와 마지막 대면의 승낙을 얻기 위하여 일월산인의 정체를 아버지에게 이야기한 것이었다. 영환의 생각으로는 조금 뒤에 총살당할 일월산인의 정체를 인젠 말하여도 관계가 없으리라 하였으므로였었다. 그러므로 그들은 일월산인의 정체가 명한나의 유고임을 알았다. 이 사실은 그들의 가슴을 서늘케 하였다. 태공당은 모조리 잡아서 처벌을 할 때에 그들은 자기네의 세력[7]을 펴기에 너무 급급하여 다른 생각은 못 하였다. 정적(政敵)을 죽이면 그 뒤에 그들의 후손이 그냥 남아 있다는 점을 잊었다. 그리고 후손의 가슴에는 그 사건이 무서운 원한으로 남아 있다는 것을 잊었다. 무서운 원한은 언제든 폭발된다는 점을 잊었다. 그리고 폭발되는 날이면 자기네의 지위와 생명에 흔들림이 생긴다는 것을 잊었다.

---

7 세력 : 연재 원본에는 '속력'으로 표기됐으나 '세력'의 오류로 보임.

그때에 온전히 잊고 실행한 사건의 열매를 그들은 오늘날 눈앞에 보았다. 그리고 그것은 그들의 생활에 대하여 무서운 위협이었었다.

지금 행방이 불명케 된 20여 명의 활민숙생에게 대하여 그 매명에게 일월산인에게와 같은 경계를 하지 않을 수 없는 그들은 그 때문에 입맛조차 줄었다. 그리고 그 무서운 복수를 미연에 막기 위하여 실의한 태공당이며 참살당한 태공당의 친척의 위에 잠시도 감시의 눈을 떼지 않았다. 그리고 거기서 얼마의 단서라도 얻어지려니 하였다.

그러나 이것도 그들의 오계였었다. 웬일인지 그들의 신변에는 활민당으로 인정할 청년들은 한 사람도 얼씬하지 않았다. 활민당의 종적은 이 땅의 표면에서 완전히 사라진 듯하였다.

그리고 그들이 활민숙생을 찾기 위하여 태공파의 잔당을 감시하는 동안에 얻은 보고의 결과는 오히려 그들의 뜻밖에 일이었다. 잔당은 서로 아무 연락도 없었다. 제각기 제 분풀이를 술이나 혹은 집안 아랫사람에게 할 뿐 서로 모여서 그 분한을 토론하는 사람조차 없었다. 그렇지 않으면 글이나 읽거나 풍월이나 짓거나 혹은 운학이나 희롱하거나ㅡ요컨대 지금의 세력에 반항한다든가 혹은 새로운 세력을 세우려든가 하는 아무런 행동과 연락이 없었다.

이것이 안심할 세태인지 혹은 더욱 근심스러운 세태인지 그 점은 알 수 없었다. 이것은 그들의 마음이 썩었든가 그렇지 않으면 단념하였다고도 볼 수가 있었다. 동시에 지극한 심려에서 나온 밀모라고도 볼 수가 있었다. 그리고 이것 때문에도 왕비당의 근심은 더 가지가 넓어졌다.

이리하여 평온한 듯하고도 무시무시하며 무시무시한 듯하면서도 평온한 날은 계속되었다. 그것은 마치 여름날의 소낙비를 준비하는 저녁과 같았다. 한 점의 바람도 없었다. 한 점의 동요도 없었다. 가령 눈을 감고 벌에 앉아 있으면 순간 뒤에 이 너른 세계를 바다로 화할 무서운 소낙비가 오리라고는 짐작도 할 수 없을 것이다. 천하는 고요하기가 끝이 없다. 죽은 듯이……. 그러나 온 하늘을 덮은 검은 구름은 마치 머리를 누를 듯이 차차 낮추 내려오는 것을 어찌하랴. 그리고 공중에서 놀던 새의 무리는 제각기 깃을 찾아서 길을 채는 것을 어찌하랴.

'백기경천이면 필유천화라.'

정월의 한동안을 입마다 외우던 이 말이 이즘은 뜸하여지기는 하였다. 그러나, 이 고요함은 더욱 소낙비의 전의 '고요함'과 같았다.

이리하여 소낙비를 예고하는 검은 구름은 나날이 더 퍼지고 더 농후하여 갔다. 그러나 이것을 아는지 모르는지 조선의 사회는 더욱 고요하여 갔다. 원뢰(遠雷)[8]의 소리조차 들리지 않았다.

8 원뢰 : 멀리서 울리는 우레.

적막

1

일찍이 인화에게서 명진섭이가 총살을 당한 전말을 들은 이래로 태공의 건강은 눈에 보이게 나빠졌다. 주름살이 나날이 깊어갔다. 눈의 정기가 주는 것을 스스로도 알 수가 있었다. 걸음걸이에도 힘이 줄었다. 조그만 일, 변변치 않은 생각을 한 뒤에도 곧 피곤함을 느꼈다. 이전에는 몹시 피곤하거나 격동된 때야만 일던 오른편 뺨과 오른편 새끼손가락의 경련이 지금은 무시로 일고 하였다. 좀 격동되면은 오른편 넓적다리에서까지 격렬한 경련이 일고 하였다. 밤에는 잠을 못 잤다. 오른편으로 왼편으로 뒤채고 뒤채면서, 어떻게든 잠을 들어보려고 애를 쓰고 하였지만 그는 잠을 자지를 못하였다. 아무 맥도 없는 눈물이 까닭 없이 눈 좌우편 꼬리로 흐르고 하였다. 밤마다 어지러운 생각이 그의 머리를 엄습하였다.

'뛰어라! 뛰어라!'

무엇이 뛰는지 어떻게 뛰는지 어디로 뛰는지 알 수 없는―아무 의미도 없는 이런 생각이 눈을 감으면 그의 머리를 전속력으로 돌고 하였다. 잠자리가 불편하기가 끝이 없었다. 밤마다 밤마다 시동에게 이부자리를 들리어가지고 태공은 몸소 베개를 옆에 끼고, 좀 편한 자리를 찾으러 구

석구석으로 돌아다녔다. 어떤 때는 발치로 머리를 두고 거꾸로 누워 자
보기도 하였다. 어떤 때는 등을 고이고 앉아서 자보기도 하였다. 가슴과
이마에 베개를 대고 엎디어 자보기도 하였다. 벽장에 자리를 펴고 거기
올라가 자보기도 하였다. 그러나 어느 것 한 가지도 편안한 것이 없었다.

밤에는 그의 신경은 놀랍게도 날카로워지고 하였다. 어떤 날 태공은
자다가 갑자기 일어나서 시동을 불렀다. 시동은 눈을 부비며 황급히 왔
다. 그 시동에게 향하여 태공은 이 방에 생쥐 새끼가 한 마리 들어와서
이불을 쏠며[1] 때때로는 발가락을 깨물음으로 무섭기가 짝이 없으니 당장
에 잡으라고 분부하였다. 이 분부를 듣고 시동은 이부자리를 개키고 각
구석구석을 막대로 저어보며 생쥐가 숨을 만한 곳을 다 검분하여보았
다. 그러나 생쥐는커녕 귀뚜라미 한 마리 발견되지 않았다. 태공은 이곳
저곳 시동에게 지휘를 하였다. 그러나 목적물은 나오지 않았다. 시동은
하릴없이 다른 하인 세 사람을 더 깨워가지고 치울 수 있는 물건을 모두
치워가면서 뒤졌다. 그러나 생쥐는 나오지 않았다.

"보이지 않습니다."

하인들은 마침내 단념하였다. 이 보고에,

"너희들은 — 너희들은."

그때 태공은 노여움이라기보다 오히려 애원하는 듯한 얼굴로 하인을
바라보았다.

"너희들은 나를 어떻게 해서든 안달하게 하려고 별별 수단을 다 부리
는구나. 그래, 생쥐를 잡기 싫거든 내 잡지. 당장에 이 방에서 나가라. 다
시는 내 눈앞에 띄지 마라!"

하인들은 황망히 사죄를 하였다. 그리고 다시 방 안을 뒤지기 시작하

---

1 쏠다 : 쥐나 좀 따위가 물건을 잘게 물어뜯다.

였다.

한 시간이나 남아를 뒤진 뒤에 그들은 겨우 거저리[2] 한 마리를 잡아내었다. 그 밖에는 벼룩 한 마리도 없었다.

"다시 잘 봤지만 이놈밖에는 없습니다."

하며 내보이는 거저리를 태공은 공포로 얼뜬 눈으로 물끄러미 들여다보았다. 그리고 그 거저리를 내어다 불살라버리라 하였다. 그런 뒤에야 겨우 마음 놓고 잠을 잤다.

이와 같이 신경이 날카롭게 될 만치 변변치 않은 일이라도 노여움이 폭발하고 하였다. 동시에 그의 마음도 여간 약하여지지 않았다. 좀하면 '저놈이 나를 숙보거니[3]' 하는 생각이 났다. 하인에게 무엇을 시켜보아서 시킨 대로 실행하면 거기도 태공은 불만히 여겼다. 시킨 이상—태공의 마음을 넘겨짚어가지고 시킨 이상의 일을 하지 않으면 '저놈은 내가 시켰으니 할 수 없이 했지 시키지만 않으면 내가 맞아 죽는 일이 있을지라도 가만 보고 있을 놈이어니' 하였다. 그리고 온갖 일에 역정을 내었다.

2

태공은 이러한 자기의 모든 기괴한 심리가 죄 자기가 몸이 약하여진 때문에 생긴 것을 잘 알았다. 몸이 왜 약하여졌는지 그 원인도 잘 알았다.

재영이의 죽음은 태공에게 커다란 타격이었었다. 재영이가 죽은 뒤에는 바깥소식은 온전히 끊어지고 말았다. 명인호도 안 왔다. 다시 한번 만나보고 싶은 생각이 때때로 나는 묵재의 딸—인화도 한 번 운현궁을 다

---

2 거저리 : 곤충의 한 종류.
3 숙보다 : 업신여기다.

녀간 뿐 그 뒤에는 얼씬을 안 하였다. 활민은 시골로 내려갔다. 숙생들은 뿔뿔이 헤어져서 어디 있는지 알 길조차 없었다. 따라서 활민숙을 통하여 들어오던 정보는 하나도 오지 않았다. 물론 사회에 일어나는 표면적 사실이야 태공의 귀엔들 안 들어오랴만 활민숙을 통하여서만 볼 수 있는 사회의 이면의 동요며 민심의 흐름 등등은 알 길이 없었다.

막연하나마 조선은 더욱 암담한 구렁텅이에 빠져들어가는 것뿐은 알 수가 있었다. 그러나 그 정도며 상태며 범위 등에 대하여는 판단을 내릴 수가 없었다. 따라서 장래라 하는 데 대해서는 아무런 안(安)도 세울 수가 없었다. 그리고 태공이 장래라는 데 대하여 아무런 안도 세울 수가 없다는 것은 조선이라 하는 나라가 장래에 대하여는 아무런 입안(立案)도 없다는 것과 마찬가지로서 이것은 조선의 파멸을 뜻함이다. 이 사실은 태공에게는 무서운 사실이었었다. 그가 사랑하는 나라, 그가 사랑하는 국민, 일찍이 그를 배반하기는 하였지만 그로서는 도저히 버리지 못할 이 강토, 이 백성이 다시 솟아오를 길이 없는 구렁텅이에 빠진다 하는 것은 태공에게는 농(弄)으로라도 생각하고 싶지 않은 일이었었다. 한 나라의 파산! 그것은 가장 엄숙하고도 놀라운 일이다. 그러나 지금 바야흐로 태공의 눈앞에서 더구나 태공이 가장 사랑하던 이 나라의 위에 그 사실이 임하려 하지 않나. 그러한 공포와 불안 때문에 태공은 흔히 빨던 담배까지 잊고 눈이 멍하니 앉아 있었다.

"아니다! 아니다! 그런 일이 어떻게 생기랴. 그것은 도저히 생길 가능성조차 없는 일이다!"

때때로 이렇게 힘 있게 부인은 하여보았다. 그러나 시시각각으로 그의 마음에서 자라는 불안은 도저히 끌 수가 없었다.

그것은 몸이 급격히 쇠약하여진 때문이겠지만 태공은 이즈음은 이 나라의 장래에 대하여 희망보다도 오히려 절망을 더 많이 보았다. 아니 적절히 말하자면, 희망을 붙일 곳은 한 군데도 볼 수가 없고 어느 모로 뜯어보아야 절망만 보였다. 이전에는 비통 가운데서도 희망을 보며 자포 가운데서도 낙관(樂觀)을 하던 태공이었었지만 그의 몸이 기약하여짐을[4] 따라서 언제든 그[5]의 머리는 절망의 위에서만 떠돌고 있었다.

게다가 이 신체의 쇠약은 더욱 그로 하여금 불안케 하였다. 장래에 우연히―혹은 어떤 천우(天祐)[6]가 있어서 이 나라가 한 번 뒤집힐 때가 있다 할지라도 그때에 이 나라에 군림하여 백성을 다스리고 이 나라와 백성으로 하여금 굳세고 행복스러운 나라이며 백성이 되게 할 능력과 자격과 천품과 기재를 가진 사람은 지금의 조(朝)에 없고 야(野)에 없고 오로지 자기 한 사람뿐임을 굳게 믿고 있는 태공에게는 자기의 건강이 또한 여간 문제가 아니었었다. 장래에 어떤 기회로 이 나라가 뒤집어지는 기회가 있다 할지라도 나날이 쇠약하여가는 이 몸과 나날이 약하여가는 이 마음으로는 도저히 이 나라의 정권을 잡을 수가 없다. 그리고 자기가 이 나라의 정권을 잡지 않으면 비록 나라가 뒤집어진다 할지라도 그것은 마치 이리를 면하고 호랑이를 만난 것과 마찬가지로서 나라와 백성에게 아무 도움이 못 될 것이다.

이러한 불안은 다른 새로운 불안을 낳고 새로운 불안은 또다시 새로운 불안과 공포를 낳아서 태공의 건강은 말이 못 되게 되었다. 그의 눈은 우묵 들어가고 눈을 크게 뜨면 눈줄이 헤이도록 여위었다. 오른편 뺨과 오른편 새끼손가락은 언제든 후들후들 떨렸다.

---

4 기약(氣弱)하다 : 원기 또는 기력이 약하다.
5 그 : 연재 원본에는 '쇠'라고 표기되었으나 '그'의 오자로 보임.
6 천우 : 하늘의 도움.

3

재영이의 죽음이 태공에게 영향된 또 한 가지의 커다란 타격이 있었다. 그것은 공적(公的) 문제를 벗어버린 사적(私的) 정애였다. 작년에 가장 사랑하던 아들 재선이를 잃고 금년에 또한 재선이에게 못하지 않게 사랑하던 재영이를 잃은 태공의 그 때문에 생겨난 마음의 고통은 여간이 아니었었다. 더구나 사랑하는 그 두 아이를 죽인 것은 모두 왕비당이었었다. 태공 자기의 정적(政敵)이며 자기에게서 권세를 도적하여간 그 무리들이었었다.

그 원수에게 대한 노염과 원수를 갚을 수가 없는 데서 생겨나는 억분은 재영이를 잃은 애통과 함께 태공의 가슴을 더욱 아프게 하였다. 재영이의 빛나던 얼굴이며 광채 있던 눈이며 용감스럽던 우렁찬 음성은 때를 가리지 않고 태공의 눈과 귀에 어릿거렸다. 더구나 그 어느 날 저녁, 재영이가 비와 걸레를 들고 방을 쓸며 훔치던 모양이 웬 까닭인지 태공에게는 더욱 아련히 보였다.

'세상이 세상일 것 같으면'

당당한 명문 공자로서, 한 번도 그의 가지고 있는 호기를 펴볼 기회조차 없이 그늘에서 자라서 그늘에서 져버리고 그의 시체조차 땅속에 편안히 눕지 못하였다 하는 것은 그의 가슴을 쏘게 하였다.

이전과 같으면 군대를 풀어놓아서라도 재영이의 시체를 찾아보련만 지금은 공공연히 재영이와 안다는 것을 나타낼 수 없는 몸─이런 일들을 생각하면 스스로 점잖지 못함을 부끄러워하면서도 잃어버린 정권(政權) 그것에 대한 미련조차 일어났다.

나날이 쇠약하여가는 몸을 볼 때에 태공은 하릴없이 약을 쓰기도 하였다. 의약(醫藥)이라는 것의 힘을 신용하지 않고 약을 경멸하던 태공도 마침내 보약을 쓰기로 한 것이었다. 그러나 동양 의학의 정교를 다한

이 보약도 태공에게는 그다지 효력이 없었다. 몸은 나날이 더 쇠약하여 갔다.

잠 못 자는 밤마다 태공은 후원을 거닐었다. 그리고 때때로 바위에 걸 터앉아서 검푸른 하늘을 쳐다보았다. 창천(蒼天) 벽천(碧天), 아니 오히려 흑천(黑天)에 가까운 드높은 하늘에 금박을 놓은 듯이 박혀 있는 별들을 바라볼 때는 태공은 잡세의 군잡스러운 문제를 잊는 때가 있었다. '유원' 이라 하는 데 위압되어서 변변치 않고 작고 좁은 이 세상의 너절한 문제 를 잠시 잊는 때가 있었다. 그리고 일 사인(私人)[7], 일 국가, 일 사회를 온 전히 초월하여 전 인생이라 하는 것과 거기 얽힌 숙명이라 하는 것을 생 각하는 것이었었다. 숙명이라 하는 커다란 힘에는 반항할 수가 없다는 단념도 순간 순간적이나마 생기는 것이었었다. 그러나 그 순간만 지나면 그의 머리는 또한 온갖 잡념에 지배를 받았다. 멀리서 때때로 들리는 사 람들의 지껄이는 소리는 태공을 다시금 현세에 끌어오는 것이었었다.

이러한 어떤 날 오래간만에 명인호가 태공을 뵈러 왔다. 표면 왕비당에 가담하여 있는 명인호가 공공히 운현궁에를 올 수 없음을 태공도 잘 아는 바였었다. 그러나 몹시 신경이 날카롭게 된 태공은 명인호가 자주 뵈러 오지 않은 것을 꾸짖었다. 너도 변절을 하였느냐고 이런 말까지 하였다.

인호는 변명치 않고 다만 사죄하였다. 그런 뒤에 태공의 마음의 좀 삭 기를 기다려서 그새에 생긴 일을 일일이 다 보고하였다. 태공은 인호의 보고로서 처음으로 재영이가 겸호의 집에 가게 된 내력이며 활민숙생의 지금의 동정이며 재영, 인화, 인호의 새와 재영, 인화, 연연이의 새에 얽 히어 있는 기괴한 인연을 들었다. 그리고 활민숙의 해산 뒤에 숨어 있는 민영환의 조력도 들었다.

---

7 사인 : 개인 자격으로서의 사람.

영환이를 한 번 불러다가 그때의 상세한 일을 물어보시면 어떻겠습니까고 인호가 제의할 때에 태공은 그것을 쾌히 허락하였다. 이리하여 기회를 보아서 태공과 영환이가 만나게 된 것이었었다.

4

어떤 날─그것은 오월 보름날 그리고 민영환이가 오기로 약속한 전날이었었다. 그날 태공은 이즈음의 너무도 답답하고 울울한 심사가 행여 좀 잊어질까 하고 또 사군자도 좀 희롱하여보려고 그 준비를 하였다. 그리고 막 붓을 잡으려 할 때에 하인이 편지를 한 장 가지고 들어왔다. 태공은 그 편지를 받았다. 그리고 먼저 뒷등을 보았다. 그러나 누가 보냈는지 보낸 사람의 이름은 없었다.

"누가 가지고 왔더냐?"

이렇게 태공은 하인에게 물어보았다. 하인도 똑똑히 알지 못하였다. 웬 하인 같은 사람이 편지를 전하고는 두말없이 돌아갔다 하는 것이었었다.

태공은 하인을 도로 물리고 편지 앞등을 보았다. '대원대감 저하'라 쓴 앞등의 글씨는 달필(達筆)[8]이었었다. 그러나 그 필적은 누구의 것인지 알 수가 없었다. 태공은 그 필적을 감별하려는 듯이 잠시 머리를 기울였다가 편지를 뜯었다.

'일월상존(日月尙存)'

이러한 간단한 글이 들어 있었다. 태공은 편지를 뒤집어보았다. 그리고 도로 앞을 보았다. 무슨 다른 글이 없나 하여. 그러나 편지에는 다른 사연은 없었다.

---

8 달필 : 능숙하게 잘 쓰는 글씨. 또는 그런 글씨를 쓰는 사람.

"그렇지. 일월은 예대로지만 천도는 벌써 없어졌구나."

태공은 그 편지를 어떤 자기의 친구가 이즈음 마음 약하여진 자기를 격려하기 위하여 보낸 편지로 알았다. 그리고 그 글의 곁에, '천도기망(天道旣亡)'이라는 대구를 써서 저편 책상 위로 획 던져버렸다. 그런 뒤에 다른 붓대에 먹을 듬뿍 찍어가지고 종이에 향하였다.

한 폭의 난초는 순식간에 종이 위에 그려졌다. 거기다 힘 있게 낙관을 한 뒤에 그 곁에 다시 조그맣게 '휘호낙지여운연(揮毫落紙如雲煙)[9]'이라는 두보의 시 한 구를 적어 넣고 허리를 폈다. 그때에 그의 시야의 한편 구석에 기괴한 글자가 눈에 띄었다. 얼른 그리로 머리를 돌리고 보매 책상 위의 어떤 종이에, '일월(日月)' '천도(天道)'라는 그때의 민심에 커다란 충동을 주고 왕비당에게는 공포의 표적(標的)이 되어 있던 두 사람의 괴인의 이름이 나란히 하여 적히어 있었다.

순간적 경악으로 태공이 그 종이를 집어다 보니 그것은 별것이 아니고 아까 온 수상한 편지에 태공 자기가 연구를 써서 내던졌던 그것이었었다. 그것이 '상존'과 '기망'이란 글자는 접히어서 보이지를 않을 뿐이었었다.

태공은 그 종이를 폈다. '일월은 상존이나 천도는 기망이라'는 그 구는 지금의 세태를 지적한 가장 평범한 말로서 아무 신기함이 없었다. 그러나 그 두 줄에 각각 '산인(山人)'이라는 글자를 끼워놓으면 어떻게 되나.

일월산인상존
천도산인기망

천도산인은 죽었으나 재영이는 아직 살아 있다는 말이 되었다. 태공

---

9 휘호낙지여운연(揮毫落紙如雲煙) : 두보의 시. 붓 휘두르면 종이에 구름 서린 듯하다는 뜻.

은 황황히 일어서서 낡은 종이 뭉치를 얻어서 거기서 재영이의 필적을 꺼내어다가, 그 편지와 비교하여보았다. 필적에는 현격한 차이가 있었다. 비교까지 하지 않을지라도 그것이 재영이의 필적이 아닌 것은 태공으로도 잘 알았다. 그러나 이 두 줄의 글에서 우러나오는 기괴한 암시 때문에 태공의 가슴은 놀랍게 떨렸다.

그 편지는 혹은 이름을 숨긴 태공의 벗이 태공을 격려하기 위해서 보냈는지도 알 수 없다. 왕비당이 태공을 비웃느라고 보낸 것인지도 알 수 없다. 그 보낸 곳이 아무 데든, 보낸 이유가 아무 데 있든, 지금의 태공에 있어서는 그 글의 원뜻보다도 그 글에서 받는 암시가 더욱 귀하였다. 태공은 얼빠진 사람같이 우두커니 그 글을 들여다보고 앉아 있었다. 커다랗게 떠진 그의 눈은 깜박일 줄도 잊은 듯하였다.

5

태공의 마음은 산산이 헤어졌다. 더구나 며칠 전에 인호에게서 재영이에게 대한 보고를 들을 때에 그 가운데 그날(재영이가 총살을 당한 날) 웬 점잖은 선비가 재영이의 시신으로 인정할 수 있는 한 개의 시신을 하인에게 지워 가지고 가다가 어떤 산골에서 노파에게 물을 얻어서 그 시신에게 약을 먹이고 도로 지고 갔다 하는 것은 편지에서 받은 암시가 정확하다는 것을 증명하는 듯하였다. 늙은 가슴에 차차 무거워가는 흥분을 억누르기 위하여 태공은 눈을 감았다. 그리고 편지를 그곳에 떨어뜨리고 두 손을 가슴 앞에 힘 있게 마주 잡았다. 오른편 새끼손가락과 오른편 뺨이 무섭게 떨리는 가운데서 태공은 그 자세로 앉아서 아직껏 믿고 있던 바가 모두 거짓이고 재영이의 몸이 이 세상 어느 구석에 건재하기를 신명께 축수하였다.

밤에 인호가 뵈러 왔다. 그리고 내일 민영환이가 뵈러 오겠다는 시간을 태공께 아뢰었다. 그것을 귓등으로 들으면서 태공은 종이와 붓을 끌어당겨서 그 종이에다가, '일월상존'이라는 넉 자를 써서 인호가 이야기를 다 끝낸 뒤에 인호의 앞으로 휙 던졌다.

"아까 익명으로 이런 편지가 왔는데 어디 무슨 뜻인지 해석해봐라."

인호는 그 종이를 펴보았다. 그리고 태공을 쳐다보았다.

"무식해서 알 수는 없습니다마는 혹은 그 대감께서 세태가 너무도 망해가는 데 낙심을 하실까 봐 한 글월이 아닐는지요?"

태공은 두어 번 머리를 끄덕였다.

"글쎄. 무론 그렇게 해석하는 게 옳겠지만."

여기까지 말하고 태공은 아직껏 정면으로 인호의 얼굴에 부었던 눈을 조금 내리었다.

"일월상존이라. 일월상존이라. 응―그것을―일월 '산인' 상존으로는 볼 수가 없겠느냐?"

인호는 한순간 움찔하였다. 그리고 눈을 곧 아래로 떨어뜨리고 다시 한번 글을 음미하였다. 그리고 그 눈을 다시 들 때는 인호의 눈에는 이런 변변치 않은 글에 대하여까지 의뢰심을 두려는 나약하여진 태공의 마음에 대한 막연한 동정이 있었다. 태공은 그 눈을 읽었다. 그리고 속으로 탄식하였다.

"무론 너와 같이 해석하는 편이 옳겠지. 나도 처음에는 그렇게 해석했다. 그렇지만 인호야."

다시금 새끼손가락과 오른편 뺨에는 경련이 일어났다. 태공은 그 경련을 인호에게 감추기 위하여 담뱃대를 끌어당겼다.

"온갖 일이 하나도 마음대로 되지 않으니깐 마지막에는 별별 의뢰심이 다 생기는구나. 너에게는 우습지? 그렇지만 너희도 늙으면 알리라. 나도 몇 해 전까지만 해도 그렇지 않더니……."

태공은 고적히 웃었다.

좀 뒤에 인호는 돌아갔다.

인호가 돌아간 뒤에 잠시 우두커니 앉아 있던 태공은 또 후원이라도 거닐려고 뜰로 나갔다. 유난히 고적하고 뒤숭숭한 이 마음은 자리에 들어간대야 도저히 졸음을 청할 수 없음을 알므로 태공은 또한 후원이라도 거닐면서 이 달 밝은 밤을 보내려 한 것이었었다.

시동은 태공이 나가는 기수를 알고 황황히 옆에 방석을 끼고 따라 나갔다. 시동이 뜰에 나가보니 태공은 벌써 후원으로 돌아갔다. 시동이 뒤를 따라서 후원까지 돌아가매 태공은 자기를 따라오는 발소리를 듣고 돌아서서 따라오지 말라는 뜻으로 손을 저었다.

태공이 솔밭 틈을 이리저리 거닐다가 어떤 소나무 아래 가서 꿇어앉는 것을 시동은 보았다. 그런 뒤에는 손을 가슴 앞에 합장을 하였다. 교교한 달빛 아래서 은빛 수염 휘날리면서 이 늙은이는 유유한 창천을 우러러보면서 무슨 기도를 드렸다. 무슨 기도를 드리는지는 알 수가 없으되 둥둥하는 소리는 때때로 꽤 멀리 떨어져서 보고 있는 시동의 귀에까지 들렸다.

6

완고한 노인, 일철[10]한 노인, 무식한 노인 ─ 일찍부터 제 아버지와 및 그 일당에게서 태공에게 대한 이런 비평을 들어오던 민영환이는 태공을 다만 무식하고 완고한 노인으로만 알았다. 태공의 시설, 태공의 정치, 태공의 방략, 이것들이 모두 그런 안경으로 볼 때는 또한 그럴듯이 보였다. 그 쇄국정책이며 당벌 타파며, 서원 철폐며 태공의 놀랄 만한 정책의 철

---

10 일철 : 같은 수레바퀴 자국이란 뜻으로, 먼저 있었던 경우를 똑같이 되풀이함을 이르는 말.

봉이 모두 다 완고와 무식이라는 안경으로 내다보면 완고하고 무식한 늙은이의 정치로 볼 수가 있었다. 그런지라 영환이는 제 아버지의 일당의 말을 그냥 믿었다.

그러나 그가 차차 장성하면서 자기의 정치안과 자기의 판단력과 자기의 비판안이 생기기 비롯하면서부터 태공의 다른 일면을 어느덧 발견하였다. 더구나 자기의 일가의 정치가 차차 민간의 원망의 푯대가 되면서부터는 그 생각이 더 명료하여졌다. 그는 태공의 힘을 보았다. 패기를 보았다. 열성을 보았다. 민정을 통촉하는 눈을 보았다. 놀랄 만한 지배력을 보았다. 커다란 의와 덕을 보았다. 자기가 일찍이 믿고 있던 바와 같이 일개의 무식한 노인의 완고뿐으로는 도저히 행하지 못할 과단성을 보았다. 자기에게 일정한 정견(政見)이 없는 뒤에는 도저히 행하지 못할 정치가로서의 굳셈을 보았다. '무식한 이'가 능히 가질 수 없는 정치적 선견안(先見眼)을 보았다.

태공의 정치를 가리켜 혹은 가혹하고 완고하다 할 수 있을는지는 알 수 없다. 그러나 정치적으로 극히 무식하고 약한 이 국민을 지배하고 통치하여 나아가기에는 그만한 가혹과 그만한 완고는 절대로 필요한 것이었다. 태공에게 대한 영환이의 아직껏의 관념이 바뀌면서부터 영환이는 이 점도 보았다.

이런 모든 것보다도 태공을 의뢰하고 믿을 만한 더 큰 미점(美點)이 있었다. 그것은 태공의 정치에는 사욕(私慾)이라 하는 것이 없는 것이었었다. 왕가의 위엄을 보지키 위하여 경복궁을 중수한 것―이것이(만약 이것을 사욕이랄 수가 있다하면) 태공의 행한 일 가운데 유일의 사복 채움이었었다. 그 밖에는 그는 자기의 형제며 근친을 높은 지위에 두기조차 꺼리었다. (이것은 당시에 있어서는 가장 평범한 일이지만) 하물며 재물을 탐한다든가 주색을 탐하는 일은 절무하였다. 몸에는 무명옷을 감았다. 조찬을 상에 올렸다. 행차도 지극히 검소하였다. 따라서 그의 정치며 시설은 그 모두가 이 나라와 이 백성으로 하여금 더 큰 나라와 더 큰 백성이 되게 하려는 지극한 정성에서 나온 것에 다름없었다.

태공의 정치는 진행 도중에 민씨 일당에게 빼앗기고 말았는지라 그 결과가 어떠하였을지는 알 수도 없는 일이며 판단도 허락지 않는 일이다. 그러나 백 보를 물러서서 그 결과가 나라에 해를 끼쳤다 할지라도 그것은 오산(誤算)으로 용서할 수가 있는 일이지 악의(惡意)로서 책할 일이 아니다. 그렇거늘 자기의 아버지와 및 그 일당이 하는 행사(그것은 행사라 부를 것이지 정치라 부를 것이 아니다)는 어떠하였나. 그것은 하나에서 열까지가 순전히 사복 채움이었다. 국고(國庫)가 텅 빈 데 반하여 자기네 일당의 창고는 놀랄 만한 수효의 금은으로 터질 듯하였다. 국민은 먹을 것이 없어서 가로에 배회하는 데 반하여 자기네는 쓰레기통까지 주육[11] 부스러기로 찼다. 나라에는 나라를 지킬 군인이 없는 데 반하여 자기네의 집은 보호하는 하인의 무리로 둘리어 있었다.

이런 것에 대한 비판력이 생기면서부터 영환이는 어느덧 자기의 아버지와 그 일당을 경멸하기 시작하였다. 막연하나마 적개심조차 가졌다. 그리고 마음으로는 벌써 태공께 귀의하여 있었다. 자기의 아버지의 일당이 자기네의 비루한 정책을 감추기 위하여 무식하다는 형용사를 옮겨놓은 그 태공의 활달한 면목을 지척에 뵙고 그의 가르침을 받고 싶은 생각이 벌써부터 있던 것이었다.

그것이 이번에 명인호를 다리 삼아서 태공을 뵐 기회를 얻은 것이었었다.

---

11 주육(酒肉) : 술과 고기를 아울러 이르는 말.

7

태공과 영환이의 회견은 비교적 간단하였다. 시간도 적은 시간에 끝이 났다. 그러나 간단한 회견이라 하나 의미가 큰 회견이었었다.

아무의 눈도 꺼릴 필요가 없는 영환이는 정문으로 당당히 왔다. 그리고 시동의 인도로써 태공이 기다리고 있는 방으로 들어왔다.

영환이가 인사를 드리는 동안 태공은 눈을 가느다랗게 뜨고 영환이의 인물을 보았다. 태공이 영환이의 위에 부은 눈은 비교적 온화하였다. 거기는 정적(政敵)의 아들을 보는 증오가 없었다. 무관심한 듯이 가느다랗게 뜨고 보고 있는 태공의 눈에는 어디인지는 똑똑히 알 수가 없으되 그래도 자애가 있었다. 명민함과 귀공자다운 침착과 태공을 흠앙하는 기색이 역연히 나타나 있는 (거죽이 비교적 두터운) 영환이의 눈을 볼 때에 태공의 마음에는 이 젊은이에게 대한 친애함이 어느덧 움돋았다.

영환이도 태공을 바라보고 자기의 아직껏 품고 있던 생각이 틀림없음을 알았다. 몇 해 동안의 귀양살이에 가까운 부자유한 생활과 마음의 불만과 불평과 그 고적 때문에 노인다운 피곤함은 얼굴 전면과 몸에 넘쳐 있으되 그러나 영환이는 그 속에 감추어져 있는 놀라운 지력(智力)과 패기를 보았다. 기다란 코 기름한 얼굴은 비록 피곤에 잠겨 있다 하나 한번 눈을 크게 뜨는 날이면 팔도강산이 몸서리칠 만한 무서운 위압력이 감추어져 있는 것을 보았다.

이야기는 얼마 사괴지 않았다. 영환이는 진섭이의 고문당하던 광경과 죽기에 임하여 남기고 간 말 몇 가지를 이야기 삼아 하였다. 마디마디마다 끊어 가면서 천천히 똑똑히 말하는 영환이의 어조도 귀공자다웠다.

어제 '일월상존'이라는 기괴한 편지를 받은 뒤부터 갑자기 재영이의 생사에 대하여 일종의 희망을 품게 된 태공은 그 해답을 영환이에게서도 또한 구하여보려 하였다. 진섭이가 총살을 당한 뒤에 하인을 보내서 진섭이의 시신을 대궐 쪽으로 향하여 꿇어앉게 하였다는 영환이에게 태공은 그날 그것은 분명히 시신이었던가 아니던가, 혹은 몸에 온기라도 그냥 없었던가를 캐어물었다. 그러나 불행히 영환이도 거기 대하여 태공에게 만족을 줄 수가 없었다. 영환이도 똑똑히 알지 못하였다. 그래서 집에 돌아가거든 그날의 그 하인을 불러서 다시 잘 물어보아 가지고 아뢰기로 그 문제는 넘기었다.

그들은 시사에 대해서는 한 마디도 말을 사괴지 않았다.

이렇게 마주 앉아서 이야기하는 동안 태공에게는 다시금 진섭이의 생각이 떠올랐다. 하인을 데리고 정문으로 당당히 자기를 뵈러 오는 영환이와 파수의 눈을 맞추어 가면서(심한 때는 월장을 하여서) 자기를 뵈러 오던 진섭이─같은 명문의 공자라 하나 시대의 불순으로 말미어 이렇듯 환경과 사정이 달라지는 그 괴악한 운명 때문에 태공은 깊이 탄식하였다.

영환이는 하직하고 돌아갔다. 태공은 문을 열어놓고 하인을 앞장세우고 돌아가는 영환이의 뒷모양을 적적히 바라보았다.

이리하여 태공과 영환이의 첫 회견은 끝이 났다. 한 정적(政敵)과 정적의 아들 새의 첫 회견은 이렇게 끝이 난 것이었었다. 적(敵) 가운데서 자기를 흠앙하는 한 젊은이를 발견한 태공은 적적한 가운데서도 얼마만치 만족히 여겼다. 기회를 보아서 이용할 필요조차 막연히 생각하면서 태공은 자리로 돌아왔다.

비교적 간단한 회견이었었다. 그러나 그보다 썩 후년(後年) 실의(失意)의 태공과 민영환과의 새의 농후하고 밀접한 교제는 여기서 그 첫 막이 열렸다.

그리고 또 일한보호조약이 성립될 때에 혈죽(血竹)[12]으로써 온 백성의

12 혈죽 : 민영환은 1905년 을사보호조약 체결에 항의하여 자결한다. 8개월이 지난 1906년 7월,

마음을 끓게 한 민충정(閔忠正) 영환(泳煥)이의 지극한 정열은 이때에 그 첫 종자가 뿌려진 것이었었다.

　정(情)에서 의(義)로, 곡(曲)에서 정(正)으로, 영환이의 마음이 그 방향을 바로잡게 된 것이(겉으로는 아무 신기함도 없는) 이날의 회견의 결과였었다. 그리고 그것은 태공의 무서운 감화력에서 나온 것이었었다.

그가 자결하면서 피를 흘린 집 안 나무 바닥에서 대나무가 자란다는 사실이 언론에 보도되었다.

일월상존

1[1]

연연이의 집으로 옮긴 뒤에도 인화는 한동안은 진섭이의 생사를 알아보기를 게을리하지 않았다. 그러나 아무리 정성을 다하여 알아보았지만 그의 생사는 알 길이 없었다.

인화가 진섭이의 생사 때문에 생긴 마음은 이전에 명인호에 대한 애타함과는 달랐다. 한때 인화는 명인호를 제 약혼자로 알았다. 명인호가 죽은 줄로 알았다. 이러한 오해 가운데서 지나는 한 달, 인화는 거의 식음을 폐하였다. 베로 속적삼을 지어 입었다. 눈물과 한숨으로 세월을 보냈다. 그리고 선생에게까지 자기의 그런 마음을 감추려 아니하였다. 그러나 그때의 마음을 돌아볼 때에는 슬퍼하는 가운데도 일종의 여유가 있었음을 스스로 인정치 않을 수가 없었다. 명인호의 죽음 때문에 애타하면서도 그 한편으로는 재영이에게 대한 공포를 느끼고 있었다. 명인호의 죽음을 조상하는 한편으로는 역시 재영이가 다른 기생과 접근하는 것을 시기의 눈으로 바라보던 인화였었다.

"여보세요. 당신은 왜 저를 버리고 먼저 가셨어요?"

---

1 연재 원본에서는 '적막 8'로 회차 번호가 잘못 매겨져 있어 바로잡음.

이렇게 호소하는 인화의 마음에는 직접 명인호의 죽음을 애통하는 마음보다도 명인호의 죽음 때문에 헛되이 지나갈 자기의 청춘을 조상하는 마음이 더 많이 섞여 있었다. ─요컨대 명인호를 조상하는 마음 가운데는 처녀의 공상적 애상이 많이 포함되었던 것이었었다.

그러나 진섭이─재영이의 생사불명은 그와 종류가 달랐다. 재영이의 실종이 그의 마음에 영향된 것은 무엇보다도 앞길이 막막하다는 것이었었다. 캄캄한 전도─그것밖에는 아무것도 없었다. 이전 명인호를 조상할 때에는 자기의 마음의 호소처로 선생을 선택하였지만 재영이를 잃은 애통의 호소처는 찾을 수가 없었다. 누가 자기의 마음의 애통을 알랴. 적어도 그 애통의 크기를 알랴. 그는 아무에게도 그 애통을 호소하려 하지 않았다. 애통을 보이려조차 아니하였다.

남 보기에는 인화는 그다지 변하지 않았다. 더구나 속사정을 모르는 사람은 애통하는 기색이 있는 줄도 몰랐다. 좀 방심(放心)한 청년, 좀 얼뜬 청년, 이 이상 별다른 점을 보지를 못하였다. 식사는 썩 줄었다 하나 그리고 얼굴은 놀랍게 초췌하였다. 때때로 질문에 대하여 뚱딴지 대답을 하며 심할 때는 질문을 듣지 못하고 제 생각에 잠기기까지 하나 남 보는 데서는 한숨도 쉬지 않았다. 적절히 말하자면 한숨 쉬기조차 귀찮았다.

뿐만 아니라 마음으로는 인화는 그다지 큰 아픔을 느끼지 않았다. 극도의 심통의 며칠이 지난 뒤부터는 인화의 마음은 비교적 평정하여졌다. 그저 늘 얼떨하고 시간이 무척이도 가지 않고 밤에는 졸음이 안 오는 뿐 직접 가슴에 울리는 아픔은 알 수가 없었다. 그리고 이전에 명인호를 조상할 때에 명인호를 조상하는 마음 가운데도 재영이에게 대한 기괴한 공포와 애착이 섞이어 있어서 그 때문에 마음이 얼마간 갈라지는 것을 스스로 안타깝게 여기고 미안하게 여기던 그였었지만 지금 재영이에게 대하여서는 속으로 재영이의 실종을 슬퍼하는 마음이 맹렬치 못한 것을 스스로 책망하기는커녕 그런 점은 알지도 못하였다. 뿐더러 그는 명인호에 대함과 같이 베적삼도 안 지어 입었다. 책상 귀에 불을 켜고 냉수를 따라다 놓는 일도 없었다. 꾸준히 밖에 나다니고 사람들 틈에 섞이어서 지나기를 즐겨하였다. 요컨대 재영이를 애조하는 행동은 한 가지도 취하지 않은 것이었었다. 그리고 그것 때문에 양심에 가책을 받는 일도 없었다.

때때로 만나는 숙생들에게서 재영이의 이야기라도 나면 인화는 그런 이야기는 듣기가 역하였다. 재영이라는 이름만 들어도 얼굴빛이 변하였다. 그리고 그런 행동을 숙생들은 오히려 다른 의미로 해석하였다. 숙생들의 생각에는 재영이의 애기² 연연이와 동서³를 하는 인화는 당연히 재영이의 기억이 역할 것이었었다.

2

연연이는 무론 지극히 인화를 대접하였다. 어느 종이, 상전을 그렇게 정성으로 섬겼을까. 어느 그 지어미가 남편을 그런 정성으로 섬겼을까. 한때 이상한 마음의 변화로 인화에게 푸대접을 한 일이 있었지만, 일단 마음을 돌이킨 뒤부터는 그의 대접은 정성을 넘어선 정성이었었다.

그러나 인화에게는 연연이의 존재조차 귀찮았다. 아니, 귀찮았다기보다 존재와 비존재를 구별하려고도 아니하였다. 연연이의 지극한 정성도 그다지 달갑고 고맙지 않았다. 연연이는 시앗이요 인화는 큰어미 ─ 말하자면 연연이가 인화에게 하는 그 대접은 순전히 의리에서 나온 것이지만, 인화는 그것도 고마운 줄을 몰랐다. 그러나 또한 만약 연연이로서 인

---

2 애기(愛妓) : 특별히 사랑하는 기생.
3 동서(同棲) : 정식으로 혼인하지 않은 남녀가 한집이나 한방에서 같이 살아감.

화에게 지극한 푸대접을 한다 할지라도 그것도 인화는 그다지 나무라지도 않을 것이다. 한때 한동안의 마음의 고통을 겪은 뒤의 인화는 세상의 온갖 일에 대한 사람으로서의 감정을 잊은 듯하였다. 지난 모든 일이 꿈과 같았다. 만약 지난 일이 꿈이 아니라 할진대 지금의 이 일이 꿈일 것이다. 길고 쓴 꿈—그리고 또한 지리하고 귀찮은 꿈, 틀림없는 그것이었다.

인화는 연연이도 할 수 있는 대로 피하였다. 그것은 샘이라든가 그런 종류의 감정에서 나온 행동이 아니라 인화에게는 재영이의 기억을 일으키게 하는 온갖 물건이며 행동이며 사람이며 다 역한 때문이었었다. 한때의 무섭던 격분과 분노가 좀 삭은 뒤부터는 인화는 '재영'이라 하는 기억을 할 수 있는 대로 피하였다. 연연이의 집에서도 연연이를 보면 일어나는 그 기억을 없이하기 위하여 아침 깨면은 밖으로 나갔다. 그리고 밤 깊어서야 들어왔다. 연연이와 대좌할 기회—더구나 담화할 기회를 피하였다. 연연이는 인화가 비록 밤 깊어서야 들어온다 할지라도 그때까지 앉아서 인화를 기다리고 하였다. 그러나 이것조차 역하여서 연연이에게 자유로 자기를 명하였다. 그리고 연연이가 그래도 기다리고 할 때에 마지막에는 역정을 내어서 먼저 자라 하였다.

거리와 골목골목은 인화의 위안처였었다. 낯모를 사람들은 인화의 감정에 아무런 영향을 던져주지 못하는 반면에 갑갑하고 지리함을 잊게 하는 위안물이었었다. 자기의 앞을 질러서 지나다니는 무수한 사람들을 아무 거리낌이 없는 눈으로 바라보면서 이 방심상태(放心狀態)의 남장의 처녀는 거리거리를 헤매었다. 자기는 복돌이라는 이름으로 왕비당의 주구(走狗)[4]들에게 알려 있는 것도 잊고 인화는 대낮의 거리를 얼굴을 감추지도 않고 그냥 뻣뻣이 다녔다. 그러나 요행히 한 번도 이렇다 하는 일은

4 주구 : 앞잡이.

만나거나 겪어본 적이 없었다. 밤에는 별을 헤었다. 자기가 걸어 다니는 것조차 잊은 듯이 걸음을 멈추고 정신없이 하늘에 총총히 박힌 별을 쳐다보면서,

"별 하나 나 하나 별 둘 나 둘 별 셋 나 셋."

마치 어린애와 같이 헤고 있는 자기를 발견할 때도 있었다.

정열의 기간이 지난 뒤에는 인화는 다시는 수구문 밖에 나가보지를 않았다. 나갈 생각도 하지 않았다.

어떤 날 인호가 오늘쯤 다시 한번 수구문 밖으로 나가서 알아보지 않겠느냐고 물을 때에 인화는 무슨 진기한 이야기라도 들은 듯이 한참을 인호의 얼굴을 바라보다가,

"수구문 밖? 무얼 하러?"

하고는 머리를 돌이키고 말았다. 그것은 수구문 밖에 나갈 필요가 없다기보다 오히려 '수구문 밖'의 의의를 알지를 못한다는 듯이…….

그것은 5월 20일경의 어떤 밤이었었다. 그날도 아침 일찍이 연연이의 집에서 뛰쳐나온 인화는 어디어디를 다녔는지 점심과 저녁은 어디서 먹었는지 자기로도 기억할 수 없는 방심상태로써 거리며 골목을 돌아다니고 있었다. 머리는 깊이 가슴에 묻은 뒤에…….

20일의 달이 벌써 꽤 높이 오른 때니깐 초저녁은 아니었었다. 인화는 발이 향하는 대로 무정처하고 돌아다니고 있었다.

3

자기의 앞에 약 한 자 길이로 땅에 비치어서 자기를 인도하는 제 그림자를 무관심한 듯한 관심으로써 내려다보면서 인화는 한없는 길을 걷고 있었다.

거리는 죽은 듯이 고요하였다. 빈대에 쫓겨 나온 사람이 이곳저곳 네

활개를 펴고 단꿈에 잠겨 있지 않은 바는 아니었으나—그리고 때때로 취객들의 현화성이 들리지 않는 바는 아니었으나 거리는 죽은 듯이 고요하였다. 집집의 추녀며 지붕이며 간간 길에까지 뻗어 나온 나뭇가지들도 푸르른 달빛 아래 고요히 잠든 듯하였다.

인화의 앞에서 인화의 길을 인도하듯이 가던 그림자는 인화가 오른편으로 길을 꺾어지면서 없어졌다. 아직껏 길의 인도자를 잃은 인화는 한 순간 흠칫하며 머리를 들었다. 그러나 그 다음 순간 그의 머리는 도로 가슴에 묻히었다. 그림자는 앞으로 왔다 왼편으로 갔다 오른편으로 갔다. 차차 길이가 짧아가는 그 그림자는 마치 인화의 운명을 지시하듯이 그의 곁에 꼭 붙어서 같이 다녔다.

인화는 문득 발아래서 무엇을 발견하였다. 무엇? 누가 인화에게 향하여 무엇을 발견하였느냐고 물으면 인화는 도저히 대답을 못 할 것이었었다. 인화의 발 앞에는 달빛밖에는 아무것도 없었다. 작은 돌부리 하나도 없었다. 나뭇조각 하나도 널려 있지 않았다. 그러나 인화는 분명히 무엇을 발견하였다. 어디서? 어떻게? 무엇을? 이런 문제를 초월하여서 무슨 몹시 정답고 애연하고도 가슴 쓰린 무엇을 발견한 것이었었다. 눈을 코를 촉감을 초월하여서 무엇을 감각한 것이었었다.

그가 머리를 돌리며 휙 들 때에는 그의 눈에는 활민숙의 대문이 커다랗게 벌리고 서 있었다. 대문에는 모두 나무를 대고 못질을 하였다. 그러나 행랑에서 길로 향하여 달린 들창은 관졸들의 손으로 모두 부서져 나갔다. 인화는 잠시 멍멍히 서서 대문을 바라보았다. 그의 커다랗게 뜬 눈은 차차 젖었다. 얼마 동안을 죽은 듯이 그의 가슴 깊이 박혀 있던 정열이 이 7, 8년간을 신고[5]를 같이하던 대문의 앞에 조금 싹이 텄다.

---

5 신고(辛苦) : 어려운 일을 당하여 몹시 애씀. 또는 그런 고생.

인화는 마침내 발을 떼었다. 그리고 대문으로 가까이 갔다. 가까이 간 그는 손을 들어서 대문을 조금 밀어보았다. 대문은 뜻밖에도 소리 없이 조금 열렸다. 인화는 이 의외의 일에 몸을 흠칫하고 좀 물러서서 다시 대문을 보았다. 외모로는 역시 나무를 대고, 거기다 못질을 하여 대문을 엄중히 봉하였다. 그러나 겉으로는 그렇게 보이는 대문이 속살로는 한편 쪽의 못은 대문에는 박히지 않아서 자유로 대문이 여닫기게 되어 있었다. 좀 더 자세히 검분을 한 결과 인화는 그 대문의 못이 본시 그렇게 잘못 박힌 것도 아니요 관졸들의 침입으로 못이 빠져나간 것도 아니요 어떤 사람(누구인지 짐작할 수도 없는)의 손으로 뽑히어서 다시 그럴듯이 박은 것을 알았다.

인화의 마음은 겨우 흥분되었다. 대문의 검분이 끝이 난 뒤에 잠시 비켜서서 대문을 바라보고 있을 동안 그의 마음은 가속도로 긴장되어갔다. 누구? 활민숙의 대문을 열고 그 안에 들어갈 필요가 있는 사람은 누구? 그것이 만약 관졸이라 하면 관졸은 이러한 주도한 용의로서 대문의 봉쇄를 뜯지 않을 것이었다. 공공히 대문을 부수고 경우에 의하여는 대문을 헐기조차 주저치 않을 그들인지라 관졸들의 행위는 결코 아니었었다. 겉으로는 그냥 봉쇄를 뜯지 않은 듯이 둔 점으로 보아서 그것은 정녕코 이 활민숙에 남의 눈을 피하여 드나들 필요가 있는 사람의 행위일 것이었다. 그리고 또한 관졸들이 부순 행랑의 들창으로 드나들지를 않고 힘을 들여서 대문의 봉쇄를 뜯고 그리로 출입의 길을 만든 점으로 보아서 결코 도적의 행위가 아니고 교양 있는 사람이 남의 눈을 기인[6] 행위에 틀림없었다. 담장을 넘어 들어가지 않고 공력을 들여서 대문에다가 이런 가공을 한 것을 보면 한 번이 아니라 늘 출입할 필요가 있는 사람의

---

6 기이다 : 어떤 일을 숨기고 바른 대로 말하지 않다.

한 일이었었다. 인화도 잘 알다시피 여닫을 때마다 커다란 소리가 삐그 걱이 나던 대문이 아무 소리도 없이 미끄러지듯이 열린 것은 문지방에 기름을 친 것도 분명하였다.

4

적(敵)? 동지? 국외인(局外人)? 누구라 판단을 내릴 수는 없으나 이 빈 집에 수차 드나든 사람이 분명히 있었다. 잠시 뒤로 비켜섰던 인화는 나가면서 발을 들어서 대문을 차면서 허리춤에서 육혈포를 꺼내 쥐었다. 대문은 두 짝이 소리 없이 넓게 열렸다. 그리고 그리로는 푸르른 달빛이 없이 넓게 열렸다. 그리고 그리로는 푸르른 달빛 아래 고요히 누워 있는 활민숙의 바깥뜰이 보였다.

인화는 서슴지 않고 들어갔다. 안에 들어설 때는 그의 왼손에도 어느덧 육혈포가 들리어 있었다. 그는 들어서면서 행랑이라 거기 달린 방방을 돌아가면서 검분하였다. 그러나 포교들의 발아래 유린당하여 문이 모두 부서져 나가고 참담한 폐허와 같이 된 그 방방에는 사람의 그림자가 있음직도 않았다.

강당도 검분하였다. 기숙실도 검분하였다. 스승의 사용하던 방 몇 개며 청간 광—볼 만한 데를 모두 검사하였으되 사람의 기척은 없었다. 다만 숙생들이 모두 퇴산한 뒤에 관졸들이 와서 뒤지고 자기네의 분풀이를 하느라고 부수고 꺾은 참담한 흔적만 남아 있었다.

검사가 끝난 뒤에 인화는 뜰 복판 가운데 서서 둘러보았다. 호기심이 섞인 공포로서 한 이 검사가 헛길로 돌아가기 때문에 긴장되었던 그의 마음은 풀렸다. 육혈포를 쥐었던 두 손은 힘없이 아래로 늘어졌다.

이 참담한 광경—이전에는 내 집 내 뜰 내 곳이라고 20명의 숙생이 그곳을 본거로 하여 각각 덕을 기르고 문을 닦으며 무를 뽑내던 곳—밤낮을 무론하고 원기와 활기로써 충일되어 있던 곳—그곳이 지금은 그 자취조차 알아볼 바가 없고 푸른 달빛 아래 무시무시하게도 엉성한 빈 집과 군데군데 폭력으로써 무너뜨린 담뿐이 쓸쓸하게 남아 있다는 것은 인화로 하여금 금석의 감[7]을 강렬히 일으키게 하였다.

부러진 문짝이 뜰에 널려 있었다. 기왓장과 깨진 항아리 나부랭이가 여기저기 쌓여 있었다. 그런 위에 비친 달빛과 달빛 때문에 생긴 그림자들은 더욱 참담하고 쓸쓸함을 돋구었다. 선생은 어디로? 고락을 같이하던 20명의 벗들은 어디로? 집의 형태는 그냥 남아 있지만 생사를 같이하자던 친구들은 뿔뿔이 헤어져서 불평의 날을 보내고 있다. 그리고 그들이 철모를 시절부터 제 집으로 여기고 있던 이 집은 지금은 다만 거미와 족제비의 굴이 되고 말았다.

인화는 육혈포를 도로 허리에 간수하고 그곳서 발을 떼었다. 이 집에 그동안에 드나들었을 정체 모를 괴인의 정체를 드러내고자 긴장된 마음으로 달려들었던 인화는 그곳서 발을 뗄 때는 애수에 잠긴 한 처녀로 변하였다. 동시에 세상만사에 감동을 잃은 듯한 한 산송장(生屍)이던 인화의 마음에는 사람—그 가운데도 젊은 여인의 감정이 튀어 올랐다. 다한 다정한 인화의 전인격은 여기서 다시 회복되었다.

발을 떼면서 인화는 힐끗 곁눈으로 이전에 재영이가 거처하던 방을 보았다. 그리고는 빠른 걸음으로 후원으로 돌아왔다. 그새 한동안은 이름을 듣기조차 역하던 재영이의 기억이 폭발하듯이 그의 마음에 솟아올랐다. 그의 마음에는 공포도 없어졌다. 무시무시함도 없어졌다. '재영'이라는 한 가지의 지극히 무서운 기억밖에는 아무것도 눈과 같이 사라져 없어졌다.

---

7 금석(今昔)의 감(感) : 지금과 옛날의 차이가 너무 심하여 생기는 느낌.

후원으로 돌아온 인화는 연못가의 어떤 자리를 찾아가서 몸을 내어던지듯이 주저앉았다. 인화가 주저앉은 자리는 이전 어떤 봄날 역시 인화가 혼자서 앉아서 못물에 비친 제 그림자를 들여다보면서 명인호를 생각하고 있을 때에 뜻하지 않은 재영이가 인화의 뒤에서 문득 나타난 그 자리였었다. 몸을 내어던지는 순간 인화는 머리를 깊이 무릎에 묻었다. 놀랍달지 무섭달지 슬프달지 형용할 수 없는 괴상히도 설렁거리는 마음 때문에 머리를 들 기운도 없었다.

얼마나 오랫동안 인화가 그 자리에 그 모양으로 앉아 있었는지 알 수 없다. 한참을 그 모양으로 지낸 뒤에 문득 뒤에서 버석! 하는 수상한 소리를 들었다. 또 한 번 연하여 버석! 인화는 깜짝 놀라서 머리를 들었다. 그 소리는 분명히 소리를 감추려는 사람의 발자취였었다.

5

머리를 드는 순간 필연의 결과로서 눈이 못 위로 향하여진 인화는 못물에 비친 자기의 그림자의 조금 뒤에 한 개의 커다란 사람의 그림자를 발견하였다.

"아! 아! 아!"

짧고도 날카로운 부르짖음이 서너 번 인화의 입에서 나왔다. 동시에 그의 눈은 과도한 흥분 때문에 시각(視覺)을 잃어버렸다.

그것은 분명한 재영이의 그림자이었었다. 무론 한순간을 볼 뿐 곧 시각을 잃어버린 인화인지라 더구나 스무날 반달을 등 뒤로 밟고 서 있는 희미한 모양을 또다시 '못'이라는 거울을 통하여 본 바인지라 인화는 그 얼굴을 본 것이 아니었었다. 모양을 똑똑히 본 바도 아니었었다. 어디가 어떠하여서 그것이 재영이라는 것은 알 수가 없었다. 그러나 인화는 몽롱히 못물에 비친 그 그림자에서 분명히 재영이의 모습을 발견하였다.

인화는 반사적으로 몸을 돌이켰다. 그리고 허둥지둥 양손으로 땅을 짚었다. 괴로운 노력으로 어서 시각을 회복하려고 애를 썼다.

일말의 서늘한 바람이 인화의 머릿속을 지나갔다. 그 다음 순간 번쩍 시각은 회복되었다. 그러나 시각이 회복된 그의 눈앞에는 몇 그루의 늙은 소나무가 서 있을 뿐 사람의 그림자는 보이지 않았다.

인화는 손을 들어서 눈을 한 번 부볐다. 그리고 다시 보았다. 그러나 거기는 역시 아무도 없었다. 머리를 이편저편으로 두르면서 사면을 살펴보았지만 인화의 눈이 밎는 한에서는 늙은 소나무들이 우뚝우뚝 섰을 뿐 사람의 그림자는 아무 데도 없었다. 푸른 달빛 아래 분명히는 알 수가 없지만 사람이 있음직한 곳도 없었다. 한순간 전에 사람이 지나갔음직도 않게 무한한 정숙이 있을 따름이었었다.

그러나 이것뿐으로 사라지기에는 인화의 본 바의 그림자는 너무도 분명하였다. 한참을 앉아서 머리만 이리저리로 돌리며 살피던 인화는 마침내 그 자리에서 일어섰다. 그리고 사람 하나이 넉넉히 숨을 만한 소나무마다 그 뒤에까지 한 번씩 돌아보았다.

그러나 결과는 제로였다. 뒤를 보고 도로 앞을 보고 위를 쳐다본 뒤에 다시 한번 휘돌고─소나무마다 이만한 주도한 방식으로써 찾아보았지만 사람의 그림자는커녕 짐승의 그림자 하나도 나서지 않았다.

"아아, 눈의 환각이었던가."

이것은 인화의 최후의 절망적 단념이었었다. 아까 그림자만을 보았으면이어니와 그림자를 보기 전에 분명히 이 두 귀로써 수상한 발소리를 들은 인화가 지금에 미쳐서 자기의 청각과 시각을 아울러서 무시하여버린다는 것은 쓰린 단념이었다.

인화는 풀없이 아까의 자리로 돌아왔다. 그리고 못에 비친 제 그림자를 또 들여다보았다. 그러나 지금의 못에는 푸른 하늘을 배경으로 인화

자기의 몸 밖에는 비친 것이 없었다. 몸을 이리저리 조금씩 움직여보았지만 자기의 그림자밖에는 아무 그림자도 자기 뒤에 없었다. 만약 자리를 썩 변동을 하거나 하면 모르거니와 소나무의 그림자조차 인화의 등 뒤로 비치어 사람의 형상을 하는 것이 없었다.[8] 사람의 형상을 한 소나무가 어디 있을까.

"혹은 하늘을 닫는 구름이었던가."

그러나 발소리를 내는 구름이 어디 있을까. 그러면 그이의 혼백? 그러나 발소리가 나는 귀신이 있단 말을 들은 일이 없었다.

즉 아무 예고도 없이 인화는 등골로 흐르는 무서운 전율을 느꼈다. 무엇이 어떻게 무서운지는 알 수 없지만 열병 환자가 느끼는 것 같은 거대한 전율이 그의 온 신경을 엄습하였다.

그는 벌떡 일어섰다. 그리고 마치 무엇에 쫓기듯 그 자리를 떠나서 힘을 다하여 달았다. 그리고 그 자리를 떠난 그는 사람의 습관의 힘으로 이전 활민숙 시대의 자기 방이던 방으로 향하여 뛰었다. 그러나 그 방 앞에까지 간 그는 방 안에서 웬 사람의 움직임을 보고 기절할 듯이 놀라며 멈칫 섰다.

6

문도 없는 그 방 어둑한 저편 구석에는 분명히 사람의 그림자가 있었다. 그 그림자는 인화가 이리로 달려오는 것을 보고 황급히 몸을 구석으로 숨겼다. 그러나 그 숨기느라고 움직인 동작이 인화의 눈에 뜨인 것이었었다.

"닭!"

---

8   하는 것이 없었다 : 연재 원본에는 '하였다'로 표기됐지만 문맥상 오류로 보여 바로잡음.

달려오던 그 탄력으로 조금 미끄러진 인화는 몸을 다시 돌이켰다. 그리고 도로 다시 반대 방향으로 달아났다.

인화는 대문으로 나왔는지 담장 너머로 나왔는지 몰랐다. 활민숙을 벗어난 뒤에도 어디로 어디로 돌았는지 몰랐다. 극도의 공포에 눌린 인화는 어찌어찌하여서 좌우간 연연이의 집으로 찾아들어오기는 하였다. 마치 미친 사람같이 뛰쳐 들어오는 인화의 모양에 누워 있던 연연이가 벌떡 일어났다.

"누구야."

뛰쳐 들어온 인화는 연연이의 괴성에 그만 윗목에 엉거주춤 서버렸다. 그리고 공포로 얼뜬 눈으로 멀진멀진 연연이를 바라보았다.

연연이가 인화를 알아보았다.

"아이고, 나리(연연이는 남의 눈을 꺼리어서 인화를 늘 나리라 불렀다). 웬일이세요?"

사실 인화의 몸뚱이는 참혹하였다. 의관이 모두 달아나고 머리가 산산이 풀어지고 옷이 모두 찢기고 온 몸이 흙투성이가 되고―말하자면 굉장한 격투를 하고 난 사람과 흡사하였다. 연연이는 황황히 일어서서 인화의 손을 끌고 아랫목으로 내려왔다. 그리고 벌써 펴놓았던 인화의 자리를 조금 밀고 거기 인화를 앉히었다.

"이게 웬일이세요? 어디서 욕을 보셨어요?"

서로 양 무릎을 마주 대고 둘은 대좌하였다. 인화는 덥석 두 손을 내밀어서 연연이의 두 손을 꽉 잡았다. 몸은 연하여 사시나무와 같이 떨렸다. 더할 나위 없이 크게 뜬(공포에 젖은) 인화의 두 눈은 연연이의 얼굴에 정면으로 부어졌다.

"연연이."

"네?"

"그이가ー그이가ー그."

"왜 그러세요? 웬일이세요?"

웬일? 인화는 잠시 더 연연이의 얼굴을 바라보았다. 그런 뒤에, 덥석 머리를 연연이의 무릎에 묻었다. 마치 어린애가 어머니의 무릎에 그 머리를 숙이듯······. 그 다음 순간은 그는 격렬히 울기 시작하였다.

"진정을 하세요. 아이구, 답답해."

"연연이, 난 무서워."

"네?"

"그저 자꾸 무서워."

연연이는 인화의 어깨를 힘 있게 흔들었다.

"정신을 차리세요. 이건 연연이의 집이올시다. 무서울 게 뭐예요?"

그것은 마치 커다란 어린아이였었다. 아무 체모[9]도 없이 자기의 무릎 위에서 격렬히 우는(어린아이 같은) 인화를 한참 물끄러미 내려다보다가 인화의 이마 아래로 손을 넣어서 인화의 머리를 조금 들었다.

"자, 자리에 누워서 좀 쉬세요. 연연이가 간호해드릴게. 그리고 진정을 하세요."

인화는 몸을 일으켰다. 연연이는 밀어놓았던 자리를 도로 폈다.

"자, 쉬세요."

인화는 말없이 연연이의 편 자리 속으로 들어갔다.

인화가 자리에 들어간 뒤에 연연이는 인화의 이마에 열기가 꽤 많음을 발견하였다. 연연이는 나가서 대야에 찬물을 하나 떠 왔다. 그리고 수건을 적셔서 인화의 머리를 식히기 시작하였다.

인화는 몇 번을 깜박 잠이 들고 하였다. 그러나 잠이 드는 순간은 문득

9 체모 : 체면, 남을 대하기에 떳떳한 도리나 얼굴.

나타나는 무서운 그림자 때문에 펄떡 놀라서 깨는 것이었었다. 그리고는 몸을 사시나무같이 떠는 것이었었다.

연연이는 거의 날이 밝도록 인화의 꼭 곁에서 인화를 간호하였다. 날이 거의 밝아서야 인화는 겨우 조금 진정하고 잠이 들었다.

7

날이 밝으면서 인화는 잠에서 깨었다. 밤을 새우면서 간호를 하느라고 피곤한 연연이는 그때 문갑에 기대고 자고 있었다.

잠이 깨는 동시에 인화의 머리에는 어젯밤의 기억이 다시 솟아났다. 그러나 머리에 무엇이 씌운 것같이 몽롱한 기억이었다. 어젯밤의 그 일이 과연 사실이었던가. 한낱 환각에 지나지 못한 것이 아닌가. 아니 활민숙에 들어갔다는 것부터가 벌써 한 개의 착각이 아닐까. 자기는 이곳에 누워서 그런 뒤숭숭한 꿈을 꾼 것이 아닌가. 그러나 그것은 꿈은 아니었었다. 어젯밤에 공포에 들떠서 도망하여 올 때에 버선발로 돌부리를 찬 그 아픔은 아직 그냥 남아 있었다. 찢어지고 흙투성이가 된 옷도 그냥 몸에 입히어 있었다. 그러면 자기가 이곳까지 도망하여 들어온 것은 분명한 사실이었다. 그것으로서 사실이라 할진대, 활민숙에서 본 일도 사실일밖에 없다.

인화는 몸을 연연이의 편으로 돌아누웠다. 그 기수에 연연이가 펄떡 잠에서 깨며 내려왔다.

"좀 어떠세요?"

인화는 눈을 커다랗게 뜨고 연연이의 얼굴을 정시하였다. 그리고(공포가 조금 섞여 있는 밖에는) 아무 표정도 아무 감동도 없는 구조(口調)로 말하였다.

"연연이, 나는 봤어. 어저께."

"네?"

"봤어. 활민숙에서 분명히 이 눈으로."

"네!"

연연이의 얼굴은 문득 검붉어졌다. 다음 순간은 창백하여졌다. 연연이는 허둥지둥 방바닥을 양손으로 짚었다.

"말씀하세요."

"달빛에 – 연못에 – 그리고 내 방에서."

연연이는 눈을 감았다. 감정을 억누르려는 때문인지 혹은 커다랗게 뜨고 자기를 보는 인화의 눈을 피하려는 때문인지는 모르지만 연연이는 고즈넉이 눈을 닫았다. 그의 얼굴은 핏기가 조금도 없었다. 한참 뒤에야 연연이의 입이 조금 열렸다.

"말씀해주세요. 좀 똑똑히."

"활민숙 대문이 열렸어. 연못에는 그림자가."

인화는 이야기에 순서를 찾지를 못하였다. 이 말에서 저 말로 또 다른 말로 마치 말더듬이와 같이 외마디씩 단편적으로 하였다. 그러나 한참을 하는 동안 이 도막 이야기에서도 연연이는 인화가 어젯밤에 견문한 바를 비교적 순서 있게 알아들은 모양이었었다.

연연이도 인화의 말을 들은 뒤에 처음에는 그것이 한낱 환각이 아닌가고 의심하는 말을 하였다. 너무 사모하는 정성에 그런 환각이 보이지 않았나 하였다. 머리가 몽롱하게 된 인화는 그 말에 심히 반대는 안 했다.

"글쎄, 그것도 모르긴 몰라. 그렇지만 이 귀로 분명히 발소리도 들었는데. 그리고 대문은 – 대문 열린 것은 웬일일까."

너무 생각하기 때문에 못물에 생각하던 이의 환영을 보았다는 것은 있음직한 일이다. 잔뜩 겁을 먹은 사람이 달려오다가 어두운 방 안을 들여다볼 때에는 혹은 아무도 없는 방 안에서도 환각으로 사람의 움직임을 볼 수도 있을 것이다. 그러나 발소리는 어디서 났을까. 용의주도하게 여닫게 된 대문은 무엇으로 설명할까. 그것도 환각이라 할까. 어젯밤에 있었다는 일을 모두 다 한 뭉치에 뭉쳐서 환각이라고 거부하여버리면 모르되 절반은 믿고 절반은 환각이라 할진대 그 새에 끼여 있는 모순과 동탁[10]을 어떻게 처치할까.

인화와 연연이가 그 뒤에 의논을 거듭한 결과 오늘 다시 활민숙에 가서 어젯밤에 인화가 보았다는 자취를 다시 한번 검사한 뒤에 그 가능성과 가부를 검토하기로 하였다. 그렇게 할밖에는 다른 도리가 없었다.

그들은 보호역을 겸하여 명인호를 데리고 가기로 하였다. 그리고 '급한 일이 있으니 잠시 와달라'는 편지를 써서 삼월이를 시켜서 명인호에게 보냈다.

8

명인호는 눈이 둥그렇게 되어서 달려왔다. 인화가 연연이의 집으로 온 뒤부터는 인호는 할 수 있는 대로 연연이의 집에 안 왔다. 전령으로 매일 한두 번씩 연연이의 집에 송만년이가 오는데 그 자리에 (활민숙생에게는 태공을 시키려던 괴한으로 알리어져 있는) 명인호가 동석을 하게 되면 어떤 분탕이 생길지 모르므로 그것을 피하여 안 오던 것이었다. 그리고 무슨 의논할 일이 있으면 다른 곳을 택하였다.

그런지라 연연이의 집에서 만나서 의논을 하겠다는 것은 뜻밖의 일이었다. 인호는 무슨 중대한 사건이 일어났나 하고 달려왔다.

인호에게 연연이가 대신하여 어젯밤의 사건을 이야기하였다. 그리고

10 동탁 : 당착(撞着)의 오자로 보임.

세 사람이 같이 활민숙으로 가서 다시 검분하기를 제의하였다.

그 이야기를 다 들은 뒤에 인호는 잠시 머리를 기울이고 있었다.

"보신 것이 분명은 합니까?"

"글쎄, 분명하다고 생각은 하지만 너무도 괴상한 일이 돼서."

인화도 단언하기는 주저하였다.

"그러면 이렇게 하십시다. 이목이 번다하니깐 내 먼저 혼자."

그러나 인호의 말은 중도에서 끊기었다. 두 여성은 인호 혼자를 그곳에 보내려 하지 않았다. 인호가 안 가면 안 갔지 자기네는 꼭 가볼 것이라 주장하였다. 인호는 몇 마디 더 말하여본 뒤에는 자기의 말을 도로 철회하였다. 그리고 결정이 된 뒤에 그들은 곧 연연이의 집을 나섰다.

활민숙에서 그들은 먼저 대문의 가공이 인화의 말에 틀림이 없는 것을 발견하였다. 겉으로 보기에는 봉한 듯하나 가볍게 밀 때에 대문은 소리 없이 열렸다. 더구나 어젯밤에 정녕코 인화가 열어두었을 대문은 봉한 듯이 닫겨 있었던 것이었었다. 이 일은 적이 그들의 마음을 긴장되게 하였다.

그들은 밖 뜰을 지나고 강당 앞을 지나서 어젯밤 인화가 수상한 그림자를 보았다는 방—이전에 인화가 거처하던 방—으로 직행하였다. 그러나 그 방문 밖까지 간 그들은 방 안에 들어갈 필요조차 느끼지 않았다. 문이 없이 통 속이 들여다뵈는 그 방은 먼지 하나 없었다. 사람은커녕 사람의 일용기구—옷이며 이부자리조차 없었다. 그것은 완전한 공실(空室)이었었다.

"?"

인화와 인호는 얼굴을 마주 보았다. 그러나 한 걸음 뒤떨어졌던 연연이가 앞서면서 툇마루에 덥석 올라섰다.

"이 방은 분명히 사람이 거처한 방이외다. 그렇지 않으면 왜 이렇게

깨끗할까?'

인화와 인호는 기계적으로 다른 방을 들여다보았다. 부러진 문살이며 사람들의 신발 자리며 그 위에 덮여 있는 먼지로써 '빈방'이라는 것을 곧 연상시키는 다른 방들과 이 방과는 현저히 달랐다. 비록 문 달렸을 자리에 문은 없다 하나 방 안이 그렇게 깨끗한 것은 사람의 손이 간 것을 증명하였다. 인호도 마루 위에 올라섰다. 인화도 뒤를 따라 올라섰다. 그 방 안에 들어갈 때는 세 사람은 신을 문밖에 벗도록 그 방은 깨끗하였다. 방 안에 들어서서 그들은(밤에 잘 때에 문 대신으로 썼음 직한) 몇 쪽의 널판자가 문 안에 서 있는 것도 발견하였다. 모퉁이에는 한 자루의 방비(室箒)[11]가 놓여 있는 것도 발견하였다. 사람의 일용기구는 없다 하나 그 방에 그새 사람이 있던 것은 분명하였다. 그리고 어젯밤에 인화가 본 바가 환각이 아니었음이 증명되었다.

"으음."

인호의 입에서는 마침내 기이한 신음 소리가 나왔다. 연연이의 입에서도 한숨이라 할지 탄성이라 할지 별한 소리가 나왔다.

인화는 두 사람과 떠나서 이편 서편 쪽 담벽 앞에 꼭 붙어서 서 있었다. 그의 눈은 담벽의 어떤 곳에 향한 채 움직이지 않았다. 눈에는 나란히 광채가 났다. 눈에 한 껍질 씌운 눈물을 씻으려도 아니하고 인화는 담벽에 쓴 몇 자의 글을 바라보고 있었다.

9

'일월상존(日月尙存)'

담벽에 쓰인 글은 이런 간단한 것이었다.

11 방비 : 방을 쓸기 위한 비.

이 글은 며칠 전에 태공이 무명인에게서 받은 글과 같은 글이었었다. 그러나 '일월'을 '일월산인'으로 해석하기보다 '해달'로 먼저 해석할 경우에 있는 태공은 '해와 달은 아직 있다'는 뜻으로 해석하였다. 그 뒤에 잠시 이상한 충동으로 그것을 '재영이가 아직 살아 있다'는 뜻으로 해석도 하여보았지만 명인호 때문에 그 해석은 곧 거부(拒否)를 당하였다. 그러나 인화에게 있어서는 그렇지 않다. '일월'이라는 두 글자는 인화에게는 '해달'이 아니요 '명진섭'이었었다. 그 밖에는 다른 뜻은 포함되지 않은 것이었었다. '일월상존'이라는 것은 '명진섭이가 살아 있다'는 뜻이지 막연한 '해달이 아직 있다'는 뜻이 아니었었다. 더구나 지금의 경우에서는 그렇게밖에는 해석할 길이 없었다. 뿐만 아니라 그 필적도 또한 틀림없는 그이의 필적이었었다.

명인호도 인화의 곁에 왔다. 연연이도 왔다. 그리고 같이 그 글을 보았다. 마침내 인호의 입에서도 마치 혼잣말같이,

"형님이 생존해 계시외다."

하는 말이 나왔다.

두 여성은 벌써 재영이의 생존을 직각으로 느꼈던 것이었다. 그러나 명인호의 이 단안을 기회 삼아 두 여성은 그 자리에 고꾸라졌다. 동시에 한결같이 통곡성이 나왔다. 과도한 환희와 격동의 통곡이었었다.

인호는 황급히 말렸다. 당연히 빈 집이어야 할 활민숙에서 때 아닌 여인의 통곡성이 밖에 새면은 남의 의심을 사겠다는 이유로서 진정하기를 누누이 말하였다. 그러나 그만 말로서는 감정이 폭발된 두 여성의 울음을 멈추게 할 수가 없었다. 체면? 뒷일? 그것은 모두 문제가 아니었다. 돌아가신 줄로 알았던 이가 아직 생존해 있는 것이 분명할 때 그들에게는 다른 것은 문제도 되지 않았다. 말리는 인호의 눈에서도 눈물이 나왔다. 그로서도 이때에 생긴 감동은 감출 수가 없는 모양이었다.

그들은 좀 진정된 뒤에 후원으로 돌아가보았다. 그러나 후원에 재영이가 버티고 서 있을 리가 없었다. 어젯밤에 그림자가 나타났던 근처에서 발자취라도 없나 찾아보았으나, 풀밭에 그것이 보이지도 않았다. 그러나 이것은 모두 그들의 타력적 행동[12]에 지나지 못하는 것―그들의 마음에는 명진섭이는 살아 있다는 것은 적확한 사실로 박혔다.

후원에서 발견한 사실 가운데 한 가지 진섭이가 살아 있는 것을 더욱 증명하는 것이 있었다. 그것은 그가 활민숙 시대에 비수를 연습하느라고 달아두었던 널쪽에 새로운 칼자리가 무수히 난 것이었다. 그것으로 보아서 그는 활민숙에 숨어서 그새 넘어져 있는 동안에 둔하여진 팔을 연습하던 것이 분명하였다. 그러면 그는 지금 어디? 세 사람의 머리에 일제히 일어난 의문은 이것이었다. 세 사람은 의논하였던 듯이 모두 제각기 헤어져서 구석구석을 모두 뒤지었다. 그러나 뒤지면서도 웬걸 여기 있으리 하는 생각을 품었던 그들의 예기는 맞았다. 재영이는 나타나지 않았다.

그 뒤에 명인호는 두 여성을 먼저 돌려보내기에 꽤 많은 노력을 하였다. 그이가 분명히 생존해서 이 같은 장안에 있으면서도 아직껏 태공께도 가 뵙지 않고 숙생들이며 명인호 자기를 찾지도 않은 것을 보면 거기는 필연코 그렇게 하여야만 할 곡절이 있을 테니깐, 이곳서 세 사람이나 그를 지키고 있으면 그는 오다가라도 다시 돌아가버릴지도 알 수 없으니 두 분은 먼저 돌아가 기다리면 자기 혼자서 숨어서 기다리다가 그를 붙들기만 하면 어떻게 하여서든, 두 분을 만나게 하겠노라고 천백 어를 다하여 설명하였다. 두 여성은 처음에는 무론 완강히 거절하였다. 그러나 명인호의 말하는 바가 사리가 옳음을 보고―더욱 만나기만 하면 꼭 상봉

---

12 타력(惰力)적 행동 : 버릇이나 습관에 따라 하는 행동.

시키겠다는 약속을 듣고 하릴없이 명인호만 남겨두고 인화와 연연이는 먼저 활민숙을 나섰다.

10

연연이와 함께 활민숙을 나선 인화는 조금 가다가 연연이와도 작별하였다. 그것은 송만년이와 만나기 위하여서였다. 송만년이와 만나서 만년이에게 사찰이 아직 분명히 생존했다는 것을 알려서 그 소식을 전숙생에게 전하고자 함이었다. 재영이가 살아 있는 증거를 본 때문에 마음이 들뜬 인화는 일각이라도 바삐 온 숙생에게 알리고 싶었다. 그것은 춤을 추고 싶은 듯한 이상한 마음이었다. 거리에 지나다니는 사람들도 모두 무엇이 기쁜지 벙글벙글 웃는 듯이 보였다. 길도 유난히 밝고 화려하였다.

만년이의 기숙하는 집까지 이르러보니 만년이는 집에 없었다. 하릴없이 도로 나갔던 인화는 또다시 들어갔다. 그리고 주인을 찾아서 어디 나갔는지 끈끈히 물어보았다. 그러나 주인은 알지 못하였다. 인화는 집주인을 내버리고 만년이의 방으로 들어가서 종이를 얻어서 거기다가 '사찰이 생존한 것이 분명하다'는 뜻의 글을 써놓고 그 집을 나왔다. 그러나 대문 밖까지 나갔던 인화는 또다시 들어가서 주인을 찾아서 만년이가 돌아오거든 이인화라는 사람이 좀 만나자더라는 전갈을 부탁한 뒤에 이번은 완전히 그 집을 나왔다.

거기서 나온 인화는 좀 생각해보다가 혹은 만년이가 연연이의 집에 가 있지 않은가 하고 집으로 돌아왔다. 그러나 역시 기쁨을 얼굴에 장식한 연연이가 마주 나올 뿐 만년이는 없었다. 인화는 연연이에게 만년이가 오거든 붙들어두라는 부탁을 한 뒤에 다시 돌아서서 이번은 기생집이라 그 밖에 만년이가 감 직한 몇 곳을 돌아보았다. 그리고 그 아무 데서도 만년이를 발견치 못한 인화는 다시 연연이의 집으로 돌아왔다. 그랬더니 그 집에서 만년이는 인화의 돌아오기를 기다리고 있었다. 만년이도 무엇이 기쁜지 매우 기쁜 듯이 보였다.

"아아, 오늘은 사람들의 얼굴이 왜 모두 이다지도 빛나는가."

인화는 아랫목으로 내려가서 앉았다. 그것을 기다려서 만년이가 연연이에게 향하였다.

"연연이, 아니 아씨, 아차 아가씨님이던가."

"네?"

"우리가 나갈까?"

"네?"

연연이는 만년이의 말귀를 몰랐다. 만년이가 설명하였다.

"이 공하고 좀 비밀한 의논이 있는데 우리가 나가야겠지? 아마."

연연이는 알아들었다. 그리고 웃으면서 일어섰다.

"네, 나가지요. 암만이고 의논하세요."

연연이가 나간 뒤에 만년이는 인화의 곁으로 앉은걸음으로 뛰어오면서 인화의 양손을 잡고 높이 쳐들었다.

"인화! 이 공!"

인화도 만년이의 손을 마주 잡았다.

"송 공, 기쁜 소식이 있소."

"응? 나도 기쁜 소식을 가지고 왔는데……."

"뭐요? 어떤게요?"

"어디 이 공부터. 어떤 소식이오?"

"사찰이 ― 사찰이."

탁 북받쳐 오르는 덩어리를 인화는 힘껏 삼켰다.

"생존해 계시구려!"

"에? 만났소?"

"만나지는 못했어도 증거가 분명하구려. 자아 송 공의 기쁜 소식은 뭐요?"

"나도 같은 소식이오."

인화의 얼굴은 문득 희어졌다.

"만났소? 네? 어디서?"

"나도 만나지는 못했지만."

하면서 만년이는 인화의 손을 놓고 주머니에서 무슨 종이를 하나 꺼내어 펴놓았다.

"자. 이것을 보오."

인화는 그 종이를 보았다. 거기도 분명한 그의 필적으로, '일월상존'이라는 넉 자가 적히어 있었다.

"어디서 얻었소? 어디서."

조급히 이렇게 물을 때는 인화의 목소리는 격렬히 떨렸다.

11[13]

인화의 질문을 받고 만년이는 종이를 얻은 내력을 설명하였다.

그것은 오늘 새벽 아직 채 밝기 전이었었다. 어떤 기생집에서 밤을 지낸 뒤에 아직 밝지 않은 길을 더듬어서 자기의 숙소로 돌아가던 만년이는 문득 뒤에서 자기를 밟는 듯한 발소리를 들었다. 처음에는 무심코 돌아보았다. 그러나 아직 밝지 않은 푸르른 길이 놓여 있을 뿐, 사람의 그림자는 없었다.

---

13 연재 원본에서는 10화로 회차 번호가 잘못 매겨져 있어 이후 '일월상존' 편이 끝날 때까지 바로잡음.

'헛귀던가.'

만년이는 이렇게 생각하고 그냥 걸었다. 그러나 기괴한 발자취는 그냥 들렸다. 물론 똑똑히 들린 바는 아니었지만, 때때로 바람결에 저벅저벅하는 소리가 들리는 듯하였다.

어떤 길모퉁이를 돌아설 때에 만년이는 갑자기 휙 돌아서 보았다. 그때에 그는 저편 길에서 무슨 퍼러둥한 것을 본 듯하였다. 그러나 다시 눈에 힘을 주어 볼 때에는 거기는 아무것도 없었다.

만년이는 다시 길을 걸었다. 자기의 숙소로 향하던 발을 돌이켜서 무정처하고 걸었다. 그러나 저벅저벅하는 소리는 그냥 그를 따라왔다. 때때로 포교에게 뒤를 밟히는 경험이 있는 만년이는 덤비지 않았다. 그리고 귀에 신경을 모은 뒤에 이 길에서 저 길로 또 다른 길로 정처 없이 다녔다.

저벅저벅하는 발소리는 때때로 바람결에 그냥 들렸다. 그러나 사람이 눈에 뜨이지는 않았다. 길이 차차 밝아졌다. 발소리는 때때로 그냥 들렸다. 그러나 행전[14] 끈을 다시 매는 체하고 허리를 굽히고 뒤를 보았지만, 사람의 그림자는 따르는 것이 없었다.

한참 그 정체 모를 발소리를 끌고 이리저리 돌던 만년이는 차차 외딴 곳으로 갔다. 집이 없는 데를 다닐지라도 그 발소리는 그냥 따라올까. 만약 그냥 따라온다 할지면 숨을 곳이 없는 그런 곳에서는 그 발소리의 정체를 드러낼 수가 있겠으므로 부러 그 발소리를 끌고 외딴 데로 간 것이었다.

만년이는 그 길에 달린 맨 끝 집을 지났다. 그 집을 지나서는 배추밭에 있는 소로를 한참 지나가서야 인가가 있는 것이었다. 만년이는 그 소

14 행전 : 바지나 고의를 입을 때 정강이에 감아 무릎 아래 매는 물건.

로로 들어섰다. 아직껏 바람결에 때때로 들리던 그 발소리가 문득 없어졌다. 잠시 귀를 기울이고 기다려보았지만 소리는 역시 없었다. 그러면 아까는 분명히 누가 자기의 뒤를 밟던 것이었었다.

"흥, 이게 재미있구나."

그것이 분명히 자기 뒤를 밟던 발소리인 것이 판명된 뒤에는 만년이는 그냥 두지를 못하는 사람이었었다. 만년이는 힐끗 돌아섰다. 그때는 날도 거의 밝은 뒤였다. 만년이는 돌아서면서 꽤 밝은 저편 길에 웬 한 작달막한 사람이 황급히 몸을 감추려는 것을 보았다.

"잡아라. 웬 놈이냐."

만년이는 맹연히 그리로 달려갔다. 그 기수를 본 작달막한 괴한은 돌아서서 몸을 날려서 달아났다. 만년이의 걸음은 꽤 빠른 걸음이었다. 그러나 괴한의 걸음도 만년이에게 지지 않게 빨랐다. 수삼십 보 앞에서 잡을 확신으로 따라간 만년이였지만 좀체 괴한과의 거리가 가까워지지 않았다.

골목을 몇 개 돌았다. 거리를 몇을 꿰었다. 벌써 꽤 통행인이 많은 거리에서는 웬 점잖은 차림을 한 젊은이가 상한 하나를 체모도 없이 따라서 달음박질하는 모양을 눈을 크게 하고 보고들 있었다. 골목에서 거리로 거리에서 골목으로 경주는 그냥 계속되었다. 괴한은 때때로 뒤를 돌아보면서 달아났다. 그 모양은 마치 아직도 추격하는지를 검분하려는 것으로도 보이는 반면에 뒤로 따라오는 사람을 잃지 않으려는 모양으로도 보였다.

얼마나 따라와서 어디까지나 왔는지 어떤 골목에서 만년이는 문득 그 괴한의 그림자를 잃어버렸다.

12

당연히 저편으로 달아날 괴한을 예기하면서 길모퉁이를 돌아서는 순간 뜻밖에 괴한의 그림자를 잃어버린 만년이는 멈칫 섰다. 그리고 힐난하는 태도로 좌우편으로 늘어선 집들을 노려보았다.

집들은 고요히 잠들어 있었다. 행랑 사람이며 부지런한 며느리들은 벌써 깨었는지 모르지만 대문이 열린 집이 없었다. 더구나 순간 전에 어떤 괴한을 삼켰음 직한 집은 발견할 수가 없었다.

괴한의 그림자를 잃어버리고 잠시 멍하니 섰던 만년이는 다시 좀 자세히 검분하려고 그 자리에서 발을 떼려 하였다. 그때였었다. 문득 두 가지의 괴상한 소리가 만년이의 귀에 들렸다. 하나는 채찍을 두를 때에 생기는 것 같은 획 하는 소리였었다. 또 하나는 퍽 하니 무엇이 어디 부딪히는 소리였었다. 그것과 동시에 무슨 괴상한 물건이 시야(視野)의 한편 구석을 스치고서 뒤로 날아가는 것을 보았다.

만년이가 본능적으로 몸을 획 돌이킬 때에 그의 눈에는 자기를 등지고 있던 집 담벽에 웬 비수가 하나 박힌 것이 띄었다. 비수의 끝에는 종이 조각이 하나 달려 있었다.

"?"

만년이는 얼굴이 창백하여지는 것을 스스로 깨달을 수가 있었다. 비수를 날린 수법―그것은 비록 세상이 넓다 할지라도 돌아간 안 사찰 밖에는 행하지 못할 묘기였었다. 더구나 송만년 자기를 향하여 편지 달린 비수를 던질 사람은 안 사찰밖에 어디 있을까. 그러면 사찰은 아직 생존했다.

한순간 주저한 만년이는 비수를 뽑아서 그 끝에 달린 종이를 풀어보았다.

'일월상존(日月尙存)'

거기는 또렷이 이렇게 씌어 있었다.

만년이는 한참을 멍하니 서 있었다. 분명한 사찰의 수법과 분명한 사찰의 필적을 본 지금에 이르러서 사찰의 생존을 의심할 여지는 없다.

그러나 사찰은 어디? 잠시를 멍하니 서 있던 만년이는 칼과 종이를 간수하고 칼이 박혔던 자리를 검분하였다. 그 위치와 박힌 방향으로서 던진 자리를 짐작하여보려 함이었었다. 던졌음 직한 자리를 알기는 알았다. 그러나 그리로 돌아보며 거기는 어떤 집 행랑 혹은 대문간이 있을 따름이었었다. 그리로 가서 보기까지 하였지만 굳게 닫힌 그 근처의 집에서는 순간 전에 사람의 움직임이 있었음즉도 안 하였다.

한참을 그 근처를 이리저리 검분하던 만년이는 더 기다려서 그 근처의 각 집의 대문이 열리는 것을 기다려서 행랑 사람들에게도 물어보았다. 그러나 눈을 부비며 대문을 여는 행랑 사람들은 그런 '사람'은커녕, 그런 '사건'이 생겼었는지도 아는 사람이 없었다.

한참을 헛되이 그 근처를 왕래하며 사람들을 붙잡고 물어보던 그는 종내 목적을 달성치 못하고 해가 꽤 높이 떠오른 뒤에 그곳에서 떠났다. 그리고 잠깐 숙소에 들러서 조반을 먹은 뒤에 각 숙생의 집들을 찾아다니며 숙생들에게 기꺼운 소식을 전하였다. 숙생들은 모두 날뛸 듯이 기뻐하였다. 사람을 잃고 집을 잃고 스승을 잃은 숙생들은 꼭 숙소에 박혀서 무위의 쓸쓸한 날을 보내고 있던 차이라 더구나 사찰이 분명히 살아 있다는 소식을 미칠 듯한 기쁨으로 맞았다.

만년이가 인화에게 그 소식을 전하러 오매 인화는커녕 연연이도 없었다. 그래서 몇 번을 들러보았으나 매번 없었다. 이번에 와서야 겨우 만난 것이었다.

숙생들은 사찰의 생존에 대하여 선후책을 의논하기 위하여 오늘 저녁 어두운 뒤 송만년이의 숙소에서 모이기로 하였다.

이것이 송만년이가 '일월상존'이라고 적은 글을 얻은 경로였었다.

만년이는 그 종이를 다시 한번 보고 접어서 주머니에 넣었다.

13

만년이의 내력담을 다 들은 뒤에 이번은 인화가 설명할 차례가 이르렀다.

인화는 입을 열었다. 그러나 그는 자기의 본 바를 다 이야기할 처지가 못 되었다. 명인호의 관계된 부분도 만년이에게는 당연히 제외할 부분이었었다. 연연이와 함께 달려갔던 것도(연연이와 인화의 특수관계를 모르는) 만년이에게는 당연히 감추어야 할 것이었었다. 뿐더러 그이의 생존한 증거를 활민숙에서 보았다는 것조차 기피하지 않을 수 없는 점이었었다. 만약 어제 저녁에 생긴 기괴한 사건을 그대로 이야기하면 만년이는 당연히 인화를 채근하여 활민숙까지 가보고야 말 것이다. 그리고 활민숙으로 가기만 하면(숙생들에게는 아직 민씨의 자객으로 알리어 있는) 명인호와 상봉케 될 것이다. 그런지라 활민숙조차 만년이의 앞에는 덮어놓지 않을 수가 없었다.

인화는 임시로 말을 지어내었다. 송만년이가 견문한 바와 대동소이하게 임시로 말을 꾸미어 대었다.

이리하여 그들은 일월산인의 재출현에 대한 보고를 서로 바꾸었다. 그 뒤에 기쁨을 나타내는 몇 가지의 이야기가 더 왕복된 뒤에 만년이는 돌아갔다.

만년이가 돌아가는 것을 기다려서 인화는 연연이를 불러서 만년이에게서 들어온 보고를 전한 뒤에 다시 옷을 입고 연연이의 집을 나섰다.

연연이의 집을 나선 인화의 발은 황황히 활민숙으로 향하였다. 그새 만년이와 이야기를 하는 동안에도 그는 끊임없이 마음은 활민숙으로 향하였다. 지금쯤은 혹은 인호가 그이와 마주 앉아서 그새 오래 떠나 있던 회포며 그새의 지난 이야기를 하며 즐기고 있지 않나. 그이—그 웃을 때는 눈에 난란한 광채가 나며 한 번 비수를 던지면 한 치의 어그러짐이 없이 목적물을 맞히던 그이. 자기와 명인호의 새에 기괴한 눈을 던지며 시기하는 그이. 그 어느 날 공덕리에서 의외에 만난 때에 낭패한 빛을 감추지를 못하던 그이.

"그이는 생존해 계시다. 생존해 계시다."

들뜬 그의 마음의 반영과 같이 발걸음도 매우 허둥거렸다. 한 걸음이 끝나기 전에 다음 걸음을 시작하려는 그—였었다.

인제 만나면 자기는 어떤 태도로 그이를 대할까. 이전과 같이 같은 숙생으로 대할까. 혹은 아내가 사랑하는 그 지아비를 맞는 태도로서 맞을까. 마땅히 맨 처음 떠오를 이런 문제조차 그에게는 나지 않았다. 오래 그리던 그이—그이가 누구인지 알 때는 벌써 저세상으로 가신 줄만 알았던 이—약혼자—남편—이러한 이를 뜻밖에 여기서 상봉케 된 기꺼움은 그로 하여금 다른 생각은 할 여유를 잃게 하였다.

그러나 활민숙에 들어선 인화는 거기서 쓸쓸하고 빈 집을 발견하였다. 당연히 이전 활민숙 시대에 자기가 거처하던 방이거나 그렇지 않으면 후원 연못가에 가지런히 앉아 있을 '그이'와 인호를 예기하고 갔던 인화는 활민숙 안에서는 아무의 그림자도 발견치를 못하였다.

후원 앞뜰 구석구석 부서진 방 안 온갖 곳을 돌아보고 또 돌아보았지만 두 사람의 그림자는 얻어내지를 못하였다.

"?"

혹은 돌아서 음식이라도 나누려 어디 나가지나 않았나. 인화는 이런 생각을 하여보았다. 그리고 만약 나갔으면 돌아올 시간까지를 넉넉히 잡아가지고 그때까지를 거기서 기다려보기로 하였다.

인화는 그때와 같이 시간이 지지히[15] 가지 않는 것을 경험하여본 적이 없었다. 추녀 끝에서 땅에 비친 그림자가 한 치를 옮겨 가기가 무척이나 시간이 걸렸다.

추녀의 그림자는 한 치를 이사 갔다. 두 치를 이사 갔다. 세 치를 이사 갔다, 마침내는 그 그림자가 한 자를 썩 넘어 물러가기까지를 인화는 거기 앉아서 기다렸다. 그러나 두 사람 — 적어도 명인호 한 사람뿐은 꼭 있어야 할 터인데, 아무도 활민숙에 나타나는 사람이 없었다.

14

추녀의 그림자는 마침내 그 뜰을 다 건너가서 맞은편 방의 담벼락으로 올라가기 시작하였다. 그러나 당연히 나타나리라고 믿었던 사람은 나타나지 않았다. 그 그림자가 맞은편 지붕 위로 넘어가고 사위가 차차 어두움에 잠기려 할 때까지도 종내 나타나지 않았다.

이러는 동안 그의 마음에는 차차 커다란 불안이 자리 잡기 시작하였다. 어떤 불안? 그것은 알 수 없는 불안이었었다. 그이가 생존하여 있는 것은 분명하였다. 자기만이 본 일이라면 그것도 모를 일이지만 그이의 생존의 증거를 본 사람 가운데는 연연이가 있었다. 명인호가 있었다. 송만년이가 있었다. 이렇게 수다한 사람이 비록 그이의 모양을 본 바는 아니었지만 사위[16]의 정세로서 그이의 생존을 증명하였으니 여기는 더 의심할 여지가 없다.

그러나 그이는 왜 어젯저녁에도 자기를 피하였던가. 그이 — 특별히 밤눈이 밝은 그이로서는 어제 자기를 분명히 인식하였겠거늘 왜 몸을 날려

---

15 지지하다 : 몹시 더디다.
16 사위 : 사방의 둘레.

서 자기를 피하였던가. 자기가 이전의 자기 방이던 방으로 달려갈 때도 그는 황황히 몸을 숨기려 하였다. 어제 그만한 일이 있었으면 오늘 다시 이곳으로 와볼 것이 분명하겠거늘 오늘 아침에도 그이는 아니 계셨다. 그이를 여기서 기다리라고 부탁하고 갔던 명인호조차 연기와 같이 사라졌다.

그러면 그이는 의식적으로 자기를 피하였는가. 만약 그렇다면 왜? 무슨 까닭으로? 송만년이에게는 부러 자기가 생존했다는 것을 알린 그이가 왜 자기는 의식적으로 피하는가. 자기가 모르는 한편 구석에서는 그이와 온 숙생, 혹은 명인호 혹은(더구나) 연연이와 무슨 연락이 있어가지고 자기 혼자만을 놀려대지 않나. 그렇게 보자면 아까 아침에도 명인호는 자기 혼자서 여기 와보겠노라고 한참을 우겼다. 낮에도 부러 자기 혼자만 남아 있고 우리들을 먼저 돌려보냈다. 여기다가 의혹의 눈을 던져야 옳은 것인가.

만년이의 아까의 그 말도 의심하자면 의심할 여지가 없을까. 선생은 시골 계시다 하는 것은 이것 역시 자기 혼자만이 속아 있는 것이고 지금 선생은 입경해서 사찰과 그 밖 숙생들을 지휘하고 있지나 않은가?

연연이? 연연이의 그새의 표정은 그럴듯하였다. 그러나 남을 속이기를 영업으로 하는 연연이의 표정도 또한 그냥 믿을 바일까. 아까 길에서 웬 사람이 셋이 서서 싱글벙글 웃고 있었다. 그들은 자기를 웃던 것이 아니었던가. 의심을 하려면 끝이 없었다. 하늘을 닫는 구름에게도 의심의 눈을 던질 수가 있는 것이다. 하물며 사람에게랴.

여기서 인화가 가장 통분하게 느낀 것은 자기의 어젯밤의 과도한 경악이었었다. 자기는 왜 연못가에서 머리를 휙 돌리는 순간, 시각(視覺)을 잃어버렸나. 그때의 눈의 시각만 잃지 않았더라면 자기는 그이를 붙들 시간의 여유가 넉넉히 있었을 것을.

거기서 놀라서 달아나던 자기가 이전의 자기 방 안에서 움직거리는 사람의 그림자를 발견하였을 때, 자기는 왜 용감히도 그 안으로 달려 들어가지 않았던가. 그에 임하여 덤비지 말라는 것은 아직껏 스승에게서 받아오던 주의가 아니었던가. 더구나 순간 전에 그이의 그림자를 잃은 뒤에 그 방 안에서 발견한 '사람의 모양'은 당연히 그이라 추측할 수 있을 것인데 자기는 왜 낭패하여 달아났던가. 오늘은 왜 명인호에게 이 집을 혼자서 지키라고 내버려두었나. 억지로 자기도 지키겠노라고 주저앉으면 명인호도 말리지 못할 것을.

인제 그이를 잃는 것은 영구히 잃는 것으로밖에는 인화에게는 생각되지 않았다. 지금 잃는 그이는 장래 영구히 다시 만날 기회가 없으리라고만 생각되었다.

그런지라 그는 어젯밤에 당연히 취하였을 행동이면서도 너무 낭패했기 때문에 취하지 못한 일들 때문에 속으로 발을 동동 구르면서 분하게 여겼다.

15

한참을 우두커니 그 자리에서 앉아 있던 인화는 마침내 일어섰다. 온 세상에게 버림을 받은 듯한 불유쾌와 분노 때문에 눈가에는 눈물까지 흐르려 하였다.

거기서 일어난 인화는 활민숙을 나섰다. 그리고 일직선으로 삼청동으로 향하였다. 삼청동으로 가서 명인호를 붙들어가지고 힐난을 하고 책망을 하고 싶은 때문이었었다. 날은 꽤 어두웠다. 송만년의 숙소에서 숙생들이 회합을 할 시간도 거의 가까웠다. 거기를 가기 전에 꼭 결말을 내려고 인화는 숨을 허덕거리면서 인호의 숙소로 달려갔다.

그러나 인호는 없었다. 주인의 말을 듣건대 아침에 기생 연연이의 집으로 갔다가 낮 좀 지나서 웬 손님과 같이 와서 손님은 대문 밖에 세워둔 채 들어와서 자기 방에 들어가서 무엇을 꺼내어가지고 도로 나와서 주인에게 며칠 동안 들어오지 않을지도 모르겠다는 말을 남겨놓고 도로 나갔다는 것이었었다.

이 말은 인화의 마음을 더욱 초조케 하였다. 낮에 같이 왔다는 손님은 무론 그일 것이다. 명인호는 활민숙에게 그이를 만났을 것이다. 이 집 대문 밖까지 같이 왔다는 것은 무론 그일 것이다. 그이와 함께 며칠 동안을? 그것은 대체 무엇을 뜻함일까.

도대체 지금 자기 한 사람을 따 제쳐놓고 이 세상 어느 구석에서 그이가 관련된 무슨 사건이 진행된다. 왜? 나를 따는가. 무슨 까닭으로? 그이가 관련되는 사건에 나를 딸 필요가 어디 있는가. 나 모르게 진행시킬 사건이 어디 있는가. 인화의 눈은 문득 벌겋게 되었다. 그새 얼마 동안을 자취를 감추었던 기괴한 쓰린 감정이 다시 그의 마음에 폭발되었다.

연연이!

그이는 활민숙의 사찰이다. 자기도 활민숙 숙생이다. 나라를 위하여 뜻을 같이하는 벗인 그이와 자기와의 새에 공적(公的) 사건(事件)으로는 자기를 딸 일이 있을 까닭이 없다. 그리고 그이와 자기와의 새에 얽힌 사적(私的) 관계로는 연연이의 한 가지의 문제밖에는 없다. 그이가 만약 자기를 딸 필요가 있다 하면 그것은 그이와 연연이의 새가 너무도 농후하므로 자기를 피하고자 한 데서 나옴임에 틀림이 없다. 너무도 기괴한 일 때문에 이성(理性)의 눈이 어두워진 인화는 이러한 판단을 내리게까지 마음이 비꼬아졌다. 그리고 이런 판단을 다시 돌아볼 마음의 여유까지 잃었다.

잠시 눈이 벌겋게 되어 서 있었던 인화는 집주인에게는 아무 말도 없이 분명히 돌아섰다. 그리고 현장에서 붙들려는 결심 아래 다시 연연이의 집으로 향하였다.

문 안에 들어서매 연연이가 맞으면서 일어섰다. 그 연연이의 얼굴에 인화는 날카로운 눈을 던졌다.

"명 주사 오셨지?"

"네?"

"명 주사 말야. 오셨지?"

"네? 글쎄 아직 안."

인화는 발을 쿵 하니 굴렀다.

"다 알구 왔어. 그래도 안 오셨단 말이야?"

인화의 얼굴 위에 향하여 있던 연연이의 눈은 인화의 어깨로 향하였다.

"왜─활민숙에 안 계세요?"

시치미를 떼는구나. 인화는 무슨 영문인지 모르고 근심스러이 자기를 바라보는 연연이를 내어버리고 휙 돌아섰다. 그리고 거친 태도로써 각 방방을 뒤졌다. 근심스러이 자기를 따라오는 연연이에게 독살스러운 험구를 던졌다. 영문을 모르고 일어서는 삼월이를 밀쳐 넘어뜨리기까지 하였다. 그리고 넉넉히 마음이 놓이도록 면밀히 그 집안을 다 조사하여보았지만 명인호며─더구나 그이가 그 집에서 나설 리가 없었다.

검분을 끝낸 뒤에 그냥 자기를 따라오는 연연이를 밀쳐버리고 그 집에서 나온 인화는 그 길로 기생 농개의 집으로 향하였다.

16

농개의 집도 물론 헛길이었었다. 농개도 이즈음 명 주사를 보지를 못하여서 근심 중에 있던 차이었었다.

그 집에서 나설 때는 인화의 눈에서는 비분의 눈물이 하염없이 흘렀다.

가깝던 모든 사람에게 모반[17]함을 받은 듯한 쓰린 감정 때문에 남의 눈만 없으면 그 자리에 고꾸라져서 한없이 통곡하고 싶었다.

인화는 농개의 집 대문 밖에 한참을 서 있었다. 모든 기억 모든 계획 — 두뇌의 활동을 의미하는 이런 모든 일은 사라져 없어졌다. 과거에 무슨 일이 있었는지 장차 어떤 일을 행해야 할지 전혀[18] 깜깜이었다. 이 세상에서 종적이 사라져 없어져버린(인화에게는 이렇게만 보였다) 두 사람의 문제밖에는 이 세상에는 아무런 존재도 없어졌다. 인화가 송만년의 숙소에 이른 때는 송만년이와 약속하였던 시간보다 썩 늦은 때로서 숙생들이 전부 모여서 인화 한 사람을 기다리고 있을 때였었다.

숙생들도 인화를 반갑게 맞았다. 물론 이산된 그동안도 몇 번을 만나본 숙생은 있기는 하였지만 그 여의 대부분은 이산 이래 오늘이 처음의 대면이었었다. 따라서 그들의 기쁨은 그만치 컸다.

"아직도 살아 있었구려."

"왜 이다지 늦었소?"

이렇게들 반갑게 일어서서 맞는 숙생들을 피하면서 인화는 쓸쓸히 한편 모퉁이로 가 앉았다.

숙생들의 얼굴은 모두 기쁨으로 빛났다. 오래간만에 한 사람도 꺾이지 않고 다시 만나는 기쁨, 죽은 줄만 알았던 사찰의 생존 때문에 생겨나는 기쁨 등등으로 그들은 거의 마음의 갈피를 찾지 못하도록 흥분되었다.

두선두선 그들은 두세 사람씩 한 패거리가 되어 그새에 지낸 경과며 갑갑하고 클클하던 심사를 이야기하였다. 그리고 겹지 않고 한 이야기를

---

17 모반 : 배반을 꾀함.
18 전혀 : 연재 원본에는 '전'으로 표기됐지만 문맥상 '전혀'의 오류로 보임.

다시 반복하고 반복하고 하면서 오늘의 상봉을 즐겼다.

이윽고 만년이가 좌석을 정돈시켰다. 그리고 당면한 문제에 대하여 토의하기를 건의하였다. 만년이는 아까 인화를 만나서 이야기한 그 '일월상존'이라는 종이를 얻은 이야기를 여러 사람 앞에 다시 한번 순서 있게 말하였다. 그리고 그 뒤에 인화에게 인화의 견문한 바를 숙생들의 앞에 피력하기를 청하였다.

인화는 모든 것이 귀찮고 성가시었다. 자기의 모르는 세상에서 지금 그이가 관련되어 진행될 (미지의) 사건에 마음이 켕긴 그는 그 밖의 모든 일은 성가시고 귀찮을 뿐이었었다. 그러나 만년이에게서 그 청을 받고 거절할 만한 이유를 발견할 수가 없는 인화는 아까 연연이의 집에서 만년이에게 한 거짓말을 여기서 다시 되풀이하지 않을 수가 없었다.

만년이와 인화의 이야기로써 사찰이 살아 있다는 것은 숙생들의 마음에 한층 더 진실하게 생각되었다. 사찰이 분명히 생존해 있는 한에서는 숙생들은 하루바삐 사찰을 찾아내지 않으면 안 되겠다. 그새의 클클하고 답답하던 생활에 진저리가 난 숙생들은 한시바삐 사찰을 찾아내어서 그의 지휘를 받아서 무슨 일이든—하다못해 지게를 질지라도—하여서 이 생활에서 벗어나고 싶은 생각 때문에 다른 문제를 제쳐놓고 제일 먼저 사찰을 찾아낼 일을 토의하였다. 그리고 사찰이 살아 있는 것을 스승에게 알게 하여 한편으로는 스승의 마음을 놓게 하고 한편으로는 스승을 다시 서울로 모셔 와서 다시 서울 어느 구석에 활민숙을 재건할 의논의 꽃이 피었다.

스승을 모셔올 책임은 무론 인화가 지어야 할 것이었다. 스승이 시골로 피신을 할 때에 "재영이의 생사가 분명해지거든 인화 네가 즉시로 그것을 내게 알게 하여라."고 인화에게 부탁을 하고 떠났다. 인제 사찰의 생존이 분명하여진 이때 이 급보를 스승에게 알게 할 책임과 권리를 아울러 질 사람은 당연히 인화일 것이다. 그러나 인화는 거기 대하여 아무 말도 없이 마치 벙어리와 같이 잠자코 있었다.

17

그이의 출현을 숙생을 대표하여 스승에게 알게 하는 임무—이것은 인화에게는 피할 수 없는 임무인 대신 또한 인화로서는 피하고 싶은 사명이었었다.

분명히 살아 있으면서도 자기를 피하는 듯이 보이는 재영이를 자기 혼자 무엇이 좋아 앞장을 서서 스승에게 알리러 가기가 싫었다. 뿐만 아니라 그이로서 만약 (의외에도) 이 자리에 문득 나타난다 할지라도 인화는 아무도 모르는 틈에 자기만은 그 자리에서 미끄러져 나와서 홀로이 뒤로 돌아가서 눈물을 흘리고 싶었다. 그러나,

"재영이의 생사가 분명해지기만 하거든 다른 숙생을 제쳐놓고 네가 달려와서 내게 그 일을 알리어라."

고 작별시에 분부한 스승의 분부는 아직도 그의 귓가에 명료히 남아 있었다. 자기가 몰랐으면여니와—혹은 자기가 스승에게 달려가지 못할 신병이라도 있으면여니와 이렇듯 건강무사한 몸에 무슨 핑계로써 그 임무를 피하나. 더구나 송만년이와 때를 같이하여 다른 숙생들보다 먼저 그이의 생존한 증거를 발견한 자기가……. 그리고 설혹 그런 문제를 제외한다 할지라도 인화는 스승과 조용히 그이의 생존을 즐길 시간을 얻고 싶었다. 그이의 생존 증거에 대하여 다른 숙생들이 모르는 비밀도 스승께 말하고 싶었다.

이리하여 잠시 주저 후에 인화는 마침내 그 건을 책임지고 맡은 것이었었다.

그 뒤에는 숙생들은 다른 문제를 토의하였다.

일월산인인 사찰이 분명히 생존해서 이 장안에 있을 것 같으면 자기네의 힘으로 그를 발견하여보자 하는 점이었었다. 인화가 스승을 모시러 내려가서 모셔가지고 다시 입경하는 일 양일간을 여기 남아 있는 자기들은 사찰의 숙소 발견에 온 힘을 쓰자 하는 것이었다. 무론 스승이 상경하기 전에 자기네의 손으로 사찰의 숙소를 발견한다 하는 공명심도 없는 바는 아니었지만 그보다도 그들은 일각이라도 빨리 사찰을 만나고 싶었다. 사찰의 행방이 불명케 되었을 때는 그다지 마음줄이 헤이지도 않았지만 살아 있는 것이 분명한 지금은 잠시라도 자기네의 모르는 데 사찰을 두기가 싫었다. 만나서 그의 손을 잡고 그새 겪은 고초의 회고담이라도 들으며 즐기고 싶었다.

그들은 각기 부서를 작정하였다. 20명의 숙생으로 넓은 장안을 뒤지는 일인지라 마음대로 면밀히는 할 수가 없었지만 20명의 적은 힘으로 행할 수 있는 최선의 탐색 방법을 안출해가지고 그 방법대로 규칙 있게 장안을 샅샅이 뒤지기로 하였다.

만년이가 가지고 있는 (비교적 상세한) 지도(地圖)는 꽤 유용하게 썼다. 그들은 지도를 펴놓고 거기다가 송만년이가 사찰을 만났다는 지점(地點)과 이인화가 사찰을 만났다는 두 지점에 표를 하여놓고 그 부근 일대의 구역은 다섯 사람으로 조성된 대(隊) 둘에서 샅샅이 뒤지기로 하였다. 그외 남아 있는 광범한 지역을 남은 여덟 사람에서(힘이 믿는 데까지) 면밀히 뒤지기로 하였다. 그리고 자정 전으로 이 집(만년이의 있는 곳)에서 다시 만나서 그 탐색의 결과를 보고하기로 하였다. 각각 나뉠 위치는 제비 뽑아 정하였다.

이와 같은 의논이며 일을 끝낸 뒤에 숙생들은 인화의 전도를 축수하면서 그 집에서 헤어졌다.

이 밤으로 스승의 계신 시골로 내려가야 할 인화는 숙생들에게 한 걸음 떨어져서 역시 그 집을 나섰다. 그의 얼굴은 몹시 어두웠다.

"이 공, 안녕히 다녀오시오. 한데 안색이 왜 그리 좋지를 못하오? 이런 기쁜 일에."

따라 나오던 만년이가 이렇게 말할 때 인화는 한순간 몸을 흠칫한 뒤에 싱겁게 씩 웃었다.

"이 밤으로 떠나지?"

"그럼, 이 길로……."

"이 길로? 그럼 안녕히."

이러한 작별로 인화는 어두운 길로 나섰다.

18

만년이와 작별하고 나온 인화는 어두운 길을 더벅더벅 걸었다.

그의 마음은 쓰리고 아팠다. 지금 가는 길은 스승을 모시러 가는 길─말하자면 숙생을 대표하는 명예를 자기가 진 것이요 그립던 스승을 같은 성 안에 모시러 가는 길이로되 인화의 마음은 조금도 반갑지를 않았다. 더구나 많은 숙생들의 우글거리는 틈에 있다가 어둡고 외로운 바깥에 나오매 쓸쓸함은 더하였다.

인제라도 만약 사정만 허락할진대 인화는 이 명예스러운 자기의 임무를 다른 숙생에게 맡기고 자기는 여기 그냥 남아서 그이를 찾아보는 축에 섞이고 싶었다. 막연히 장안을 돌아다니며 찾는 20명의 숙생의 힘보다도 자기 혼자의 힘이 더욱 클 것같이까지 생각되었다.

그러나 인제는 하릴없는 일─일이 이렇게 된 이상에는 이 밤으로 이 길로 한 걸음이라도 더 빨리 가서 스승을 모셔오고, 그동안에 벌써 숙생들이 그이를 찾았을 것 같으면 그때에 만날 것이요 아직 못 찾았으면 자기도 그때에 자기의 방법에 의지해서 그이를 찾아보아야겠다. 인제 자기가 취할 일은 어서 바삐 스승을 모셔가지고 이곳으로 돌아올 것이다.

자포적 기분이 섞인 가운데도 이런 흥분제를 써가면서 인화는 억지로 발에 힘을 주었다.

인화는 어두운 길을 더듬어서 활민숙의 짐을 맡겨둔 집까지 이르렀다.

말없이 문안으로 쑥 들어서매 뜰에 멍석을 펴고 벌써 잠자리 준비를 하고 있는 아범이 벌떡 일어났다.

"누—누구야."

"나."

인화는 간단히 대답하였다. 그래도 미심한 아범이 곁에 놓인 몽치를 가지고 가까이 와서 얼굴을 들여다보려는 것을 인화는 슬며시 밀쳐버렸다. 그러나 그새에 아범은 인화를 알아본 모양이었었다. 인화를 알아보고 반갑다고 몽치를 내어버리고 가까이 오면서 무슨 이야기를 하려는 아범을 인화는 귀찮은 듯이 밀었다. 그리고 열쇠단을 꺼내어 쇠를 열고 방안으로 들어갔다.

방 안에서 다시 나올 때는 인화의 모양은 상노로 변하였다. 그리고 곧 대문으로 다시 나가려던 인화는 발을 멈추었다. 쓸쓸하고 가슴 아픈 그는(아범이나마) 사람과 잠시간 이야기를 하여보고 싶었다. '충직' 하나밖에는 아무것도 모르는 아범과 잠시 두어 마디의 말을 사괴면 혹은 쓸쓸함이 얼마라도 덜하여지지 않을까 하여.

"아범, 클클하지?"

"네?"

아범은 기뻐서 가까이 달려왔다.

"클클 여부가 있겠습니까. 소인들이야 무슨 영문인지야 알 수 있겠습니까만 어서 바삐 서방님들이 다 같이 모여서 지내시게 되면."

"아범도 그렇게 되길 기다리나? 어서 모이기 위해서 오늘 선생님을 모시러 시골로 나는 길을 떠나네."

"네? 언제 오십니까. 언제 오시게 됩니까?"

"아마 내일 밤쯤이야 오시게 되겠지."

"아!"

미칠 듯이 기뻐서 날뛰려던 아범은 그만 한숨을 쉬었다.

"반가운 일입지만 이런 때 안 사찰도 계셨으면 오죽이나 기뻐하시겠습니까. 그 생각을 하면……."

"사찰도 생존해 계시다네."

"생존해 계세요? 참말이오리까. 아―그렇지만 속이시지는 않으시겠지요?"

"왜 거짓말을 하겠나."

"얼마들이나 기쁘시겠습니까."

죽은 줄 알았던 아들이 살아온 듯이 기뻐하는 아범을 보면서 가장 기뻐하여야 할 인화는 약하게 한숨을 쉬었다. 그렇지. 기쁘지. 왜 안 기쁘겠나. 그러나 그이는 나를 왜 피하시나. 아범에게까지 가장 기뻐하여야 되게 보이는 활민숙생의 한 사람이요 더구나 남모르는 사정으로 가장 기뻐하여야 할 내가 이다지도 쓸쓸한 것은 웬 까닭인가. ―잠시 아범을 바라보던 인화는 말없이 그 집을 나섰다.

19

성문이 닫긴 썩 뒤라 인화는 성을 넘었다. 그리고 성 밖에 풀밭을 한참 더듬어서 소로를 하나 발견하였다. 이 소로가 어디로 닿는지는 알 수 없지만 짐작으로 보아서 남쪽으로 좀 가면 대로를 만날 것이다. 그리고 그 대로를 끼고 내내 70리쯤을 가면 선생의 은둔하여 있는 곳에 도달한다.

인화는 머리를 푹 수그리고 소로를 따라서 남으로 남으로 갔다. 가는 동안에 조그만 마을이 하나 동쪽으로 나타났다. 그러나 촌가의 밤은 깊었다. 불을 켠 집은 하나도 보이지 않았다. 인화의 발자국을 듣고 따라오면서 짖는 몇 마리의 개밖에는 어두운 가운데 고요히 누워 있는 그 마을은 죽은 듯싶었다. 인화는 그것을 곁눈으로 보면서 그 마을도 지났다.

마을을 조금 지나서는 조그마한 언덕 하나가 있었다. 소로는 그 언덕을 기어 올라갔다. 인화는 소로를 따라서 언덕을 올라갔다.

언덕 마루에서 앞을 내다보니 조금 앞에 어두운 가운데 허여멀겋게 가로 놓여 있는 것이 인화의 목적한 대로일 것이다. 잠시 언덕 마루에 서서 그것이 대로임을 분명히 본 뒤에 인화는 그 대로를 향하여 언덕을 차차 내려왔다.

인화가 그 언덕에서 다 내려와서 눈앞에 대로를 바라보면서 바야흐로 소로를 벗어나려 할 때였었다. 문득 인화의 귀에는 기괴한 소리가 하나 들렸다. 그와 동시에 귓가로 달아나는 무슨 괴상한 물건이 별빛에 반짝이며, 비상한 속력으로써 대로를 넘어서 그 뒤 풀밭에 푹 하고 가서 박히는 것을 보았다.

인화는 직각으로 그것이 무엇임을 알았다. 생각이라는 도정과 판단이라는 도정을 모두 건너뛰어서 자기의 귓가로 달아난 그 물건의 정체를 알았다. 그것은 틀림없는 일월도였었다. 그이가 아니면 던질 사람이 없는 그이의 비수였었다.

인화는 순간 정신이 아득하였다. 허망지망 발을 옮겨 짚어서 겨우 몸의 중심을 잡았다. 그러나 직후에 곧 제정신을 회복한 인화는 전속력으로 앞으로 달려갔다. 거기서 인제 박힌 그 칼을 얻으려 함이었었다.

칼은 손쉽게 찾았다. 이 근처려니 하고 찾으려 할 때에 첫눈에 뜨이었다. 그리고 인화의 예기하였던 바와 같이 떨리는 손으로 그 칼을 빼어 쥔 그는 칼자루에서 한 장의 편지를 발견하였다.

인화는 그 종이를 폈다. 종이에는 밤눈에도 넉넉히 알아볼 크고 똑똑한 글자로 이렇게 씌어 있었다.

'길을 채어라[19] – 여름밤은 짧으니. 명진섭'

인화의 손맥이 풀렸다. 먼저 일월도를 힘없이 내려뜨렸다. 편지도 펄럭펄럭 땅으로 떨어졌다. 편지에는 분명히 명진섭이라 하였다. 안재영이라 하지도 않고 사찰이라 하지도 않고 거기는 분명히 그이의 본성명이 분명한 그이의 필적으로 씌어 있었다. 아직껏 자기를 피하고 꺼리던 그이가 지금 갑자기 본성명으로써 자기의 앞에 나타나는 그 까닭은?

그리고 또 한 가지 – 그이가 아무 예고도 없이 이곳서 홀연히 편지를 던지게 된 그 경로는? 그이는 우연히 이곳서 자기를 보았나? 혹은 아직까지 자기의 뒤를 밟아 왔나? 만약 후자로서 옳다 할진대 아직껏 자기를 피하는 듯이 보이던 그이의 태도는 그이의 본의가 아니고 자기 모르게 늘 뒤에서 자기를 보호하고 있었나.

잠시를 얼빠진 사람같이 멍하니 서 있던 인화는 휙 몸을 돌이켰다. 그때였다. 아까 인화가 넘어온 그 언덕 마루에 웬 커다란 사람의 그림자가 허여멀건 하늘을 배경으로 어렴풋이 벌리고 서 있었다. 그리고 그것은 경우로 따져서든 몸모습으로 보아서든 틀림없는 재영이었다.

문득 그 그림자가 몸을 움직였다. 허여멀건 하늘을 배경으로 그 그림자의 오른편 팔이 높이 들리었다. 마치 인화에게 어서 갈 길을 가라는 듯이. 그러나 인화는 눈을 커다랗게 뜨고 마치 무슨 재미난 구경이나 하는 듯이 물끄러미 그 그림자를 바라보고 있었다.

---

19 채다 : 어떤 사정이나 형편을 재빨리 미루어 헤아리거나 깨닫다.

20

　인화는 얼마 동안 거기 그 모양으로 서 있었는지 알 수 없다. 깎아 세운 듯이 눈 깜박 않고 정신 나간 사람같이 그 그림자를 바라보고 있었다. 그동안에 그 그림자는 홀연히 어두운 가운데로 사라졌다. 그러나 그림자가 사라진 뒤에도 인화는 그냥 정신없이 서서 그림자가 있던 곳을 바라보고 있었다.

　그림자가 있던 곳이 차차 밝아왔다. 그리고 그리로는 현월(弦月)이 불그스레 끝을 보이기 시작하였다. 그때까지도 인화는 정신없이 그곳만 바라보고 서 있었다.

　달은 언덕에서 온전히 형상을 나타내었다. 그때야 인화는 겨우 정신을 수습하였다. 정신은 수습하였지만 그의 몸에는 맥이란 맥은 모두 빠졌다. 마치 중병을 앓는 사람과 같았다.

　정신을 수습한 뒤에 처음에는 인화는 그림자가 있던 곳을 가볼까 하였다. 그러나 그 생각이 그의 마음에 구체화하기 전에 비결(非決)당하여 버렸다. 인제 거기까지 간다 할지라도 그이가 자진하여 나서지 않는 이상에는 도저히 찾을 바가 없을 것이고 전후의 경우로 보아서 그이는 자진하여 나서지는 않을 것이며 갈지라도 아무 소득도 없을 것을 알기 때문이었다.

　그 자리가 차마 떠나기가 싫은 듯이 잠시 더 그곳에 서 있던 인화는 다시 허리를 굽혀서 아까 땅에 떨어뜨린 편지와 칼을 얻어서 몸에 지닌 뒤에 다시 길을 떠났다.

　가는 길에도 인화는 수없이 뒤를 돌아보았다. 그이가 자기의 뒤를 따라오는 듯이만 생각되었다. 그러나 몇 번을 돌아보고 돌아보고 하여 사람의 그림자는 얼씬도 안 하였다. 푸르른 달빛 아래 곧은길만 기다랗게 누워 있었다.

새벽 해 뜰 녘이면 도달될 예산으로 떠난 인화는 늦은 조반 때쯤 되어야 선생의 있는 곳에 이르렀다.

사제는 상봉하였다. 어린 인화는 선생을 보는 순간 너무 억하여 선생의 무릎을 안고 울었다. 그새 서로 떠나 있던 동안이 그다지 오랜 기간은 아니로되 그동안에 인생의 별 기괴하고 쓴 경험을 다 겪은 인화에게는 그새가 여러 십 년과 맞잡히었다. 스승을 여기서 만나는 때에 그는 돌아간 어버이를 다시 만나는 듯하였다. 스승의 마음도 마찬가지인 모양이었다. 늙음과 거기 따르는 많은 경험으로 어린 인화와 같이 나타나게 마음을 보이지는 않았지만 그의 눈가에도 어렴풋이 눈물이 어리었다.

"음, 잘 지냈느냐. 다른 아이들도 무사히 지내느냐."

자기의 무릎을 안고 정신없이 우는 인화를 스승은 등을 쓸어주면서 얼렀다.

"그런데 어떻게 갑자기 왔느냐. 보아하니 밤을 새워서 온 모양, 무슨 급한 일이라도 생겼느냐. 나는 여기 있지만 주야로 그것만 걱정되더니?"

인화의 발작이 좀 진정되기를 기다려서 스승은 이렇게 물어보았다.

사찰의 생존해 있는 것이 분명하다는 인화의 말을 들을 때에 스승은 침착함을 잃고 벌떡 일어섰다.

다시 앉은 스승은 조리를 캐어서 인화에게 상세히 물었다. 스승의 순서 있는 질문에 따라서 인화는 어지러운 마음으로도 비교적 순서 있게 사찰의 생존한 증거를 스승에게 설명할 수가 있었다.

재영이에 관한 것을 비교적 조리 있게 설명한 뒤에 인화는 그동안의 숙생의 동정을 또한 스승에게 보고하였다. 숙생 전부가 그동안에 한 사람도 조그만 병도 앓지 않고 무사히 지냈다는 이야기를 들을 때에 스승은,

"천운―하늘이 우리를 도우시느니라."

무릎을 쓸면서 혼잣말같이 이렇게 말하였다.

사제는 오래간만에 상을 같이하였다. 스승은 벌써 식사 뒤였지만 인화를 돕고자 다시 상을 받은 것이었었다. 그러나 과도한 피로와 기쁨과 흥분과 억색함과 두선거리는 마음 때문에 인화는 오래간만에 스승과 대한 상이었지만 많이 먹지를 못하였다.

21

식사를 대략 끝낸 뒤에 인화는 부리나케 스승에게 도로 입경하기를 채근하였다. 스승은 눈을 크게 하였다.

"이 길로? 하룻밤 쉬지도 않고?"

"네."

"네 몸이 견디겠느냐. 밤을 새워서 오고 쉬지도 않고 도로 돌아서?"

"백 리라도 더 갈 것 같습니다."

이 대답에 스승은 빙그레 웃었다.

사실을 말하자면 식사를 끝낸 뒤부터야 겨우 피로를 강렬히 감각한 인화는 인제는 손가락 하나를 움직이기가 싫었다. 사정만 허락할 것 같으면 이 자리에서 기다랗게 드러누워서 한잠을 자고 싶었다. 눈은 연하여 감겼다. 숨을 내어 쉴 때마다 쓰러질 듯한 졸음을 감각하였다. 그러나 그는 어떤 변이 있든 즉시로 다시 입경하여야 될 것으로만 생각되었다. 지금 혹은 숙생들에게 거처를 알리운 바가 된 그이는 숙생들과 모여서 기쁘게 지낼지도 모르겠다. 그것을 생각할 때에 그는 잠시도 이 시골구석에 박혀 있을 수가 없었다. 더구나 여기서 하룻밤을 더 쉰다는 것은 당치도 않은 일이었다.

설혹 숙생들이 아직 그이를 찾아내지 못하였다 할지라도 자기가 찾으면 찾을 길도 따로 있으리라. 하루를 이곳서 더 지낸다는 것은 하루를 더

시기를 놓치는 일―하루로써 어떤 대사를 저지를는지 알 수 없는지라 하루라도 유여할 수가 없었다.

스승도 마침내 인화의 마음을 알아보았다. 스승에게서도 마침내 응낙이 나왔다.

"너만 넉넉히 견딜 것 같으면 오늘로 다시 떠나자. 나귀라도 얻어 타고."

"나귀도 일이 없습니다."

스승은 빙그레 웃고 떠날 준비를 하였다.

사제가 주인에게 고별을 하고 두 마리의 나귀에 나누어 타고 그곳을 떠난 것은 낮이 조금 기운 때였다.

그들은 저녁때 어떤 주막에 내려서 저녁을 나누었다. 그러나 이 시간조차 인화에게는 아까웠다. 인화는 저녁을 먼저 끝내고 나와서 나귀의 안장을 바로잡으며 고삐를 다시 검분하며 스승의 어서 나오기를 기다렸다. 스승이 수염을 쓰다듬으면서 천천히 젓가락질을 하는 모양을 인화는 혀를 차며 바라보았다.

해는 서산으로 넘어갔다.

세상은 차차 캄캄하여졌다.

그동안 사제는 말없이 길을 채었다.

밤이 들어서 사제는 어젯밤 인화가 재영이의 그림자를 본 언덕이 보이는 곳까지 이르렀다. 앞에 보이는 언덕이 어젯밤의 그 언덕임이 분명하여진 뒤에 아직껏 길만 채고 굳게 닫겼던 인화의 입이 처음으로 열렸다.

"선생님, 저 언덕이올시다."

"음?"

"저 언덕이 어젯밤의……"

인화가 손을 들어서 가리키는 언덕을 스승은 바라보았다.

"저 언덕? 오늘도 그 길로 가자."

그리고 그들은 대로를 벗어나서 소로로 들어섰다.

인화의 가슴은 괴상히도 무거워갔다. 어젯밤에 그이가 서 있던 곳에 지금은 허여멀건 하늘밖에는 보이는 것이 없었다. 그러나 그 허여멀건 하늘을 배경으로 인제라도 장한의 그림자가 하나 우뚝 나타날 것 같아서 인화의 마음은 끝없이 떨렸다.

사제의 나귀는 언덕 마루에 다다랐다.

"선생님, 꼭 요 자리올시다."

"응? 요 자리?"

인화가 가리키는 곳을 스승도 내려다보았다.

인화와 스승은 한결같이 인화가 손가락질하는 곳을 내려다보았다. 그리고 그들은 거기서 뜻밖에도 웬 사람의 그림자가 하나 넓적 엎디어 있는 것을 발견하였다.

"선생님, 오래간만에 뵙겠습니다. 그새 무강하셨습니까. 저녁부터 여기서 기다렸습니다."

그것은 틀림이 없는 안재영의 음성이었었다.

회복

1

일찍이 민씨의 도당[1]에게 총을 맞은 재영이는 그 자리에 그냥 넘어지기는 하였지만 온전히 목숨이 끊어진 바는 아니었었다.

총알은 그의 배를 꿰어서 허리로 나갔다. 그러나 요행히도 그 총알은 배의 가죽을 꿰고 허리의 가죽을 꿰고 통과한 뿐 내장은 조금도 다치지를 않았다. 만약 그것이 평상시라면 재영이의 건강한 몸은 그만 외상(外傷)은 감각치도 못할 것이었었다.

재영이는 그동안 민씨의 집에서 수일간 굶었다. 그리고 그동안에 사람이 능히 받지 못할 갖은 악형을 다 당하였다. 재영이의 생활력이 비범치만 않았더라면 벌써 여기서 저세상 사람이 되었을 것이다. 그러나 그의 쉽지 않은 건강은 이런 고초 가운데서도 자기의 생활력뿐은 보지했다. 그러나 겨우 이뿐, 그 밖에 이해력이며 감정이며 등등의 심적(心的) 작용(作用)은 모두 그새 받은 무서운 고난과 아픔과 그 아픔을 참는 노력 때문에 마비되어버렸다.

그러나 결국 이것이 재영이에게는 요행이었었다. 재영이로서 만약 총

---

1 도당 : 집단을 이룬 무리.

살 직전에 완전히 자기의 의식을 가지고 있었더라면 아무리 그의 생활력이 강하다 할지라도 혹은 자기의 의식 때문에 총알을 맞고는 죽어버렸을는지도 알 수 없다. 거의거의 넘어져가던 그의 생활력은 만약 그때에 자기가 총을 맞은 것을 분명히 의식하고 이해하기만 하였더라면 십중팔구는 꺼져버렸을 것이었다. 그러나 요행히도 재영이는 그때 그 순간에 당한 그 일을 완전히 이해치 못하였다. 그리고 이해하지 못한 덕에 총알을 맞는 순간 중심을 잃고 그 자리에 넘어질 뿐 죽지는 않았다. 기절을 할 뿐이었다.

기절한 재영이를 민씨의 도당은 죽은 줄로 보았다. 그리고 또한 그렇게 보지 않을 수 없었다. 거의거의 죽어가던 사람이 게다가 총까지 맞았는데 왜 죽지를 않으랴. 만약 그때에 그 도당에서 한 사람이 다시 한번 자세히 검분하자는 의론을 꺼내었더라면 그는 친구들에게 굉장한 비웃음을 받았으리만치 그들에게는 재영이는 완전히 죽은 사람으로 보였다.

영환이의 심복 하인도 마찬가지로 재영이를 죽은 줄로만 알았다.

기절한 재영이는 사면을 나무로 버틴 채로 그냥 정신을 못 들고 죽은 듯이 있었다. 이때에 마침 이곳을 통과하여 자기의 고향으로 내려가던 주종 두 사람이 있었다. 김시현이라는 의가(醫家)의 주종이었었다.

김시현의 집안은 대대로 의가였다. 당대에 이름을 떨친 명의도 많았다. 당주 김시현도 그 수완은 비범하였다. 그러나 명인의 기질을 타고난 그는 세상의 물욕을 탐내지 않았다. 의도뿐 아니라 온갖 학문에 통한 그는 출세를 하려면 할 길도 많았다. 권고하는 친구들도 많았다. 그러나 명욕을 탐내지 않는 그는 끝끝내 한 개의 촌부자로 만족하였다. 의도도 그에게는 한낱 도락에 지나지 못하였다. 다른 온갖 학문이 그에게 있어서 도락인 것과 마찬가지로……. 가난하여 병에 걸릴지라도 의원에게 못 가는 사람이거나 혹은 다른 의원이 고치다 못하여 내버린 중환자밖에는 시현은 결코 몸소 손을 대려 하지 않았다. 그리고 어떤 방문을 쓰는지는 모르지만 시현이 한 번 손을 댄 환자는 대개는 쾌차되었다.

이리하여 표면으로는 의도를 업으로 하지 않는 김시현이었었지만 그의 이름은 의가로서 꽤 널리 퍼져 있었다. 이때 김시현은 마침 무슨 일로 상경하였다. 볼 일을 다 본 뒤에 그는 자기의 고향으로 내려가는 길이었었다.

느지막이 조반을 먹은 뒤에 그는 데리고 왔던 하인에게 작은 보따리를 지워가지고 수구문 밖으로 하여 완보로 고향의 길을 더듬고 있었다.

본시 한적한 것을 좋아하는 그는 큰길을 버리고 솔밭으로 들어섰다. 그리고 때때로 하인을 돌아보며 점잖은 농담을 던지면서 솔밭 새의 길을 더듬어 가던 그는 어떤 상수리나무 앞에서 기이한 물건을 발견한 것이었었다.

2

그것은 과연 기이한 광경이었었다. 그의 몸 사면에는 나뭇가지가 버티어 있었다. 그것을 분명히 넘어지려는 것을 막으려는 노릇일 것이다. 머리는 푹 가슴에 묻혔다.

"여봐라. 저게 무엔가 가서 보고 오너라."

시현은 하인을 돌아보고 분부하였다.

가까이 갔던 하인이 안색이 변하여 돌아왔다.

"송장이올시다."

"응?"

시현은 그리로 가까이 갔다. 가까이 가서 그는 먼저 시체의 상투를 잡고 얼굴을 쳐들었다. 눈이 반만치 열려 있었다. 숨이 없었다. 맥도 없었다. 핏기도 없었다. 요컨대 그것은 분명한 시체였다.

시체가 왜 앉아 있을까? 나뭇가지로 버티어놓은 것은 무엇을 뜻함일까. 해석하기 어려운 기이한 시체 위에 잠시 눈을 붓고 있던 시현은 그 자리에 쭈그리고 앉았다. 그리고 하인을 명하여 나뭇가지를 치우고 결박을 끄르고 시체를 그 자리에 눕혔다.

눕히고 보매 그것은 진실로 참혹한 시체였다. 등이며 앞이며 팔다리에 껍질이 붙어 있는 곳이 없었다. 머리를 풀어보매 무수한 구멍이 뚫렸다. 발가락은 마디마디가 모두 뼈가 부서졌다. 그러나 더욱 기이한 것은 그 상처가 모두 어제나 그저께 생긴 것으로서 벌써 자리가 아물었음에 반하여 시체는 아직 굳어지지도 않은—말하자면 새 송장이었었다. 이 점으로 보아서 미리 이런 여러 가지의 혹형을 당한 뒤에 오늘 이곳에서 죽은 것이 분명하였다.

배에서 총알이 꿰인 자리를 발견하였다. 정녕코 그것이 치명상일 것이다. 그 총알이 어디로 갔는가 하고 머리를 들 때에 상수리나무에 박힌 것이 곧 보였다. 그러나 여기서 또 한 가지 기이한 것은 총알 박힌 자리는 땅에서 꽤 높이—말하자면 시체가 일어섰어야만 배를 꿰인 총알이 박힐 만한 곳이었었다. 그런데 시체는 앉아 있었다. 더구나 곁에는 총을 맞고 넘어졌음 직한 곳에 피 흐른 흔적까지 있었다.

이런 점으로 미루어보아서 이 시체에는 분명히 무슨 곡절이 있었다.

미리 무서운 혹형을 당하였다. 그리고 결박을 진 채 여기까지 끌려 나와서 총살을 당하였다. 수인(囚人)은 넘어졌다. 그런데 그 수인은 웬 까닭인지 넘어졌던 자리에서 한 자가량 되는 위치에 일어나 앉아 있다. 다시 넘어지는 것을 막기 위하여 나뭇가지로 버티어까지 놓았다. 이런 시체에 곡절이 없으면 곡절 있을 시체가 있을 리가 없다.

한참 시체를 내려다보던 시현은 귀를 시체의 가슴에 갖다가 대고 들어보았다. 심장의 고동이 있을 리가 없었다. 그런 가운데서도 의가의 날카로운 신경으로 시체의 가슴에서 일말의 온기(溫氣)를 보았다. 그리고 조금이라도 온기가 있다 하는 것은 그것이 아직도 완전한 시체가 아님을 증명하는 것이었다. 또한 아직도 시체가 되지 않았다 하는 것은 아직도 소생할 가망을 붙일 수가 있다 하는 것이었다. 여기서 시현은 이 시체를 자기의 힘껏 소생에 노력하여보기로 하였다.

"아직 생명이 붙어 있다."

시현은 하인에게서 보따리를 달래서 거기서 일종의 아편제를 꺼내어 시체의 입에 부어 넣었다. 인제 자기의 고향까지 하인에게 지워가지고 가야만 완전한 치료를 할 수 있는 이 인물을 그동안 인공으로써 죽여서 천연적의 죽음을 피하고자 함이었었다.

"자, 보따리를 내게 맡기고 이분을 조심히 업어라."

"가망이 있겠습니까?"

"글쎄……."

가망이 있다고는 할 수 없지만—아니 오히려 절망에 가깝지만 시현은 이 인물뿐은 어떻게 하든 자기의 손으로 다시 살려보고 싶었다. 반드시 곡절이 있음 직한 이 인물—더구나 심상케 생기지 않은 이 인물이 이런 참형을 당한 그 혹독한 운명에 그의 호기심이 움직인 것이었다.

3

재영이는 가사(假死)의 상태에 빠진 채로 사흘을 지냈다. 전문가가 아니면 알아볼 수 없는 약한 맥박과 약한 호흡으로 삶은 보전하여 나아갔지만 보통 사람의 눈으로 보면 완전한 송장이었었다. 보통 사람의 눈에는 호흡도 알아볼 수 없었다. 맥박도 알아볼 수 없었다. 살빛은 창백하였다. 아직 몸이 굳어지지 않은 것은 '새 송장'임을 알게 할 뿐 그 밖에는 산 사람이라는 점을 찾아볼 수가 없었다.

그러나 그동안에 그는 자기의 의식뿐은 회복하였다. 자기의 온갖 기관이 머리의 명령에 복종하지 않는 뿐 재영이의 의식뿐은 그가 총을 맞은 날 저녁 ─ 시현의 하인에게 업히어서 어떤 여궁[2]에 이르러서 몸을 내려 눕힐 때에 회복되었다. 물론 그 의식은 지극히 몽롱한 것이었었다. 과거라는 것을 잊어버리고 미래라는 것에 대한 온갖 상상을 잃어버린 ─ 현재현재에 자기의 몸 위에 생기는 일에 대한 막연한 의식이었었다.

재영이는 누군가 자기를 조심히 방에 내리어 눕히는 것을 알았다. 그러나 여기가 어딘지 그 사람은 누구인지 왜 이곳에서 자기는 남의 손으로 눕히게 되었는지 알지를 못하였다. 뿐더러 알 필요조차 느끼지 않았다. 다만 누군가 자기를 눕히는 것을 의식할 뿐이었었다. 그리고 그것이 전부이오 그것뿐으로 만족하였다.

지극히 몽롱하나마 그의 청각(聽覺)도 회복되었다.

누군가 자기의 가슴을 어루만졌다. 그리고 허리띠를 끌렀다. 바지를 차차 벗기기 시작하였다. 여기서 재영이는 부끄러움을 느끼고 바지를 안 벗기려 하여보았다. 그러나 그의 의식은 이만치 명료한 데 반하여 털끝 하나도 근육 하나도 움직일 수가 없었다. 고함을 치려고 노력하여보았지만 호흡을 할 수가 없었다. 자기의 눈이 반개(半開)[3]된 것은 알았지만 그 반개된 구멍으로 눈동자를 옮기어 놓아보려 하였지만 눈알도 굴릴 수가 없었다. 방에 놓여 있는 자기의 손의 위치가 마음에 들지 않아서 조금 옮기어놓고 싶지만 손가락 끝도 움직일 수가 없었다. 요컨대 '의식'을 제한 외에는 재영이는 자기 스스로도 송장으로밖에는 볼 수가 없었다.

'나는 지금 죽었나.'

---

2 여궁 : 여막, 여관.
3 반개 : 반쯤 열리거나 벌어짐.

몹시도 기묘하고도 기괴한 것같이 이런 생각이 그의 머리를 스치고 지나갔다. 그리고 여기서 재영이는 의식뿐으로 한 번 크게 웃었다.

재영이의 바지를 벗기는 사람은 예의를 아는 사람이었다. 조심조심히 바지를 벗기어 내려가서 비밀한 곳이 거의 드러나게 되어갈 때에 그는 무엇으로 그곳을 덮은 뒤에 마침내 바지를 벗겼다.

명료하지는 못하였지만 무슨 사람의 음성이 재영이의 고막을 두드렸다. 무슨 다른 소리도 났다. 그리고 조금 뒤에는 넓적다리에서 시작하여 배에 가슴에 차차 무슨 상쾌한 액체(液體)를 바르는 것을 의식하였다.

또 무슨 사람의 음성이 들렸다. 액체를 바른 위로 무슨 얇은 껍질을 씌우는 것을 의식하였다. 그리고 그 얇은 껍질은 재영이의 살에 바른 액체에 착 들러붙어서 조금도 부자연한 감각을 주지를 않았다.

그 뒤에는 조심조심히 재영이의 몸을 모로 눕혔다. 그리고 아까와 다른 일을 또 하였다.

엎드리고 등과 허리와 뒷다리에도 같은 일이 반복되었다. 그 뒤에는 그 손은 재영이의 발가락으로 옮겨갔다. 발가락에서는 꽤 오랫동안 이상한 조작을 하였다. 그러나 이때부터 재영이의 의식은 다시 차차 몽롱하여갔다. 그리고 지극히 몽롱한 의식으로 어떤 힘이 자기의 입을 억지로 벌리고 입속으로 무슨 물을 부어 넣고 그 뒤에 또한 항문으로 같은 일을 하는 것을 막연히 감각할 뿐 마침내 몽롱한 잠에 빠져버렸다.

그것은 머리와 사지와 가슴을 무르녹이는 듯이 상쾌하고도 아질아질한 잠이었다. 이러한 가사(假死)상태 가운데서 재영이는 그 첫째 날을 보냈다.

4

이튿날 시현의 주종이 길을 다시 떠나느라 사람을 사서 재영이를 들

것에 실을 때 재영이의 의식은 다시 회복되었다. 그러나 의식은 회복되었지만 역시 가사상태(假死狀態)에서 벗어나지를 못하였다. 종일을 너울너울 공중에 떠 있는 듯한 가운데서 지냈다.

재영이가 그 가사상태에서 온전히 벗어난 것은 또 그 이튿날 아침이었다.

재영이는 먼저 전신의 비상한 아픔을 느꼈다. 그것은 뼈를 쑤시는 듯한 아픔으로서 그 아픔이 몸 어느 한 곳에만 있는 것이 아니고 머리 꼭대기부터 발끝까지 아프지 않은 곳이 없었다.

"으음."

재영이는 한마디의 신음과 함께 몸을 조금 돌아누우려 하였다. 그러나 돌아누우려는 동작을 시작하는 순간 허리로써 끊어지는 듯한 아픔을 느끼며 정신이 혼미하여졌다.

"가만— 움직이면 안 되오."

먼 곳에서 이런 속삭임이 들렸다.

"무얼? 움직이면?"

그것은 무슨 뜻? 이 아픔은 웬 까닭? 여기는 어디? 어떻게 여기를 왔나? 나는 누구인가? 내게 말하는 사람은 누구인가. 지금은 어느 때인가. 총소리는 언제 났나. —혼미하게 되어가던 재영이의 머리에는 이런 수없는 의문이 한꺼번에 일어났다. 동시에 정신을 수습하였다. 그리고, 눈을 가느다랗게 떴다.

"정신이 드셨수?"

웬 오십쯤이나 됐을까 한 점잖은 사람이 재영이의 얼굴을 덮다시피 하고 내려다보며 이렇게 물었다. 재영이는 가느다랗게 떴던 눈을 또다시 감았다. 기다란 신음이 또 한마디 그의 입에서 나왔다.

"아프시오? 잠깐만 참으시오. 에이이, 참혹한 상처로군."

젊은 그들

168

상처? 즉 아직껏 과거와 미래라는 것에 대하여 완전히 봉쇄당하여 있던 재영이의 머리가 갑자기 터져나갔다. 동시에 사건의 전반에 대한 그의 이해력이 소생되었다. 그 어떤 몹쓸 소나기 오는 저녁 명인호의 부탁에 의지하여 겸호의 집에를 갔다가 거기서 불행히 붙들려서 봉변한 모든 일이며 마지막에 수구문 밖 어느 솔밭에서 총살을 당한 일까지의 기나긴 사건의 전반이 한순간에 그의 기억에서 소생하였다. 그때 총살을 당한 자기가 오늘날 이곳에서 이렇게 전신에 고통을 느끼면서 누워 있는 것을 보면 자기는 그때 비록 총살은 당하였을지라도 온전히 죽지는 않고 기절만 했다가 지금 정신이 들었든가 그렇지 않으면 일단 죽었다가 지금 다시 살아난 것이라는 추단력[4]까지 생겼다.

아아, 자기는 살았다. 죽음의 곁에까지는커녕 죽음에서 한 발자국 더 넘어섰던 자기가 천행으로 다시 살았다. 그러면 자기를 구원한 이는 누구? 그리고 여기는 서울인가 혹은 서울서 썩 떨어져 있는 시골인가. 자기가 총을 맞은 날부터 오늘까지는 며칠―혹은 몇 달이나 지났나. 재영이는 여기 대한 해답을 구하고자 일단 감았던 눈을 다시 가느다랗게 떴다. 그리고 입을 조금 움직여보았다. 썩 말라붙었던 입은 '쩍' 소리를 내며 떨어졌다. 그러나 혀를 놀리려 하여보았지만 뻣뻣이 마른 혀는 잇몸에 딴딴 붙어서 움직이기가 힘들었다.

"드르―드르―드르."

두세 마디의 아무 뜻도 없는 소리를 낼 뿐이었었다. 내려다보던 사람이 황급히 말렸다.

"가만―죽은 듯이 가만 계시우. 움직이면 안 됩니다. 그리고 이 약을."

그 사람―시현은 준비하였던 약을 한 술 따라서 재영이의 입 가까이

---

4 추단력(推斷力) : 미루어 판단하는 능력.

로 가져왔다. 상쾌한 향기가 재영이의 코로 들어왔다. 어떻다 형용키 힘든, 상쾌한 액체가 재영이의 입으로 흘러들었다. 그 액체가 목으로 넘은 조금 뒤부터 재영이는 차차 상쾌한 졸음에 빠지기 시작하였다.

"한잠 주무시오. 상세한 사정은 내일."

귓가에서 꿈결같이 이런 소리를 들으면서 재영이는 상쾌한 깊은 잠에 빠졌다.

5

이튿날 아침 약을 먹으라고 깨우는 바람에 재영이는 깊은 잠에서 깨었다.

"자, 약을. 좀 어떠시오?"

재영이는 눈을 번쩍 떴다. 그리고 온몸에 신경을 주어서 몸의 아픔을 검사하여보았다. 어제의 놀랍던 아픔은 다 어디로 갔는지 지금은 어디(알지 못할) 먼 곳이 조금 아플 뿐 신경을 찌르는 아픔은 알 수가 없었다.

"약 잡수시오."

시현은 갈대의 한편 끝을 재영이의 입에 갖다가 대었다. 재영이는 갈대를 통하여 약을 빨아 먹었다.

"아픈 건 좀 어떠시오?"

"네, 어디 먼 데가 조금."

"당신의 생명은 이 세상에 다시 붙었소. 허구 많은 사람 가운데 내 눈에 띄었기에."

시현의 얼굴은 무표정하였다. 자랑하는 기색도 없었다. 그러나 이 말 가운데는 명의로서의 자신을 넉넉히 볼 수가 있었다. 재영이는 감사하다는 눈을 시현의 위에 던졌다.

"당신은 여기가 어디인지 아시오?"

재영이는 눈으로 모른다는 뜻을 나타내었다.

"어떻게 예까지 왔는지는?"

"……."

"총 맞은 일은 기억하시오?"

"네. ─참 누구신지는 모르지만 어떻다 말씀드릴 길이 없습니다. 저는 안재영이올시다."

"나는 김시현이오."

"네?"

십수 년 전 재영이가 어린 시절에 아버지의 사랑에서 명의로서의 김시현이 이름을 들었던 일이 몽롱한 기억에 솟아올랐다.

"선생님─ 선생님의 고명은 일찍부터 들었습니다. 오늘 뜻밖에 선생님의 신세를."

"변변치는 못하지만 다른 용의들보다야 좀 낫겠지요. 요행히 내 손에 들어온 당신은 인젠 마음을 푹 놓으시오. 무슨 곡절이 있는지는 모르지만 이런 참변을 당한 당신─ 마음에 걸리는 일인들 작히 있겠소? 그렇지만 이런 때는 근심이 몸에 제일 해로우니깐. 할 수 있는 대로 마음이 평정해지는 약을 쓰기는 했지만 당신도 힘써서 근심되는 일은 생각하지 않도록 하오. 그러면 열흘 안으로 일어날 수 있도록 내 보증이라도 하겠소."

이 말에 따라서 재영이는 마음으로 자기의 근심을 생각하여보았다. 물론 그에게는 근심이 태산과 같이 많았다. 시국의 문제, 활민숙의 문제─더구나 활민숙과 왕비당의 새에 당연히 있을(아니 벌써 있었을지도 모를) 충돌, 인화의 문제, 연연이의 문제─이런 것을 모두 합쳐서 자기는 이 즉시로라도 도로 상경하여야 할 몸이련만 이곳에 죽을 지경이 되어 누워 있는 것은 클클하고도 안타깝기가 짝이 없을 것이다. 그러나 이런 모든 근심이 이상히도 마치 대안(對岸)⁵의 불과 같이 그의 마음을 찌르지를 못하였다.

"내가 총을 맞은 지 며칠이나 됩니까."

"나흘째."

"선생님 손에 들어온 지는?"

"역시 나흘째. 총을 맞은 지 일 각쯤 뒤에 내 손에 들어왔소. 죽어 거꾸러진 당신을……."

"그러면―."

말을 계속하려는 재영이를 시현은 막았다.

"세세한 사정은 뒤로 미룹시다. 당신은 사흘을 죽어 있었소. 오늘 나흘 만에 음식이나 좀 뜨고 그러고는 또 한잠을 주무시오. 지금의 당신에게는 무엇보다도 피곤함을 삭여야 하오. 쌀 한 알이 귀신 천 마리를 쫓는 법이오."

재영이는 시현의 지휘 아래 무슨 액체의 음식을 조금 먹었다. 며칠을 굶었던 재영이의 배에 조금이라도 음식이 들어가매 훨씬 원기가 더 났다. 그 원기를 이용하여 다시 이야기를 시작하려는 재영이를 시현은 가볍게 막고 또 약을 먹였다.

"자, 한잠 주무시오. 저녁에는 훨씬 기운이 날 테니까."

약을 먹은 지 조금 뒤에 재영이는 또 곤히 잠이 들었다.

6

이리하여 일단 죽음의 고개를 넘어섰던 재영이는 요행히 명의(名醫) 김시현의 손에 들어서 넘어갔던 목숨을 도로 끌어왔다. 매일 세 번씩 시현

---

5 대안 : 강, 호수, 바다 따위의 건너편에 있는 언덕이나 기슭.

이 몸소 지어주는 약은 재영이의 건강을 눈에 보이게 회복시켰다. 매일 아침에 한 번 밤에 한 번 약을 발랐다. 무슨 약인지는 알 수 없지만 조금 걸쭉한 기운이 있는 미끄러운 약을 바른 뒤에는 무슨 얇은 투명한 껍질을 그 약 위에 씌우고 하였다. 그 껍질은 재영이의 터지고 헤어진 가죽에 착 들러붙어서 재영이의 제2 피부가 되고 하였다.

재영이는 자기 스스로도 급속히 회복되어가는 자기의 건강에 경이의 눈을 던지지 않을 수가 없었다. 시현은 할 수 있는 대로 재영이를 잠 속에 빠져 있도록 하게 하였다. 음식 먹을 때와 약을 먹고 혹은 바를 때에 잠시 깨울 뿐 그 뒤에는 또 잠을 재웠다. 그리고 한참에서 깰 때마다 먼젓번 깨었을 때보다는 더 원기가 늘고 머리가 더욱 똑똑하여진 것을 명료히 느끼고 하였다.

"선생님, 며칠이나 더 있으면 일어나게 되겠습니까."

"갑갑허우? 조금만 더 참으시오."

"지금이라도 넉넉히 일어날 것 같습니다."

"그럴 것 같소? 마음은 그렇겠지만 아직 좀 더 참으시오. 당신의 발의 **뼈**가 모두 부서졌던 일을 기억치 못하시오? 지금 거의 붙기는 도로 붙었지만 아직 든든히 붙지를 못했으니깐 일어났다가는 도로 부서지오. 그리고, 피부도."

시현은 손을 들어서 재영이의 연분홍색의 피부를 쓸어보는 것이었다.

"겨우 모두 봉창이 되기는 됐지만 일어나면 — 즉 거기 힘이 가면 다시 터지오. 그러니깐 우울하시겠지만 한동안 더 참으시오."

이러한 수일 동안 재영이는 시현의 인격이 가볍지 않음을 보았다. 믿을 만한 인격임을 보았다. 그리고 시현의 질문에 응하여 자기의 신분과 환경이며 자기의 주의며 그 때문에 왕비당의 미움을 사서 이런 혹형을 당한 사정을 죄 이야기하였다.

시현은 태공당이 아니었다. 그렇다고 왕비당도 아니었다. 그러나 정치상 아무 편에도 속하지 않은 시현은 다만 재영이의 무서운 열성과 용기에 탄복하였다. 더구나 의사로서의 그는 재영이의 상처를 보고 그만한 상처를 받고도 죽지 않고 그 위에 총까지 맞고 거꾸러져서도 역시 생명의 뿌리뿐은 그냥 보전한 놀랄 만한 생활력에 놀랐다. 그리고 여기서 생겨나는 존경과 공명심은 곧 재영에게 대한 동정심으로 변하였다. 태공당이며 왕비당이며의 정치적 당파 문제를 초월하여 이 안재영이라는 개인을 위하여 그의 원수 되는 왕비당을 밉게 보았다.

그동안 재영이는 활민숙의 일이 너무도 근심되어 시현에게 그 일을 알아볼 길을 여러 번 부탁하였다. 자기가 넘어진 지 벌써 반 삭, 물론 그 새에 왕비당에게 습격은 받았을 활민숙인지라 선생이며 20명의 동지며 —더욱 인화의 일이 근심되었다. 민영환이와의 잠시의 상봉은 재영이로 하여금 영환이를 넉넉히 신용케는 하였지만 영환이의 주의가 사전(事前)에 넉넉히 미쳤는지, 사전에 미쳤다 할지라도 활민숙을 떠나기 전에 포리들의 발이 미치지나 않았는지.

시현의 호의로써 한 사람의 하인이 서울로 갔다. 그 하인이 돌아와서 한 바의 회보에 의지하건대 포리들이 활민숙으로 몰려가기는 하였다. 그러나 달려간 때는 한 사람의 숙생도 없이 활민숙은 빈집이 되어 있었다. 그 이래 매우 힘들여서 왕비당은 이활민과 20명의 숙생의 거처를 탐색하지만 한 사람도 잡힌 사람은 없다는 것이었다.

이 회보를 듣고야 재영이는 숨을 길게 내어쉬었다. 그리고 이 안심은 더욱더 그의 건강의 회복을 빠르게 하였다. 시현의 손에 들어온 지 20일 만에는 가까운 곳에는 산보를 나다닐 수 있도록 그 건강은 회복되었다.

7

재영이는 시현과 이야기하는 동안 때때로 정치에 관한 말을 꺼내어보 았다. 정치의 무엇임을 모르는지 혹은 거기 대하여 아무 의견도 가지지 를 않았는지 가졌을지라도 의견을 발표하기를 싫어함인지 재영이에게 서 정치에 대한 의견의 요구를 들을 때마다,

"내야 촌부자(村夫子). 내 밥이나 먹고 평안히 살았으면 그뿐이지 남의 일까지 어떻게 알겠소."

하는 것이 그의 대답이었었다. 거기 대하여 재영이가 또다시,

"그래도 인민의 고초라는 것은 어떻게 합니까? 백성의 고초는 그것을 볼 만한 눈을 가진 사람이 '보고' '고치고' 해야 하지 않겠습니까."

하면은 그는,

"나는 의술, 개인의 고초는 보이지만 백성의 고초는 볼 줄을 모릅니 다."

하고는 말의 머리를 다른 데로 돌리는 것이었었다.

이렇게 시현은 재영이와 정치상 의견의 교환은 피하였지만 재영이의 인물을 이쁘게 여김인지 혹은 그 용기와 혈기를 장하게 봄인지 또는 회 복되어가는 재영이의 건강에서 자기의 의술적 수완에 대한 긍지(矜持)를 느낌인지 재영이의 치료에는 전력을 다하였다. 매일 시간을 어기지 않고 진맥하였다. 복약과 도포약을 꾸준히 정확히 썼다. 자유 산보를 허락한 뒤부터는 산보의 시간이 끝나면 하인을 시켜서거나 자기 몸소 재영이를 맞아들여서 제한 이상의 운동을 금하였다. 음식도 몸소 지휘하여 일정한 양(量) 이상을 주지 않고 잠자는 시간도 매일 점심 후에 약 반 각과 밤에 꼭 시간을 작정하여 자게 하였다. 서울에 무거운 짐을 가지고 있는 재영 이가 때때로 그 일이 마음에 걸리어서 잠이 잘 못 들면 그는 즉시로 최면 제를 써서 잠들도록 하게 하였다. 그리고 나날이 건강하여가는 재영이를

그는 미소와 자랑으로 바라보았다.

재영이의 거처하는 방은 후원의 초당이었다. 뒤로는 산을 등졌다. 곁으로는 커다란 바위를 끼고 시내가 소리를 치며 흘렀다. 앞으로는 늙은 수양버들이 좋은 그림자를 주었다. 거기서 한층 떨어져 있는 시현의 집 몸채는 이끼로 덮인 지붕만 보였다. 저편 앞으로는 개울을 끼고 점철되어 있는 인가와 인가를 감출 듯이 무성한 느티나무며 때때로 소 타고 다니는 목동들로서 그 근처 일대의 경치는 흡사히 남화(南畵)[6]였다.

때때로 버드나무 앞에 자리를 펴고 누워서 나무에서 노래하는 쓰르라미며 시냇물의 소리를 듣고 누워 있노라면 어떤 때는 재영이는 세상의 온갖 잡념을 잊는 것이었었다. 세상의 시끄럽고 귀찮은 모든 일을 내버리고 산 높고 물 맑은 곳에 자그마한 초당이나 하나 지어놓고 구름이나 희롱하며 밭이나 갈면서 일생을 지내는 생활의 아름답고도 고혹적임에 자기도 스스로 놀라도록 마음이 끌리는 것이었었다.

그러나 그 시간만 지나면 그의 마음은 한없이 끝없이 잡세의 잡념에 끌리는 것이었다. 자기가 내버려두고 온 사업은 지금 어떻게 되었나. 활민숙은 사전에 모두 몸을 피하였다 하기는 하나 그 뒤는 어떻게 되었나. 아직껏 한 사람도 봉변한 사람이 없다 하기는 하되 아직껏도 무사한지. 모두 몸을 피하였으면 지금 어디 모여 있나. 혹은 산산이 헤어지지나 않았는지. 그리고 활민숙은 완전히 해산이 되고 하려던 사업은 중도에 깨어지지나 않았는지. 그들은 재영 자기의 신상을 얼마나 근심할까. 인화와 연연이— 자기의 일생을 지배할 운명의 손잡이를 잡고 있는 이 두 인물은 지금 어떻게나 있는지. 꼬리를 이어서 일어나는 이러한 끝없는 생각과 거기 대한 상상의 날개에 위협되어 어떤 때는 눈을 깜박일 것조차

---

6 남화 : 남종화. 산수화의 2대 화풍 가운데 직업적 화가가 아닌 교양 있는 문인들의 그림.

잊어버리고 번번이 앞만 바라보는 것이었었다.

그리고 그는 기회가 생기는 때마다 시현에게 언제쯤이나 이곳을 떠날 수 있겠느냐는 질문과 어서 바삐 자기의 사업에 몸을 들여놓겠다는 희망을 말하기를 게을리하지 않았다.

8

오월 보름께 시현은 마침내 재영이에게 자유를 선고하였다.

"자, 이만했으면 인젠 당신 마음대로 그립던 서울로 가고 싶거든 가시오. 당신의 몸은 인젠 완쾌되었소. 내 손이 더 안 갈지라도. 그렇지만 당신의 몸은 참 무쇠 같은 몸이오. 든든도 하거니와 벌써 완쾌된 것은 내게도 의외요."

어떤 날 저녁, 이런 말이 마침내 시현의 입에서 나왔다.

재영이는 이튿날 그 집을 떠나기로 하였다. 그리고 마지막으로 시현과 저녁을 같이하였다. 저녁 뒤에 주객이 마주 앉아서 그새 진 신세에 대한 하례며 그동안 병의 경과에 대한 회고며 병후의 주의 등등을 이야기하던 끝에 어떤 기회에 재영이가 또다시 정치에 대한 문제를 꺼내고 슬며시 시현에게도 가담하기를 종용할 때에 시현은 가볍게 거절하였다.

"나는 당신네들의 하는 일이 좋은지 그른지는 모르지만 몸소 참견하기는 싫소. 대체 '나라'라는 게 꼭 있어야겠소? 제각기 제멋대로 제 재간대로 살면 안 되겠소? 나같이 '나라'의 덕도 입은 게 없고 '나라'를 도울 줄도 모르고— 말하자면 '나라'와 교섭이 없이 지내는 사람에게는 '나라'가 더 우습구려. 있거나 말거나— 보구려. 나무에서는 쓰르라미가 울겠다, 뒤뜰에는 부엉이가 깃들이겠다, 학은 시내에서 춤추고— 어떻단 말이오?"

"그래도 나라라는 것이."

시현의 말을 반박하려는 재영이를 시현은 다시 막았다.

"물론 당신에게야 당신의 의견이 있겠지요. 그렇지만 생각해보구려. 인제 만약 요행히 당신의 손으로 나라가 바로 된다 합시다. 그러나 당신이라는 사람은 나 곧 아니었더라면 지금쯤은 까마귀의 밥이 될 사람이 아니오? 그렇다면 당신의 힘으로 나라가 바로 선다 하면 그것은 당신의 공보다도 내 공이 더 큰 게 아니오? 그렇지만 누가 그런 일을 압니까? 또 뿐만 아니라 그새 서로 이만치 친근했던 우리가 인제 상별하면 평생을 두고 다시 못 만날지도 모를 게 아니오? 저기 날아가는 새 한 마리가 지금 내 눈에 걸핏 띄기는 하지만 그 새가 어디서 어떻게 여생을 보내다가 죽는지 알지도 못할 일이외다그려. 무상(無常) 무상, 이 무상한 우주에서 네가 옳고 내가 옳고 하면 무얼 합니까. 그저 제멋대로 제 재미대로ー 그 밖에는 나는 모릅니다."

그날 밤 초당의 마지막 날을 재영이는 이상히도 뒤숭숭한 마음으로 보냈다. 활약의 무대를 떠나서 누워 있는 한 달, 흐르는 시냇물과 쓰르라미의 노래며 눈앞에 보이는 남화(南畵)와 같은 경치에서 영향된 한유한[7] 심경에 잠겨 있던 재영이에게는 시현의 그 말이 꽤 크게 울리었다.

교교히 밝은 달밤이었다. 열어젖혀놓은 문으로는 달빛이 무한히 흘러 들어왔다. 시내의 흐르는 소리는 여전히 똘똘하였다. 벌레 소리가 사면에서 울렸다. 이런 가운데 누워서 이런 소리를 들으며 달을 바라볼 때에 재영이의 마음에는 한유한 산촌의 생활에 대한 동경심이 다시금 강렬히 일어났다. 그리고 아직껏 자기네가 힘쓰고 애쓰며 노력하던 그 중대하다고 생각되는 건설 사업이 어떤 뜻으로 보면 속세의 속된 일에 지나지 못하는 것같이 생각되었다. 그리고 자기의 마음의 급격한 변화 때문에 재

7 한유하다 : 한가롭고 여유가 있다.

영이는 갈피를 찾지 못하고 이리저리 몸을 뒤채었다.

그러나 한 마디의 닭소리와 함께 밝은 햇빛이 세상에 비칠 때에 재영이의 마음에는 어젯밤의 두 갈래의 가지가 흔적 없이 사라지고 서울로 서울로 마음은 앞섰다. 조반도 일찍이 먹은 뒤에,

"신세 많이 졌습니다."

의 한 마디로써 재영이는 이 산 높고 물 맑은 마을을 등지고 서울로 향하였다.

이리하여 한 달 전에 왕비당에게 총살을 당하였던 이 괴한은 한 달 뒤에는 다시 건강한 몸을 회복하여가지고 백주 공공히 다시 장안에 발을 들여놓았다.

9

시현의 집을 떠나서 이틀 만에 서울로 돌아온 재영이는 남산을 멀리 바라보면서 성을 우회하여서 그새 늘 마음에 걸리던 선산에 들러보기로 하였다. 인제 국사에 다시 던질 자기의 몸은 언제 어떤 변이 생길지를 예측할 수가 없는지라 기회 있는 김에 돌아가신 조상들의 묘소에 한 번 참배코자 함이었다.

조상의 묘소를 차례로 돌아서 돌아가신 양친의 합장묘 앞에 꿇어 엎드릴 때는 그의 눈에서는 눈물이 하염없이 솟았다. 한 달 전 겸호의 집에서 죽음의 길을 떠날 때에 그는 겸호의 아들 영환이에게 이 묘소를 한번 돌아보아주기를 부탁하였다. 그때에 어찌 오늘 다시 이곳에 참배할 기회가 있을 줄을 예측이나 하였으랴. 그때에 당연히 죽은 목숨이 천운으로 오늘 다시 여기 참배하게 되었다. 그러나 이 길이 또한 마지막 길이 아닐까. 이 뒤에 언제 또 이렇게 뵐 기회가 있을까. 3년 전 스승의 허락을 맡고 몰래 이곳에 와 뵐 때 '내년에 다시 뵙겠습니다'의 한마디로 쾌활

히 돌아갔던 자기였었다. 그러나 내년에 뵙겠다던 자기는 그 뒤 3년을 다시 뵐 기회를 얻지 못하였다. 그리고 그동안 자기는 죽음의 고개를 밟기 그 몇 번이었던가.

더구나 한 번은 죽음의 고개를 훨씬 넘어서기까지 하였다. 태공당과 왕비당의 쟁투는 아직껏은 이면적 암투에 지나지 못하였지만 짐작건대 이 뒤부터는 차차 그것이 표면화하고 확대될 모양. —그러면 자기네의 위에 이를 위험률은 더욱 많아질 것이다. 이 뒤에 다시 살아서 이 묘소를 참배할 기회가 있을까. 혹은 돌아가신 이들의 뒤를 밟아서 저승에서나 뵈옵게 될까.

한참을 그곳에 꿇어 있던 재영이는 몸을 수습하고 일어섰다. 그리고 저편 산당으로 돌아갔다. 시현의 호의로써 작은 용돈은 지녔지만 활민 선생의 거처며 숙생들의 거처를 알기까지 동안에 쓸 용돈도 구하기 겸하여 더구나 이곳에도 한 상자 내다두었던 일월도를 가지고 가기 위해서였었다.

늙은 당지기는 재영이를 보고 눈물을 흘리다시피 기뻐하였다. 3년 동안을 명씨 문의 외꼭지 되는 재영이가 묘소를 돌아보지도 못한 그 사정을 막연하게나마 짐작하는 묘지기는 재영이를 반기기 그지없었다. 그리고 재영이는 그 묘지기의 말로써 일찍이 민영환이가 자기에게 하였던 약속을 어기지 않은 것을 알았다.

그것은 지금부터 약 한 달 전 어떤 날이었었다. 명 참판의 묘소 앞에 웬 젊은이가 머리를 숙이고 손을 읍하고 묵연히 서 있는 것을 묘지기는 보았다. 이 산소에 올 후손은 재영이 한 사람밖에는 없는지라 묘지기는 그것을 재영인 줄만 알고 달려가보았다. 그랬더니 그것은 알지 못할 젊은이였다. 젊은이는 산소 앞에 술을 붓고 절하고 꿇어 울었다. 돌아갈 때에 젊은이는 묘지기에게 잊지 말고 잡초가 성하지 않도록 하라는 주의를 한 뒤에 성명도 말하지 않고 가버렸다.

며칠 전에 그이는 또 한 번 나와 돌아보았다. 그런지라 오늘 재영이가 온 것을 그인 줄 알고 일찍 나와 뵙지 못했다는 것이 묘지기의 말이었었다.

재영이는 영환이의 진심에 감읍하였다. 재영이에게 금전의 부탁을 받은 늙은 묘지기는 집 안으로 들어가서 있는 것을 모두 꺼내왔다. 그리고 일월도의 한 상자도 곱게 보존하였다가 내놓았다.

그것을 지고 가기 위하여 묘지기는 제 아들 왈쇠를 불렀다. 왈쇠는 재영이와 연갑세로서 몸은 그다지 크지 않으나 탄탄하게 생겼으며 그 행동이 민첩해 보이고 비상히 영리하게 생겼다.

입경하여야 숙생들의 거처를 다 알기까지는 당분간은 자유 생활을 하여야겠고 그럴 동안에는 잔심부름을 시킬 '생활의 보조자'가 필요한 재영이는 이 왈쇠도 함께 좀 얻어 가기로 하였다. 눈치 빠르고 단단하고 민첩하게 생긴 왈쇠는 이런 경우의 재영이에게는 가장 적절한 보조자에 다름 없었다. 이리하여 재영이는 짐을 왈쇠에게 지워가지고 서울로 들어왔다.

10

문안에 들어온 재영이는 어떤 주점에 들어가 앉았다. 그리고 왈쇠를 시켜서 활민숙의 동정을 살펴오라 하였다.

달려갔던 왈쇠는 돌아와서 활민숙의 대문이 엄중히 봉쇄되어 있으며 담장을 넘어 들어가보매 안에는 거칠고 또 거친 엉성한 집에 박쥐 새끼만 몇 마리 있으며 근일에는 사람의 자취가 이른 듯한 형적도 없다는 것을 회보하였다. 그리고 만약 서울 안에 숨어 있으려면 그곳이야말로 가장 안전한 곳이라는 자기의 의견까지 첨부하기를 잊지 않았다.

그 말을 들은 재영이는 왈쇠를 그곳에 머물러두고 자기 혼자 그곳을 또 한 번 다녀오기로 하였다.

활민숙에서 재영이가 본 것은 한 황량한 폐허라는 것뿐이었었다. 옛날의 자취는 찾아볼 길이 없고 깨어진 기왓장과 부러진 나무 부스러기며 그 위에 쌓인 먼지로 찬 그 집 안에는 아까의 왈쇠의 말마따나 근일에 사람이 다녀간 기척이 있음직도 않았다. 몇 군데 왈쇠의 발자국으로 볼 수 있는 발자취가 있을 뿐이었다.

재영이는 뜰 안에 잠시 서서 한심한 듯이 이 꼴을 바라보다가 발을 떼어서 각 방방에 들어가서 일일이 검분하였다. 그러나 포교들이 올 것을 예기하고 떠난 그들이 자기네의 가는 곳에 대한 흔적을 그곳에 남겨둘 리가 없었다.

자, 어디로? 김시현의 집에 있을 때며 심지어는 아까 왈쇠의 회보를 들을 때까지라도 재영이는 선생이며 활민숙생들의 거처를 찾는 데 대하여 그다지 크게 걱정치 않았다. 활민숙에만 가면 자연히 알아지려니, 혹은 행랑에 사람이 그냥 있을지도 모르려니, 숙생들이 간간 빈 숙이나마 돌아보려니, 담벽에 무슨 암시의 글이 씌어 있을지도 모르겠다, 이만한 막연한 생각을 품었을 뿐이었었다.

그러나 급히 다다라보매 거기서는 그들의 거처를 찾을 단서를 얻을 길이 없었다. 물론 포교들의 발에 짓밟힌 바가 되었을 줄은 알았지만 포교들은 빈집을 다녀갔을 줄만 알았지, 이렇게 참담히 집을 부수고 갔을 줄은 뜻도 아니하였다. 그리고 이렇게 참담히 부서진 집에서는 숙생들의 거처에 대한 단서를 얻을 길이 없을 것이다. 이렇듯 옛날의 형태를 잃어버린 숙에 숙생들이 때때로 들를 리도 없었다. 그러면 선생과 20명의 동지를 어디서 찾아내나. 찾아낼 그 방법은 짐작도 되지 않았다.

한참을 그곳에 더 서 있던 재영이는 마침내 발을 돌이켰다. 하여간 당분간의 숙소를 어디든지 정하지 않을 수가 없었다. 숙소를 정한 뒤에 서서히 그들의 있는 곳을 찾기로 하여야지 금명간으론 도저히 찾지 못할 것임을 알았다. 그리고 그 숙소를 정함에 있어서는 자기의 신분이 신분인 만치 신중히 선택치 않으면 안 될 것이다. 사람의 출입이 많은 집도 숙소로는 적당치 않을 것이다. 온전히 재영이가 누구인지 모르는 집도 어떤 의미로 보아서는 적당치 않을 것이다. 왜 그러냐 하면 숙생들의 숙소를 찾기 위하여 혹은 무기를 연습키 위하여 또는 불의 중에 생길지도 모르는 괴변 때문에 출입이 무상할 자기는 주인에게 과도한 의식을 사는 것도 결코 득책이 아니다. 그렇다고 재영이의 신분을 알면서도 그 속을 알 수 없는 집은 더욱 위험할 것이다. 인간이 많은 집도 또한 피하는 편이 상책이다.

이리저리 생각한 결과 재영이는 한 집을 선택하였다. 그것은 이전 재영이의 선친 명 참판이 재세 시에 집안 하인으로 있던 늙은이의 집으로서 국사며 정치에 대해서는 무엇이 무엇인지 이해하지 못하는 사람이지만 상전에게 대해서는 끝없이 충직한 인물이었었다. 명 참판이 형장의 고혼이 되고 그 집이 이산될 때에 당시 열두 살 됐던 진섭이ㅡ재영이는 하인들을 헤치는 데 임하여 이 늙은이의 충직함을 사랑하여 집간 밑천을 주어서 내보냈던 것이었다. 늙은이는 그 밑천으로 비교적 깨끗한 집을 하나 쓰고 과부딸을 데리고 돈놀이를 하면서 살아가던 것이었다.

재영이는 그 집으로 가기로 하였다.

11

다행히 그 집은 활민숙에서 그다지 멀지 않은 곳에 있었다. 그리고 이전에 바쁜 일로 그 앞으로 지나 다닐 때에 간간 대문 근처에서 만나는 일이 있었다. 속량된 지 10년이 지난 지금도 그때의 어린 상전의 은공을 잊지 못하여 만나기만 하면 허리를 굽실거리며 잠시 들어가서 쉬어 가기를 청하고 하던 것이었었다.

그 집을 찾아가서 당분간의 기류[8]를 부탁할 때에 늙은이에게는 이의가 있을 리가 없었다. 다만 정성에는 부족함이 없겠지만 손이 미처 모자랄지 모를 것뿐을 걱정하였다. 그리고 재영이가 다시 나가서 왈쇠를 데리고 돌아온 때는, 벌써 뒷방 하나와 거기 연 달린 방 하나를 재영이와 왈쇠의 방으로서 깨끗이 치워놓고 일용기구까지 준비하고 기다리고 있었다.

날이 어두운 뒤에 재영이는 왈쇠에게 몇 가지의 일을 명하였다.

첫째는 삼청동 어느 곳에 가서 명인호라는 사람의 지금의 동정을 살펴올 것이었었다.

둘째로는 기생 연연이의 이즈음의 모양을 똑똑히 알아 올 것이었었다.

그리고 그러는 동안에 밤이 들거든 활민숙으로 가서 그 대문간의 봉쇄를 겉으로는 그 모양대로 두고 내밀히 자유로 여닫을 수 있도록 가공하고 기름까지 쳐서 소리를 안 나도록 할 것이었었다.

그리고 마지막으로는 활민숙 안의 한 방(이전의 인화의 거처하던 방)을 깨끗이 치워서 때때로 들어앉아서 몸을 쉬기에는 그다지 험하지 않도록 할 것이었었다.

이만한 일을 시킨 뒤에 재영이는 자리에 들어갔다. 그러나 일찍이 잠이 들었다가 새벽 밝기 전에 활민숙으로 가서 그새에 무디게 된 손이라도 연습할 양으로 자리에 들어간 재영이었지만 몸을 눕히는 동시에 머리가 산산히 헤어져서 잠이 올 듯도 싶지 않았다. 그새의 병후와 및 오랫동

---

8 기류(寄留) : 다른 지방이나 남의 집에 일시적으로 머물러 삶.

안의 휴식 때문에 약하여진 몸에 이틀을 계속된 여행은 재영이를 몹시 피곤케 하였다.

그리고, 이 피곤 때문에 자리에 들어가기만 하면 곧 잠이 들 듯하였다. 그러나 일단 자리에 들어가보니 피곤은 그의 졸음을 도웁기는커녕 그의 눈을 더욱 또렷이 하였다.

십만 장안이라 하여 그 번화함을 자랑하는 서울—그 가운데도 중앙이 되는 곳에 누워서도 재영이는 마치 심심산곡에 혼자서 있는 것같이 외롭기 짝이 없었다. 서울까지 달려오기는 하였다. 그러나 넓은 장안 가운데 가깝던 모든 사람은 어디로 다 갔나, 산산이 헤어져서 자기네의 사업을 모두 내어버리고 제각기 제멋대로 노나, 혹은 그래도 서로 연락을 취하고 있나. 선생은 어디로? 연로하신 선생조차 몹쓸 바람에 부대끼어 그 거처도 알 수 없다.

그동안에 꺾이운 사람이나 없나. 그리고 언제 다시 회합하여 상봉을 즐길 기회가 이르거나 할까. 아아, 세상은 왜 이다지도 고되냐.

밤이 깊이 들어서 왈쇠가 돌아왔다.

명인호는 그냥 무고히 지낸다. 연연이는 다른 서방을 맞아서 산다. 그리고 활민숙의 일은 지휘대로 하였다. 이것이 왈쇠의 회보였다.

그 회보를 듣고 왈쇠를 자기 방으로 돌려보낸 뒤에 잠시 더 잠들어보려던 재영이는 도저히 잠이 들 것 같지 않으므로 마침내 옷을 입고 일어났다. 연연이가 벌써 다른 서방을 맞아서 산다 하는 것은 재영이의 마음에 몹시 거슬리어서 더욱 잠이 못 오게 하였다. 그리고 생각의 머리가 연하여 그 방면으로만 달아나려 하였다. 그 생각을 피코자 함이었었다.

재영이는 행장에서 일월도를 몇 자루 꺼내어 몸에 지닌 뒤에 조용히 그 집을 나서서 활민숙으로 갔다. 대문에 이르러 검분하여보니 대문은 마치 왈쇠의 두뇌의 명석함을 증명하는 듯이 재영이의 상상 이상으로 정교히 되어 있었다.

재영이는 왈쇠의 눈치 있음을 탄복한 뒤에 가만히 대문 안으로 들어서서 대문을 다시 닫은 뒤에 후원으로 돌아갔다.

12

달은 몹시도 밝았다.

은빛으로 빛나는 커다란 달이 머리 위에 걸려 있었다. 연못은 달빛을 반사하였다. 그 두 가지의 빛이 어울리어서 후원은 꽤 밝았다. 그리고 달빛 아래 고요히 누워 있는 활민숙의 집은 얼른 보기에 빈집 같지 않았다. 어두운 밤은 활민숙의 황량한 모양을 감추어주었다. 그 위에 비친 달빛은 제아무리 밝다 할지라도 어지러운 자취를 드러낼 만치 분명하지는 못하였다. 그리고 그 밝으면서도 감추어주는 달빛 아래 누워 있는 활민숙의 집은 방방에 숙생들이 누워서 깊은 잠에 잠겨 있는 듯하였지 참담한 폐허는 보기가 힘들었다. 적어도 재영이에게는 그렇게 보였다. 이제라도 그곳서 고함을 치면서 몇 사람의 숙생이 뛰쳐나올 듯이 보였다.

연못가에 서서 잠시 그것을 바라보던 재영이는 한숨을 쉬었다. 그리고 연못을 휘돌아서 저편으로 돌아갔다. 거기는 재영이가 비수를 연습하느라고 달아두었던 기다란 널쪽이 있는 것이었다. 재영이는 그 널쪽 아래로 가서 주인을 잃은 그 널쪽이 아직도 그냥 든든히 달려 있는지를 검사하고 다시 반대쪽으로 돌아왔다.

재영이는 칼을 하나 꺼내어 손끝으로 잡은 뒤에 겨냥을 하여보았다. 칼을 잡는 힘이 이전보다 현저히 약하여진 것을 스스로 알 수가 있었다. 그러나 비록 힘은 얼마간 줄었다 할지나 칼이 잡히는 그 짐작으로써 겨냥에는 그다지 틀림이 없음 직하였다.

재영이는 잠시 겨냥의 힘을 마음으로 보다가 마침내 첫 칼을 던졌다.

그 뒤를 이어서 둘째 칼도 던졌다. 셋, 넷, 다섯, 여섯, 하여 지니고 나온 바의 열 자루를 다 던졌다. 그리고 던질 때 그 팔의 움직임으로 비록 그 새 한 달 동안의 고난으로 힘─완력에는 얼마간의 흔들림이 생겼지만 던지는 겨냥의 정확함에는 그다지 변동이 없음을 알았다.

다시 돌아가서 검분을 하여보매 이전과 같이 정확한 자리에는 박히지를 못하였지만 위치가 틀린대야 두 치 이상 틀린 것이 없었다. 그리고 이것이 달빛 아래서 한 것이 이만하매 밝은 햇빛 아래서는 좀 더 정확함을 얻을 것이었었다.

칼의 박힌 위치를 자세히 검분을 한 뒤에 한 자루씩 도로 뽑아서 몸에 지닐 때는 수척한 재영이의 얼굴에도 약간의 미소의 그림자가 스치고 지나갔다.

'아직도 힘에는 변동이 없다.'

재영이는 이편으로 돌아와서 다시 칼의 연습을 하였다. 나무판에 칼이 박히는 뼉, 뼉 하는 소리는 빈 활민숙에서 연하여 났다.

10여 회를 연습을 한 뒤에 온몸에 활짝 땀을 밴 재영이는 웃통을 벗어버리고 오래간만에 연못에서 시원히 몸을 한 번 씻은 뒤에 아까 왈쇠가 말끔히 치운 (이전의 인화의 방이던) 방으로 돌아가서 피곤한 몸을 내어 던졌다.

무럭! 인화에 대한 애정과 정열이 폭발하듯이 그의 마음에 불붙어 올랐다. 돌아보면 인화와의 새가 이상히도 어석버석하여 말을 사귀지 않은 지 벌써 두 달 남아, 얼굴을 못 본 지도 월여. 그동안 자기는 몹쓸 운명에 부대끼어 죽음과 삶의 기로에서 헤맬 동안 역시 몹쓸 운명에 부대끼어 그리운 본거를 뒤로 하고 낯선 어느 곳에서 방황할 어린 그의 몸은 지금 무고한지. 자기는 지금 이 방에 누워 있지만 이 방의 주인은 지금 어디 있나. 활발하고도 사랑스럽던 인화의 갖가지의 모양이 뒤를 이어서 재영이의 눈앞에 어릿거렸다. 그리고 자기를 배반한 연연이에게 대한 분노 때문에 인화에게 대한 생각이 더욱 맹렬히 일어났다.

연연이가 그럴 줄은 과연 몰랐다. 한낱 노류장화―길가의 꽃에 지나지 못하는 연연이를 너무도 신용하고 어버이가 정하여주신 제 아내를 버리고 그렇듯 무절조한 연연이에게 빠졌던 제 미련한 행동에 대한 후회와 거기서 생겨나는 인화에게 대한 미안한 생각은 재영의 마음에 일어난 인화에게 대한 정열을 더욱 돕는 기름이 되었다.

13

재영이는 밤이 새도록 몸을 이리 뒤적이고 또 저리 뒤적였다. 이전에 인화가 거처하던 이 방은 지금은 그때의 흔적이 하나도 남은 것이 없되 재영이는 거기서도 인화의 내음새를 맡을 수가 있었다.

그렇다, 이인화를 찾아내야겠다. 어떤 일이 있든 인화뿐은 찾아내야겠다. 불행히 활민숙이라 하는 단체가 해산이 되고 제각기 헤어져서 제 길을 제가 찾는다 할지라도 인화는 자기와 일생의 고락을 같이할 사람이다. 그 사람뿐은 어떻게 하여서든 있는 곳을 알아내야겠다.

흥분에서 흥분으로 또 새로운 흥분으로 재영이는 마음의 갈피를 잡지 못하고 헤적였다.

동창에 흰빛이 보이기 시작하였다.

재영이는 이 흰빛을 보고야 겨우 몸을 수습하고 일어났다. 그리고 담벽에 자그마하니 '일월상존'이라는 글을 써서 숙생 가운데 어느 사람이 우연히 이곳에 와서 이 글을 보면 자기의 살아 있는 것을 알아볼 길을 만든 뒤에 활민숙을 나서서 집으로 돌아갔다.

돌아온 재영이는 뜰에서 주인 늙은이를 만났다. 주인의 드리는 인사와 질문을 귓등으로 들으면서 자기의 방으로 돌아가려던 재영이는 문득 다른 생각이 나서 돌아서서 주인을 불렀다. 그리고 자기가 이제 들어가서 잠이 들지라도 좀 있다가 늦은 조반 때쯤 종이에다가 일월상존(日月尙存)이라는 글을 적어서 왈쇠를 시켜서 운현궁으로 전하여달라는 부탁을 하였다. 자기의 죽음을 슬퍼할 태공께 자기가 살아 있다는 것을 전한 뒤에 인제 조용한 밤을 타서 가서 뵙고자 함이었었다.

방 안으로 들어온 재영이는 조금 있다가 잠이 들었다. 어젯밤에 밤새도록 잠이 못 든 그였었지만—그리고 지금 자리에 들어갈 때도 도저히 잠이 들 것 같지 않았지만 한 편으로 '잠이 못 들겠다'는 생각을 하면서 어느덧 깜박 잠이 든 것이었었다.

재영이는 저녁때야 깨었다. 깨면서 그는 갈증이 심함을 느꼈다. 물을 먹으려고 머리를 들 때에 골이 쩌개질 듯이 쏘는 것을 알았다. 손으로 이마와 몸을 만져 보니 온몸은 불덩이같이 더웠다. 몸이 오삭오삭 추웠다.

"열기가 있구나."

그새 이틀에 연한 여행과 그 뒤에 하룻밤을 계속된 흥분은 아직 충실히 회복되지 못한 그의 몸에는 너무도 과하였다. 된 몸살이 그를 습격한 것이었었다.

재영이는 그 밤을 정신없이 지냈다. 재영이의 부탁대로 무사히 편지를 운현궁에 전했다는 보고도 귓결에 듣기는 하였으나 그 뜻을 명료히 이해치 못하였다. 무슨 심부름시킬 일이 없습니까고 물을 때에 재영이는 시현을 어서 좀 청하여달라고 하였다. 시현이가 누구냐고 물을 때에는 싱겁게 씩 웃을 뿐이었었다.

열에 들뜬 그의 눈에는 연하여 선생의 환상이며 인화의 환상이 보였다. 인화. 당신은 지금 어디 있소. 어디 있소. 몇 번을 뜻하지 않고 소리까지 내어서 중얼거렸다. 연연이에게 대한 저주도 끊임없이 입에서 나왔다.

주인과 왈쇠는 매우 근심하였다. 상한약[9]을 달여다 먹이며 밤이 새도록 주인은 얼음으로 재영이의 이마를 식히며 왈쇠는 재영이의 팔다리를 주무르고 두드리고 하였다.

밤새도록 열에 들떠서 일변으로 헛소리를 하며 일변으로 거처를 알지도 못하는 사람들을 찾으며 헤적이던 재영이는 날이 밝은 뒤에 곤하게 잠이 들었다.

재영이의 잠은 저녁때까지 계속되었다. 그동안에도 갈증 때문에 몇 번을 깨기는 하였지만 준비해둔 화채를 한 모금 먹고는 또다시 곤한 잠에 빠지고 하였다.

왈쇠와 주인은 그날 저녁을 몹시 근심하였지만 저녁은 비교적 평정하였다. 열기도 얼마 없었다. 상한약을 또 한 첩 먹고 잔 재영이는 이튿날은 깨끗하여 일어나게 되었다. 그리고 이 몸살로써 그의 길고 길던 병의 종막(終幕)은 닫혔다.

---

9 상한약(傷寒藥) : 상한을 치료하는 약. 상한은 밖으로부터 오는 한(寒), 열(熱), 습(濕), 조(燥) 따위의 사기(邪氣)로 인하여 생기는 병을 통틀어 이르는 말.

해후(邂逅)[1]

1

몸살에서 일어난 이튿날 밤 재영이는 태공께 가 뵙기로 하였다. 그것은 민영환이가 운현궁을 다녀간 그 저녁이었었다. 이전에는 정문으로 드나들던 재영이었지만 지금은 만일을 염려하여 담장을 넘어 들어갔다.

재영이의 출현은 태공에게는 커다란 경악이었었다. 태공은 버선발로 뛰어나와서 재영이를 붙들었다. 그리고 그 자리에 엎드려 인사를 드리려는 재영이를 붙잡고 놓아주지를 않았다.

"누구냐! 누구냐. 어디 얼굴을? 자ー 얼굴을?"

이렇게 반겨서 맞아주는 태공의 앞에 재영이는 감격과 감사에 넘치는 눈물을 한없이 흘렸다.

"다시 살아서 뵙게 됐습니다."

"어서 들어가자. 얼마나ー어떻게ー어ー어ー어인 일이냐 어인 일이야."

안으로 들어와서도 태공은 재영이의 양손을 힘 있게 잡은 채로 놓지를 못하였다.

---

1 연재 원본에서는 소제목이 '회우'였으나, 2회부터 '해후'로 바뀌었으므로 바로잡음.

"이게 꿈이 아니냐. 내게는 꿈으로밖에는 생각이 안 되는구나."

"네, 이게 꿈이라면 다시 깰 길이 없는 꿈이겠습니다. 저승까지 잠깐 다녀서 다시 뵙고자 왔습니다."

눈물에 젖은 재영이가 미소로써 이렇게 말할 때에 태공의 오른손은 와들와들 떨렸다.

"그저께 사람을 시켜서 제가 살아 있다는 글월을 올렸더니요?"

"오라. 일월상존이라 한 게 네 편지더냐. 나도 잠깐은 그렇게 생각해 보았지만 인호가—마침 인호가 왔기에 그 말을 했더니 너무 생각을 넘어 짚었다고 웃더구나. 이게 꿈이야. 꿈이야. 필시 꿈이로다. 꿈이 아니고야 네가 어떻게 여기를 온단 말이냐."

"저도 꿈으로밖에는 생각이 안 됩니다. 간적의 총부리가 제 가슴을 향했을 때—그리고 또 총을 맞아서 넘어질 때 오늘 다시 뵙게 될 줄은 생각도 못했습니다."

"아아, 꿈이면 깨지 말고저. 야— 쓸쓸했다. 누구한테 사정을 할 수도 없는 일이요 혼자서 늙은 속을 태우노라니 얼마나 답답했겠느냐. 이렇게 살아 있는 줄을 알기라도 했으면— 그렇지 않거든 온전히 네 시체라도 봤으면이거니와 죽기는 정녕코 죽었는데 시체가 없으니 그래도 행여나 행여나 하노라고 답답하기가 더하더구나. 밤마다 후원에 돌아가서 행여 살아 있거든 얼른 상처가 쾌차합소서, 불행했거든 고혼을 거듭소서, 제단을 쌓아놓고 빌었다. 오늘 네가 이렇게 온 게 꿈이냐 생시냐?"

이러한 태공을 자기는 들어오는 길로 찾아뵙지를 못했구나. 먼저 인화와 연연이와 숙생과 인호의 안부를 알아보았지 태공의 생각은 둘째로 두었구나 이런 생각을 하고 재영이의 눈에는 다시 눈물이 고였다.

태공은 재영이에게 그새 받은 고초며 오늘 이렇게 다시 살아온 데 대한 설명을 요구하였다. 그 요구에 의지하여 재영이는 먼저 겸호의 집으로 가게 된 동기에서 시작하여 거기서 잡힌 경로며 그 뒤에 받은 혹형이며 수구문 밖에서 총살을 당한 그 사건이며 총을 맞고 일단 죽었던 자기가 우연히 그리고 다행히도 명의(名醫) 김시현의 손에 구원되어 그의 산장으로 가서 명의의 수완을 다한 신묘한 치료 방식의 덕택으로 오늘날 다시 밝은 세상을 보고 이렇게 뵈러 오게 된 내력을 비교적 상세히 설명하였다.

태공은 김시현의 이름을 알았다. 그리고 그의 수완을 알았다.

"천우(天祐)다, 천우야. 외딴 산곡에 죽어 넘어진 것이 사람의 눈에 띄기도 천우인데 게다가 김시현의 손에 떨어지다니 하늘이 너를 도우심이다."

"하늘의 도우심보다 대감의 축수해주신 덕택인가 보올시다."

"그렇지. 하늘이 ─ 천도가 그렇게야 무심하겠느냐."

일찍이 천도는 기망이라고 탄식한 태공이었지만 여기서 그 말을 취소하기를 주저치 않았다.

2

그날 밤 재영이는 태공의 만류로 말미암아 운현궁에서 묵게 되었다. 오래간만에 만난 정부와 같이 태공은 재영을 놓아주지 않았다. 재영이가 측간에 갈 때에도 태공은 뒤를 따라와서 마루에 나와 앉아서 재영이의 돌아오기를 기다리고 하였다. 태공의 눈은 잠시도 재영이의 얼굴에서 떨어져본 적이 없었다. 눈을 딴 데 팔면은 재영이의 몸집이 홀연히 사라지기라도 할 듯이……

이 커다란 애무 아래 재영이도 감격하였다. 이이를 위하여서야 못 할 일이 무엇이랴. 더구나 이이를 위하여 하는 일은 또한 나라를 위하여 하는 일 ─ 목숨도 결코 무겁지 않다. 이리하여 눈물에 어린 눈을 태공에게 향하고 하였다.

그새 무척이도 여윈 태공의 신상에,

"병후라도 계셨습니까."

재영이가 이렇게 물을 때에 태공은 고즈넉이 머리를 가로저을 뿐이었었다. 그리고 눈을 가느다랗게 뜨고 한참 재영이를 바라보다가,

"너 때문이로다. 근심은—근심이란 사람을 막 죽이더구나."

미소로써 이렇게 말하였다.

활민숙의 그 뒷사정의 윤곽을 재영이는 태공에게서 들었다. 태공도 역시 상세히 아는 바는 아니었었다. 명인호에게서 들은 바가 태공의 지식의 전부였었다. 그러나 태공의 말로써 재영이는 지금 숙생들의 지나는 윤곽은 넉넉히 알 수가 있었다. 스승은 몸을 피하여 시골로 내려가 있으되 숙생은 전부가(헤어져 있기는 하지만) 서울 안에 있으면 송만년이가 나다니며 그 연락을 취한다는 것이며 그새 한 사람도 꺾이지 않고 안전히 지낸다는 일 등등.

그러나 그것보다도 재영이가 태공의 이야기 가운데서 가장 경악으로서 들은 것이 있었다. 그것은 묵재의 딸—인화에 관한 것이었었다. 태공께 재영이에 관한 비보를 전한 사람은 인화였다. 인화는 그때 땅을 두드리며 통곡하였다. 사찰을 잃은 숙생이 아니요 그 지아비를 잃은 젊은 아내로서 태공께 자기의 설움을 하소연하였다. 태공의 말을 듣건대 태공은 아직껏의 60여 년의 긴 생애에 그런 커다란 비애를 사람에게서 본 바가 없었다 한다. 체면이며 체모를 모두 잊어버리고 태공의 앞에서 몸부림을 하며 울었다. 운현궁에서 돌아갈 때의 그의 적적한 뒷모양은 태공으로 하여금 정시하지 못하도록 절실하였다. 뿐만 아니라 이 사랑스런 며느리는 그 뒤에 제정신이랄 수 없는 대담함으로써 단신 백주에 겸호의 집으로 들어가서 육혈포를 양손에 잡고 몇 사람의 하인을 살상하였다. 마침

그때에 그곳에 가 있던 명인호가 아니더라면, 인화 역시 재영이와 같은 고초를 겪은 뒤에, 까마귀의 밥이 될 뻔하였다.

재영이는 흥분으로 말미암아 머리를 푹 수그리고 이 이야기를 들었다. 인화도 인제는 자기와의 새의 관계를 알았다 하는 것은 놀라지 않고는 들을 수가 없는 사실이었었다. 자기와 인화와의 관계를 아는 사람은 이 세상에 스승과 자기밖에는 없었는지라, 만약 인화가 알았다 하면, 그 것은 틀림없이 스승이 알게 함이었을 것이다.

스승이 그것을 알게 함을 보면 스승도 자기를 저세상의 사람으로 보았던 것이 분명하였다. 스승의 말로써 자기와 사찰과의 관계를 알아 정열의 소녀가, 양손에 육혈포를 잡고 백주 단신으로 검호의 집에 뛰쳐들어가는 모양이 재영이에게는 선연히 보였다. 그 지아비의 원수를 갚으려는 일념―그 지아비, 그 지아비, 이 그 지아비란 한마디의 말 때문에, 재영이의 마음은 놀랍게도 뛰놀았다. 물론 자기는 인화의 정당한 그 지아비에 틀림이 없지만, 아직껏 한낱 친구로만 알던 인화의 쪽에서도 자기의 신분을 인습하였다, 하는 것은 공포라고 형용하고 싶은 흥분을 재영이에게 일으켰다. 그리고 이 상호간의 인식 때문에 재영이의 마음에는 인화에게 대한 정열이 더욱 맹렬히 더욱 크게 더욱 세차게 더욱 높게 불붙어 올랐다.

3

이튿날 오후에야 재영이는 운현궁에서 나왔다. 재영이를 보낼 때에 태공은 매일 밤에 한 번씩은 꼭 운현궁에 오기를 명하였다.

운현궁에서 돌아온 재영이는 나머지의 날을 인화나 송만년이의 숙소를 찾으러 정처 없이 장안을 돌아다녔다. 어디 있는지는 모르지만 '전령'의 직책을 가지고 있는 만년이는 여하튼 거리에는 나다니겠으므로 다르게 찾을 방책이 없는 재영이는 무정처하고 장안을 헤맬 밖에는 도리가 없었다. 지금 얼굴을 쳐들고 장안을 돌아다니기에 위험을 피하기 위하여 재영이는 커다란 방립을 쓰고 다녔다.

밤에는 운현궁에를 갔다. 낮에는 방립을 쓰고 장안의 거리며 골목을 무정처하고 돌아다녔다. 이렇게 지내는 사나흘 만에 재영이는 어떤 날 저녁 어떤 길모퉁이에서 우연이랄지 천행으로랄지 송만년이의 그림자를 발견하였다. 송만년이를 알아본 순간 재영이는 그리로 달려가려 하였다. 그러나 달려가려던 발을 곧 멈추고 그의 뒤를 밟기로 하였다. 낮말은 새가 듣고 밤말은 쥐가 듣는다는 사람의 세상에서 대로상에서 일월산인이 웬 다른 젊은이와 마주 서서 이야기한다는 위험을 피하여 조용히 뒤를 밟아서 그의 숙소를 알고자 함이었었다. 한참을 밟아서 가매 만년이는 어떤 기생의 집으로 들어가버렸다.

"?"

재영이는 할 일 없이 길모퉁이에 서버렸다. 물론 신변을 신중히 삼갈 숙생이 기생의 집을 숙소로 정할 리가 없었다. 이것은 혈기에 날뛰는 젊은이의 외도에 지나지 못할 것이다. 따라서 이대로 만년이의 뒤를 쫓아서 들어가서 그와 만나는 것은 결코 득책이 아닐 것이다. 이곳에 지켜 서서 만년이의 나오는 것을 기다려 가지고 그의 숙소를 알아내야지 결코 일을 섣불리 하여서는 안 되겠다, 이렇게 생각하고 재영이는 그곳서 만년이의 나오기를 기다리려 하였다.

한 각이 지났다. 그러나 만년이는 나오지 않았다. 또 반 각이 지났다. 그러나 만년이는 역시 나오지 않았다. 그리고 이렇게 오래 있는 것으로 보아서 만년이는 필시 이 기생의 집에서 밤을 지내려는 듯하였다.

매일 밤 운현궁에 가 뵙는 일과를 가지고 있는 재영이는 잠시를 더 기다려본 뒤에 그만 두어 번 혀를 차고 돌아서서 빨리 집으로 돌아와서 왈쇠를 불러내어 가지고 다시 그곳으로 와서 왈쇠에게 송만년이의 모습을 상세히 설명하여준 뒤에 만년이가 이곳서 나오거든 결코 그의 눈에 띄지 않도록 그의 뒤를 밟아서 그의 숙소를 알아가지고 돌아오라고 명하였다.

왈쇠에게 뒷일을 부탁한 뒤에 재영이는 또 운현궁으로 갔다.

운현궁에서 한참을 태공의 적적함을 위로한 뒤에 태공께 하직하고 운현궁을 나섰다. 그때는 벌써 자정도 썩 지난 때였었다. 재영이는 어두운 길을 더듬어서 왈쇠를 세워둔 곳으로 찾아갔다. 보니까 저편 앞에 우두커니 서 있던 왈쇠는 사람의 오는 발소리를 듣고 그렇지 않은 듯이 천천히 저편을 향하여 걷기 시작하였다. 그것을 미소로써 바라보면서 재영이는 빠른 걸음으로 왈쇠를 따라갔다. 그리고 따라오는 재영이에게 길을 비켜주며 자기는 부러 뒤로 떨어지려는 왈쇠를 재영이는 작은 소리로 찾았다.

왈쇠는 돌아보고 거기서 자기의 상전을 발견하였다. 그리고 그새 그 집에서는 아무도 드나든 사람이 없음을 보고하고 겸하여 아까 왈쇠 자기가 너무 갑갑하고 궁금하여 몰래 그 집으로 들어가보았더니 기생의 방에 아까 재영이에게서 들은 모습의 사람이 있었으며 방금 그때 자리를 펴고 불을 끄더란 말까지 하고 그 집에서 묵는 것이 분명하더란 자기의 의견까지 붙였다.

재영이는 미소하였다. 그리고 왈쇠에게 이제부터 더욱 눈을 바로 뜨고 만년이가 그 집에서 나오는 것을 기다리라고 명한 뒤에 자기는 그 자리를 떠났다.

4

그곳을 떠난 재영이는 잠시의 휴식을 하고자 집으로 발길을 향하였다. 이미 만년이를 잡았는지라 늦어도 내일 아침이면 그의 숙소도 알게 될 것이다. 만년이를 만날 것도 늦을지라도 내일 조반 때면 될 일— 그러면 숙생의 거처며 더구나 인화의 있는 곳도 알 것이다. 알기만 하면— 아아 어서 알고 싶다. 자기의 정체를 이미 안 인화는 자기의 죽음 때문에 그새 한 달을 얼마나 애타했을까. 이전에 막연히 명인호를 생각할 때도 그만치 애타한 인화였다. 불의에 그의 앞에 나타나면 그는 얼마나 놀랄까. 이러한 생각 때문에 그의 발걸음은 몹시도 가벼웠다.

그의 발은 어느덧 활민숙의 앞에까지 미쳤다. 거기서 무심중 눈을 활민숙의 대문으로 향하였던 재영이는 뜻밖의 일을 발견하였다. 활민숙의 대문이 두 쪽이 환하니 열려 있었다. 닫아걸지는 않은 대문이었지만 큰 바람이라도 불기 전에는 결코 열릴 까닭이 없었다. 오늘 밤은 한 점의 바람도 없었다. 그러면 이것은 사람이 연 것이라고밖에는 볼 수가 없었다.

"?"

이 뜻밖의 일을 발견한 재영이는 잠시 서서 대문을 바라보다가 몸을 한 번 만져서 무기가 그냥 있음을 검사한 뒤에 발소리 안 나게 대문 안으로 들어섰다. 그리고 대문을 가만히 닫은 뒤에 군잡스런 의관을 벗어서 덜덜 말아서 한편 모퉁이에 박아놓고 가만가만 안으로 들어섰다.

재영이는 후원 연못가에서 한 사람을 발견하였다. 그 사람은 머리를 푹 무릎에 묻은 뒤에 죽은 듯이 앉아 있었다. 재영이의 온 신경은 흠칫하였다. 그는 신을 벗어서 손에 든 뒤에 차차 그 사람에게 가까이 갔다.

몇 걸음 더 가지 않아서 밤눈이 유난히 밝은 재영이는 그 인물의 정체를 알아보았다. 그 인물은 틀림없는 (자기의 약혼자) 이인화였다. 스무 날의 반달을 어렴풋이 받고 수심하는 모양으로 그곳에 죽은 듯이 앉아 있는 그 인물은 재영이가 찾으려고 애를 쓰고 있는 인화에 다름 없었다. 동시에 재영이는 인화가 지금 앉아 있는 그 자리가 그 어느 봄날 자기가 문득 그의 등 뒤에서 나타나서 그를 놀라게 한 그 자리인 것도 알았다. 그리고 그 자리에 정신없이 앉아 있는 인화의 마음도 알았다.

이 모든 점을 인식한 재영이는 가슴으로 떠오르는 감정의 덩어리를 힘껏 내려 삼키고 소리를 숨기고 차차 그에게 가까이 갔다.

재영이가 인화의 등 뒤 한 대여섯 걸음쯤 이른 때였었다. 문득 인화가 움죽하였다. 무릎에 묻었던 그의 머리가 들리었다. 흠칫 놀라는 모양이 보였다. 연하여 날카로운 부르짖음이 그의 입에서 나왔다. 그리고 그다음 순간 그는 몸을 재영이의 편으로 휙 돌이켰다. 이치대로 일이 진행된다면 이 자리에서 재영이는 빙긋이 웃지 않으면 안 될 것이었다. 그리고,

"인화! 내가 살아서 돌아왔소."

하면서 인화의 가까이 나아가지 않으면 안 될 것이었다. 그러나 재영이의 취한 행동은 그와 반대였었다, 인화가 날카로운 부르짖음과 함께 몸을 돌릴 때에 재영이도 마치 누구에게 쫓기듯 돌아섰다. 그리고 몸을 날려서 그 자리를 떠났다. 그 자리를 떠난 재영이는 연못을 휘돌아서 앞뜰로 돌아와서 하고많은 방 가운데 그 자기가 왈쇠를 시켜서 치워놓은 (인화의 이전 거처하던) 방으로 뛰어 들어왔다.

그 방으로 뛰쳐 들어온 재영이는 정신 나간 사람같이 방 복판 가운데 버티고 서 있었다. 그는 자기의 취한 행동에 대한 비판력도 잃었다. 인제 어떻게 하여야겠다는 아무런 계획도 생각나지 않았다. 이 과도한 흥분을 삭이어야겠다는 생각조차 나지 않았다. 마치 깎아 세워놓은 사람같이 멍멍히 서 있을 뿐이었었다.

이윽고 저편에서 사람이 달려오는 소리가 들렸다. 그리고 인화는 의외에도 재영이의 있는 방을 향하여 달려왔다. 여기서 재영이는 황급히 몸을 감추려 방 모퉁이로 뛰어갔다.

5

이리로 향하고 뛰어오던 인화는 방 안에서 움직이는 사람의 그림자를 보고 날카로운 부르짖음을 내며 도로 돌아서서 오던 반대의 방향으로 달아났다.

일단 몸을 숨기려던 재영이는 이때야 겨우 펄떡 정신을 차렸다. 정신을 차리는 동시에 이곳에서 우연히 만난 인화를 잃으면 안 되겠다는 생각도 났다.

"이 공!"

그는 인화를 향하여 고함쳐보았다. 그러나 벌써 저편 모퉁이로 돌아서는 인화에게 그 소리가 들릴 리가 없었다. 재영이는 인화의 뒤를 따라서 문밖으로 나갔다. 그리고 담장을 넘어서 달아나는 인화를 그냥 따라갔다.

물론 재영이로서 전속력으로 따라가면 인화를 붙들기는 그다지 힘이 들 일이 아닐 것이다. 그러나 얼빠져서 제 갈피를 못 차리고 달아나는 인화를 따라와서 붙드는 것이 결코 득책이 아님을 안 재영이는 인화를 잃지 않을 만한 거리에서 인화의 뒤를 따라갔다.

인화는 정신을 모르는 모양이었었다. 그 달아나는 방향이 너무도 규칙 없었다. 동으로 닫다가는 서로 벋었다. 서로 닫다가는 북으로 벋었다. 어디라는 방향이 없이 막 달아났다. 뿐만 아니라 어떤 막다른 골로 뛰어들어갔다가 그만 돌아서서 나오는 인화에게 미처 길을 피할 새가 없어서 딱 마주치게 된 재영이를 인식치 못하고 그의 곁으로 빠져서 달아나버렸다. 그리고 그때에 재영이로서 인화를 꽉 붙든다 할지라도 그는 아무것도 인식치를 못하였을 것이었었다.

마치 미친 사람같이 지향 없이 뛰어다니던 인화는 마침내 어떤 집으로 쑥 들어갔다. 그리고 그 들어간 집은 재영이에게는 뜻밖의 집이었었다.

그것은 연연이의 집이었었다. 인화는 연연이의 집으로 들어가버렸다.

재영이는 눈이 퀭하니 그 자리에 서버렸다. 마치 닭 쫓던 모양으로 퀭하니 그 자리에 서버린 재영이는 이 뜻밖의 일이 웬일인가 하고 잠시 머리를 기울이고 서 있었다.

마침내 재영이는 발을 떼었다. 그리고 인화가 열어젖히고 들어간 그 대문으로 가까이 가서 안의 동정을 엿본 뒤에 가만히 대문 안으로 들어서서 낯익은 그 집 안뜰까지 들어섰다. 그리고 그는 거기서 연연이가 마치 자기의 서방에게 대하여 하는 것과 같은 정도의 정성과 친절로서 인화를 자리에 눕히고 간호하는 모양을 발견하였다.

여기서 재영이는 알았다— 왈쇠의 보고 가운데 연연이가 다른 서방을 맞아서 재미있게 산다는 그 의의를……. 그리고 또 한 사내를 사모하는 두 여인이 그 한 곳으로 향한 애정과 거기서 생겨난 비통을 서로 하소연하기 위하여 다른 생각을 모두 잊고 이곳에 이같이 동거하게 된 것을……. 또한 아직껏 자기가 연연이를 괘씸하게 보고 천스럽다 보던 그 생각은 틀린 생각이요 연연이는 역시 비록 몸은 기생이라 하나 맑고도 고운 마음과 품성을 가지고 있는 것을…….

한참 이 인정의 가장 아름다운 광경을 바라보던 재영이가 그 자리에서 발을 돌이킬 때는 그의 입에서는 한숨이 나왔다. 그리고 아직껏은 한 번도 느껴보지 않은 자기의 장래에 누워 있는 '두 여인'이라 하는 문제를 생각하여보았다. 누구가 더하며 누구가 못하달 수 없이 자기를 사모하는 두 여인, 그리고 자기 역시 어느 쪽을 못하게 볼 수 없는 두 여인— 이 두 여인과 관련되어 전개될 자기의 장래에 대하여 막연한 걱정조차 일어났다.

—밝고 빛나는 인화.

—부드럽고 아리따운 연연이.

저쪽을 좇자면 이쪽을 놓기 아깝고 이쪽을 좇자면 저쪽 또한 버릴 수가 없는 두 여인의 애정을 어떻게 취사를 하여야 할지 이런 방면에 경험이 없는 재영이는 머리를 푹 수그리고 도망하듯이 몰래 연연이의 집을 나섰다.

6

돌아오는 길에 활민숙에 들어서 아까 벗어둔 의관을 거두어가지고 집으로 돌아온 재영이는 피곤한 몸을 자리에 눕혔다. 아까 연연이의 집에서 본 바의 촛불이 휘황한 방 안에서 한 아리따운 여인이 정성을 다하여 병든 소녀를 간호하던 시적(詩的) 장면을 눈앞에 선히 보면서 재영이는 잠이 들었다. 그러나 그 잠은 얼마를 지나지 못하여 요란한 소리 때문에 깨지 않을 수가 없었다. 송만년이를 지키고 있던 왈쇠가 숨이 턱에 닿아서 뛰어들어온 것이었었다. 재영이는 놀라서 펄떡 일어나 앉았다.

"왜 이리 요란하나."

거기 대하여 숨을 허덕이면서도 웃으며 대답한 왈쇠의 말은 대략 이러하였다.

─오늘 아직 어두워서 만년이는 그 집에서 나왔다. 그 만년이의 뒤를 왈쇠는 밟기 시작하였다. 그러나 그 집에서 나온 만년이는 어디로 가려는 예산인지 이리저리 갈 곳 없는 사람과 같이 막 돌기 시작하였다, 뿐만 아니라 때때로 뜻하지 않은 때에 휙 하니 뒤를 돌아보고 하는 것은 자기의 뒤를 밟는 사람이 있음을 인식한 듯하였다. 그러나 자기는 손 빠르게 한 번도 그의 눈에 뜨이지 않았다. 그리고 이렇게 한없이 뒤를 밟노라면 언제든 어디로 들어갈 때가 있으려니 하고 그냥 따라갔다. 그랬더니 그는 뜻밖에도 교외로 나갔다. 인가가 없는 교외에서는 도저히 모르게 그의 뒤를 밟을 수가 없었다. 그래서 그의 눈에 뜨일지라도 그냥 밟을까 혹

은 일단 돌아가서 상전의 분부를 기다릴까 망설이고 있을 때에 만년이가 획 하니 돌아섰다. 이리하여 만년이와 자기는 한 칠팔십 보 거리에 딱 마주 서게 되었다.

"웬 놈이냐 잡아라."

한 번 고함소리가 만년의 입에서 나왔다. 그리고 자기를 향하여 맹렬히 달려왔다.

여기서 왈쇠는 아직껏 그의 뒤를 밟으려던 계획을 내어던졌다. 그리고 (방침을 바꾸어서) 만년이를 주인의 있는 곳까지 유인하여 가기로 하였다.

이리저리 잡히지 않을 만치 왈쇠는 만년이를 교묘히 유인하여 가지고 이 근처까지 왔다. 그리고 길모퉁이의 조금 전에서 전속력을 다하여 만년이에게는 자기가 들어가는 대문을 알지 못하게 하여 가지고 집으로 뛰어들어온 것이었었다. 만년이는 필시 저 앞에서 잃어버린 괴한을 찾느라고 두리번거리고 있을 것이다.

─이것이 왈쇠의 보고였다. 이 말을 듣고 재영이는 바삐 옷을 주워 입고 행랑으로 나가서 들창에 조그만 구멍을 하나 뚫고 길을 살펴보았다. 저편 길 모퉁이의 근처에는 생사를 같이하기로 맹서한 동지의 한 사람인 송만년이가 잃어버린 괴한을 찾느라고 총명한 눈을 휘두르고 있었다. 만년이를 보는 순간 재영이는 반가움으로 말미암아 눈에 눈물이 한 껍질 탁 씌워졌다. 그리고 당장에 그곳에 뛰어 나아가서 오래간만에 손을 힘 있게 잡고 그의 입에서 튀어나올 기경(奇驚)한 감탄사를 듣고 싶었다.

"송 공!"

입가에까지 나온 이 말을 재영이는 들여 삼켰다. 모든 일은 서서히, 이미 인화에게 자기의 생존을 알렸으매 여기서도 또한 만년이에게 자기의 살아 있는 것만 알려두자. 인화와 만년의 두 사람이 알 것 같으면 그것이 오늘 안으로 온 숙생에게 알리어질 것은 물론이요 자기의 살아 있는 것을 알기만 하면 스승도 뵙고 그 뒤에 동지들을 만날지라도 결코 늦지는 않겠다. 이렇게 생각하고 재영이는 다시 들어와서 종잇조각에 '일월상존'이라는 글을 써서 일월도에 매어가지고 다시 행랑으로 나갔다. 그리고 거기서 만년이가 잠시 다른 데 눈을 파는 기회를 엿보아 가지고 들창을 열고 그의 곁으로 향하여 칼을 던졌다. 그 종이를 보고 만년이가 얼굴이 창백하게 되어서 그 근처 일대를 뒤지면서 돌아갈 동안 재영이는 들창의 구멍으로 그를 엿보고 있었다.

7

만년이는 한참 그 근처를 헛되이 돌아다니다가 할 일 없이 발을 돌이켰다.

송 공, 잠시만 기다리시오. 스승만 상경하시면 그때에 반갑게 서로 만납시다. 재영이도 적적한 눈으로 만년이를 보냈다. '일월상존'이라는 종이를 보는 순간에 창백하게 되었던 만년이의 얼굴은 재영이의 눈에 딱붙어서 떨어지지를 않았다. 그리고 그만치 자기의 갱생을 환희로써 보아주는 숙생들에게 대한 친애한 생각이 다시금 무럭무럭 일어났다.

만년이를 보낸 뒤에 재영이는 다시 자기의 방으로 들어왔다. 그리고 왈쇠를 불러가지고 연연이의 집의 위치는 이미 아는 왈쇠에게 인화의 모습을 똑똑히 일러주고 연연이의 집 앞에 가서 인화의 동정을 살피고 어디를 가는 곳이 있으면 가는 곳의 뒤를 밟고 또한 만약 연연이의 집에 의원이라도 들어가는 기미가 보이거든 달려와서 알리기를 명하였다. 어제 그렇듯 정신을 잃고 뛰어다니던 인화인지라 그의 건강도 재영이에게는 근심이 되었다.

이 몇 가지의 일을 시켜서 왈쇠를 내어 보낸 뒤에 아직도 피곤이 온전히 삭지 않은 몸을 번듯이 내어던지고 재영이는 방 복판 가운데 드러누웠다. 동시에 그는 정치의 중심지며 투쟁의 중심지며 장래의 활약의 무대에 들어앉은 긴장을 차고 강렬히 느끼기 시작하였다. 시현의 집을 떠나던 전날 밤 밝은 달을 쳐다보며 쓰르라미의 상쾌한 노래를 들을 때에 그만치 속되고 천스럽게 생각되던 활약의 무대를 눈앞에 보면서 재영이는 그때 잠시 자기의 머리에 떠올랐던 그 생각—한유한 산촌의 생활의 고상함과 정치며 국사라는 문제의 비속하고 천스러움—을 한 옛날의 이상한 꿈으로밖에는 돌아볼 수가 없었다. 그리고 마음에서 무럭무럭 일어나는 투심(鬪心)과 정치열에 차차 깊이 끌려 들어가는 자기를 아무 비판도 가하지 않고 끌리는 대로 끌려 들어갔다. 그리고 장래에 자기네들의 손으로 건설될 유쾌하고 굳세고 빛날 세상에 대하여 미칠 듯한 공열을 느끼면서 온갖 공상의 날개를 뻗쳤다.

점심때 조금 전에 왈쇠가 돌아왔다. 그리고 그새에 생긴 일을 보고하였다.

연연이의 집에서 왈쇠가 간 지 얼마 지나지 않아서 그 집 계집종이 나왔다. 한참 뒤에 계집종은 웬 사내 사람(왈쇠의 설명한 그 사람의 모습으로 재영이는 그것이 명인호임을 알았다.)을 하나 데리고 돌아왔다.

한참 뒤에 그 집에서는 세 사람이 나왔다. 하나는 아까의 그 사내, 또 하나는 주인 기생 마지막 사람은 기생의 서방(?)이 이 세 사람은 나와서 이제 방금 활민숙으로 들어갔다. 그것을 본 뒤에 왈쇠는 보고하러 달려왔다 하는 것이었었다.

인화가 정신이 들기만 하면 물론 활민숙으로 달려가서 어젯밤에 본 일의 적부(適否)[2]를 알아볼 것은 정한 일이다. 인화가 재영이의 문제로 가

---

2 적부 : 알맞음과 알맞지 아니함.

는데 연연이가 함께 간다 하는 것도 또한 당연한 일이었다. 거기 가는데 보호 보조 감정 판단 여러 가지의 의미로서 명인호를 데리고 간다 하는 것도 또한 당연한 일이다. 재영이는 머리를 끄덕였다. 그리고 또다시 왈쇠를 시켜서 그곳에 가서 그 뒤의 동정을 엿보라 하였다. 어제 밤을 새운 왈쇠는 당연한 결과로서 극도로 피곤하였을 것이었지만 재영이의 명령이 떨어지자 또다시 기뻐서 뛰어나갔다.

한 각쯤 뒤에 왈쇠는 또 돌아왔다. 활민숙에서는 한참 동안을 웬 여인(한 사람은 아닌 듯한)의 통곡성이 나더니 좀 뒤에 연연이와 그의 애부는 먼저 돌아가고 명인호 혼자만 남아 있다는 보고를 한 뒤에 그다음 명령을 기다렸다. 재영이는 왈쇠의 보고를 듣고 인화와 연연이를 먼저 돌려보내고 명인호 혼자만 남은 의의를 알았다. 그리고 왈쇠에게는 연연이의 집으로 가서 돌아간 두 사람의 뒤를 지키고 있기를 명한 뒤에 자기는 명인호를 만나러 커다란 방립으로 얼굴을 감추고 활민숙을 향하여 집을 나섰다.

8

활민숙으로 가서 보매 인호는 연못가에 우두커니 앉아 있었다.

재영이는 인호의 가까이로 가서 등 뒤에서 인호를 찾았다.

"인혼가?"

인호는 반사적으로 벌떡 몸을 일으키며 돌아섰다. 그리고 한순간 재영이를 바라보고 있다가 와락 달려들며 재영이의 양손을 붙들었다.

"형님, 이게 생시오니까."

재영이는 방긋이 웃었다.

"나도 꿈 같으이."

"꿈이구려. 그새 얼마나 고생하셨습니까."

"내 고생도 고생이지만 자네네들은 얼마나 근심했나?"

반가움과 기쁨으로 눈물 어리운 두 눈은 서로 마주 향한 채 떠나지를 않았다.

"언제 입경ㅡ 언제부터 일어나 다니시게 되었습니까?"

"시골서 치료하다가 한 사오 일 전에 입경했네."

"사오 일? 그러면서도 아직 이 아우에게도."

"용서하게. 입경하는 즉시로 또 몸살로 앓고 몸살에서 일어나서는 매일 운현궁에 가 뵈옵고 이렁저렁 하느라고 겨를이 없었네. 하인을 시켜서 자네가 무사히 있는 것만은 알았지만."

"그렇다기로서니."

"오늘도 자네가 그 사람과 연연이와 셋이서 여기를 온 것을 아까부터 알고 있다가 자네 혼자만 남아 있고 두 사람은 돌아갔다기에 바삐 만나러 왔네. 보게, 남의 이목을 꺼리는 몸, 가까운 출입에도 방립으로 얼굴을 감추고야 나다니네그려. 하하하하."

"지금 어디 계십니까."

"요기, 여기서 여남은 집 건너서ㅡ이전 집의 하인의 집일세."

"하여튼 이런 기쁜 일이 어디 있겠습니까. 근심ㅡ형님 근심이라야 그런 근심이 있겠습니까. 아아, 이야기하자면 치가 떨리고 이가 갈립니다. 형님을 그곳으로 보낸 뒤에."

이야기를 꺼내려는 인호를 재영이는 가로막았다.

"멀지도 않은데 집에까지 잠깐 가세나. 빈집에서 백주에 사람의 소리가 나는 것도 남의 눈에 어떠니깐 우리 집으로 가보세."

"그럽시다."

이리하여 재영이는 인호를 데리고 활민숙을 나섰다. 그러나 대문 밖까지 나서서 재영이는 다른 발의를 하였다. 혼자 있기가 갑갑도 하고 집도 조용하고 하니 당분간 명인호도 자기와 같이 있자는 의논이었었다.

인호도 이의가 없었다. 죽음의 길에서 다시 돌아온 형과 인호도 같이 있고 싶었다. 그래서 그들은 발을 돌이켜서 삼청동 인호 집으로 가서 인호의 당분간의 필요한 일용기구를 가지고 다시 나와서 재영이의 묵어 있는 집으로 돌아온 것이었었다.

거기서 서로 오래간만에 만난 이 의로써 맺은 형제는 군잡스런 의관을 모두 벗어버리고 퇴침을 나란히 하고 누워서 서로 그새에 겪은 이야기를 교환하였다.

피와 눈물로 된 월여³의 재영이의 곤란도 어지간하였거니와 형의 생사를 몰라서 눈을 벌겋게 하여가지고 돌아다니던 인호의 속 아픔도 적지 않은 것이었다.

"웬 선비가 하인에게 웬 시체를 지워가지고 지나가다가 산막의 노파에게서 물을 얻어서 시체의 입에 약을 부어 넣었다는 것―전후의 사정으로 봐서 그게 정녕코 형님은 형님인데 그 뒤는 전 깜깜이구려. 하늘로 솟았는지 땅으로 새었는지 아무리 알아볼 만치 다 알아봤지만 구름같이 사라지고 말았구려. 거기를 중심 잡고 30리 40리를 동서남북으로 돌아다니며 사람이라는 사람은 만나는 족족 다 물어봤지만― 그때 안타깝고 속상하던 생각을 하면…… 가슴에서 불이 확확 타오르고……. 형님 왜 그렇게 남의 속을 태웠소?"

인호는 눈물 가운데서 빙그레 웃었다. 재영이도 빙그레 웃었다.

9

인화가 단신 겸호의 집에 뛰어들어갔던 이야기, 인화와 연연이와의

3 월여 : 한 달이 조금 넘는 기간.

회견의 이야기, 겸호의 집에서 놀라운 소식을 듣고 수구문 밖으로 뛰어 나갔던 이야기, 태공과 일월상존이란 편지의 이야기, 태공과 민영환의 회견 등등 인호의 입에서도 말이 꼬리를 이어서 나왔다.

재영이도 그새의 겪은 고초를 전부 이야기하였다. 재영이는 저고리를 벗어보였다. 비록 상처는 다 나았다 하나 가슴과 등 전면에 아직도 그냥 남아 있는 그 흔적은 그때의 받은 재영이의 무서운 혹형을 여실히 증명 하였다.

"죽자 하고 이를 악물었지만 정신이 혼미해지면 신음이 부지불각[4] 중 에 나오데그려."

재영이는 그때의 일을 회상하며 이렇게 이야기하였다.

"민씨 측에서는 이렇게 말합디다. 천하에 독하다 독하다 해도 형님같 이 독한 사람은 처음 봤다고. 바늘투구를 쓸 때도 빙긋이 웃으시더라나 요. 그걸 보고 모두들 소름이 끼쳤답디다."

"아닌게 아니라 토좌견인가 하는 개는 참 무섭데. 에이 지금 생각해 도……"

"형님의 발뿌리도 어지간합니다, 그 개를 발길로 차 죽였다지요?"

"나도 어떻게 된 셈인지 모르지. 토좌견이 몇 마리나 되는지도 모르고 내가 죽였는지 누가 죽였는지도 모르고─ 모두 정신없이 한 노릇이니 깐……"

"생각하면 꿈같사외다."

이야기는 이야기를 낳았다. 그들의 이야기는 그칠 바를 몰랐다. 일단 한 이야기를 다시 되풀이하고 또 되풀이하고 그리고 그들은 또 웃고 기 뻐하고 만족하여 하였다.

---

4 부지불각 : 자신도 모르는 결.

"형님, 인제부터는 서로 떠나지 말고 꼭 같이 있습시다. 환란을 만나도 같이 받고 기쁜 일이 있어도 같이 즐기고."

"그러세."

왈쇠가 돌아온 것은 저녁 조금 전이었었다.

재영이의 방에서 명인호가 누워 있는 것을 발견한 왈쇠는 아무 말 없이 도로 나가려 하였다. 그 눈치를 보고 재영이는 왈쇠를 불러서 이분은 근심할 바가 없으니 그 뒤의 경과를 이야기하라 하였다.

왈쇠가 연연이의 집으로 달려가 보니 거기도 연연이만 먼저 돌아왔지 인화는 아직 안 돌아왔다. 주인의 분부는 물론 인화를 감시하려는 데 있을 것이므로 인화를 잃어버리고 어쩔까 하고 망설이고 있을 때에 인화가 황망히 돌아왔다. 그러나 일단 돌아왔던 인화는 다시 나와서 이리저리 돌아다니면서 두세 집을 들어갔다가는 나오고 들어갔다가는 나오고 한 뒤에 도로 연연이의 집으로 돌아갔다.

좀 밖에 숨어서 엿보고 있노라니간 연연이의 집에서 송만년이가 나왔다. 그래서 송만년이의 뒤를 밟을까 할 때에 인화도 다시 나왔다. 여기서 왈쇠는 만년이를 내어버리고 인화의 뒤를 밟기로 하였다.

연연이의 집에서 나온 인화는 그 길로 달음박질하다시피 빨리 활민숙으로 갔다. 그래서 잠시를 도로 나오기를 기다려보았지만 좀체 나오지 않으므로 몰래 안으로 들어가서 보니까 인화는 마치 누구를 기다리듯이 클클한 모양으로 눈에 충혈이 되어 우두커니 앉아 있었다. 그리고 눈치로 보아서 곧 일어날 것 같지 않으므로 그새의 경과를 주인에게 아뢰러 달려왔다. 이것이 왈쇠의 보고였었다.

인화가 활민숙에서 클클히 누구를 기다리고 있는 그 의의를 아는 재영이와 인호는 서로 얼굴을 바라보고 빙그레 웃었다. 그리고 재영이는 왈쇠에게 다시 가서 잘 감시하고 무슨 별다른 사고라도 생기면 곧 와서 말하라고 한 뒤에 또 내보냈다.

왈쇠가 나간 뒤에 인호는 재영이를 보았다.

"형님, 가보시면 어떻습니까."

재영이는 가볍게 탄식하였다.

"글쎄. 만날 날도 멀지 않겠지."

그러고는 그 일에 대해서는 둘이 다 입을 봉하였다.

10

어제부터 갑자기 바쁘게 된 재영이는 오늘 밤은 운현궁에 갈 틈이 없었다. 그래서 자기의 대신으로 인호를 보내서 자기가 가지 못하는 것을 알릴 겸 적적한 태공의 밤동무를 하게 하였다. 그리고 자기는 왈쇠의 회보를 기다리고 있었다.

명인호를 내보낸 지 얼마 되지 않아서 왈쇠가 돌아왔다. 그의 말에 의지하건대 어둡도록 활민숙에게 누구를 기다리고 있던 인화는 어두운 뒤에 할 일 없이 나왔다. 그리고 그 길로 삼청동 명 주사의 기숙하는 집으로 가서 주인과 무슨 이야기를 두어 마디 사귄 뒤에 돌아서서 이번은 도로 돌아서서 자기 집─연연이의 집으로 돌아갔다. 그러나 돌아간 줄 알았던 그는 들어서는 참으로 연연이와 무슨 말다툼을 하는 듯하더니 도로 나와서 그 근처의 어떤(기생의 집인 듯한) 집을 잠깐 들렀다가 또 곧 나와서 한참 더 가다가 어떤 집으로 들어갔다. 그 집에는 웬 젊은이가 한 이삼십 모여 있더라 하는 것이었었다.

'숙생들이 모였다.'

이것은 물론 사찰이 살아 있다는 것을 알게 할 겸 스승을 모셔오며 혹은 선후책을 강구하며 하려는 회합일 것이다. 여기서 재영이는 몸소 거기를 가보기로 하였다. 그는 옷을 입고 왈쇠를 앞장세우고 그 집으로 향하였다.

그 집까지 가서 왈쇠는 돌려보내고 자기는 소리 안 나게 대문 안으로 들어섰다. 여름날이라 문을 온통 열어 젖혔는지라 재영이는 그 안에서 의논하는 이야기를 그 윤곽뿐은 넉넉히 알아들을 수가 있었다.

스승을 모시러 가는 책임을 인화가 맡은 것도 재영이는 알았다. 자기의 숙소를 발견키 위하여 숙생 전부가 내일 구획을 정하여 가지고 장안을 뒤지자는 의논도 들었다.

이윽고 내일 밤 다시 만나기를 약속하고 숙생들은 해산하였다. 어두운 모퉁이에 숨어 선 재영이는 차례로 나오는 친구ー한 달 만에 보는 이 동지들을 뛰노는 가슴을 억제하고 고요히 바라보았다.

마지막에 인화와 만년이가 나왔다.

"언제 떠나오?"

"이 길로."

"이 밤으로? 그럼 안녕히."

이런 인사와 함께 인화와 만년이는 작별하였다. 그리고 무슨 수심에 잠긴 사람과 같이 머리를 푹 수그리고 그 집을 나섰다.

재영이는 인화의 수심의 뜻을 알았다. 그 수심의 나온 근원지도 알았다. 그것은 죄 자기에게 있을 것이다. 자기가 살아 있으면서도 그와 만나주지를 않고 어젯밤에 그를 피하였으며 오늘 또한 그를 만나지 않은 때문일 것이다. 아까 연연이의 집에서 연연이와 말다툼을 하였다는 것도 자기가 혹은 인화의 모르는 틈에 연연이의 집에 가 있지 않은가 하는 의혹에서 나왔을 것이다. 머리를 무겁게 가슴에 묻고 힘없이 어두운 길을 걸어가는 인화의 뒤를 재영이는 눈물겨운 마음으로 밟았다.

이윽고 인화는 어떤 집으로 쑥 들어갔다. 뒤를 밟던 재영이는 대문에 가까이 가서 귀를 기울이고 들어보았다. 그리고 그 속에서 활민숙의 늙은 아범의 음성을 발견한 재영이는 그 집이 무슨 집인지를 짐작하였다.

좀 뒤에 인화는 나왔다. 그때는 인화의 모양은 상노로 변하여 있었다. 그리고 또 무거운 발걸음으로 더벅더벅 걸었다.

아는 사람과 밟는 사람은 어느덧 성도 넘었다. 이윽고 교외에까지 나섰다. 여기서 재영이는 아까부터 생각하던 일을 실행하기로 하였다. 그 것은 아직껏 자기는 인화의 뒤를 밟으며 그를 보호하던 것을 알게 하여 쓰리고 무거운 그의 가슴을 얼마간 가볍게 하려는 계획이었었다. 재영이는 종이를 꺼내어 거기다가 '길을 채이라ㅡ여름밤은 짧으니……. 명진섭' 하고 썼다. 그리고 그 종이를 칼에 매어 가지고 어떤 마루에 올라선 기회에 인화를 향하여 그 칼을 던졌다.

11

인화는 깜짝 놀라서 그 칼이 박힌 곳으로 달려갔다. 좀 뒤에 인화는 몸을 휙 재영이의 편으로 돌이켰다.

인화의 얼굴까지는 안 보였지만 밤눈이 밝은 재영이에게는 그래도 인화의 몸 모양은 비교적 명료히 보였다. 멍하니 돌아서서 얼빠진 사람같이 자기를 바라보고 있는 인화의 모양을 재영이는 비교적 똑똑히 보았다. 그리고 상상의 눈으로 입을 딱 벌리고 눈이 퀭하니 서 있는 인화의 얼굴도 볼 수가 있었다.

재영이는 손을 들었다. 그리고 인화에게 향하여 어서 길을 가라고 손짓을 하였다. 그러나 인화는 정신 나간 사람같이 그냥 그 자리에 서 있었다.

약혼자와 약혼자는 한 사람은 언덕 위, 한 사람은 언덕 아래 서로 대하여 한참을 마주 서 있었다. 재영이는 연하여 어서 길을 가라고 손짓을 하였다. 그러나 인화는 그냥 멀거니 서 있었다. 허수아비같이……

왜곡(歪曲)

213

만약 재영이로서 밤이 새도록 그 자리에 서 있었다 하면 인화도 또한 밤이 새도록 그곳에 서 있었을는지도 모를 것이다. 기미를 알아본 재영이는 마침내 발을 돌이켰다.

─ 인화, 얼른 선생님을 모시고 다시 오시오. 내 마음에 대해서는 조금도 걱정 말고 어서 길을 가시오. 선생님만 모셔온 뒤에야 내가 그대를 만나기를 왜 조금인들 꺼리겠소. 그러나 선생님도 뵙기 전에 먼저 그대를 만난다 하는 것은 사람의 도리에 어그러진 일 ─ 더구나 선생님을 모시려 길이 바쁜 그대를 잠시라도 더디게 하는 것은 군자의 취하지 않을 일. 오늘 그대를 만나지 않는 것은 선생님의 앞에서 그대와 만날 날을 조금이라도 더 빨리하는 수단이외다. 어서 길을 가시오. 그리고 어서 선생님을 모시고 다시 돌아오시오. 내일 저녁부터 밤이 새도록 그리고 밝은 날이 다시 기울도록 또다시 밤이 새도록 며칠이고 이곳서 선생님과 그대를 기다릴 테니 아무 염려 말고 어서 다녀만 오시오.

재영이는 그만 몹시 흥분되었다. 벌써 운현궁에서 돌아와서 재영이를 기다리고 있는 인호를 붙들고

"내일이면 ─ 늦어도 모레면 선생님이 입경하시네."

하고는 그날이 몹시 기다리우는 듯이 머리를 쓰다듬고 하였다.

이번 선생이 상경하기만 하면 아직껏은 이면의 사람으로 있던 인호도 정식으로 활민숙에 들고 숙생들과 행동을 같이하기로 작정하였다. 그리고 이튿날 재영이가 선생을 맞으러 나갈 때는 인호도 같이 나가서 정식으로 선생께 소개하기로 하였다.

이튿날 재영이는 저녁을 일찍이 시켜 먹었다. 그리고 날이 어둡기 전에 인호와 동반을 하여가지고 성밖으로 나갔다. 그들이 어제의 그 자리에 이른 때도 해는 아직 서산을 넘지 않은 때였었다.

그들은 거기서 기다렸다.

해는 서산으로 넘어갔다. 사면은 차차 어두워갔다. 어두워가던 사면은 어느덧 캄캄하여졌다. 밤은 차차 깊어갔다. 어느덧 동녘 하늘이 번하여갔다. 그리로는 현월(絃月)의 뿔이 차차 보이기 시작하였다.

그때였다. 재영이는 저편 멀리 대로상에 무슨 두 개의 검은 점이 생겨난 것을 발견하였다. 눈에 힘을 주면서 자세히 보며 그 두 개의 흑점은 한 자리에 머물러 있는 것이 아니고 이리로 향하여 차차 움직여 오는 것이었다.

두 개의 흑점은 차차 가까이 왔다. 그러는 동안에 밤눈에 밝은 재영이는 그것이 말 혹은 나귀를 탄 사람의 모양인 것도 보았다.

"오신다."

"네?"

재영이는 손을 들어서 차차 이리로 가까이 오는 그림자를 가리켰다. 그리고 명인호가 그것을 알아보는 것을 본 뒤에 인호에게 손짓하여 인호는 저편으로 물러가 있기를 명하였다.

12

두 개의 그림자는 어제의 그 언덕 아래까지 이르렀다. 좀 체지가 작은 그림자가 손을 들어서 언덕 위를 가리켰다. 그것은 어제 기괴한 일이 있은 자리를 가리킴이 분명하였다. 그리고 두 그림자는 차차 언덕을 올라왔다.

재영이가 미리부터 엎드려서 기다리고 있는 자리까지 마침내 두 그림자는 이르렀다. 인화의 말소리가 들렸다.

"선생님, 여기올시다."

스승의 늙은 음성도 들렸다.

"응? 여기?"

엎드려서 기다리고 있던 재영이는 여기서 인사를 드렸다.

"선생님, 오래간만이올시다. 그새 안녕하셨습니까. 어제 저녁부터 여기서 기다렸습니다."

거기 응하는 스승의 대답이 없었다. 한순간은 스승도 돌연한 이 인사에 정신을 못 차린 모양이었었다. 그 뒤에는 나귀에서 내리려는 스승의 움직임을 들었다. 재영이는 빨리 일어나서 스승이 나귀에서 내리는 것을 도왔다.

스승은 나귀에서 내렸다. 인화도 내렸다. 그러나 아무 사람의 입에서도 말은 나오지 않았다. 스승은 양손을 들어서 자기보다 키가 조금 더 큰 재영이의 어깨를 덥석 잡았다. 그리고 머리를 푹 수그려버렸다. 한순간 뒤에는 훌쩍 느끼는 소리가 들렸다.

"누구냐. 누구냐. 이게 웬일이냐."

재영이의 눈에도 눈물이 돌았다.

"미련한 저 때문에 그새 얼마나 심뇌하셨습니까?"

"그새 얼마나 아팠더냐?"

선생은 한 팔을 재영이의 어깨에서 내리었다. 그리고 몸을 조금 틀어서 인화에게 향하였다.

"인화야, 너는 사찰게 인사를 안 드리느냐?"

인화의 얼굴이 검붉어졌다. 저편 나귀 곁에 붙어 서서 움직이지를 못하고 있던 인화는 스승의 채근을 받고 겨우 조금 머리를 숙였다.

재영이는 보았다. 그것은 결코 숙생끼리가 주고받는 인사가 아니고 (언제 배웠던지는 모르지만) 여인뿐이 할 수 있는 나연한 인사임을……. 그리고 재영이도 그 인사를 받지를 못하였다. 몹시 괴로운 듯한 웃음이 그의 입가를 스치고 지나갈 뿐이었었다.

재영이는 곧 인화를 피하고 다시 스승에게로 향하였다.

"선생님, 명인호를 기억하시겠습니까? 명인호가 선생님을 뵙고자 여기서 기다리고 있습니다."

선생은 다시 눈을 재영이에게로 돌렸다.

"명인호가? 어디?"

"인호, 나와서 인사드리게."

어두운 수풀에서 사람의 발소리가 났다. 그리고 인호가 나와서 인사를 드렸다.

"그새 심려는 감사하다."

"선생님 뵙기가 참 부끄럽습니다."

여기서 재영이가 세틈에 들어왔다.

"선생님, 제가 고생을 할 때에 익명으로 숙으로 편지를 한 사람이 이 인호랍니다."

"감사하다."

선생과 인호의 새에 인사의 몇 마디가 더 사귀어졌다. 그 뒤에 재영이가 선생을 찾았다.

"선생님, 그새의 정회를 풀자면 끝이 있겠습니까? 세세한 사연은 들어가서 하기로 하고 인젠 나귀에 오르시면 어떻겠습니까? 다행히 제가 묵고 있는 집은 방도 넉넉히 있을 뿐 아니라 한적하기도 하니 임시 그리로 들어가시지요."

"어, 참 그렇다. 그러면 이야기는 가면서라도 하고— 자, 앞서서 길을 인도해라."

들어가는 길에 길가에 있는 집에 그들은 나귀를 맡겼다. 그리고 성 아래까지 이른 때에 명인호가 준비하였던 줄사다리를 성에 걸어놓았다. 네 사람의 사제는 그 사다리를 타고 성을 넘었다.

그들이 활민숙 앞을 지날 때에 스승은 머리를 돌이켜서 활민숙을 보기를 피하였다. 그 마음을 아는 세 사람은 속으로 한숨을 쉬었다.

그들이 목적한 집까지 이르매 주인과 왈쇠가 방을 정히 치우고 기다리고 있었다.

13

네 사람은 그 방으로 들어가서 대좌하였다. 한 토막의 인사는 여기서 다시 사귀어졌다. 그리고 그들의 이야기가 차차 인사의 범위를 벗어나서 그새에 지낸 이야기로 들어가려 할 때에 인화가 얼굴이 발갛게 되며(이 밤으로는 처음) 입을 열었다.

"선생님."

"왜?"

"혹은 지금 숙생들이 다 송 공의 집에 모여 있을지도 모르겠습니다."

"무얼? 모여 있을 것 같으냐? 그러면."

스승은 좌우 편을 돌아보았다.

"인화, 너 가서 다 이리로 데려오너라."

"네."

인화가 일어서려 하는 것을 재영이가 막았다. 그리고 왈쇠를 불렀다.

"너, 어제 갔던 집 알지?"

"어제 어느 집 말씀이옵니까? 너무 여러 집을……."

"젊은이가 한 2, 30명 모여서 수군거리더란 그 집 말이다."

"압지요."

"그러면 거기를 가서."

하며 재영이는 지필을 끌어당겼다. 그리고 '이 사람을 따라오라'는 간단한 글을 써서 그 아래 안재영이라는 자기의 이름을 쓰고

"거기 사람들이 많이 모여 있거든 이 편지를 드리고 다 같이 모시고 오

너라."

고 명하였다.

왈쇠가 간 때는 아직 숙생들은 헤어지지도 않고 거기서 오늘의 수색을 서로 보고하고 내일 일을 의논할 때였었다. 어떤 숙생이 왈쇠의 가지고 간 편지를 받아보았다. 그리고 한 번 읽고 두 번 읽고 벌떡 일어섰다.

"난 가오. 이 편지를 보오."

다른 숙생이 편지를 받았다.

"사찰한테서 — 여보. 사찰이 다들 오랍니다."

이 한마디의 말은 무서운 반응을 일으켰다. 왁 하니 20명이 편지로 모여들었다. 그리고 먼저 읽은 손 빠른 사람이 뛰쳐나오며 왈쇠를 붙들었다.

"어디 — 어디 계셔?"

"같이들 가십시다."

왈쇠의 대답은 간단하였다.

열여덟 명의 숙생들은 순간을 유예치 않고 모두 뛰쳐나왔다. 그리고 마치 도망하려는 사람을 포위하듯 왈쇠를 둘러쌌다.

어서 — 어디 — 어느 곳 — 빨리 — 수없는 입이 왈쇠를 채근하였다. 그리고 왈쇠를 떼밀어서 문밖으로 나섰다. 한 하인을 에워싼 20명의 점잖은 젊은이의 기괴한 행렬은 남의 눈을 꺼려야겠다는 주의심도 잃고 제각기 큰 소리로 지껄이면서 안동으로 향하였다. 만약 밤만 깊지 않았더라면 이 기괴한 행렬은 남의 눈에 반드시 띄었을 것이었다.

그들은 마침내 목적하였던 집에 다다랐다. 그리고 제각기 앞을 다투며 들어간 그들은 거기서 뜻밖에 인화와 스승까지 발견하였다.

"그새 무고들 하시오?"

빙긋이 웃으며 일어서는 재영이의 얼굴에 경희의 눈을 던지면서 먼저 스승에게 인사를 드린 그들은 선생께 좀 더 상세한 문안을 드릴 줄도 잊고 전후좌우로 재영이를 에워쌌다.

재영이는 그 매명과 손을 잡고 오늘의 상봉을 축하하였다. 그런 뒤에 한편 구석에 앉아 있는 명인호를 불러내었다.

명인호를 보고 그의 정체까지 알아본 몇 사람의 숙생은 본능적으로 방비의 태도를 취하였다. 그들 앞에 재영이는 소리를 크게 하여

"동지 또 한 사람이 늘었소. 명인호를 소개합니다."

고 인사를 시켰다.

인호가 허리를 굽혔다.

"미련하지만 사랑해주시기를……."

숙생들은 아연히 서 있었다. 아무도 입을 열지를 못하였다.

14

숙생들의 놀라는 모양을 잠시 상쾌한 듯이 바라보고 있던 재영이는 다시 입을 열었다.

"모두들 놀라셨수? 지당하우. 이전에 태공을 시하려 들어갔던 인물인 줄을 다들 아는 명인호를 동지로 소개하니깐 놀라는 게 당연하오. 그렇지만—일단 태공을 시하려 들어가기는 했지만 곧 전비를 뉘우치고 그 뒤부터는 표면은 간적당, 이면으로는 우리 사업을 돕던 명인호. 내가 간적들에게 잡혀서 곤란을 겪는 것을 손 빨리 숙에 알게 한 사람도 이 명인호요. 우리 숙생 이인화가(여러분은 그 사건을 알기나 하오?) 이인화가 내 원수를 갚기 위해서 단신 백주에 민적의 집에를 들어갔다가 불행히도 붙들렸을 때 구원해낸 사람도—이 명인호요, 표면 간적당에 몸을 두고 그들의 기밀을 알아서 이면에서 우리를 돕던 명인호—이 명인호를 여러분께 소개하오."

먼저 만년이가 인호의 곁으로 빠져갔다. 그리고 어깨를 툭 쳤다. 그 바람에 인호는 머리를 만년이에게 돌렸다.

"여보, 나 알겠소?"

만년이는 눈을 사박거리며 이렇게 물었다. 인호가 고소하였다.

"네, 기억합니다."

"오늘부터는 친구."

만년이는 양손으로 인호의 오른손을 힘 있게 잡았다. 인호도 같이 힘 있게 잡았다. 만년이가 인호와 손을 놓기를 기다려서 다른 숙생들도 제각기 앞을 다투어 인호와 굳은 악수를 하였다. 그리고 장래의 친밀을 맹서 하였다.

인사가 끝이 난 뒤에 재영이는 좌석을 정돈시켰다. 그리고 좌석이 정돈되기를 기다려서 이전에 태공께 한 번 이야기하고 그 뒤에 인호에게도 한 자기의 그새의 지난 일을 여기서 다시 스승과 20명의 동지를 위하여 말하였다.

긴 — 재영이의 이야기를 다 들은 뒤에 스승이며 숙생들은 재영이의 운을 축수하였다. 재영이의 그새 받은 고난에 동정하기보다 기이한 운명에 놀라기보다, 이 의외의 상봉의 기쁨에 도취한 그들은 재영이가 죽음에서 다시 살게 된 그 강한 운수를 축하하였다.

그 다음은 이 방에서 주연이 열렸다.

그것은 과연 즐거운 주연이었다. 한 달 전에 사찰을 잃고 집을 잃은 그들이 남산 마루에서 별리[5]의 술잔을 들 때에 어느 누가 한 달 뒤 오늘에 다시 이렇듯 상봉의 기쁜 술잔을 들 수가 있을 줄을 예측이나 하였으랴. 사찰을 잃고 집을 잃고 남아 있는 숙생끼리도 제각기 헤어 있지 않을 수

---

5 별리(別離) : 이별.

가 없게 되었을 때에 스승의 명하는 배라 별리의 술잔을 들기는 들었지만 한잔도 입에 대기가 싫었다. 그렇던 그들이었건만 오늘은 제각기 다 투어가면서 잔을 받았다. 그리고 흥에 겨워서 지절거렸다.

죽은 줄 알았던 사찰이 살아서 다시 돌아왔다. 시골 가셨던 스승도 돌아오셨다. 명인호라 하는 동지가 하나 더 생겼다. 그리고 스승과 숙생 가운데 한 사람도 축나는 사람이 없이 여기 회합하였다. 게다가 이것은 별리의 주연이 아니고 장래의 활약을 약속하는 해우(邂逅)의 주연이다. 이러한 희열 가운데서 그들은 저절로 흘리는 웃음을 감추지를 못하고 술잔을 주고받았다.

유난히도 열적게 된 인화는 한 번도 입을 열지를 않았다. 그러나 얼굴에 넘치는 기쁨뿐은 감추지를 못하였다. 얼굴이 벌겋게 상기가 된 인화는 때때로 곁눈으로 재영이의 쪽을 보면서 서슴지 않고 술을 받아먹었다. 술 때문에 그의 얼굴은 차차 더욱 발갛게 되었다. 그러나 그는 자기게로 오는 술을 사양치를 않았다.

"여보 사찰!"

때때로 숙생들 가운데서 이런 호령이 나왔다.

"왜 그러우?"

그 호령에 대하여 재영이가 미소로써 이렇게 대답하면 호령을 한 숙생은 하하하하 웃어버리는 것이었었다. 그런 뒤에는

"반갑구려."

하는 뿐 다시 제 술잔을 드는 것이었었다.

15

그들의 주연은 날이 거의 밝아서야 끝이 났다. 연을 파한 뒤에는 그들은 정신을 못 차리도록 취하였다.

동창으로 햇발이 비치는 것을 보면서 그들은 되는대로 그 자리에 쓰러져서 한잠씩을 잤다. 낮이 기울어서야 잠에서 깬 그들은 다시 주연을 베풀기에 분주하였다. 숙생들의 커다란 기쁨은 하루뿐의 주연으로는 만족할 수가 없었다.

밤에 숙생들이 한창 연회에 흥이 겨웠을 때 스승은 인화를 데리고 운현궁으로 다시 입경한 인사를 드리러 갔다. 이런 경우에 본시는 재영이가 스승을 모시고 갈 것이지만 흥겨운 이 좌석에서 좌석의 주인 되는 선생과 재영이가 한꺼번에 나가면 그 흥취가 적어짐을 염려하여 부러 인화를 데리고 간 것이었었다.

사랑스런 약혼자―더구나 지금은 서로 그 지위를 인식하고 이해하는 약혼자 인화가 같은 좌석에 남복을 하고 같이 있다는 것은 재영이에게도 괴로운 존재였었다. 이전에 자기 혼자만이 그 지위를 알고 있을 때에는 아무 거리낌이 없이 인화를 사랑하고 보호하였지만 인화도 재영이가 누구인지를 아는 지금은 도저히 이전과 같이 천진히 그를 대할 수가 없었다. 그에게 얼굴을 돌리면 말이 안 나왔다. 웃으려면 얼굴이 달았다. 돌아앉으면 보고 싶었다. 그러나 또한 보면 열적었다. 그래서 재영이도 할 수 있는 대로 인화와 피하였다. 때때로 다른 숙생들과의 말말결에

"이 공, 어떻소?"

하면서 인화의 쪽을 보기는 하였지만 그럴 때마다 얼굴이 새빨갛게 되며 대답을 못하는 인화를 볼 때에는 자기도 싱겁게 웃고는 다른 데로 머리를 돌리고 하였다.

인화가 스승과 함께 이 좌석에서 빠져나갔다 하는 것은 얼마간 적적하기는 하였지만 한껏 쾌활한 그의 본상을 그에게서 자아내었다. 빛나는 눈 쾌활한 웃음, 거리낌 없는 동작은 연석의 흥취를 더욱 돋우었다.

"사찰, 늙으셨구려."

인화가 같은 좌석에 있기 때문에 비교적 점잖이 앉아서 술을 주고받는 재영이에게 적적한 마음으로 이런 농담을 던지던 숙생들은 지금 다시 그에게서 발견하는 쾌활 때문에 더욱 흥이 돌았다. 술을 본시 먹지 않는 재영이는 오는 술잔마다 받아서 아래 준비한 타구에 쏟아버렸지만─그리고 숙생들도 그것은 다 알고 있었지만 그들은 연하여 술잔을 사찰에게 보냈다. 재영이가 술을 싫어하는 줄을 잘 아는 그들은 타구에 쏟아버리는 데는 한마디의 나무람도 없었다. 그리고 다만 자기네가 보내는 술잔을 사양치 않고 받아주는 재영이에게 만족하였다.

비록 기쁘게 악수를 하고 장래를 맹서하였다 하지만 첫날은 명인호는 얼마간 개밥의 도토리와 같은 느낌이 없지 않았다. 그러나 그도 지금은 완연히 한 숙생이 되었다. 뿐더러 묵직한 그의 인격과 연장자(年長者)라 하는 그의 처지는 부지중 그로 하여금 재영이의 다음 자리로는 가는 웃기 위에 올라가게 하였다. 그리고 인격과 실력으로써 그 지위의 고저(高低)를 가르는 그들은 명인호가 그렇게 된 데 대하여 아무 불평도 없을뿐더러 이상히 여기지도 않았다. 어제까지도 한 원수로서 서로 알리워 있던 숙생들과 명인호의 새는 어느덧 아름다운 우정과 '뜻을 같이한다'는 데서 나온 융화심으로써 굳게 맺어졌다. '김 공'이라 '이 공'이라 서로 '공'으로써 부르는 숙생들은 인호에게뿐은 '명 형'이라 하여 '형' 자를 썼다. 그리고 이것은 서로 새에 갈피를 두는 '경의'나 '경원(敬遠)'에서 나온 것이 아니고 인호의 인격에 탄복하여 저절로 나오게 된 경어(敬語)였다.

이러하여 표면은 왕비당에 가담하여가지고 이면으로 재영이와 결탁하고 기밀을 통하던 명인호도 인제부터는 공공하게 활민숙생의 한 사람으로 되었다.

연회는 사흘을 계속되었다.

사흘의 연회가 끝난 뒤에 숙을 좀 정돈하기로 하였다.

첫째로 집이 문제였었다. 물론 활민숙으로 다시 들어갈 수는 없을 것이다. 새로이 집을 어찌할지라도 그 근처의 사정을 자세히 알기 전에는 섣불리 그 집을 사용할 수도 없을 것이다. 그래서 여러 가지로 생각하고 또 생각한 결과 좀 더 마음을 놓을 수 있을 때까지 역시 몇 군데로 나뉘어 있기로 하였다.

아직껏과 같이 산산이 헤어져 있지는 않으되 두 집이나 세 집쯤으로 나뉘어서 비록 나뉘어 있기는 하다 하지만 아직껏과 달리 스승과 사찰의 지휘 아래 할 일은 하여 나아가면서 기회를 기다리기로 하였다.

재영이가 잡고 있던 지금의 이 집은 열 사람은 넉넉히 더 수용할 수가 있을 것이다. 여기 방을 몇을 더 치우고 재영이의 감독 아래 열 사람이 있기로 하였다.

스승은 인화 한 사람만 데리고 아직껏 짐을 맡겨두었던 그 집으로 가기로 하였다. 재영이도 인화와 같이 있기를 꺼리었다. 물론 떨어져 있는 것은 여간 섭섭지 않았지만 서로 그 신분을 아는 약혼자끼리가 같은 집 안에 많은 숙생들과 같이 있는 것은 재미없었다. 인화도 같은 생각 아래서 자기는 연연이의 집에 그냥 있기를 원하였다. 그 눈치를 알아본 선생은 인화 한 사람만 데리고 자기는 그리로 가기로 한 것이었었다.

나머지 여덟 사람은 만년이의 감독 아래 만년이가 아직껏 있던 집─만년이의 먼 일가가 되는 집으로 가기로 하였다. 그 집 역시 방도 넉넉하고 조용도 하며 마음을 아는 일가인지라 숙생들이 모여 있을지라도 심상하였다.

명인호는 역시 제 사관으로 돌아가기로 하였다. 인제 왕비당의 집에

탐보[6]를 들여보내는 것은 매우 위험한 일—그럴진대 아직껏 그들에게 신임을 받던 명인호를 그렇지 않은 듯이 그냥 드나들게 하여 무슨 기밀이라도 알고자 함이었었다.

모든 연락은 왈쇠를 시켜서 취하기로 하였다. 그새 며칠을 지켜본 결과 왈쇠의 영리하고 민첩하고 눈치 빠름은 아무런 일을 시켜도 넉넉히 감당할 만함을 보았으므로 재영이가 스승께 추천하여 이렇게 하기로 한 것이었었다.

그리고 20명의 숙생은 모두 그 체격과 키를 비교하여서 키와 체격으로써 패를 가르기로 하였다. 키가 크고 체격이 든든한 사람은 재영이의 집에 있기로 하였다. 키가 좀 작고 날씬한 사람은 만년이의 집에 있기로 하였다. 그러한 사람은 만년이의 집에 있기로 하였다. 그렇게 가른 뒤에 밖에 나다닐 때는 떼로 나다니지 않고 꼭 한 사람씩 나다닐 것과 나다닐 때는 반드시 방립을 쓰고 같은 옷을 입을 것과는 엄명하여서 그 근처의 사람으로 하여금 그 집에 여러 사람이 있는 줄을 알아보지 못하게 하였다.

그날 밤 숙생들은 한 사람씩 한 사람씩 짐을 맡겨둔 집으로 갔다. 그리고 거기서 제각기 자기의 짐을 가지고 자기가 있을 집으로 옮겨다 두었다.

이것도 역시 이산(離散)은 이산이었었다. 그러나 이전 남산 마루에서 잔을 나눌 때의 이산과는 근본부터 달랐다. 그때 이산은 남에게 몰린 '불가불'의 이산이었었다. 그리고 그 이산의 전면에는 암흑뿐이었었다. 전도는 막막하였다.

그러나 지금의 이산은 장래의 회합을 약속하는 이산이었었다. 따라서

---

6 탐보(探報) : 알려지지 않은 사실 따위를 찾아내 알려주는 사람.

그들의 앞에는 광명이 있었다. 희망이 있었다. 이산의 짐을 나르는 그들의 얼굴은 기쁨으로 빛났다.

이리하여 왕비당의 눈의 가시요 그들의 야욕에 커다란 위협으로 되어 있던 활민숙은 몹쓸 바람에 불려서 눈물로써 해산되었던지 한 달 되는 오늘―그동안에 왕비당의 경찰의 놀랄 만한 세밀한 수색에도 불구하고 한 사람도 꺾이지 않고 곱게 숨어 있다가 다시 스승과 사찰의 지휘와 지도와 감독과 훈도 아래 이 서울의 복판 가운데(암암리에나마) 형성되었다.

두 사랑

1

이렁저렁 일이 좀 안돈[1]이 된 때에 어떤 날 재영이는 연연이의 집으로 가보려고 나섰다.

그것은 날이 벌써 저물어서 먼 곳에 있는 물건은 잘 알아보지 못할 만한 저녁이었었다. 방립으로써 깊이 얼굴을 감춘 재영이는 쑥 연연이의 집 대문 안에 들어섰다. 그리고 문밖에서 그를 부를까 혹은 부지중에 방에 쑥 들어서서 그를 놀래어 할까 하고 망설이고 있었다.

연연이는 재영이가 자기를 찾기 전에 먼저 그를 알아보았다. 어둑신한 뜰에 얼굴을 깊이 묻은 사람— 말하자면 재영이로 알아볼 곳은 아무 데도 없었지만 연연이는 그 인물이 누군지를 알아보았다. 그리고 흐늘흐늘 일어섰다. 그러나 일어서던 그는 다시 맥없이 양손으로 방바닥을 짚으며 주저앉았다.

"아이고."

극히 주의하여야 들릴 만한 작은 신음이 그의 입에서 새었다.

재영이는 방 안으로 들어와서 방립을 고즈넉이 벗어놓았다.

---

1 안돈 : 마음이나 생각 따위가 정리되어 안정됨.

"연연이, 나일세."

그러나 연연이에게서는 대답이 없었다. 얼굴빛이 놀랍게 창백케 된 뿐이었었다.

"그새 잘 지냈나?"

재영이는 두 번째 말을 하여보았지만 연연이에게서는 역시 대답이 나오지 않았다.

재영이와 마주 앉았던 연연이는 몸을 고즈넉이 돌려서 측면으로 앉았다. 그러나 그것뿐으로도 부족하여 몸을 더 들어서 온전히 재영이와 등지게 돌아앉았다. 머리는 급격히 자기의 무릎을 향하여 떨어졌다.

"이게……."

이것이 느낌 가운데서 낸 연연이의 다만 한마디의 말이었다.

재영이가 연연이의 가까이로 내려갔다. 그리고 돌아앉아 있는 그의 등에 자기의 손을 얹었다.

"연연이, 노여웠나? 입경 즉시로 오지를 않았다고……"

그리고 잠시 대답을 기다려보았지만 역시 아무 말도 없으므로 재영이는 이번은 그의 어깨를 조금 흔들었다.

"응?"

그 뒤에도 재영이는 두 번을 더 연연이의 어깨를 흔들었다. 그때야 연연이의 몸이 조금 움직였다. 먼저 그의 머리가 약간 들리었다. 조금 들리던 얼굴은 차차 재영이의 편으로 돌아오기 시작하였다. 그러나 그 얼굴이 채 재영이에게로 돌아오기 전에 몸이 먼저 휙 돌아왔다. 그리고 조금 돌리었던 얼굴은 홀연히 재영이의 무릎으로 내려 덮이었다. 그의 오른편 손은 재영이의 손을 찾느라고 허공에서 헤매었다. 재영이는 자기의 손을 찾느라고 돌아가는 연연이의 손을 잡았다. 그리고 마주 잡는 연연의 손에서 그는 연연이의 힘이라고는 할 수가 없을 만한 무서운 악수(握手)를 감각하였다.

"연연이."

"네?"

"노여웠나?"

연연이는 재영이의 무릎에 묻었던 얼굴을 약간 들었다. 그리고 고개를 조금 설레설레 저어서 성내지 않았다는 뜻을 나타내었다.

"노여웠으면 용서하게. 나도 위로 운현대감과 스승을 모시고, 아래로 20명의 숙생을 감찰하는 몸 자연히 바빠서 오지를 못했네."

재영이의 무릎에서 약간만 들리었던 연연이의 얼굴은 조금 더 들리었다. 그리고 눈물에 젖어서 수정같이 빛나는(애원하는 듯한) 눈을 재영이의 얼굴에 정면으로 부었다. 연연이의 눈은 재영이에게 이렇게 말하였다.

"제가 왜 조금인들 노여워하거나 원망하거나 하겠습니까. 너무나 돌연히 오시기 때문에 정신을 못 차리고……."

그의 입은 처음으로 명료한 말을 발하였다.

"그새 얼마나 고생을 겪으셨어요?"

그리고 재영이의 빛나는 눈과 부딪친 그의 눈은 부신 듯이 아래로 떨어져서 재영이의 어깨 바로로 향하였다.

2

재영이는 연연이의 부드러운 눈을 내려다보았다. 한 개의 사랑을 차지하였다는 긍지와 거기서 일어나는 이상한 떨리는 듯한 감정이 그의 마음을 두드렸다.

"그새 얼마나 마음을 썼나?"

"아이구, 꿈같아."

그리고 잠시 더 재영이의 어깨를 바라보고 있던 연연이는 재영이의 무릎에서 일어났다.

"참, 너무 돌연한 일이라 불도 못 켜고……."

그는 머리를 쓰다듬으면서 일어나서 촛대에 불을 켜놓았다.

"며칠 전에 생존해 계신 소식은 알았지만 어디 계신지도 모르고……."

불을 켜고 다시 재영이의 곁으로 내려오면서 연연이는 혼잣말같이 이렇게 말하였다.

"답답했겠네. 나도 그럴 줄은 알았지만 숙생들을 감찰하는 몸− 좀 안돈이 되기 전에 혼자서 나다닐 수도 없고 반갑다고 내 곁을 떠나지 않는 사람들을 뿌리치고 떠날 수도 없고……."

"참, 이 소저를 만나셨어요?"

재영이는 힐끗 연연이의 얼굴을 바라보았다. 그러나 연연이의 얼굴에는 아무 별다른 표정이 없었다. 재영이는 대답하였다.

"응, 스승님을 마중 나갔다가 스승님을 모시고 상경하는 길에서 만났네."

"그새 이 소저도 이 집에 계셨어요. 그러나 사오 일 전에 나가신 뒤에는 아직도 돌아오시지 않기에 모두들 만나신 줄은 짐작했지만……. 참 무척이도 애타하시더니……."

재영이는 의심하였다, 재영이 자기가 만약 연연이의 지위에 있다 하면 당연히 자기의 마음에 일어날 샘을 생각하고 인화를 동정하는 듯한 말을 하는 연연이의 마음을 의심하였다. 그러나 재영이의 눈에 비친 연연이의 얼굴에는 샘의 그림자도 없었다. 여기서 재영이는 가볍게 그 말을 넘겨버리려 하였다.

"그 사람뿐이겠나, 위로 운현대감이며 선생님이며 아래로 20명 동지, 명인호 자네, 어느 누구 애타하지 않은 사람이 있었겠나? 감사하이."

그러나 연연이는 그 문제에서 떠나지 않았다. 피하려 하는 재영이를

231

도로 끌어당겼다.

"그렇기야 하겠지요. 그렇지만 바른말로 어느 누가 그분만큼 진정으로 애타하신 이가 계셨겠습니까. 그새 한 달을 한 번도 편히 자리에서 쉬신 일도 없고 진지 한 번을 그럴듯이 뜨신 일이 없었어요. 간간 웃으시는 일이 계시기는 했지만 너무도 적적하게 웃으시는 양에는 칵 눈물이 나와서 볼 수가 없었어요. 참 지금 얼마나 기쁘시겠는지……."

재영이는 눈을 감았다. 명인호의 죽음을 애타하던 인화의 모양이 선히 눈앞에 나타났다. 그렇던 인화가 재영이 자기의 신분을 알고 자기의 죽음을 애타할 때에 어떤 모양을 하였겠는지 재영이에게는 넉넉히 짐작이 갔다. 인화와 만난 지 사오 일 매일 인화를 보기는 하지만 몹시도 열적게 된 재영이는(더구나 숙생들의 눈앞에서는 그 신분을 감추지 않을 수가 없는지라) 한 번도 둘이서 이야기를 사귀어본 적이 없었다. 그 인화에게 대한 불타오르는 정열이 연연이의 말 때문에 재영이의 마음속에 다시 폭발되었다. 동시에 두 개의 사랑의 새에 끼운 데 대한 상쾌한 듯도 하고 괴로운 듯도 한 번민 때문에 그의 입에서는 약한 한숨이 나왔다.

"기쁘기는 피차일반, 너무도 걱정들을 시켜서 미안하네."

재영이는 자기의 어깨를 바라보는 연연이의 눈을 피하여서 머리를 조금 돌리며 이렇게 말하였다.

"아이, 참 모두가 꿈같아."

"꿈이지. 길고 쓴 꿈이지."

곤하면 퇴침을 드릴 테니 좀 누우시라는 말을 재영이는 가볍게 거절하였다. 그리고 아리땁고 단아한 연연이의 얼굴과 그 얼굴을 부드럽게 장식한 윤택 많은 눈을 바라볼 때에 그의 입에서는 또다시 뜻지 않고 한숨이 나왔다.

3

연연이는 삼월이를 불렀다.

재영이를 알아볼 때에 삼월이는 매우 놀랐다.

"아이구. 이게……."

그리고 비 오듯 떨어지는 눈물을 씻을 줄도 잊고 못 박힌 듯이 그곳에 서 있었다.

삼월이는 물론 그새에 재영이의 고초를 알지를 못하였다. 주인 연연 이의 말을 그대로 믿은 삼월이는 재영이에게는 다른 애기(愛妓)가 생겼느 니 하고 있었다. 상전 연연이에게보다도 재영이에게 더 충성되던 삼월이 는 다른 기생에게 반하여 다시 올 길이 없는 재영이 때문에 늘 적적하였 다. 그리고 그만치 재영이가 여기 다시 왔다는 것은 그에게 반가웠다.

연연이는 재영이에게 설명하였다. 그새 이 소저가 이곳에 묵을 동안 이 이 소저를 연연이의 새로운 서방으로 알아 삼월이는 연연이 자기를 끝이 없이 천하게 보아서 이르는 말도 잘 듣지 않고, 더구나 이 소저에게 대해서는 매사에 반항적 태도를 취하였다는 것을…….

그리고 삼월이에게 대해서는 그새 있던 '서방님'의 정체와 및 이 참 서 방님이 그새 한번 죽었다가 지금 갱생하여 돌아온 것을 설명하였다.

삼월이는 눈을 크게 하고 놀랐다. 삼월이의 경악과 환희와 존경의 눈 은 연하여 재영이에게서 연연이에게로 또다시 재영이에게로 이동하였 다.

삼월이의 놀라는 양을 상쾌한 듯이 바라보던 연연이는 삼월이에게 저 녁 진지를 차려오기를 명하였다.

저녁을 먹은 뒤에 재영이는 연연이를 위하여 자기의 그새 받은 고난 을 또 한 번 이야기하지 않을 수가 없었다. 그다지 짧지 않은 이야기를 하는 동안 연연이는 한마디 말도 없이 눈을 고즈넉이 닫고 들었다. 재영이가 자기가 그새 받은 고난 가운데서 토좌견과 격투를 하던 장면이며 민겸호의 집에서 혹형을 당하던 대목을 이야기할 때 고즈넉이 눈을 닫고 듣고 있는 연연이의 얼굴은 마치 자기가 그런 고난을 겪는 것 같아 찡그려지고 하였다.

"하느님."

재영이가 이야기를 다 끝낸 뒤에 연연이의 입에서 나온 한 마디의 말이 이것이었었다. 그의 이마에는 땀이 구슬같이 맺혔다.

밤이 차차 깊어갔다.

이 차차 깊어가는 밤을 앞하고 재영이의 마음은 차차 괴로워지기 시작하였다. 자기를 그만치도 사모하며 또한 그새 자기의 행방불명 때문에 그만치도 근심하고 연연이의 집에 오래간만에 더구나 한 번 죽음의 굴까지 통과하여 찾아온 지금인지라 재영이는 마땅히 연연이의 집에서 묵어서 가야 할 의무를 느꼈다. 의무의 문제를 제하고라도 정애² 때문에 당연히 묵어야 할 것이다.

그러나 돌이켜 생각할 때에 자기는 지금 이런 곳에 묵고 돌아갈 처지는 결코 못 된다. 자기와 같이 있는 열 명의 숙생에게 온갖 방면으로 표본이 되어야 할 그는 죽음에서 살아나기가 바쁘게 기생집 출입을 하여서는 안 될 몸이다.

이런 사정 때문에 이곳에서 일어설 수도 없고 끝없이 앉아 있을 수도 없는 재영이는 때때로 하던 이야기까지 잊고 멍멍히 있을 때가 있었다.

그 문제를 손쉽게 해결하여준 사람은 연연이였다. 그는 재영이를 채근하여 돌아가라 하였다. 그 이유로 그는 숙생들이 기다릴 것을 들었다. 그리고 그것뿐으로 이유가 박약함을 느낀 연연이는 숙생들의 모방을 피

2　정애(情愛) : 따뜻한 사랑.

하기 위함이라는 한 가지 이유를 더 들었다. 그리고 그 두 가지로도 이유의 박약함을 느낀 연연이는 재영이의 건강이 아직 전만 못하다는 최후의 결정적 이유까지 들었다.

연연이에게 설복된 형식으로 그 집에서 나선 재영이는 연연이의 단아하고 정숙하고 예의 있고 영리함을 한없이 사랑스럽게 생각하면서, 어두운 길을 더벅더벅 집으로 돌아왔다.

4

연연이의 집을 다녀온 지 2, 3일 뒤에 재영이는 처음으로 인화와 좀 조용히 만날 기회를 얻었다.

그날 저녁 그는 스승을 뵈러 스승이 인화와 같이 있는 집으로 갔다. 들어가서 보니 인화가 혼자서 생각을 의지하고 무슨 책을 읽고 있었다. 인화는 재영이를 보고 얼굴이 새빨갛게 되었다.

"선생님은?"

재영이는 비교적 천연히 물었다. 그러나 인화는 대답을 못 하였다. 무엇이라 입은 움직였지만 말을 알아들을 수가 없었다.

"?"

재영이는 다시 물었다. 인화는 다시 입을 열었다.

"운-궁-녀-뵈."

몹시도 불명료한 대답이 그에게서 나왔다. 그러나 그 단편적 소리에서 재영이는 '운현궁에 전하께 뵈러'라는 뜻을 알아들었다.

여기서 재영이는 발을 그만 돌이킬까 하였다. 숙생과 사찰이라는 지위로 볼지라도 아무리 스승이 출타하였다 하기로 서슴지 않고 그 방에 들어갈 수가 있는 재영이였었다. 약혼자와 약혼자의 새라는 처지로 보자면 스승이 없는 것을 오히려 다행히 여기지 않을 수가 없을 것이다. 그러나 아직 약혼자로서 인화를 대하여보지 못한 재영이는 자기보다도 인화의 심정을 위하여 그곳서 발을 돌이킬 의무를 느꼈다.

그러나 그는 발을 돌이키지를 못하였다. 발로 땅을 긁으면서 잠시 더 주저하고 서 있었다.

그때였다. 아직껏 다른 데를 보고 있던 인화의 눈이 처음으로 들렸다. 그리고 재영이의 얼굴을 정면으로 바라보았다. 재영이가 죽음의 길에서 돌아온 지 10여 일 매일 수차씩 인화와 만났지만 인화가 정면으로 재영이의 얼굴을 본 것은 이때가 처음이었다.

재영이는 인화의 눈에서 처녀로서의 정열을 보았다. 불붙는 애련을 보았다. 아직껏 순진한 소년의 눈으로 알았던 인화의 눈에서 재영이는 처녀의 동경과 정열과 애련과 공상이 무한히 감추어 있는 것을 보았다. 재영이는 그 인력에 끌려서 말없이 방 안으로 들어갔다.

방 안에 서로 마주 앉기는 하였지만 그것은 두 벙어리가 마주 앉은 것과 다름이 없었다. 재영이는 오른손으로 왼손의 손톱을 긁고 있었다. 인화는 재영이의 무릎 바로를 바라보고 역시 잠자코 있었다. 그동안 재영이는 때때로 몰래 인화의 얼굴을 바라보아서 인화의 얼굴에서 이전에 자기와 연연이와의 관계가 맺어지기 전에 연연이가 자기를 대하던 표정과 흡사히도 같은 점을 발견하고 의외로 여겼다.

마침내 재영이가 먼저 입을 열었다.

"얼마나 심뇌했소?"

인화는 몸을 흠칫하였다. 그러고는 푹 머리를 가슴에 묻어버렸다.

그 모양을 잠시 바라보고 있던 재영이는 용기를 내어가지고 다시 찾았다.

"인숙이!"

인화의 눈은 희뜩 위로 굴렀다. 한순간 재영이의 얼굴을 스치고 지나간 그 눈은 다시 내려 덮었다. 얼굴빛은 검붉어졌다.

"당신을 이렇게 불러도 괜찮겠소?"

물론 재영이는 인화의 대답을 예기하고 이렇게 부른 바가 아니요 다만 먹먹히 있기가 무료하여 물어본 바였었다. 그러나 그 무료함을 끄기 위하여 다시 한번

"네?"

하고 채근하였다.

"네?"

"대답을 하시오."

일정한 새를 두고 오륙 회를 채근을 받은 뒤에 마침내 인화의 입에서는 모기 소리와 같이 작은 소리로

"네."

하고 응하는 대답이 나왔다.

"네? 괜찮소? 인숙이!"

"네."

이번은 비교적 대답이 빨리 나왔다. 확확 두근거리는 가슴을 억제하면서 재영이는 인화의 가까이로 가서 인화의 손을 덥석 잡았다.

5

재영이에게 손을 잡힌 인화는 그것을 막으려는 듯이 팔굽으로써 재영이의 몸을 물렸다. 그러나 표면 재영이를 막으려는 이 행동을 핑계 삼아서 그의 몸은 재영이에게 기대어졌다. 잡힌 손을 뽑으려는 노력은 조금도 보이지 않았다.

"놓으세요 — 제발."

인화의 입에서는 이런 말이 나왔다. 그러나 이 말을 할 때는 어느덧 인

화의 손도 재영이의 손을 마주 잡았다. 뿐만 아니라 마주 잡은 그 손에는 각일각 힘이 들었다.

"인숙이!"

"놓으세요."

재영이와 인화의 얼굴의 상거는 한 치도 못 되었다. 코는 서로 마주 닿을 듯하였다. 인화의 입에서 훅훅 나오는 입김을 재영이는 입으로 턱으로 한없이 받았다. 감정을 누르느라고 굳게 닫힌 (그다지 작지 않은) 인화의 눈과 눈썹은 재영이의 눈앞에서 마치 설레발이의 발과 같이 떨고 있었다. 뿐만 아니라 인화의 온몸은 마치 열병 들린 사람같이 우들우들 떨고 있었다.

재영이의 얼굴은 마침내 인화의 얼굴 위에 덮였다. 인화는 죽은 듯이 자기의 얼굴을 재영이의 하는 대로 내버려두었다.

한참을 인화의 입술 위에 있던 재영이의 입이 인화의 귓가로 돌아갔다.

"그새 나 때문에 얼마나 속 태웠소?"

인화가 대답하였다.

"꿈에 봤어요. 매일 밤 깜박 잠만 들면……. 전신에 피투성이를 한 당 ― 사찰을."

이 사람을 버리고 자기는 연연이에게 갔었구나.

"나도 병석에서 한 달 매일 인숙이 생각을 하면서 지냈소."

"사찰."

"당신이라고 불러주. 남 없는 데서는……."

"당―당신께서 수구문 밖으로 나가셨다기에 달려갔더니 피 흐른 자리밖에는 아무것도 없겠지요. 세상이 칵 눈앞에서 꺼진 것 같소… 정신이 아뜩해서 그만……."

"그렇다기로서니 백주에 단신 겸호의 집에야."

인화의 입에서는 기쁨의 한숨이 나왔다.

"살아서도 죽은 목숨, 잘되면 원수라도 갚고 못 된대야 더 못 될 일이 없는……."

"그렇지만 그때 명인호만 없었으면 오늘 이 상봉을 어찌하겠소? 까딱하드면 헛죽음을 할 뻔했구려."

"때야 오늘이 있을 줄이야 꿈엔들 생각했겠습니까. 다리에 알이 배기고 발이 모두 해어지기까지 찾아봤지만 알 수 없는 사—당신을 오늘 이렇게 만나게 될 줄이야 참."

"꿈같소?"

"꿈이면 깨지 않으면……."

"이 꿈은 깨지 않을 꿈이외다."

정열에 불붙는 두 사람의 입술은 또다시 맹렬히 서로 있는 곳을 찾았다. 전번에는 인화의 눈은 힘 있게 감겨 있었지만 이번은 눈물에 젖은 커다란 눈으로 재영이의 눈을 딱 마주 바라보고 있었다. 이 환희로써 미칠 듯이 있다는 인화의 눈을 꼭 눈앞에 보면서 재영이는 이 빛나고 아리따운 소녀의 사랑을 독점하였다는 긍지를 한없이 느꼈다.

이리하여 오랫동안 그 신분을 감추어오던 한 쌍의 약혼자는 여기서 처음으로 그들의 사랑을 속삭였다.

이윽고 재영이가 자리를 조금 물러앉으며 이렇게 말하였다.

"선생님이 돌아오시기 전에 우리 조용히 거리라도 좀 거닐지 않으려오?"

수줍음과 열적음의 막(幕)을 한꺼번에 벗어버린 인화에게 이 제의가 이의가 있을 리가 없었다.

"당신의 뜻이시라면."

이 한마디로 인화는 쾌활히 일어서서 의관을 정제하였다.

한 걸음 뜰에 먼저 나서서 인화의 나오기를 기다릴 동안 재영이는 어두운 하늘에 반작이는 별을 우러러보면서 자기의 행복에 도취하여 있었다.

6

그들은 어깨를 겯고 거리에 나갔다. 그러나 거리의 번화함은 그들의 마음에 들지 않았다.

그들은 어두운 골목으로 들어섰다. 그러나 여름날의 밤은 어두운 골목이라도 조용치 않았다. 그들은 골목에서 거리로 거리에서 골목으로 좀 조용한 곳을 찾으러 지향 없이 헤매었다. 그러나 그들이 속삭일 만한 적당한 장소가 없었다. 한참을 돌아다니던 그들은 할 일 없이 발을 활민숙으로 향하였다.

활민숙의 후원의 연못가는 그들에게는 귀여운 기념처였었다. 고즈넉이 대문을 열고 활민숙의 빈집으로 들어선 그들은 연못가로 돌아갔다. 그리고 그들의 귀여운 기념처로 찾아가서 나란히 하여 앉았다.

캄캄한 그믐밤이었었다. 하늘에는 별밖에 없었다. 지금도 물론 연못에 그들의 그림자는 비치었을 것으로되 어두움 때문에 그것은 알아볼 수가 없었다.

거기 나란히 하여 걸터앉아서도 그들은 많은 말을 사귀지 않았다. 팔로써 서로 힘 있게 허리를 끼고 뜨거운 뺨을 떨어질까 하고 꼭 대고 있을 뿐이었다. 그러다가는 재영이 혹은 인화의 가운데서 한 사람이 또 한 사람의 쪽으로 차차 머리를 돌리는 것이었었다. 그러면은 나머지의 사람도 사람도 차차 마주 머리를 돌리는 것이었었다. 그런 뒤에는 불붙는 두 개의 입술은 힘 있게 서로 빨고 빨리우는 것이었었다.

그들에게는 말이 필요가 없었다. 침묵 가운데서 그들은 상대자의 마음을 알았다. 그들은 서로 저편 쪽의 애정을 굳게 믿었다. 그들은 서로 사랑할 권리가 있었다. 그들은 서로 사랑할 의무가 있었다. 남의 눈을 꺼리는 그들은 지금 자기네의 필요상 내어놓고 사랑을 주고받지를 못하였지만 하늘과 땅 아무 곳에 내어놓을지라도 그들의 사랑에는 부끄러움이 없었다. 한 번 두 사람에서 사랑을 주고받고 하기 시작한 뒤부터는 그칠 바를 몰랐다. 침묵 가운데서 밤은 어언간 깊었다.

한마디의 말의 사귀임도 없이 밤이 깊도록 사랑에 도취하여 그곳에 앉아 있던 재영이는 멀리서 닭의 소리가 나는 것을 듣고 처음으로 정신을 차렸다.

"인젠 돌아갑시다. 밤도 이미 깊은 모양."

"네."

그러나 그들은 일어서지 않았다. 어언간 한참의 시간이 또 흘렀다.

"아무리 앉아 있다고 해야 끝이 없을 일. 인젠 가버립시다."

재영이는 또 한 번 이렇게 채근하였다. 그리고 또 약간의 시간이 지난 뒤에야 무릎을 짚으면서 일어섰다.

인화는 재영이가 일어선 뒤에도 한참을 지나서야 일어났다. 차마 이 자리를 떠나기가 싫은 듯이 약한 한숨을 쉬면서…….

그들은 어떤 골목까지 이르렀다. 거기서 재영이는 그냥 곧추 가고 인화는 구부러지지 않으면 안 될 것이었다. 재영이는 인화를 작별하려고 발을 멈추려 하였다. 그러나 인화는 모르는 듯이 그냥 곧추 (재영이가 가야 할 길로) 나아갔다. 작별은 하여야겠지만 하기는 싫던 재영이도 모른 체하고 말없이 곧추 갔다. 재영이의 집까지 이르렀다. 인화는 걸음을 멈추었다. 재영이는 인화를 향하여 돌아섰다.

"인젠 돌아가시오."

"네……."

대답은 했으나 인화는 돌아서지 않았다.

"응? 어서 돌아가요."

"먼저 들어가세요, 들어가시는 걸 보고 돌아갈게……."

어두운 가운데서 재영이는 인화를 잠시 들여다보고 있다가 암만 있어서도 한이 없겠으므로

"그럼."

의 한 마디로써 발을 돌이키려 하였다. 그때에 인화의 손이 앞으로 쑥 나왔다. 그리고 그 손은 재영이의 손을 붙들었다.

"내일도 또……."

발을 추켜들고 자기보다 키가 훨씬 더 큰 재영이의 귀에 입을 갖다 대고 인화는 이렇게 속삭였다.

7

인화는 재영이가 대문 안으로 사라지기까지 그곳서 발을 돌이키기는커녕 재영이의 손을 놓지도 않았다. 대문 안으로 재영이가 들어서서 대문을 거의 도로 닫아서 할 수 없이 된 뒤에야 겨우 손을 놓았다.

이튿날 저녁에 어제의 약속에 의지하여 또 산보를 나가자고 왔다. 또그 이튿날도 또 왔다. 인화의 첫사랑은 맹렬키가 끝이 없었다. 재영이가 죽음의 길에서 돌아온 뒤 며칠은 재영이의 얼굴을 정시하지도 못하던 인화였지만 일단 재영이와 사랑을 속삭이고 난 뒤부터는 숙생들이 모두있을 때에도 너무 재영이의 얼굴만 바라보므로 재영이는 거북하기가 한이 없었다.

재영이는 연연이의 집에도 또 가보았다. 물 한 방울 샐 틈 없이 용의주도한 연연이의 대접도 재영이의 가슴에 울리었다.

여기서 재영이는 두 사랑 틈에 끼인 번민을 겨우 느끼기 시작하였다.

재영이는 물론 연연이를 사랑하였다. 연연이 역시 비록 몸은 기생이라 하나 재영이 이외의 다른 사내를 알지 못하는 몸, 재영이 이외의 다른 사람을 사랑할 줄을 모르는 몸이었다.

비록 육체적 관계까지는 없다 하나 인화에 대한 애정도 연연이에 대한 그것과 비하여 결코 우열이 없었다. 인화 역시 생명을 걸어서 재영이를 사모하였다. 인화는 어버이의 명한 자기의 아내였다.

이 두 여성의 두 사랑에 대하여 한 개의 육신밖에 가지지 못한 재영이는 그 사랑을 어떻게 처치하여야 할지 쩔쩔매었다.

게다가 연연이는 자기가 잉태한 듯함을 재영이에게 보하였다.

남녀의 결합이 있은 뒤에 여인이 잉태한다 하는 것은 결코 이상한 일이 아니다. 이것은 근심할 일이 아니요 축하할 일일 것이다. 그러나 이 축하할 일이 재영이의 위에는 커다란 '짐'으로써 임하였다.

첩이라 하는 인생이 있는 것을 재영이는 모르는 바는 아니었다. 그러나 그는 '자기'와 '첩'을 함께 생각하여보지 않았다. 더구나 비록 몸은 기생이라 하나 자기의 처녀를 곱게 재영이에게 맡긴 아리따운 소녀―자기 역시 자기의 총각을 아무 반성도 없이 바친 이 연연이를 첩이라는 명색 아래 생각하여보려고도 안 하였다. 더구나 연연이는 자기의 씨를 벌써 간직한 사람이 아니냐.

그러면 인화는?

인화는 어버이가 정하여주신 자기의 아내다. 스승도 태공도 자기와 인화의 장래를 축복하였다. 일찍이 (누구인지) 모르면서 자기를 몹시 따르기는 하였지만 철이 든 이래 시종이 여일하게 알지도 못하는 약혼자를 그리던 아름다운 소녀. 그의 지벌, 그의 지식, 그의 영리함, 그의 기개, 또한 그의 뜻―어느 곳으로 보아도 자기의 배필 되기에 가장 적당한 여인이다. 게다가 그 자신도 재영이의 아내가 될 것을 조금도 의심치 않고 그날만 기다리고 있다.

'인화?

그러면 연연이는 어쩌겠느냐?

'연연이?

그러면 인화는 어쩌겠느냐?

인화는 재영이에게 연연이에 대한 샘을 결코 감추려지 않았다. 연연이의 말이 나올 때는 언제든 먼저 입을 비쭉거렸다. 그러나 이것이 재영이에게 밉지 않았다. 비쭉거리는 인화의 입이 너무 사랑스럽고 그의 샘이 너무 귀여워서 집어삼키고 싶은 때가 흔히 있었다.

연연이는 언제든 인화를 칭찬하였다. 그의 천진스러움, 그의 재영이에게 대한 지극한 애정, 그의 지식 온갖 방면을 들어서 훌륭한 아내로서 칭찬하였다. 그리고 그 아래서 지낼 자기의 행복을 말하였다. 이것 역시 재영이에게는 밉게 보이지 않았다. 여덕(女德)의 으뜸가는 겸양(謙讓)[3]심을 많이 가진 여인으로 재영이에게는 귀여웠다. 이 꼭 같이 귀엽고, 꼭 같이 사랑스러운 두 여인 때문에 재영이의 쾌활한 얼굴에도 흔히 수심의 그림자가 비치었다.

3 겸양 : 겸손한 태도로 남에게 양보하거나 사양함.

암영(暗影)

1

활민이 다시 입경하여 태공께 가서 뵐 때에 태공은 말말결에 이런 말을 하였다.

"인제부터는 차차 아이들(숙생)에게 정치적 훈련을 해보면 어떻겠소?"

거기 의아하여하는 기색이 있을 때에 태공은 이렇게 말을 보태었다.

"보통 지식으로 혹은 무예로 혹은 예의로 선생의 지도 아래서 자란 아이들이니깐 부족이 없었지요. 그렇지만 장래 나라의 정치를 잡으려면 정치적 훈련이 필요하오이다. 그 애들이 나이가 사오십씩 나서 세상을 넉넉히 달관(達觀)할 만한 눈이 생겼으면 이거니와 아직 혈기에 날뛰는 이십 전후, 정치를 잡을 만한 나이가 못 됩니다. 직접 전문적으로 정치에 대한 훈련을 받기 전에는……. 하니깐 나라의 장래를 위해서든 그 애들의 장래를 위해서든 정치적 훈련이 필요하겠지요."

그리고 태공은 활민에게 왕가의 지위와 백성의 지위를 설명하였다. 또 정치가의 지위와 백성의 지위를 설명하였다. 백성이 편안한 뒤에야 윗사람의 지위가 안전하다는 것을 여러 가지의 옛날의 예를 들어서 설명하였다. 지금의 세상은 옛날과는 달라서 옛날은 내대내(內對內)면 그뿐이었지만 지금은 자국 대 타국(自國對他國)이라는 점을 잊어서는 안 될 것을 설명하였다. 선왕의 시대에는 일이 좌(左)가 되든 우(右)가 되든, 내대내의 분쟁인지라 나라에 그다지 큰 변동이 안 생겼지만 굉장히도 발달된 교통기관 때문에 뜻도 안 하였던 양코자들이 여기까지 드나드는 지금에는 내대내의 분쟁은 자기의 나라를 들어서 외국에게 내어 맡기는 행동에 지나지 못하는 점을 설파하고 겸하여 지금의 왕비당의 소위 정치에 대하여 준열한 비평을 가한 뒤에 탄식과 함께 이렇게 말하였다.

"선생, 나는 이곳에 갇혀 있는 몸, 한 번 나가고 한 번 들어오는 데 모두 감시가 붙는구려. 문 앞에는 홍마목을 세워서 표면으로는 왕의 어버이를 존경하는 듯이 하고 그것으로 여기 드나드는 사람은 일일이 허가를 얻고야 드나들게 하는구려. 그것을 몇 번 뽑아서 불을 때고 말았지만 세우려는 놈의 세력이 나보다 더한 걸 어찌하겠소? 그놈에게 막혀서 웬만한 사람은 내게 드나들 수도 없고……. 그러니깐 바깥소식이라고 내게 들어오는 것은 월장을 해서 드나드는 아이들에게서 듣는 것밖에는 없구려. 그러나 아이들이란 혈기밖에는 정치에 대해서는 아무 지식도 없는 애들. 그 애들을 통해서 바깥소식을 알려보니깐 저희들이 알아 온 것하고 내가 알고 싶은 것하고의 새는 동떨어지게 트는구려. 이게 클클키가 짝이 없어. 짐작으로 보아서 외국―더구나 일본과 아라사¹의 세력이 조수같이 밀려 들어오는데 그 애들은 거기 대해서는 조금도 모르는구려. 굴본예조(掘本禮造)²가 어쩌니 어쩌니 국부적 일밖에는 모르는구려. 이래서야 장래에 나라가 바로 된다 할 사 어떻게 나라의 정치를 잡겠소? 그래서 선생께 이 부탁이외다."

거기 대하여 활민은 머리를 끄덕였다.

246

---

1 아라사 : 러시아.
2 굴본예조 : 호리모토 레이조.

"알았습니다. 아직껏도 거기 대해서 안 생각해본 것은 아니지만 너무도 혈기에 날뛰는 애들, 더구나 어려서 부모의 슬하를 떠나서 맘대로 밸도 못 부려본 애들 지금 혈기가 너무 측은하고 귀여워서 그대로 두었습니다."

"선생의 처지로야 왜 또 그렇지도 않겠소? 또한 순서로 말하더라도 그 애들을 정부의 소관(小官)[3]에 붙여가지고 차차 정치안이 떠지기를 기다리는 게 옳은 일, 글로써 가르친 정치는 역시 한낱 공론(空論)에 지나지 못하기가 쉬워요. 그렇지만 세태가 차차 어지러워가는 오늘 언제 정변이 일어날지 예측을 할 수가 없으니깐 그날의 준비를 차차 해야지 않겠소?"

"네, 알겠습니다."

아직도 활민숙에 대한 왕비당의 감시가 심하여서 한집에 모이지도 못하였으니깐 시재[4]로는 어찌할 수가 없으되 기회를 보아서 모이기만 하면은 그때부터 숙생들에게 정치학을 가르치기를 활민은 태공께 약속하였다. 그리고 운현궁을 하직하였다.

2

태공이 활민에게 말한 바와 같이 세태는 더욱 어지러워갔다.

유월 초하룻날의 천후는 괴상하였다. 날이 밝았다. 그러나 하늘은 새빨갰다. 하늘 전면에 어느 곳이라 희든가 푸른 곳이 없이 무거운 붉은빛을 띠고 있었다. 해가 떴다. 그러나 해가 있을 자리가 주먹만 하게 좀 흴뿐 해의 형태는 똑똑히 볼 수가 없었다. 물론 일식도 아니었었다. 해는 동에서 떠서 차차 머리 위를 넘어서 서으로 돌아갔다. 그러나 하루 진일

---

3 소관 : 지위가 낮은 관리.
4 시재(時在) : 지금 당장.

을 해의 모양은 볼 수가 없었다. 해가 있을 자리가 다른 곳보다 조금 더 밝은 것이 '여기 해가 있노라' 하는 것을 말하는 뿐 해는 그 넓은 빛을 세상에 비추이지 않았다. 그렇다고 구름이 있는 바도 아니었었다. 하늘은 정체 모를 붉은 기운으로 평균히 덮이어 있는 뿐 구름이라고 볼 수 있는 것은 없었다.

밤이 이르렀다. 물론 별은 보이지도 않았다. 밤이 좀 들 만하여 무서운 지동(地動)[5]이 있었다. 어젯밤에도 약간의 지동이 있기는 하였지만 이 밤의 지동과는 비교할 것도 못 되었다. 수없는 장독이 깨어져 나갔다. 기와가 벗어지며 가구(家具)가 넘어지는 것은 요사요, 무너진 집도 여기저기 있었다. 뜰의 서늘함을 즐기던 시민들은 모두 놀라서 방 안으로 들어가서 숨었다.

하룻밤을 불안과 공포에 싸여서 웅그리고 지낸 시민들이 이튿날 아침 밖에 나가서 발견한 사건은 과연 의외 일이었었다.

세상은 재[灰]로 덮이었다. 그들이 어젯밤에 정하게 쓸고 들어간 뜰이며 마루며 지붕 장독 길 할 것 없이 모두 얇게 한 투성이 재로 덮이어 있었다. 어젯밤에는 분명히 재비[灰雨]가 온 것이었었다.

뿐만 아니라 그 재비는 지금도 그냥 계속되고 있었다. 마치 안개와 같이 부옇게 머인 곳이 잘 보이지 않도록 그들의 눈을 가리우는 그것은 안개가 아니라 재였었다.

조반 때쯤 무서운 돌개바람이 일었다. 기왓장이 무수히 하늘로 향하여 날아 올라갔다. 돌개바람의 빠른 힘에 지붕을 잃어버린 집도 여기저기 보였다. 장안의 많고 많은 종이가 하늘로 날아 올라가서 하늘은 어지럽기가 짝이 없었다. 부러지는 고목도 일일이 셀 수가 없었다. 하늘을 날던 제비며 까마귀들도 이 돌개바람의 세를 당치 못하여 염치를 불구하고 사람의 방으로 날아 들어왔다.

새까맣게 하늘을 덮었던 구름은 마침내 소낙비를 붓기 시작하였다. 우덕덕 하는 첫소리를 낸 다음 순간은 벌써 소낙비는 온 장안을 바다로 화하였다. 이곳저곳서 아까의 돌개바람에 길로 넘어졌던 가가[6]의 문짝들은 물에 떠서 길을 이리로 저리로 흘러 다녔다. 부엌으로 몰려 들어오는 물을 처치하기에 얌전하던 며느리들도 그들의 흰 넓적다리까지 내어 놓고 사내들과 물을 폈다. 돌채[7]로는 물이 소리를 치며 흐르고 돌채에서 넘은 물이[8] 사람의 집으로 몰려 들어왔다.

더구나 이때에 내려부은 비는 재가 꽤 많이 섞인 검은 비였었다. 검은 비―잿물은 물을 처치하느라고 나서서 돌아가는 사람들의 위에 용서 없이 내려부었다. 이 잿물을 함빡 뒤집어쓴 시민들은 입으로 연하여 노투[9] 소리를 내며 다리를 높이 걷고 물속에서 돌아갔다.

소낙비 가운데서도 여러 번 진동이 있었다. 번개질은 안 하였는데도 뇌성과 흡사한 소리가 때때로 은은히 소낙비의 소리를 누르고 들리었다.

저녁때쯤은 비에 섞인 재의 분량이 썩 줄었다. 날이 어두울 때가 거진 되어서는 비도 꽤 밝게 되었다. 밤에는 소낙비도 좀 뜸하여졌다가 밤이 깊어서는 온전히 멎었다.

이튿날은 해가 쨍쨍히 났다.

어제와 그제의 그런 괴변을 잊은 듯이 웃음을 띤 커다란 해가 물로 한 번 씻긴 장안을 고즈넉이 비치었다.

---

6 가가(假家) : 가게.
7 돌채 : '도랑(매우 좁고 작은 개울)'의 방언(황해).
8 물이 : 연재 원본에는 없지만 문맥상 추가함.
9 노투 : 몹시 화가 나서 격렬하게 싸움.

3

날씨는 회복되었다. 그러나 민심에 생긴 이 괴상한 날씨의 영향은 사라지지 않았다.

오월 한 달을 비교적 평온히 지낸 장안에는 이 괴상한 천후 때문에 폭발하듯이 유언과 비어가 떠돌기 시작하였다.

그것은 임오(壬午) 유월(六月)이었다. 금년 봄에 나타났던 괴인 천도산인이 유월에는 필시 난리가 있으리라 하였다. 금년 정월의 천후가 그렇게도 괴상하였다. 그래서 유월이라는 달을 이상한 공포와 긴장과 기대로서 기다릴 때에 돌연히 이런 괴이한 천후가 시민들을 놀라게 한 것이었었다.

"유월이다."

"유월이다."

입에서 귀로 입에서 귀로 이 한 마디의 말은 삽시간에 퍼져 나갔다.

적천 일일에 흑천 일일(赤天一日, 黑天一日).

적천의 붉은빛은 피를 상징함이다. 따라서 그것은 난리를 의미함이다. 지동은 변란을 의미함이다.

재는 내[煙]─즉 병화(兵火)를 의미함이다.

돌개바람은 시국의 소제(掃除)[10]를 의미함이다.

흑우일과후(黑雨─過後)에 청우강(淸雨降)은 난맥의 정부가 거꾸러지고 새로운 깨끗한 정부가 생길 것을 의미함이다.

은연히 들리던 기이한 소리는 성인의 출현을 보함이다.

─이와 같은 유언과 비어가 놀라운 세력으로 퍼져 나갔다. 그리고 지금의 왕비의 정치에 무한한 불만을 품고 있는 백성들은 이번의 괴상한

─────────
10 소제 : 청소.

징조로 미루어 예상되는 장래의 변동에 커다란 기대를 붙이고 어서 변동이 일어나라저 일어나라저 축원하고 있었다. 물론 변동이 일어난대야 그 변동 뒤에는 어떤 정치가 자기네의 위에 임할지 그것은 예측도 할 수가 없는 일이다. 그러나 아무리 예측은 할 수가 없다 할지라도 지금보다 더 나쁜 경우는 상상할 수도 없는 그들은 어떤 변동이든 있기만 바란 것이었었다.

"여보, 무슨 일이 생길 것 같소?"

그들은 가까운 사람을 만나면 서로 귀에 입을 대고 이렇게 수군거리는 것이었었다.

"글쎄. 어디 짐작이나 가오?"

"지금이 유월이지. 유월에 무슨 변이 생긴다지?"

"글쎄. 생기기만 하면."

"생기면 어디서 생길까? 활민당인가 한 건 어떻게나 됐는지?"

"활민당은 벌써 다 잡혀서 죽었답디다."

"죽었대? 그럼 어서 생길까?"

"글쎄. 운현대감이 어떨지?"

"운현대감? 그렇지. 그렇지만— 아아, 어서 무슨 변이든 생겨주어야지."

"생기면 당신은 어떡할 테요?"

"부족하나마 식칼이라도 들고 나서서 좀 돕지. 어차피 망할 상에 한 치 벌레에도 오 푼의 혼은 있다는데……."

이리하여 여기 어느 구석에서 누가 조그만 일집[11]이라도 만들어만 놓으면 온 시민은 한꺼번에 거기 응하여 일어설 만치 기대와 거기 따르는

---

11 일집 : 말썽스러운 일이 생기게 되는 바탕이나 원인.

흥분으로써 긴장되어 있었다.

이렇게 긴장된 민심은 온갖 방면에 영향되었다.

어영청(御營廳) 병사들에게 다달이 내어주던 삼봉족(三奉足)[12]을 일 년이나 안 내어주었다. 아니 왕비당의 정부의 부족한 재정으로는 내어줄 능력이 없는 것이다. 능력이 있다 할지라도 성의도 없었다. 여기서 의식에 궁한 병사들은 기회가 있을 적마다 선혜청(宣惠廳)이며 낭청(郎廳)에 삼봉족 지급하여주기를 애소[13]하였다. 그러나 정부와 국가의 관계를 모르는 당시의 요로[14]들은 호령을 하여서 물리치고 하였다. 거기서 병사의 마음에 쌓이고 또 쌓인 원한이 크기는 컸으나 세력으로 당할 수 없는 미약한 병사들은 울며 침묵하고 하였다. 지금 소연한 민심 가운데서 그들은 얼마의 용기를 얻었다. 그리고 좀 강경한 태도로 삼봉족 지급을 요구하였다. 이것도 소연한 민심이 영향된 바의 하나였었다. 그리고 여기서 발단이 되어 임오의 군란(壬午軍亂)이 일어났다.

---

12 삼봉족 : 원래 봉족은 군역에 나가는 노동력을 대신하기 위해 국가에서 보내주는 사람 또는 재물. 재물로 지급하게 되면 병사들에게는 봉급의 개념이 되며, 삼군(三軍)에 지급하는 봉급이므로 삼봉족이라고 하였다.

13 애소 : 슬프게 하소연함.

14 요로 : 영향력이 있는 중요한 자리나 지위에 있는 사람.

임오군란(壬午軍亂)

1

　나는 여기서 정사상(正使上)에 나타난 임오군란(壬午軍亂)의 윤곽을 적어보려 한다.

　아직껏도 누차 적은 바와 같이 그새 대원군이 정권을 잡은 수년 동안을 각 창고에 모아두었던 많고 많은 준비는 그동안의 왕비당의 몇 해 동안의 산천기도며 연락 등에 모두 써버리고 창고는 모두 비어버렸다. 게다가 왕비당의 각 곳에 파견된 수령방백들은 정사는 내어버리고 토색에만 힘을 썼으므로 조선의 천지는 피폐하기가 그지없었다. 따라서 민간에서 거둘 세납은 도무지 거둘 수가 없는 데다가 연락의 비용에 급한 정부에서는 납헌의 독촉은 불과 같고— 이러한 새에 껴서 어찌할 수가 없게 된 공리(貢吏)[1]들은 모두 자기의 직업을 내던지고 도망하였다. 이 때문에 정부의 수입의 길은 온전히 끊어지고 말았다.

　백관(百官)이며 삼군에 대한 봉급 지출의 책임이 있는 정부는 당연한 자기네의 의무로써 그것을 어떻게든 지불하여야 할 것이다. 그러나 자기

─────────
1　공리 : 공공 단체의 사무를 맡아보는 사람.

네의 연락의 비용도 미처 거두지를 못하여 쩔쩔매는 그들인지라 어찌할
도리가 없었다. 관리의 봉급이 심한 자는 5, 6년, 경한 자라야 1, 2년 삼
군의 봉급도 년여를 내어주지를 못하였다. 그리고 지방 공리들이 민원을
사면서 거두어 올리는 세납은 자기네의 사창고로— 그리고 남은 것은 연
락의 비용으로 썼다.

　군인의 삼봉족(三奉足)이라는 것은 매삭 쌀 열 말씩과 일 년에 무명 세
필씩 주는 것이었다. 대개가 빈한한 가정에서 나와서 장정이 없어진 집
안을 삼봉족으로 겨우 길러가는 병정들에게는 삼봉족은 그들의 생활의
유일의 근거였다. 삼봉족이 없으면 그들의 가족은 굶어 죽을 수밖에는
도리가 없다. 년여를 봉급을 받지를 못한 병사들은 기회가 있을 때마다
상부에 애소하여 삼봉족 지급을 청하였다. 그러나 첫째로는 줄 것이 부
족하고 둘째로는 성의(誠意)가 부족한 상부에서는 애소를 받을 때마다 내
어주기는커녕 호령을 하여서 내몰고 하였다. 그리고 이 때문에 그들의
마음에는 울분이 차차 자랐다.

　게다가 정부에서는 이 봄에 이경하(李景夏)를 무위대장(武衛代將)으로,
신정희(申正熙)를 장어대장(壯禦代將)으로 하여 두 영(營)을 새로 설치하였
다. 그리고 또한 굴본예조(掘本禮造)라는 일본 군인을 초빙하여다가 교관
으로 삼고 점잖은 집 자식을 108인을 뽑아서 소위 별기군(別技軍)이라는
것을 조직해서 하도감(下都監)[2]에다 두고 사관생도라 하여 신식 병술을
가르치며 그들에게는 어떻게 하여서든 때를 맞추어서 봉급을 내어주었
다. 이외 별기가 다 양성이 된 뒤에는 이전의 각 영을 없이하고 이로써
국방 군인을 삼으려는 예산이었었다. 이것은 구식병사들에게 절망의 염
을 일으키는 동시에 자포적 분노를 더욱 크게 하였다. 어차피 망하는 이

───────────
2　하도감 : 훈련도감에 속한 분영(分營).

상에는-이런 자포적 용기가 차차 그들의 마음에서 자라났다.

유월에 놀랍게도 장안에 돌아간 유언과 비어는 마침내 그들의 분노를 폭발케 하는 큰 도화선이 되었다. 그들은 민심이 소란한 기회를 틈타서 또다시 요로에 삼봉족 지급을 애소하였다. 아니 애소라기보다 이번은 강박(强迫)[3]하였다.

정부 측에서는 또다시 호령을 하여 내어 쫓을까 하였다. 그러나 병사들의 의기가 뜻밖에 셈을 보고-더구나 소란한 민심을 보고 슬며시 겁이 나서 광흥창(廣興倉)의 창리를 불러서 한 달분의 쌀을 내어주라 명하였다.

여기서 만약 광흥창의 창리가 정직히 한 달분의 군향을 내어주었던들 임오군란은 일어나지 않거나 혹은 얼마간 연기가 되었을 것이다. 그러나 불행히도 창리는 당시의 왕비당의 거두 민겸호의 가인-따라서 마음 교하기가 그지없는 사람이었다. 병사의 국가에 대한 공로는 모르되 주인에게 첨하는 방법은 아는 창리는 창고를 열고 그 가운데서 썩은 쌀을 내서 게다가 모래와 흙까지 섞어서 분량조차 열 말이 못되게 하여 지급하였다. 때는 임오 6월 초 9일.

여기서 변난은 시작되었다.

2

그새 밀렸던 봉급을 한꺼번에 받으러 온 병사들에게 겨우 한 달분의 봉급도 부족한데 그나마 모래 섞인 쌀을 양도 차지 않게 내어주는데 병사들이 만족할 리가 없었다. 그들은 민겸호에게 이 사정을 호소하였다.

그러나 겸호는 그들을 꾸짖어 물리치고 말았다. 그리고 수모자는 잡

---

3 강박 : 남의 뜻을 무리하게 내리누르거나 자기 뜻에 억지로 따르게 함.

아 가두었다. 여기서 격노한 병사들은 겨우 그 폭행성을 발휘한 것이었었다.

그들은 돌아서는 길로 즉시 창리를 죽여버렸다. 그리고 여기서 그 첫 피를 본 격노한 병사들은 그 다음의 피를 보고저 ㅁㅁ 무고(武庫)로 달려가서 ㅁ를 깨뜨리고 제각기 무기를 꺼내어 가지고 함성을 치면서 달아났다.[4]

"우리는 어차피 죄를 지은 몸, 이럴진대 간적을 모두 없이하여 나라의 은공이나 갚자."

이것이 그들의 공통된 마음이었었다.

동별영(東別營)의 장교며 기병이며 그 밖 오영의 병사들이 전부 모인 이 난군의 무리는 뒤를 따르는 역시 민씨당의 정치를 밉게 보는 수많은 백성들과 함께 손마다 무기를 잡고 함성을 지르면서 선혜당상(宣惠堂上) 김보현(金輔鉉) 집으로 달려갔다. 김보현은 삼봉족 지출의 책임을 지고 있는 재상이었었다.

김보현은 마침 자기 집에 있지 않아서 당장에는 살해를 당하지 않았다. 보현을 찾아서 얻지 못한 격노한 군중은 보현의 집을 모두 부수고 그 위에 불까지 놓은 뒤에 당당히 개가를 부르면서 이번은 또 민겸호의 집으로 향하였다.

겸호도 다행히 그때 대궐에 들어가 있었다. 그럼으로 당장에는 해를 받지 않았으나 집은 역시 모두 파쇄당하였다. 그리고 차례차례로 민씨며 그의 도당들의 각 집은 격노한 군중의 발아래 파쇄되고 유린되었다.

이러는 동안에 이 난군에서 갈라진 일대는 금옥으로 달려가서 옥을 깨뜨리고 그 안에 들었던 죄수들을 모두 놓아주었다.

---

4 원문 훼손으로 인하여 확인할 수 없음.

아침부터 시원하지 않던 날씨는 이때부터 마침내 소낙비를 억수로 내려붓기 시작하였다. 금년 여름이 되면서 아직껏(그새 유월 초이튿날 재비[灰雨]가 잠깐 와본 뿐) 가물어서 가뜩이나 흉흉하던 인심이 더욱 흉흉하던 이때에 뜻 안한 이 소낙비는 군중의 마음에 커다란 충동을 주었다.

'원(寃)을 씻는 비'

이러한 관념 아래 그들은 자기네의 폭행을 하늘이 칭찬하시는 일이라고 더욱 용기를 내었다. 문밖에 각 사찰(寺刹)들도 순식간에 난민에게 유린되었다. 그새 민씨 일당에서 놀라우리만치 많이 드린 불공을 밉게 본 때문이었었다.

저녁때 쯤 난민들은 세 대로 나뉘었다.

그 첫대는 하도감(下都監)으로 달려갔다. 하도감의 사관생도들은 정부의 보호 아래 일본의 세력 밑에서 그 건방지고 방자한 행동으로 온 시민의 미움을 샀던 것이다. 교관 굴본예조(掘本禮造)는 난군의 몰려오는 것을 알고 몸에 미칠 위험을 알고 군인의 정복 위에 조선 베두루마기를 입고 모자의 위로 수건을 동이고 몸을 피하여 달아나다가 뒷내골에서 마침내 그 정체가 발견되어 돌로 박살을 당하였다. 그리고 병영은 깨져나갔다.

그 다른 일대는 대궐로 직행하였다. 그리고 그들은 거기서 민씨를 멀리할 것과 대원군을 다시 모셔 들여갈 것을 상소하였다.

나머지의 한 대는 천연정(天然亭)으로 달려갔다. 일본 공사관을 습격하려 함이었다. 공사관으로 달려간 그들은 거기서 몸을 빼쳐서 달아나는 일인 일곱 명을 박살하였다. 그리고 빈집으로 보이는 그 공사관을 짓부수려 들어가려 하였다. 그러나 그들이 들어가기 전에 공사관에서는 검은 연기가 보이기 시작하였다. 그리고 순식간에 공사관은 불타올랐다. 이것을 보고 난군이 바야흐로 발을 돌이키려 할 때 문득 공사관의 문이 열렸다. 그리고 그리로는 공사 화방의질(花房義質)을 선두로 32명이 각기 칼을 들고 나왔다. 난군들은 이 뜻밖의 일에 놀랐다. 놀라기 때문에 잠시 주저하는 틈을 엿보아가지고 화방의 일행은 꼬리가 빠지게 도망들을 하였다. 이리하여 그들은 죽음을 면하였다.

3

이러한 가운데서도 훈련원대장(訓練院大將) 조영하(趙寧夏)의 집뿐은 이 화액에서 면할 뿐 아니라 군대가 그의 집(박동)을 수비까지 하여주었다. 그것은 다른 때문이 아니라 다른 대장들은 모두 자기의 부하를 보호하기는커녕 그들의 봉급을 벗겨먹고자 하는 데 반하여 조영하는 자기의 개인 소유의 재산으로서 군향을 지급하기 때문이었다.

이 군란이 일어날 때 대궐에서는 역시 여전히 연회가 있었다. 놀라운 소식 때문에 연회는 깨져버리고 왕비의 명으로 가까이 있던 신하가 급히 달려가서 난군들을 다 일러보려 하였다. 그러나 그런 미지근한 근신의 말에 복종하기에는 군중의 마음은 너무 격동되었다.

여기서 대궐에서는 지급히 의논을 한 결과 대원군의 참내[5]를 청하기로 하였다. 위력으로든지 지배력으로든 집중된 인심으로든 이런 난국에 처할 만한 사람은 태공밖에는 없을 것을 그들도 잘 앎이었었다.

대궐에 참내한 대원군은 군대에 평판 좋은 이경하를 등별영으로 보내서 난군들을 깨쳐주려 하였다. 그러나 이경하의 말도 격동된 병사들은 듣지 않았다. 뿐더러 일종의 시위 행동까지 보였다. 경하는 겁이 나서 돌아오고 말았다.

그것을 핑계 삼아서

"나도 무가내하요"

5 참내(參內) : 대궐 안으로 들어감.

하고 대원군도 운현궁으로 돌아가버렸다.

무가내하라 하고 궁중에서 돌아간 태공은 밤에 사람을 시켜서 많은 음식과 금전을 동별영으로 보내고 좋은 말로써 그들을 위무하였다. 그렇지 않아도 대원군께 심복하여 있던 병사며 장교들은 이 위무에 감격하였다. 창졸간에 하늘을 거스른 죄를 짓고 자포적 기미로써 온갖 폭행을 다한 그들에게 국부(國父)에게서의 이 위무는 과연 뜻밖이었었다. 오영의 병졸들은 대원군의 명령이라면 물불을 헤아리지 않을 만치까지 되었다.

이튿날 날이 밝자 병졸들은 운현궁으로 달려왔다. 그리고 자기네의 처지를 호소하였다. 거기 대하여 대원군은 그 노구(老軀)를 직접 난군들 앞에 나타내었다.

"나도 너희들의 처지를 모르는 바는 아니다. 그러나 너희들을 구원할 만한 힘이 내게 없구나. 그러니까 돌아가서 당국의 조처를 기다리는 수밖에야 도리가 있겠느냐."

이것이 대원군의 난군들에게 대한 대답이었었다. 그러나 이 말은 붙는 불에 부채질을 하는 것이나 다름이 없었다. 거기서 돌아설 때는 난군들의 마음에는 당국에 대한 원한이 더 커졌다. 그들의 일대는 거기서 발을 돌이키는 길로 영상(領相) 흥인군(興寅君) 이최응(李最應)의 집으로 달려가서 탐욕 많은 흥인군이 바야흐로 도망가려고 담장을 넘는 것을 도로 끌어내리어 박살하고 헤이지 못하도록 모아두었던 모든 금은보화를 내서 짓밟아버렸다.

난군의 원대는 운현궁을 떠나서 그 길로 대궐로 갔다. 그리고 돈화문으로 하여 대궐 안으로 몰려 들어갔다.

어제부터 내려붓는 비는 아직껏 조금도 멎지를 않았는데 납함[6] 소리

---

6 납함(吶喊) : 적진을 향하여 돌진할 때 군사가 일제히 고함을 지름.

요란히 난군의 침입을 당한 궁중은 그야말로 무서운 수라장으로 화하였다.

마침내 김보현, 민겸호 등이 난군들에게 발견이 되었다. 그리고 그 자리에서 박살을 당하였다. 벌써 의졸이 모두 도망한 궁중에는 난민들이 마음대로 횡행하며 살육하고 뜰에는 비에 섞인 피가 시내와 같이 흐르며 이곳저곳서 처참한 부르짖음이 나는 가운데서 난군들은 그들의 가장 큰 목적물인 중궁을 찾으며 돌아갔다.

이런 괴변을 처음 보는 몇 사람의 재상은 벌써 참내한 대원군께 이 난군을 진무하여 주기를 빌고 또 빌었다. 잠시 이 참담한 수라장을 바라만 보고 있던 대원군은 그의 늙은 몸을 또다시 난군들의 앞에 내놓았다.

대원군을 알아본 난군들은 모두들 대원군께로 모여들었다.

4

"중궁을 내주시오. 대감, 중궁을 내주시오."

난군들은 입을 같이하여 대원군께 왕비를 내어달라고 하였다.

여기서 사태가 중대하여 좀체 멎지 않을 것을 본 대원군은 난군에게 향하여 중궁이 승하하심을 말하고 물러가라 하였다. 그래도 군중이 이를 믿지 않을 때에 대원군은 최후의 수단으로써 정원에 명하여 정식으로 국상7을 반포케 하였다. 승지 조병호(趙秉鎬), 김학진(金鶴鎭) 등은 이를 불가하다 하였으나 이런 경우에 난군의 마음을 풀 에다른 방책을 발견할 수가 없는 대원군은 이를 강행시킨 것이었었다. 그리고 관민, 전부에게 복상을 명하였다. 난중에 중궁의 옥체를 잃었으므로 의관장을 한

---

7 국상 : 민 전체가 복상(服喪)을 하던 왕실의 초상. 태상왕, 상왕, 왕, 왕세자, 왕세손 및 그 비(妃)의 상사(喪事)를 이른다.

다 하였다.

당일로 대원군의 맏아들이요 왕의 백형 되는 이재면은 훈련대장(訓練
大將)에 겸한 선혜당상 호조판서로 되었다.

이리하여 국상이 반포된 뒤에 열하룻날은 잠시 조용하여졌다. 그러나
열이튿날은 기괴한 풍설이 쭉 돌았다. 부상[8] 수만 명이 장안에 들어와서
난을 일으키고 남녀노소를 할 것 없이 살육을 한다 하는 말이었었다.

장안은 물 끓듯 하였다. 이때는 날도 거의 어두운 때였었다. 온 장안은
쑤셔놓은 벌의 둥지와 같아졌다. 남부여대하고 모두 자기의 집을 뛰쳐나
왔다. 밤이 들기 전에 어디로 피난을 가고자 함이었었다. 어버이를 잃은
아이들의 울음소리, 자식을 잃은 어버이의 부르짖음, 보호자를 잃은 늙
은이들의 애소성, ─이러한 참담한 장안에서 제각기 어서 이 공포의 장
안을 피하려고 성문을 향하여 나왔다. 그러나 이미 성문은 굳게 닫혀있
었다.

여기서 길이 막힌 그들은 공포에 얼떠서 정처 없이 장안을 헤매다가
차차 남산과 북산으로 모여들었다. 남북의 산은 피난민들로 하얗게 되었
다. 그리고 거기서는 잃어버린 자식 혹은 어버이 아내 남편들을 찾는 부
르짖음이며 이 괴변에 정신을 못 차린 통곡성이 장안을 진동케 하였다.

이 너무도 참담한 모양에 대원군은 걸어서 돈화문으로 나와서 손을
들어서 어지럽게 돌아가는 백성들을 불렀다. 백성들은 대원군을 알아보
고 모두 모여들었다. 어떻게 하여서든 백성들의 마음을 좀 안정시킬 필
요를 절실히 느낀 대원군은 백성들에게 임의로 무기고에 가서 무기를 꺼
내어다가 자경단을 조직하고 자기네의 동리를 보호하기를 허락하였다.
이렇게 하면 얼마간 그들의 공포가 사라지고 따라서 좀 안정이 될 줄 안

---

8 부상(負商) : 물건을 등에 지고 다니며 파는 사람.

것이었었다.

그러나 그 결과는 반대였다. 무기가 손에 든 백성들은 공포 가운데서 먼저 피를 요구하였다. 캄캄한 밤에 사람을 죽일 수 있는 무기를 손에 잡고 길 목목이 지켜선 그들은 먼저 어디서든 그 무기를 사용하고 싶었다.

만약 저기서 걸핏 수상한 사람의 그림자가 보인다. 그러면 공포에 얼뜬 데다가 피에까지 주린 어느 자위단의 한 사람이 고함친다.

"부상이다!"

이 한마디의 앞에는 반성도 없었다. 주저도 없었다. 그들은 달려들어서 자기네가 수상하다고 본 사람을 한마디의 힐난도 하여보지 않고 당장에 박살하여버린다.

밤새에 이 때문에 박살을 당한 시체가 수가 없었다. 참혹한 시체는 장안의 거리라 골목이라 할 것 없이 수없이 널려 있었다. 그들이 어찌나 허투루 사람을 죽였는지는 많이 널려 있는 시체 가운데도 부녀의 시체도 꽤 많았음으로도 넉넉히 알 수 있다.

뿐더러 자위단과 자위단끼리도 서로 박살전을 일으킨 일이 많았다. 서로 저편을 부상이라 오인하고 그 오인한 바를 다시 살펴보지 않기 때문이었다.

날이 밝은 뒤에 그들은 그 시체가 혹은 김 첨지 혹은 이 서방—요컨대 모두 이 장안의 같은 시민임에 놀랐다. 그리고 그 때문에 부상 운운은 한낱 풍설이었음을 겨우 알았다.

5

일찍이 초열흘날 난군이 대궐로 몰려 들어와서 소리를 같이하여 중궁을 찾을 때에 왕비는 몸을 빼쳐서 나인들 틈에 섞여서 도망하려 하였다. 그러나 불행히도 난민들에게 들켰다.

난민들은 왕비를 붙들기는 붙들었다. 그러나 궁중에 깊이 숨어 있는 왕비의 얼굴을 똑똑히 아는 자가 없었다. 왕비로 짐작이 되어 붙들기는 붙들었지만 그래도 미상하여 누구냐고 힐문을 하기 시작하였다. 그때에 무여별감(武歟別監) 홍재희(洪在羲)가 난민들을 헤치면서 뛰어 나섰다. 그리고 왕비를 붙들고 힐난을 하는 난민의 한 사람의 따귀를 떨어져라 하고 붙였다.

"이 자식아, 마마의 얼굴도 모르고 이 야단이란 말이냐. 이 분은 내 누님 홍 상궁이다."

그리고 왕비에게 향하여

"누님, 자, 얼른 가십시다. 위험하오이다."

하면서 눈이 퀭하니 서 있는 난민들을 헤치고 그 길로 단봉문(丹鳳門)으로 나서서 화개동 윤태준의 집으로 모셔갔다. 그리고 거기서 잠시 쉰 뒤에 다시 길을 채어서 충주 장호원(忠州長湖院) 민응식의 집으로 갔다. 이리하여 왕비와 및 그 일당의 세력은 궁중과 부중과 조선의 천지에서 임시 그림자를 감추었다.

태공이 다시 세력을 잡았다. 이회정, 임응준, 조병창, 정현덕 등등 태공의 심복의 사람은 모두 다시 부중으로 들어오게 되었다. 10년 동안을 정계를 떠나서 깊이 운현궁에 숨어서 마음의 원한을 가야금이나 난초로서 하소연하던 대원군은 여기서 다시 이 나라의 지배자로서 올라선 것이었다.

운현궁에는 다시 차마가 연락부절하게 되었다. 정객 나라를 사랑하는 무리, 나라를 근심하는 무리 나라의 정치에 무슨 의견을 말하고자 하는 무리, 벼슬을 바라는 무리, 한결같이 모두 운현궁으로 찾아왔다. 그리고 태공은 그런 사람을 다 일일이 몸소 나가서 만나고 그들의 말에 귀를 기울였다.

서슬이 푸르르던 민씨들은 모두 종적을 감추었다. 이전과 같으면 민씨 집 개까지도 자기의 지위를 자랑하기 위하여 머리를 높이 들고 다녔겠거늘 지금은 그 집 대감조차가 남의 앞에서 감히 자기의 본성명을 말하기를 못하였다.

이리하여 아직껏의 조선의 주인이던 민씨와 울분 가운데서 날을 보내던 대원군과는 그 지위가 서로 바꾸어진 것이었었다.

이것이 정사상에 나타난 임오군란의 시작에서부터 결말까지였다.

요컨대 임오군란은 별것이 아니었다. 왕비당의 학정에 극도로 분개하였던 백성들이 그새 오래 쌓이고 또 쌓였던 울분을 꺼버린 한 혁명적 행동에 지나지 못한다.

이 국민은 아직껏 자기네의 주군을 몰랐다. 누구가 자기네의 군주가 되든 그런 점은 조금도 염두에 둘 줄을 몰랐다. 철종(哲宗)의 뒤를 이어서 현왕이 옥좌에 올라갈 때도 무심히 지냈다. 옥좌는 비록 현왕의 것이라 하되 정치는 왕의 어버이 되는 대원군이 잡았다 할 때에도 무심히 지냈다. 왜? 그들의 대답은 간단하다. 위에서는 당신네끼리 세력다툼이나 하고 아래서는 백성들이 각기 직업을 따라 밥벌이나 하면 될 게지 그 양자 새에 아무 상관이 있을 것도 아니요 따라서 간섭할 필요도 없을 것이라……고. 그런지라 태공의 세력이 꺾이고 왕비의 세력이 들어앉을 때도 이 백성은 가장 무관심한 태도로 그것을 보았던 것이다.

그러나 일단 왕비가 정권을 잡은 뒤부터는 백성과 궁중과의 새는 이전과 같은 무상관이 아니었다. 왕비당은 백성을 짜내었다. 기름을 짜고 살을 짜고 마지막에는 뼈까지 짜려 하였다. 여기서 아직껏 자기네의 위에 서는 사람을 무간섭주의로 대하던 백성이 겨우 거기 간섭할 필요를 느낀 것이었었다. 그리고 그것이 임오군란으로 나타났다.

6

유월 초여드렛날 태공은 벌써 군란의 기미를 알았다. 재영이가 밤에 태공께 와서 병사들 새에 이상한 기미가 있음을 아뢰었다. 아직껏 누차 청구할 적마다 물리침을 당하고 하던 삼봉족 지급의 문제로써 만약 내일 선혜청에서 그것을 내어주지 않으면 분명히 군란이 일어날 모양이라는 것을 보고하였다. 그리고

"내일이 유월 초아흐렛날─천도산인인가 하는 괴인이 난리가 생기겠다던 날이올시다."

하고 자기의 견해까지 말하였다

태공의 마음은 유월 말에 들어서면서부터 차차 괴상히도 긴장되기 시작하였던 것이었었다. 초승에 생긴 괴상한 천후는 유월에 분명히 무슨 변괴가 생길 것을 예언하는 듯하였다. 천도산인은 유월에 난리가 있으리라 하였다. 골패의 패가 준륙으로 떨어졌다. 이런 몇 가지의 일 때문에 그는 유월에 대하여 스스로 비웃는 가운데도 무슨 기대를 붙이고 있던 것이었었다.

천도산인은 유월 초아흐렛날 난리가 있겠다고 하였다. 유월도 하루가 가고 이틀이 가고 하여 초여드렛날까지 되었다. 그러나 잔잔한 조선의 천지에는 난리가 있음직도 하지 않았다. 유언과 비어만 놀랍게 돌아갔지 어느 구석에서 무엇이 터져 나올 듯은 싶지도 않았다. 태공의 마음은 여기서 극도로 조조하여졌다.

"바보! 그런 것을 믿은 내가 어리석다. 믿고 거기다가 얼마간의 기대를 가지고 있던 내가 어리석다."

조조함에 못 이긴 태공은 스스로 자기를 책망하고 하였다. 그런 것을 믿고 그런 것에 대하여 기대를 가지고 있었다, 하는 자기의 나약한 마음을 책한 것이었었다.

초여드렛날은 고요히 지나갔다. 거리에서는 주정꾼의 싸움 하나도 없이 곱다랗게 지나서 날은 저물었다. 그 밤에 태공은 재영이에게서 병사들 새에 이상한 기미가 있다는 소식을 들은 것이었었다.

재영이가 돌아간 뒤에 태공은 혼자서 방 안에 앉아 있었다. 문밖에서 무슨 분부를 기다리고 있는 시동은 태공이 연하여 담배를 담아서는 도로 털고 담아서는 도로 털고 하는 소리를 들었다. 마음이 격동된 때는 태공은 끊임없이 담배를 빠는 습관이 있는 것이었었다.

태공의 마음은 어지러웠다. 예측할 수 없는 기이한 사건이 그의 앞에 전개 되려는 것을 그는 직각으로 느꼈다. 담배는 채 타지 않은 것을 털어버리고 다시 담고 하였다. 오른편 온 반신(半身)을 통하여 회전되는 경련을 그는 깨달았다.

"무슨 일이 일어나려느냐. 아아 무슨 일이든 일어만 나소서. 일어만 나소서."

태공은 마침내 일어섰다. 그리고 담뱃대를 문 채로 문밖으로 나서서 뒤를 따르려는 시동을 물리친 뒤에 후원으로 돌아갔다.

달은 벌써 거의 서쪽으로 기울어졌다. 별들이 총총히 박혔다. 검고 푸른 가운데 금박을 놓은 듯이 별이 총총히 박혀 있는 하늘은 놀랍게도 아름다웠다.

뒤뜰을 이리로 저리로 거닐던 태공은 담뱃대를 손으로 쥐고 뒷짐을 진 뒤에 정신 나간 사람같이 별하늘을 우러러보고 서 있었다. 늙은 마음에 생겨나는 흥분 때문에 그의 오른편 반신에는 연하여 경련이 일어났다.

"유유한 창천은 굽어 살피소서. 밤을 잃고 살림의 근거를 잃은 이 백성에게 무슨 변동이 생기지 않으면 어떻게 그냥 살아가리이까? 기울어져가는 이 나라와 이 사직 — 여기 또한 무슨 변동이 생기지 않으면 어떻게 바로 세우리까. 하늘에 길이 있거든 이를 굽어살피소서."

밤하늘은 끝없이 고요하였다.

내일 일어날 무서운 변동을 사람에게는 예측도 허락지 않으려는 듯이 유월 초여드렛날의 밤은 고요히 고요히 깊어갔다. 그 가운데서 태공은 밤하늘을 우러러보면서 죽은 듯이 서 있었다.

7

유월 초아흐렛날.

마침내 군란은 일어났다. 그 소식은 즉시로 운현궁에도 들어왔다. 그 뒤에 각각으로 이동되는 난군들의 소식은 혹은 활민숙생을 통하여 혹은 심복지인을 통하여 꼬리를 이어서 태공의 귀로 들어왔다.

궁중에서 즉시로 참내하라는 전달이 왔다.

'입궐.'

이 문제 앞에 태공은 서슴지 않았다.

아까부터 이것을 기다리고 있었던 것이었다. 만약 난리가 소국부에 그치면은 모르지만 확대만 되면은 태공 자기밖에는 이 일을 당할 사람이 없을 것을 잘 알므로였다. 태공은 즉시로 대궐에서 보낸 가마에 몸을 실었다.

대궐로 향하여 급히 몰아가는 도중에서 태공은 많은 군중이 손에 몽치들을 들고 함성을 지르면서 저편 앞으로 달려가는 것을 보았다. 한 무리는 뒤에서 이리로 향하여 달려오는 것도 보았다. 온 시가는 모두 철전[9]을 하였다.

가마의 문을 열어놓고 이 혼란된 시가의 모양을 바라보면서 대궐로

---

9 철전 : 시장, 가게 따위가 문을 닫고 영업을 하지 아니함.

임오군란(壬午軍亂)

가는 태공의 얼굴에는 겨우 미소의 그림자가 떠올랐다.

"사태는 크다. 민씨의 몰락이다."

군중은 태공의 가마를 알아보았다.

"쉬, 운현대감의 행차시다."

어느 누가 이렇게 고함쳤다. 군중에는 갑자기 동요가 생겼다. 그리고 무엇을 호소하려는 듯이 가마를 에워싸려 하였다.

그 포위를 벗어나기는 매우 힘들었다. 마지막에 태공이 몸소 가마에서 내려서 군중에게 자기는 길이 바쁜 뜻을 말한 뒤에야 겨우 길이 조금 열렸다. 그 틈으로 빠져서 달려가는 가마를 군중은 끝끝내 따라왔다. 태공의 가마가 돈화문 안으로 들어갈 때야 군중은 겨우 떨어졌다.

대궐에 있는 만조백관은 모두 사색이 되어 있었다. 태공이 입궐하여 먼저 아드님께 뵙고 아드님에게서 이 난을 평정시키라는 영을 듣고 물러나오며 기다리고 있던 백관들은 모두 태공을 에워싸고 어서 좋은 조처가 있기를 청하였다.

이 청을 들을 때에 태공은 고즈넉이 눈을 감고 있었다. 마음은 괴상히도 떨렸다. 바야흐로 이 나라의 정권은 또다시 자기의 손바닥으로 들어오려 한다. 그렇다. 들어오려 하기는 한다. 그러나 온전히 자기의 손으로 들어왔을까? 궁중은 아직 왕비의 도당으로 차 있다. 이만한 민요로는 그들의 세력을 부수기에는 아직 부족하다. 그들을 온전히 몰락시키기 위해서는 좀 더 방관하지 않을 수 없다. 방관하여 좀 더 사건을 확대시킬 필요가 있다. 자기가 다시 정권을 잡기 위해서는 이번의 이 사건이 천재일우의 좋은 기회로 본 태공은 이렇게 마음먹고 겨우 눈을 떴다. 눈을 뜰 때는 그의 계획도 작정되었다.

그는 이경하를 불렀다. 그리고 경하에게 동별영으로 가서 난군들을 타이르기를 명하였다, 그러나 영을 듣고 나가려는 경하의 등을 향하여

"그렇지만 내 이름을 팔아서 공연히 누가 내게 미치지는 않도록."

이런 마지막 부탁을 하기를 그는 결코 잊지 않았다. 태공의 명령이라는 특별 조건만 없으면 아무리 군심[10]을 산 이경하의 말일지라도 아무 효력도 없을 것을 태공은 알았다.

태공의 예측대로 경하는 헛길을 걷고 돌아왔다. 격노한 군인들은 경하의 말을 듣기는커녕 하마터면 경하가 오히려 욕을 볼 뻔하고 겨우 도망하여 돌아온 것이었었다.

태공은 마음으로 미소하였다, 그리고 경하가 헛길을 걷고 돌아온 때문에 더욱 어찌할 줄을 모르고 돌아가는 뭇 귀인들에게

"나도 어찌할 수가 없소. 늙어서 그런지 허리가 아파서 견딜 수 없으니 먼저 돌아가오."

한 뒤에는 가마를 몰아서 운현궁으로 돌아왔다.

밤에 각 곳에 헤어졌던 병사들이 모두 동별영에 모였음 직한 시간을 기다려서 태공은 많은 음식과 금전을 동별영으로 보냈다. 이리하여 병사들의 마음을 결정적으로 매수하였다.

8

이튿날 아침 어제 일에 대하여 사례도 할 겸 그 몸의 조처를 호소하려 온 병사들에게 태공은 자기에게는 그런 능력이 없다는 것을 명언하여 아직도 세상은 민씨의 세상이라는 것을 암시하여 돌려보냈다.

격변하는 세상 때문에 차차 혼란되는 가슴을 때때로 두드리며 고요히 앉아서 뒤를 이어서 들어올 보고를 기다리고 있을 때에 뜻밖의 보고가 들어왔다. 난민들이 마침내 대궐까지 침범하였다 하는 것이었었다.

---

10 군심 : 군사들의 마음. 연재 원본에는 '근심'이라 표기됐으나 문맥상 '군심'의 오류로 보임.

이 보고를 들을 때에 아직껏 미소에 잠겨 있던 태공의 얼굴이 문득 창백하여졌다.

"대궐에?"

그것은 과연 뜻밖의 일이었다. 격노한 군중이 민씨의 도당의 집을 모두 부쉈다는 것은 그럴듯한 일이다. 민겸호며 김보현 등 당면의 원수를 잡아서 죽인다면 그것도 또한 모를 일이다. 그러나 대궐을 침범한 것은? 격노한 군중은 민씨의 도당을 잔멸시키고 그 여파로서 5백 년을 전면히 내려온 이 사직까지 침범하려 함이 아닌가. 그들의 배후에는 어떤 커다란 음모자가 숨어 있지나 않은가. 더구나 외국의 세력이라도 숨어 있지 않은가.

얼굴이 창백하게 되어 거기서 일어선 태공은 급히 가마를 명하였다. 그리고 명한 가마가 준비되기 전에 벌써 옷을 입고 가마를 기다리고 있었다.

가마에 탄 뒤에도 소리를 높여서 어서 자기를 재촉하였다. 길에서도 연하여 어서 가기만 재촉하였다. 퍼붓는 비를 무릅쓰고 가마는 나는 듯이 달렸다.

태공의 탄 가마가 거의 대궐에 이르렀을 때 태공은 대궐에서 울리어 나오는 무서운 함성을 들었다. 대조전(大造殿) 앞에까지 당도하니 수백의 난군이 각기 무기를 들고 입으로 무슨 소리를 부르짖으며 야단을 하였다.

그냥 닫는 가마에서 태공은 몸을 날려서 내려뛰었다. 그리고 군중을 향하여 벽력같이 고함쳤다.

"이게 무슨 짓이냐!"

태공의 음성은 우렁찼다. 난군의 어지러운 소리 위로 우렁찬 태공의 소리가 울리어 나갔다. 군중은 이 고함치는 사람을 향하여 일제히 돌아섰다. 그리고 그들은 거기서 자기네가 경애하는 운현대감을 발견한 것이었었다.

"왜들 이 꼴이냐!"

"대감, 중궁을 내어주시오."

"나는 모른다. 지금 너희들이 대궐을 침범한다기에 급히 입궐하는 길. 중궁마마는 어디 계신지 모른다."

그러나 뭇입은 다시 부르짖었다!

"중궁을─중궁을─대감, 중궁을."

"중궁마마는 왜 찾느냐."

"원수를 갚겠습니다."

"원수?"

극도로 긴장되었던 태공의 마음이 순식간에 풀림을 따라서 그의 눈에는 칵 눈물이 한 껍질 씌워졌다. 난군이 대궐을 침범하였다 하나 그것은 결코 반역의 뜻에서 나온 것이 아니요, 오로지 자기네를 아직껏 괴롭게 하던 중궁에게 대한 원수를 갚으러 들어옴이었었다.

"나는 모른다. 하여튼 대궐을 침범한 죄는."

태공의 말이 채 맺지도 못하여 태공의 가까이 있던 한 젊은이가 넙죽 땅에 엎디었다.

"원수만 갚은 뒤에는 아무런 처분이라도 탄하지 않겠습니다."

태공은 한숨을 쉬었다. 그리고 비를 맞으면서 천천히 대조전을 향하여 갔다. 군중은 태공에게 길을 내어주었다. 그러나 뭇입은 역시 태공을 향하여─

"중궁을, 중궁을."

하고 부르짖었다. 그것은 마치 산골서 울려오는 맹수의 부르짖음과 같이 대궐에서 꽤 먼 곳까지 그 포함성이 들렸다.

"아아."

태공은 소리까지 내어서 탄식하였다. 그리고 대조전 안으로 들어갔다.

9

대조전에 들어서 보니 참담하였다. 널따란 대조전에는 근시하는 신하의 그림자는 하나도 없고, 여기도 난군이 한 번 다녀간 모양으로 진흙 발자리가 무수히 있었다.

난군의 발아래 밟힌 듯한 이 대조전을 볼 때에 태공의 머리에 제일 먼저 떠오른 것은 아드님의 생각이었었다. 비록 아드님은 마음을 비에게 앗기우고 아직껏 거의 아버님께 반항하는 태도를 취하였지만 자식을 생각하는 어버이의 마음은 이런 비상한 경우에 임하여 먼저 아드님의 안위에 갔다. 조선이라 하는 나라의 문제보다도 사직의 문제보다도 이때의 태공에게 가장 큰 문제는 아드님의 안위였다. 태공은 사면을 둘러보았다.

"야, 누구 없느냐. 누구 없느냐."

밖에는 역시 난민들의 포함성이 요란하였다. 그런 가운데서 누구가 없느냐고 고함치는 태공의 소리는 빈 대조전에 더르렁더르렁 울릴 뿐 거기 응하는 대답은 없었다.

두세 번 소리를 높여서 사람들을 찾아본 뒤에 태공은 도저히 누구를 부를 수는 없는 것을 알고 몸소 아드님의 안위를 알아보려 그곳서 나오려 하였다. 그때에 아직껏 요란하던 군중들 새에서는 더욱 큰 포함성이 들렸다. 태공은 뜻하지 않고 앞을 내어다보았다.

김보현(金輔鉉)이 붙들렸다. 그리고 대조전 앞에서 격노한 군중에게 박살을 당하는 즈음이었었다. 함성이 연하여 났다.

"와아!"

김보현이 넘어졌다. 넘어졌던 보현이 비틀비틀 일어섰다. 그리고 무엇을 막으려는 듯이 팔굽을 들어서 얼굴을 가리고 술 취한 사람같이 비틀비틀 앞으로 갔다. 앞에 있던 군중이 조금 비켜주었다. 그리로 헤적이며 가려는 보현의 등을 향하여 뒤에서 뭉치가 내렸다. 뻑! 하는 소리가 태공에게도 들렸다. 보현은 비틀비틀 앞으로 쓰러졌다. 순간을 유예치 않고 창이 그의 얼굴로 향하여 내려갔다. 그런 뒤에는 무리 뭉치가 그의 몸에 내리기 시작하였다.

"와아."

우중에서 군중의 포함성이 또 울리었다.

"아아, 이게 무슨 짓이냐."

태공은 눈을 감았다. 그의 얼굴에는 쓰린 그림자가 넘쳐 있었다. 그러나 일단 감았던 그의 눈은 곧 다시 열렸다. 어서 상감의 안위를 알아봐야겠다. 격노한 군중의 눈에 시비가 가려지랴. 상감은― 아드님은 안재하신가.

태공은 아드님의 안위를 알아보려 거기서 몸을 휙 돌이켰다. 그리고 돌아선 그는 이리로 향하여 몸을 숨겨가면서 나오던 왕비와 딱 만났다. 태공은 깜짝 놀랐다. 그러나 왕비는 더 놀란 모양이었었다.

오래를 두고 서로 겨뤄오던 두 정적(政敵)은 이런 비상한 자리에서 딱 마주 섰다. 이런 때에 왕비는 당연히 자기의 머리를 숙이고 태공께 보호를 청하여야 할 것이었다. 그러나 태공과 마주 선 왕비의 눈에는 증오의 불길만 타올랐다.

태공은 격노하였다. 그러나 그는 먼저 공순히 자기의 늙은 머리를 숙였다.

"마마, 상감은 어디 계시오?"

"난 모르우."

이것이 왕비의 대답이었었다.

"이 난군 중에 무사하신지요."

"아마 무사하시겠지."

왕비의 대답에는 독이 있었다.

두 번을 연한 이런 대답에 태공은 자기의 노염을 그냥 감추어둘 수가 없었다. 태공은 몸을 떨었다. 이때에 뜰에서는 김보현을 박살한 난군들이

"자, 인젠 중궁을 찾자!"

하는 소리 요란히 모두들 왕비를 찾으러 그곳을 떠나는 기색이 있었다. 태공은 머리를 돌려서 그쪽을 보았다. 그런 뒤에 도로 머리를 왕비에게 향하였다.

"마마, 군심이 저런데 잠깐 나가보시지요."

태공은 눈을 푹 내려뜨면서 이렇게 말하였다.

10

왕비의 눈은 날카로워졌다. 태공은 아직껏 60여 년의 생애를 통하여 이때의 왕비의 눈과 같이 증오로 불붙는 눈을 본 일이 없었다. 왕비의 온몸이 우들우들 떨렸다. 입술이 새파랗게 되었다.

"이ㅡ이."

숨찬 듯이 두어 번 이렇게 뇐 왕비는

"이 도적놈이 나를 죽이려는구나!"

이렇게 부르짖었다. 왕비의 오른편 손이 높이 올라갔다. 그 올라갔던 손은 곧 태공의 왼편 뺨을 향하여 내려왔다.

태공은 눈이 아뜩하여졌다. 그의 오른손도 높이 올라가려 하였다. 뜰

에서는 그냥 중궁을 찾는 소리가 요란하였다.

'중궁은 여기 계시다. 너희들이 찾는 중궁은 지금 여기 계신 이분이시다.'

만약 이때에 태공이 손을 높이 들어서 군중을 향하여 이렇게 고함 한 번만 쳤다면 중궁도 또한 김보현과 같은 길을 밟을 것이 분명하였다. 태공의 손이 차차 높이 들리려 하였다.

그러나 올라가던 손을 태공은 다시 내리었다. 그리고 격노로 말미어 떨리는 눈을 힘 있게 닫았다 무서운 노염을 참느라고 그의 다리는 거의 그의 몸을 지탱하기가 힘들도록 떨렸다.

"으음."

태공의 입에서는 이런 신음까지 나왔다.

왕비의 죽음―그것은 태공에게는 조금도 아까운 것이 없었다. 아니 그의 범한 죄의 대상으로서 당연히 군중의 손에 피제사를 들지 않으면 안 될 몸이다. 그러나 아무리 벌 받을 만한 왕비―일지라도 그래도 적어도 국모의 몸을 태공이 몸소 난민들에게 내어 맡긴다 하는 것은 태공 처지로서 못 할 노릇이다. 태공은 혀를 깨물면서 이때의 격노를 눌렀다.

이윽고 태공이 눈을 뜬 때는 마주 서 있는 왕비는 벌써 어디론가 자취를 감추었다.

거기서 마침 지나가는 시종의 한 사람을 불러서 태공은 아드님의 무사하심을 알았다. 대조전 앞뜰을 바라보니 김보현을 박살한 군중들은 중궁과 민겸호를 찾으면서 차차 저편으로들 몰려간다.

난군들이 저편으로 몰려간 뒤의 뜰에는 김보현의 시체가 혼자서 비를 맞으며 누워 있었다. 그의 입에서 흐른 피는 비에 섞여서 기다랗게 꼬리를 끌고 아래로 흘러간다. 보현의 시체의 근처에는 무수한 돌과 몽치가 널려 있었다. 그 가운데 왼편 손을 가슴 아래로 깔고 오른편 손은 마치 무엇을 집으려는 듯이 머리 위에서 썩 펴고 엎디어서 죽은 보현의 시체는 함빡 비에 젖어서 난군이 지나간 빈 뜰을 처참히 장식하고 있었다.

"이게— 이게 무슨 짓이냐. 궁전을 피로 적시었구나."

민씨의 몰락 자기의 집정—당연히 기뻐하여야 할 이런 문제를 앞에 두고 이 참담한 사건에 태공의 입에서는 연하여 쓴 탄식이 나왔다. 이마에는 기름이 배었다.

"와아!"

모양은 보이지 않지만 저편에 가 있을 군중의 포함성이 또 천지를 진동하게 울렸다.

"왕비냐? 겸호냐?"

원수를 또 하나 붙든 것이 분명하였다.

"와아."

포함성은 연하여 났다.

그리로 머리를 돌리매 거기서는 사람이 하나 뛰쳐나왔다. 아니 사람이라기보다 무슨 뭉치가 하나 굴러 나왔다는 편이 옳겠지, 그리고 그 굴러 나온 뭉치는 날다시피 하여 이리로 달려온다. 그 뭉치와 상거가 꽤 떨어져야 쫓아오는 난군들이 소리를 지르며 따라왔다.

태공은 그 도망하여 오는 사람이 민겸호인 것을 알았다. 도망하는 사람은 목숨을 내어놓은 일이었다. 그 속력은 따라오는 사람보다 훨씬 빨랐다. 자칫하면 겸호는 그 난을 피할 수 있을 듯이 보였다.

그때였다. 웬 젊은이 두 사람이 어디서인지 민겸호의 맞은편에 나타났다.

11

따라오던 겸호는 그 피력으로 맞은편에 막아선 사람을 피할 겨를이 없이 정면으로 그 가슴에 들어가 안겼다.

"대감, 어디 가시오?"

우렁찬 소리가 겸호를 안은 사람의 입에서 나왔다.

태공은 보았다. 그것은 틀림이 없는 안재영이었다. 그의 뒤에 서 있는 사람은 묵재의 딸─재영이의 약혼자 이인화였다.

겸호는 마주 붙든 사람을 쳐다보았다. 그의 얼굴에 기이한 표정이 떠올랐다.

"애."

어떻게 들으면 고양이의 소리와도 같은 기이한 소리가 그의 입에서 나왔다.

재영이는 인화를 돌아보고 벙글 웃었다. 인화도 같이 웃었다. 그런 뒤에 겸호의 머리를 움켜 당겨서 제 입을 그의 귀에 갖다 대고 무슨 이야기를 두어 마디 하였다. 그리고 겸호의 몸을 휙 돌이켜서 이편으로 달려오는 군중을 향하여 내어 쏘았다. 태공이 그때에 가장 기이하게 본 것은 어느 틈에 그런 일을 하였는지는 모르지만 재영이가 도로 겸호를 군중을 향하여 내어 쏠 때는 겸호의 가슴에서는 피가 흐르고 있었다.

겸호는 재영이가 내쏘는 바람에 서너 걸음 더 가서 앞으로 고꾸라졌다. 고꾸라졌던 그는 다시 곧 일어섰다. 그러나 이번은 비록 일어섰다는 하지만 완전히 일어선 바가 아니었었다. 그의 하반신(下半身)은 일어섰다. 그러나 상반신은 마치 땅에 무엇을 내려뜨리고 그것을 찾는 사람과 같이 코가 거의 땅에 닿도록 구부러졌다. 그리고 헤엄치듯 앞으로 향하여 걸어 나갔다.

겸호를 향하여 달려오던 군중은 이 기괴한 겸호의 동작에 놀란 모양

운현궁(雲峴宮)의 봄

277

이었었다. 그들은 모두 우뚝 마주 섰다. 마주 선 군중을 향하여 겸호는 헤엄치듯 나갔다. 겸호와 마주치게 된 몇 사람은 조금 몸을 비켜주었다. 그 틈으로 겸호는 헤엄치듯 들어갔다. 그리고 군중의 복판 가운데로 들어갔다.

"와아."

군중의 새에서는 또다시 함성이 났다. 그리고는 겸호를 중심에 두고 원형으로 뺑 둘러섰다. 거기서 겸호는 군중의 손에 박살을 당하였다. 비는 그냥 그치지 않았다.

겸호에게 해를 가하는 군중의 위에 잠시 눈을 붓고 있던 태공이 그 눈을 재영이에게로 옮기매 재영이는 벌써 그 자리에서 자취가 사라졌다.

그래서 어디를 갔는가 하고 살펴보니 저편 쪽 수풀 사이로 재영이와 인화가 어깨를 나란히 하여 간다. 무슨 이야기를 그렇게 정답게 하는지 재영이는 인화의 얼굴을 내려다보며 인화는 재영이의 얼굴을 쳐다보며 연하여 말을 그치지 않고 차차 수풀 새로 사라져 없어진다. 비에 함빡 젖어서…….

"아아, 너희도 원수를 갚았구나."

태공이 눈을 도로 이편으로 돌리매 겸호의 위에 마음껏 원한을 푼 군중들은 또다시 인제 한 사람 남은 왕비를 찾으면서 그곳을 떠나는 것이었다.

대궐에서 중궁을 찾다가 찾지 못한 병사들은 궐문을 나와서 다시 윤웅렬(尹雄烈), 한성근(韓聖根), 김홍집(金弘集), 민영익(閔泳翊) 등의 집을 부수고 민창식(閔昌植)을 잡아서 허리를 끊어 죽였다.

군중이 대궐에서 나간 뒤에 혼자서 대조전을 지키고 있던 태공은 근시[11] 하는 신하들을 불러들였다. 인제 저는 민씨의 세력이 넉넉히 부서졌음을

11 근시(近侍)하다 : 웃어른을 가까이에서 모시다.

보았기 때문이다.

근신들에게 왕비의 거처를 물어보았지만 아무도 아는 사람이 없었다. 아까 홍재희가 왕비를 업고 난민들 틈을 헤치고 가더란 막연한 소식을 겨우 알 뿐이었었다.

태공은 왕비의 거처를 추구하지 않았다. 추구할 필요도 느끼지 않았다. 그리고 정원에 명하여 국상을 반포시켰다. 이를 몇몇 승지가 반대는 하였지만 태공은 이를 강행시켰다.

이리하여 왕비당은 그 존재를 잃었다.

12

그로부터 이틀 동안—군란이 완전히 종식되기까지 태공은 여간 바쁘지 않았다. 아직 이 나라의 정치를 잡고 있던 민씨 일당이 하루 동안에 잔멸되고 말았다. 정권은 저절로 태공의 손으로 굴러 들어왔다. 아직껏 태공을 볼지라도 본 체 만 체하던 만조백관들이 지금은 사소한 문제까지라도 죄 태공에게 가지고 와서 지휘를 청하였다. 그리고 또한 아직껏 자기네를 지휘하던 민씨의 일당을 하루 새에 잃어버린 그들은 자기네의 능력으로 처치하지 못할 정치 문제에 대하여 태공에게밖에는 지휘를 받을 사람이 없었다.

게다가 시민의 마음이 또 모두 태공으로만 향하였다.

"우리의 운현대감."

시민들은 태공을 부르기에 이런 대명사를 사용하고 군란의 첫날부터 운현대감을 대궐로 모셔 들어가기를 아우성 하였다. 그들이 아무리 격노하여 폭행을 마음대로 하다가라도,

"운현대감께서 그만두라신다."

라는 전령만 들리면 즉시로 중지하고 하였다.

이 일은 결정적으로, 태공으로 하여금 아무 경쟁자도 없이 다시 이 나라의 정권을 손안에 넣게 하였다.

누구가 청을 한 바도 아니요 누구가 시킨 바도 아니요 저절로 어름어름하는 새에 어느덧 이 나라의 정권을 잡은 태공은 먼저 군란을 좀 진정시키기 위하여 국상을 반포하였다. 거기 대하여 '중궁의 승하하심을 눈으로 보지 못하고 국상을 반포할 수가 없다.'는 몇몇의 승지가 있을 때에 태공은 자기의 위력을 시험하여보기 위하여 이를 강행시켰다. 국상은 반포되었다.

이 사실은 즉 태공의 세력이 다시 일어났다는 것을 증명하는 바였었다. 아무리 상감의 어버이라 하지만 태공이 정치에 대하여 지휘할 권리가 있을 리가 없다. 정부는 또한 태공의 명령에 복종할 의무가 있을 리가 없다. 그렇거늘 태공이 명령을 하매 정부가 복종을 하였다. 이것은 정부가 태공에게 대하여 섭정의 지위를 승인하였다는 증거에 다름없다.

여기서 누구가 시키고 누구가 하겠다고 응하지 않았건만 태공은 또다시 섭정의 자리에 올라간 것이었다.

어름어름 섭정의 지위에 다시 올라간 태공은 다시 명하여 무위(武衛), 장어(壯禦)의 양영과 기무아문(機務衙門)을 폐하여버렸다. 이번의 군란의 직접 원인은 황은(皇恩)이 이 새로운 양영에는 후함이고 재래의 오영에는 박한 데서 일어났음이라. 그 영을 폐하고 훈련(訓練) 금위(禁衛) 어영(御營)의 구영을 다시 세워서 군심을 안돈시키기 위함이었다.

군심은 안돈되었다. 당면의 원수인 민씨의 일당을 잔멸시켜서 그의 세력을 정부에서 몰아내고 게다가 자기네가 경애하던 태공이 다시 섭정의 자리에 올라갔으며 태공이 섭정의 자리에 올라가는 즉시로 자기네의 지위에 큰 위협이 되던 무위영과 장어영을 없이해버리고 재래의 삼영을 부활시킨 일 등등은 그들의 마음을 품기에 넉넉하였다.

이리하여 군란은 제삼일에는 벌써 종식되었다. 그 뒤에는 그 여파가 남아 있을 뿐이었다. 제삼일에도 여기저기서 조그만 분요[12]가 있었지만 그것은 그새의 흥분에서 아직 채 깨지 못한 시민들이 한 일이요 병사들은 참여하지 않았다.

제사일 저녁에 '부상 습격' 운운으로 온 장안이 경악과 공포로서 물 끓 듯 하며 아니 어린이 모두 울며 부르짖으며 남북산으로 피난을 하고 밤중에는 수없는 살육 사건이 생긴 그것도 군대와는 아무 관여가 없이 헛된 소문에 시민들이 놀라서 덤빌 뿐이었었다.

시민의 분요도 오래 계속될 까닭이 없다. 태공이 섭정의 자리에 묵직이 들어앉은 것을 본 뒤로 시민들도 어느덧 안돈하였다.

그 분요의 며칠 태공은 한편으로는 주인 잃은 요석(要席)에 새 주인을 만들어 앉히며 한편으로는 분요를 평정시키느라고 눈코 뜰 새가 없었다.

13

군란이 일기 전날 활민숙에서는 미리 그 기미를 알았다. 최라 하는 숙생의 이전 집안 하인이던 사람이 군졸로 있다. 최는 거기서 어떤 동요가 생기려는 기미를 알고 즉시로 사찰에게 보고하였다.

물론 여느 때 같으면 그런 동요에는 그다지 주의도 안 할 것이다. 이런 악정(惡政) 아래서는 그만한 동요는 그다지 신기한 것은 아니므로…….
그러나 일찍이 유월 초아흐렛날 운운의 천도산인의 예언에 막연하나마 어떤 기대를 가지고 있던 그들은 때가 때―인지라 거기 귀를 기울인 것이었었다.

---

12 분요(紛擾) : 어수선하고 소란스러움.

재영이는 즉시로 왈쇠에게 송만년의 집에 가서 숙생 전부를 이리로 오란다고 전하기를 명하고 자기는 달려가서 스승과 인화를 이리로 모시고 왔다. 여기서, 지급히 회의는 열렸다. 만약 요행히 내일 무슨 변란이 일어만 나면은 그때에 그들이 취할 행동을 의논하기 위하였었다.

의논한 결과 방침은 작정되었다. 변란이 어떠한 데서 어떠한 정도로 어떻게 일어날지 이것은 도저히 예단할 수 없다. 그런지라 상세한 방침은 세울 수가 없었다. 그러나 어떤 정도로 어떤 변란이 일어나든지 간에 전 국면을 통하여 그들이 취할 일이 있을 것이다. 이것을 그들은 작정하였다.

그들은 숙생을 두 대로 나누기로 하였다.

한 대는 보호대라 하여 다섯 명을 뽑았다. 인화는 그 축에 섞였다.

두 대는 진행대라 하여 명인호까지 열다섯 명으로 조직하게 하였다.

재영이는 지휘의 임을 맡았다. 그런 뒤에 그들이 맡을 각 부서를 작정하였다. 물론 무슨 변란이든 생기면 그 가운데는 애매한 사람의 헛봉변이며 늙은이와 어린애들의 수난이 많을 것이다. 보호대는 돌아다니며 인원은 비록 작으나마 그들의 능력이 미치는 한에서 사람을 사서라도 애매한 백성들의 봉변하는 것을 방지하는 책임—말하자면 장안의 질서를 유지시키려는 경찰의 책임을 맡은 것이다.

진행대는 직접 (장차 일어날 듯한) 변란에 몸을 던지는 것이다. 그리고 그들은 거기서 이번의 변란이 소국부에 그치지 않고 크게까지 확대되어 그 문제가 정부의 요로에까지 미치게 되도록 만들 것과 군중심리를 이용하여 왕비당에 대한 증오의 염을 극도로 크게 하며 동시에 태공께 대한 동경의 염을 일게 할 것과 이로 말미암아 왕비당이 실족하게 되도록 최후 수단으로 폭행이며 그보다 더한 일까지라도 감행하도록 중우(衆愚)를 격동시킬 것, 그 밖에라도 임기응변으로 사태를 중대화할 수 있는 온갖 행동을 자유로 취할 것 등등의 살벌한 방면의 책임을 맡았다.

이만치 방침을 작정한 뒤에 재영이는 이 일을 태공께 보고하려 운현궁으로 갔다.

그날 밤 그들은 모두 앉아서 밤을 새웠다. 그다지 서로 이야기도 사려이지 않았다. 그들의 마음은 극도로 긴장되었다.

바야흐로 자기네의 앞에 전개되려는 이 사건―이것은 그들의 마음을 기쁘게 하기보다 오히려 공포에 떨리게 하였다.

―이런 일도 생길 수가 있을까.

물론 그들이 활민의 품 아래서 그새 10년간을 온갖 고생을 쓰다 하지 않고 지낼 동안―막연히나마 장래에 이러한 날이 이를 것을 기대하고는 있었다. 그러나 그것은 지극히 막연한 생각이지 그들이 이성으로서 생각할 때에는 그런 날이 도저히 올 듯도 싶지 않았다. 서슬이 하늘을 찌를 듯한 이 민씨의 세상에서 어느 누가 민씨를 대항할 자가 생기랴. 생긴다 할지라도 그것은 민씨의 세력의 발아래 밟히우고 말 것이다. 그렇거늘 지금 바야흐로 이 생기지 못할 일이 생겨나려 한다. 이것이 과연 정말일까. 이리하여 마치 꿈의 일과 같이 이 사건을 바라보면서 그들은 묵묵히 앉아서 밤을 새웠다.

날이 밝았다. 유월 초아흐렛날.

14

아침에 동별영으로 탐문을 보냈던 왈쇠가 돌아왔다.

군란은 마침내 일어났다. 옷을 모두 경편히[13] 차리고 왈쇠에게서 소식이 들어오기만 기다리고 있던 숙생들은 군란의 소식을 듣자 곧 모두 일

---

13 경편하다 : 가볍고 편하거나 손쉽고 편리하다.

어나서 스승께 하직을 한 뒤에 각기 어제 작정한 부서로 향하여 결사적 길을 떠났다.

숙생들이 모두 나간 뒤에 재영이는 스승과 조용히 만나기 위하여 들어갔다. 사람의 목숨은 보증할 수 없는 것. 더구나 이번의 기회를 타서 위로는 태공의 정치의 원수―요 자기 개인으로 또한 그저 둘 수 없는 원수인 민겸호와 단병으로 겨루어 볼 예산으로 떠나려는 재영이는 마지막으로 조용히 스승의 얼굴이라도 한 번 대하고 싶었다.

스승과 재영이의 회견은 단시간으로 끝이 났다. 갑자기 일어나는 이 동란에 저윽이 흥분된 스승과 재영이와의 새에는 감정상 서로 섞이지 못할 차이가 있었다. 일종의 비통한 마음으로 이 길을 떠나려는 재영이는 좀 다정히 스승과 이야기를 하고 싶었다. 그러나 눈앞에 이른 일 때문에 흥분된 스승은 이야기를 그 방면으로만 돌리려 하였다. 그 때문에 재영이는 그만 탄식하고 스승에게 하직을 한 뒤에 집을 나섰다.

재영이가 집을 나설 때부터 비는 억수로 퍼부어 거리는 벌써 전시상태였다. 거리는 모두 철전을 하고 노유(老幼)나 부녀의 그림자는 하나도 얻어 볼 수 없으며 모퉁이 모퉁이에는 시민들이 공포로 얼뜬 얼굴로 서로 수군거리며 한 패씩 서 있고 거리에는 일을 좋아하는 무리들이 머리를 수건으로 동이고 뭉치를 하나씩 쥔 뒤에 이곳저곳 서 있었다.

재영이는 그들 가운데 한 사람에게 가까이 갔다 그리고 지금 분요가 어디 있는지를 물어보았다. 그러나 그 사람은 그것을 분명히 모르는 모양이었었다.

"대궐을 부순다오."

"무얼?"

재영이는 깜짝 놀랐다. 그때에 그 사람과 함께 섰던 사람이 그 말을 정정하였다.

"이 사람아, 대궐은? 김 판서 댁을 부순다나."

"아 참, 김판서 댁이라나?"

재영이는 여러 곳서 물은 결과 지금 난군이 김보현의 집을 부순다는 것을 알았다. 재영이는 그리로 달려가보았다. 그러나 재영이가 달려간 때는 벌써 난군들이 부술 대로 다 부수고 다른 데로 간 뒤였었다. 재영이는 거기서 폐허를 보았다. 관졸들에게 밟힌 활민숙? 그 따위는 여기 비길진대 문제도 안 되었다. 활민숙에 관졸들이 이른 때는 이미 거처하던 숙생과 그들의 집이 모두 없어진 뒤로서 성난 관졸들은 겨우 문이며 담벽을 부술 뿐이었었다. 그러나 호화가 지극하던 선혜당상 김보현의 집에 그야말로 청천에 벽력같이 이른 이 변란은 그 류가 아니었었다. 뜰에는 깨어지고 부서지고 찢어진 금은보화며, 비단피륙들이 널려 있었다. 그 위에 그냥 퍼붓는 비는 뜰에 널린 깨어진 보화들을 모두 진흙과 함께 섞어놓았다.

재영이가 그곳에 이른 때는 폭민들은 벌써 없어지고 보현의 집 하인들인지 혹은 근처의 빈한한 사람들이 흩어진 보화를 주우러 옴인지는 알 수 없지만 이 폐허에서 그래도 씀 직한 물건들을 거두는 중이었다. 이 모퉁이 저 모퉁이 구경꾼들이 몸을 떨면서 지나간 폭풍을 지나간 폭풍을 서로 수군거리고 있었다. 재영이는 그 한 사람을 붙들고 병사들이 어디로 갔는가 하고 물었다. 거기 있는 사람들은 병사들의 간 곳을 다들 알았다.

"민 판서 댁으로—민겸호의 집으로."

난군들은 제각기 이렇게 부르짖으며 달려갔다 한다.

겸호의 집으로? 재영이의 눈은 힐끗하였다. 그 다음 순간 재영이는 발을 돌이켜서 겸호의 집을 향하여 달려갔다. 영문을 모르고 눈이 둥그렇게 되는 구경꾼들을 남겨두고….

15

재영이가 겸호의 집까지 이르러보니 난군은 벌써 집으로 몰려 들어가서 뭐든 부수는 중이었었다. 재영이는 무너진 담장을 넘어서 안으로 들어갔다.

겸호는 어디? 벌써 난군들에게 이만치 집안이 유린되었는지라 미리 몸을 피하지 않았으면 해를 받았을 것은 정한 일이다. 비록 겸호가 난군들에게 해를 받았다 할지라도 그의 죽음의 위에라도 한칼을 보태지 않을 수 없는 원한을 가지고 있는 재영이는 들어가는 듯 눈을 크게 하여가지고 돌아다니며 찾아보았다.

재영이는 두세 개의 송장을 보았다. 송장을 볼 때마다 달려가서 얼굴을 검분하여보았지만 하인으로 보이는 두세 개의 송장과 중상자밖에는 어대 볼 수가 없었다. 난군들은 연하여 함성을 지르며 혹은 방 안으로 들어가서 가장집물[14]을 문밖으로 내어던지고 혹은 그 던진 물건을 몽치로 부수고 손으로 찢으며 담벽을 무너뜨리며 야단하였다. 이 수라장의 틈을 재영이는 겸호 혹은 겸호의 시체를 얻으려고 눈이 벌겋게 되어 난군들을 헤치며 돌아갔다.

겸호의 시체를 찾느라고 휩싸 돌던 재영이는 뜻밖에도 겸호의 맏아들 민영환이를 발견하였다. 그 모퉁이는 벌써 난군들이 한 번 다녀간 참담한 폐허 위에 의관도 하지 않은 민영환이가 비를 함빡 맞고 한심한 듯이 서 있었다.

재영이는 영환이에게 가까이 갔다.

"민 형!"

정신이 없이 서 있던 영환이는 재영이가 찾는 바람에 휙 머리를 돌렸

14 가장집물(家藏什物) : 집에 놓고 쓰는 온갖 살림 도구.

다. 그리고 거기서 이미 죽은 줄 알았던 재영이를 본 영환이는 깜짝 놀라며 몸을 흠칫 하였다.

"이게 민 형이시오?"

"그날의 인사를 오늘 드립니다."

"이게 어찌된 셈이시오?"

"다행히 바른 데를 맞지 않고."

재영이는 자기의 회생에 대하여 간단히 이렇게 설명할 뿐 영환이가 올라서 있는(무슨 상자인 듯한 데) 자기도 같이 올라섰다. 그리고 저편 뜰에서 지금 한창 열이 올라서 부수는 난군들을 바라보았다.

영환이의 입에서 한숨이 나왔다.

"오늘 일은 꿈같구료."

"민 형, 용서하시오. 형의 마음은 짐작하겠소. 얼마나 마음이 좋지 않으시오? 형의 마음을 모르는 바는 아니지만 내게는 오늘 일이 장쾌해 보이는구려. 형께 무어라 말할 수 없는 큰 신세를 진 몸, 형의 가문의 불행을 조상하여야 할 것이지만—용서하시오."

영환이가 눈을 천천히 재영이에게 돌렸다.

"장쾌히 여기시는 형의 마음을 낸들 무어라고 나무람 하겠소? 나도 이 집에 태어나지만 않았더라면 오늘 일을 역시 형과 함께 장쾌하게 보겠지요. 그렇지만 사람의 자식 된 몸—아무리 오늘 일이 당연한 일이라고 생각해보지만 마음은 역시 언짢구려."

"참 가족들에게 화를 보신 분은 없습니까."

"다행히—아, 명 형. 이전에 우리 집에 복돌이라는 이름으로 들어왔던 사람이 있는데 그 사람이 혹은 형의 동지가 아니시오?"

"동지외다."

"감사하외다."

감사하다고 예를 하는 영환이에게 재영이는 의아하는 눈을 던졌다.
영환이가 설명하였다.

"아까 난군들이 집으로 몰려들어올 때―그때는 마침 가친은 입궐하시
고 가족들만 있어서 어쩔 줄을 모르고 낭패해서 돌아가는데 복돌이 그이
가 뛰어들어와서 무사히 가족들을 구원해주었소, 그이만 없었더라면 낭
패한 가족들이 산산이 헤어져서 어떤 해를 받았을는지도 모를걸."

재영이는 영환이에게 이곳서 몸을 피하여 가족들의 가 있는 곳으로
가기를 권하였다. 그러나 영환이는 가볍게 이를 거절하였다.

"나는 좀 더 보고 가겠소."

영환이는 재영이의 편은 보지도 않고 이렇게 말하였다. 재영이가 영
환이와 작별하고 나올 때는 난군들도 차차 그 집을 떠나는 때이었었다.

16

겸호는 입궐하였다. 집이 모두 난군들에게 파쇄당하고 그 위에 난민
들은 겸호의 목숨까지 빼앗으려 한 그 소식은 벌써 궁중의 겸호의 귀에
까지 미쳤을 것이다. 자기의 몸 위에 미치려는 위험을 아는 겸호는 비교
적 안전한 궁중에서 나오지 않을 것이다. 적어도 난민들이 궁중까지 들
어가든가, 혹은 군란이 평정되든가 하기 전에는 겸호는 대궐에서 나오지
않을 것이다.

영환이와 작별을 하고 겸호의 집에서 나선 재영이는 이렇게 생각하고
당장에 원수를 갚으려던 마음을 잠시 억눌렀다.

난군들의 형세로 보아서 이 군란은 인제부터 더더욱 확대될 모양. 그
러면 원수를 갚을 좋은 기회가 저절로 이를 것이다. 그럴진대 자기는 그
들의 뒤를 따라다니면서 확대되는 형세나 방관하며 기회를 엿볼밖에는
도리가 없다. 이리하여 재영이는 난군들이 몰려가는 방향으로 그들의 뒤

를 따라갔다.

재영이는 그들을 따라서 문밖에 나갔다. 각 사찰을 부수는 것도 보았다. 날이 거의 어두워서 하도감(下都監)을 습격하러 가는 데도 뒤를 따라가보았다. 대궐 앞에도 가보았다.

그러면서 그가 그 중에서 가장 장쾌하게 본 것은 활민숙생들의 활약이었었다. 진행대에 편입된 숙생이 겨우 열다섯 명—지극히 적은 수효였지만 재영이가 어떤 난군의 대를 따라가보든 거기 한두 사람의 숙생은 반드시 섞여 있었다. 그리고 다른 데로 달려들 갈 때는 그들이 선봉이 되고 말로써 갈 곳을 암시하고, 말로써 습격할 곳을 지시하고 하였다. 삼봉족을 지급하지 않기 때문에 일어난 이 작은 군란이 홀변[15]하여 정치 문제에 밎고 일전하여 서슬이 푸르른 당시의 요로들에게 대담히도 반역의 기세를 들을 뿐 아니라, 스스로 나아가서 그들을 습격하여 그들로 하여금 무엇보다도 중히 생각하던 정치계에서 몸을 숨기게 만들은 그 힘 가운데는 숙생들의 활약의 힘이 꽤 많이 섞여 있었다.

"민가를 죽여라!"

"민가의 집을 부숴라!"

숙생들은 난군의 앞장을 서서 목이 쉬도록 끊임없이 이렇게 부르짖었다.

"자, 민××의 집으로 가자!"

그러면 난군들의 새에는 거기 응하는 소리가 천지를 진동하듯 울리고 하였다. 똑똑한 영문과 까닭은 모르지만 난군들은 이날 이때부터 갑자기 민가가 미워지기 시작한 것이었었다. 그리고 민가의 집을 당연히 부숴야만 되고 민가를 당연히 잡아서 죽여야만 될 것같이 생각된 것이었었다.

---

15 홀변 : 갑자기 변함.

이리하여 여기도 움직이는 군중심리는 아무 비판도 가하지 않고 민씨 일파를 자기네의 당면의 적으로 인정하여버린 것이었었다.

소위 총지휘라는 책임은 가졌지만 숙생들의 활약이 이 이상 더 지휘할 필요를 느끼지 않은 재영이는 이곳저곳으로 자유로이 돌아다니면서 거기서 활약하는 숙생들의 모양과 움직이는 난군의 무리를 방관자의 태도로서 바라보고 있었다.

그러는 가운데 그는 차차 마음으로써 명료히 이번 사건의 윤곽을 보기 시작하였다. 그것은 다른 것이 아니라 민씨의 몰락이었다. 시민과 병사들의 새에 이렇게도 굳세게 일어난 민씨에게 대한 증오의 염은 장차의 민씨의 몰락을 분명히 말하였다.

민씨의 몰락은 태공의 득세였다. 이 나라에서 민씨의 일파가 몰락되면 거기 대신할 사람은 태공밖에는 없었다.

태공의 득세는 활민숙생의 장래의 득세였다.

태공이 정권을 잡기만 하면 당연히 조선이란 나라는 굳세고 빛나는 나라가 될 것이요 그 굳세고 빛나는 나라를 태공을 도와서 혹은 태공의 뒤를 이어서 다스릴 사람은 자기네들일 것이다. 여기서 생겨나는 환희와 득의는 차차 무겁게 재영이의 마음에 자리 잡기 시작하였다.

이 꿈, 이 몽상—오랫동안 벼르고 바라보고 바라기만 하던 이 꿈, 이 몽상이 지금 현실로서 자기네의 앞에 나타날 듯한 앞에, 재영이는 차차 무거워가는 자기의 가슴을 누르기 위하여 때때로 힘 있게 눈을 감았다.

17

밤에 숙생들은 모두 돌아왔다. 조그만 상처를 받은 사람도 하나도 없었다.

그들은 모두 흥분되기 때문에 피곤함도 몰랐다. 오늘의 활동을 위로 하는 뜻으로 주인이 특별히 만들어 내온 만반진찬[16]을 그들은 두어 술씩 뜨고는 곧 상을 물렸다. 과도한 흥분과 환희 때문에 식욕도 감퇴된 것이었다.

그들은 오늘 자기네가 한 일을 제각기 자랑하였다. 이런 경우에 누구든 하는 것과 마찬가지로 그들의 말에도 물론 과장이 많았다. 그러나 에누리를 하여가면서 이야기하는 그들의 말 가운데 공통된 한 가지의 의견이 있으니 그것은

"일은 마음대로 되는 모양이다."

하는 점이었었다.

그들은 군중의 통어(統御)[17]하기 쉬움을 이야기하였다. 한마디의 고함은 순식간에 온 군중을 마음대로 부릴 수 있음을 말하였다. 그리고 그 통어하기 쉬운 군중이 조그만 한 개의 암시에 얼마만치 움직이는지를 서로 의견을 구하면서 자랑하였다.

그리고 그들의 이야기를 모두 들은 뒤에 그것을 종합하여 스승이 얻은 결론은 이러하였다.

─인제는 군중은 기껏 흥분되었다.

─오늘 가옥은 몇 개 부쉈지만 그들의 당면의 적으로 생각되는 사람은 한 사람도 해를 입은 사람이 없다.

─난은 날이 어둡기 때문에 중지는 되었지만 종식된 것은 아니다. 따라서 내일도 계속될 것이다.

─한 군대의 문제는 지금은 정치의 문제로 변하였다 민씨에게 대한 증오가 끝없이 커졌다 동시에 태공께 대한 귀의심도 군중의 새에 높게

---

16 만반진찬(滿盤珍饌) : 상 위에 가득 차린 맛있는 음식.
17 통어 : 거느려서 제어함.

일어났다.

　—내일 계속될 혼란은 오늘보다도 더 커질 듯이 보인다.

　요컨대 사건은 예상 이상으로 뜻대로 진행되어온 시민과 군대의 마음은 이 사건을 간단한 삼봉족 문제에서 떼내어 정치 문제로 돌려놓았고 동시에 민씨에게 대한 적개심과 태공께 대한 귀의심이 지금 극도에 달하였으며 민씨가 몰락되기 전에는 이 난리는 더 커가면 커갔지 결코 종식은 안 되리라는 것이었다. 그리고 또한 시민이 반란을 일으킬 때는 정부는 군대로써 시민을 누를 것이며 군대가 폭동을 일으킬 때는 시민이 이를 제어하겠거늘 군대와 시민이 힘을 같이하여 일으킨 이 반란은 힘으로는 진압할 자가 없다. 인심으로밖에는 진압할 수 없는 이 난리를 진압할 만한 민심을 가지고 있는 이는 현재는 태공밖에는 없다. 태공의 위력만 없으면 이 난리는 장차 민씨 일당을 죄 잔멸시킨다 할지라도 그 뒤에 역시 무정부 상태가 계속될 뿐 사건이 손쉽게 수습되지는 않을 것이다. 태공은 또한 정적(政敵)의 세력이 온전히 썩어지기 전에는 사건을 수습하지 않을 것이다. 그러면 이번의 사건은 민씨의 일당이 몰락되고 태공이 그 대신 들어앉은 뒤에야 낙착이 될 것이다.

　이것은 거의 결정적으로 이렇게 해석하여도 그다지 틀릴 것이 없을 테다. —이것이 활민의 결론이었다.

　이런 결론을 내리인 뒤에 활민은 이번의 사건을 미리 축하하려 숙생들을 남겨두고 왈쇠 하나를 데리고 운현궁으로 항하여 갔다.

　스승이 나간 뒤에 숙생들은 다시 제각기 공명담들을 꺼내었다. 그러는 틈을 타서 재영이는 인화의 곁으로 갔다. 그리고 인화의 소매를 잡아당겼다.

　"아까 겸호의 가족을 보호해주었소?"

　"네."

흥분된 얼굴에 미소를 띠고 인화가 대답하였다.

"잘했소.─내일은."

하고 재영이는 눈을 감으면서 말을 맺었다.

"나하구 같이 다닙시다. 내일은 꼭 겸호를 붙들어서 그새의 원한을 갚겠소. 당신도 곁에서 보시오."

18

그날 밤 스승이 운현궁에서 돌아온 뒤에 숙생들은 진일의 노고를 풀기 위하여 곧 자리에 들어가 잤다.

아침에 재영이는 날이 채 밝기 전에 일어났다.

몰래 집을 빠져서 나왔다. 그리고 아직도 채 밝지 않은 거리로 나섰다.

동란의 장안은 아직 밝지도 않았다 하나 두선두선하였다. 거리에도 점잖은 차림을 한 사람은 하나도 없었다. 몸을 경편하게 차린 사람들이 무엇이 바쁜지 이곳저곳으로 왕래하였다. 그들은 밤을 새워가면서 이렇게 거리거리를 돌아다닌 듯하였다. 그리고 이 수선거리는 모양으로 보아서 이제 날만 밝으면 또 분요가 생길 것이 분명하였다.

잠시 거리를 배회하면서 이 동란의 장안을 살핀 뒤에 재영이는 발을 돌이켜서 이번은 활민숙의 빈 집으로 향하였다.

그는 만약 오늘도 겸호가 궁중에서 나오지 않으면 궁중에 들어가서라도 그와 겨루어보려 최후의 결심을 하였다. 만약 난군들이 감히 대궐을 침범하지 못하여 대궐에 피해 있는 민겸호며 김보현 등 중신이 그냥 살아 있다 하면은 이는 혁명의 도정으로 볼지라도 재미없는 일─그러면 그는 난군들의 선두에 서서 대궐에 돌입하여서라도 그들을 없이하도록 하지 않으면 안 될 것이다. 성공하면 공신이요 실패하면 역적─비록 불행히 일이 실패에 돌아가서 자기는 대궐을 침범하였다는 더러운 이름을 입고 죽는다 할지라도 자기의 양심에 아무 가려움이 없는 이 일은 또한 지하에 가서 돌아가신 어버이를 만나기에도 아무 부끄럼이 없을 게다. 그리고 그동안에 좋은 기회를 엿보아서 자기의 가슴에 사무친 원한을 풀어야겠다. 이만치 생각하고 재영이는 자기의 힘을 시험하여보기 위해 활민숙의 빈 집으로 들어간 것이었었다.

활민숙에서 재영이는 자기의 차고 넘치는 젊음의 건강을 보았다. 그새 월여의 고난의 자취는 겨우 가죽의 반문(斑紋)¹⁸에 조금 남아 있을 뿐 살결이 흰 피부 아래서 일고 잦는 근육은 혹은 그의 건강이 전과 같이 회복되었다는 것을 말하였다. 팔을 두를 때에 그의 주먹에서는 소리가 났다. 발을 구를 때에는 땅이 더름더름 울리었다. 가슴을 적실 때마다 잘 발육된 그의 가슴에는 마치 고목의 등걸과 같은 근육들이 두드러졌다.

나체로서 한참을 자기의 근육의 움직임을 시험하여본 뒤에 재영이는 마지막으로 칼의 시험을 하여보았다.

마음껏 사지의 운동을 하여본 뒤에 다시 옷을 입을 때는 그의 입가에는 저절로 미소와 그림자가 넘쳤다. 그것은 젊음의 자랑이었다. 동시에 또한 건강한 육체에 대한 자랑에 다름 없었다. ―그가 옷을 다 주워 입은 뒤에도 그의 근육뿐은 옷에 싸여서 혼자서 뛰놀았다.

그새 10년을 닦달하고 또 닦달한 이 건강한 육체를 마침내 시험해볼 아침이 이르렀다. 막연히(있을 듯이도 보이지 않는) 오늘을 위하여 얼마나 그동안에 고생을 참으며 쓴 일을 쓰다 하지 않고 지냈는가.

문득 뒤에서 사람의 기척이 들렸다. 돌아다보니 송만년이었다.

"아, 송 공. 어떻게?"

"사찰 먼저 오셨소?"

18 반문 : 얼룩얼룩한 무늬.

"그럼 송 공도 힘을 시험해보려?"

"네, 사찰 끝나셨소?"

재영이는 머리를 커다랗게 끄덕이고 동녘 하늘을 쳐다보았다. 비는 안 왔지만 빼곡히 낀 구름 틈으로는 해가 뜨려는 방향이 허옇게 보였다. 비는 바야흐로 오려 하였다.

"오늘도 비가 올 모양이군."

"비 아니라 비의 조부 증조부님이라도 오셔라."

이러한 가운데서 동란의 제2일은 고즈넉이 고즈넉이 날이 새었다. 빼곡히 낀 구름은 마치 오늘의 참변을 예언하는 듯하였다.

19

그날의 일을 기억하는 사람은 그날 난군들이 대궐 밖에는 모여들었으나 감히 대궐 안으로는 들어가지 못하고 요란하게만 굴 때에 홀연히 한 무리의 젊은이가 나타나서 주저하는 난군들의 선봉을 서서 대담히도 대궐 안으로 뛰어 들어간 일을 알다. 억수로 붓는 비를 무릅쓰고서……

대궐에 들어간 뒤에도 그 젊은이들의 활약은 눈에 띄었다. 그들은 아수라와 같이 돌아갔다. 많은 민씨의 부하들이 그들에게 발견되어 난군들의 손으로 넘어갔다. 동시에 또한 많은 무고한 관리들이 난민에게 힐난을 받는 것을 그들이 구원하였다. 그러는 일방 그들은 또한 지존을 침범할 염려가 있는 곳은 목숨을 내어놓고 수비하였다.

재영이는 대궐 안에서도 인화와 떨어지지 않았다. 난군들 틈에 섞여서 서로 힘 있게 손을 잡아서 떨어지기를 막았다. 그리고 난군들 틈에 끼어서 혹은 지도로 혹은 선동으로 혹은 지휘로 눈코 뜰 새 없이 돌아갔다. 많이 준비하여 가지고 나온 일월도는 연하여 민씨의 부하들의 달아나는 등으로 날아가 박혔다. 김보현을 발견하고 그에게 제일격을 가하고 난군들에게 내어맡긴 것도 재영이었었다.

　난군들이 김보현을 죽이고 저편으로 달려갈 때에 재영이는 인화와 더불어 그 난군들 틈에서 빠져나왔다. 그리고 난군들의 선동과 지도를 송만년이에게 맡긴 뒤에 이편으로 빗섰다. 인화와 단둘이서 민겸호를 찾아내려 함이었었다. 김보현은 이미 붙들어서 난군들의 손에 내어 맡겼으나 반드시 대궐 안에 숨어 있을 겸호는 아직 발견되지 않았다.

　난군들은 저편으로 사라졌다. 재영이는 이편으로 돌았다. 이렇게 난군들과 헤어져서 겸호를 찾아보려고 할 때에 문득 총소리가 네 방이 연하여 났다. 그 뒤를 이어서

　"와아."

하는 난군들의 함성이 들렸다.

　재영이와 인화는 뜻하지 않고 그 편으로 돌아섰다. 네 발의 총이라는 것은 겸호가 발견되었다는 것을 재영이에게 알게 하는 숙생들의 부호이었던 것이다.

　희끈 돌아선 재영이와 인화의 눈은 극도로 긴장되었다. 한순간 멍하니 섰던 그들은 다음 순간은 소리가 나는 편을 향하여 달려가기 시작하였다.

　그때에 저편 맞은쪽에서 웬 사람의 그림자가 하나 튀어져 나왔다. 그 사람은 미친 듯이 나는 듯이 텅 빈 대조전 안뜰(김보현의 시체 하나가 비를 맞으면서 쓸쓸히 누워 있는)을 건너면서 이편으로 향하여 달려온다.

　인화가 작은 소리로 먼저 부르짖었다.

　"겸－겸호."

　그러나 인화가 알게 하기 전에 재영이는 먼저 알아온 것이 있었다. 재영이는 비교적 천천히 겸호가 날아오는 방향으로 발을 옮겼다.

　겸호는 뒤의 추격은 알지만 앞에 막아 있는 사람은 모르는 모양이었

다. 겸호는 재영이를 향하여 달려왔다. 앞에 막아 있는 사람을 겸호가[19] 인식한 때는 겸호로는 벌써 재영이의 세 걸음쯤 앞에까지 이를 때였었다. 여기서 겸호는 정면으로 재영이의 가슴에 들어가 안겼다.

겸호는[20] 마침내 붙들렸다.

"대감, 어디를 가시오?"

환희로 떠는 재영이의 우렁찬 소리가 울리었다.

겸호는 재영이를 쳐다보았다. 그리고 거기서 분명히 죽었을 일월산인을 발견한 그는 극도의 경악을 얼굴에 나타내며 기이한 부르짖음을 발하였다.

재영이는 인화와 얼굴을 마주 보았다. 그들의 얼굴에는 미소가 감출 수 없이 나타났다. 재영이는 겸호의 머리를 끌어당겨 그의 귀를 제 입에 갖다 대었다. 그리고 한 마디씩 한 마디씩 똑똑히 마치 부어 넣어주듯이 말하였다.

"대감, 나를 아시오?"

그러나 겸호는 대답이 없었다. 재영이는 말을 계속하였다.

20

"대감, 무척이도 듣고자 했지요. 내 이름은 명, 진, 섭―이활민의 제자―명, 한, 나의 유고, 무덤에서 돌아와서 대감께 2대의 원수를 갚으려오."

재영이는 몸을 조금 비켜서 겸호의 눈에 인화가 보이도록 하였다.

"저 사람―복돌이, 아시오? 그 사람의 성명은 이인화, 이인숙, 이묵재

---

19 겸호가 : 원문에는 '재영이가'라고 표기됐으나 문맥상 '겸호가'의 오류로 보임.
20 겸호는 : 원문에는 '재영이는'이라고 표기됐으나 문맥상 '겸호는'의 오류로 보임.

의 외딸인 명진섭의 아내."

"사—살려주시오."

겸호는 겨우 소리를 내었다. 그러나, 이 순간 재영이의 손은 어느덧 일
월도를 뽑아서 겸호의 심장을 정확히 찔렀다. 그리고 그 칼자루를 그냥
꽂은 채로 다시 한마디,

"나를 만나지 않아도 난군들에게 해를 받으실 몸—너무 원망치 마시
오."

한 뒤에 칼을 뽑고 그의 몸을 휙 돌이켜놓았다. 그리고 벌써 꽤 가까이 이
른 난군들을 향하여 겸호를 내어 쏘았다.

겸호는 재영이가 내어 쏘는 바람에 서너 걸음 앞으로 가서 고꾸라졌
다. 고꾸라졌던 겸호는 곧 다시 일어는 났다. 그러나 벌써 가슴에 치명상
을 입은 겸호는 일어는 섰지만 바로 설 기력은 없었다. 그는 땅에 코가
다앟도록 흐늘흐늘 일어서서 마치 술 취한 사람 모양으로 자기에게로 달
려오는 난군들의 쪽을 향하여 들어갔다. 그리고 난군들의 물결에 삼켜져
버렸다.

"와아!

난군들의 환호성이 들렸다. 그 가운데 크게 울려오는

"사차— ㄹ."

하고 고함치는 송만년이의 소리를 재영이는 들었다. 그 소리를 듣고 재영
이가 난군들의 위로 만년이의 그림자를 찾느라고 두리번거리노라니까
만년이가 손을 높이 들어서 자기의 있는 곳을 알게 하였다. 그런 뒤에 두
손을 높이 저어서 축하의 뜻을 표하였다.

재영이도 손을 들어서 거기 응하였다. 그런 뒤에 인화를 재촉하여 그
곳서 발을 돌이켰다.

"와아."

"와아."

뒤에서는 연하여 함성이 들렸다.

원수를 갚았다. 이만하였으면 민씨 일당의 세력도 소탕되었다. 이 두 가지의 기꺼운 일 때문에 재영이의 마음은 들떴다. 머리를 기울여서 인화의 얼굴을 내려다보니 길을 걸으면서도 겹지 않고 재영이의 얼굴을 쳐다보는 인화의 커다란 두 눈도 환희로 광채가 났다.

"자, 인젠 다 됐소."

재영이가 인화를 내려다보며 이렇게 말할 때에 인화는 상쾌한 미소로써 대답을 대신하였다.

그들의 마음을 환희로써 터질 듯이 한 한 가지의 커다란 문제가 있었으니 그것은 '인젠 다 됐다'는 의미 아래는 인제는 가까운 장래에 자기네는 내놓고 부부가 될 수가 있다 하는 뜻이 포함된 것이었다. 인제는 태공의 세상이 이르렀다. 민씨는 몰락되었다. 분요의 틈이라 아까 가까이 가서 뵙지는 못하였지만 대조전을 지키고 있던 늙은 영웅은 이제부터 장래도 대조전을 지킬 이가 될 것이다. 이러한 세상에서 오랫동안 남에게 그 신분을 감추어 오던 서로 사랑하는 두 사람이 태공과 스승의 축복 아래서 즐거운 가정을 이룰 날도 멀지 않았다.

―여기서 일어나는 환희 때문에 두 사람은 서로 얼굴을 마주 보고는 약간 붉히며 미소하고 하였다. 내리는 비도 그들의 사랑을 축복하는 듯하였다.

분란의 대궐을 등지고 나온 두 젊은이는 어깨를 나란히 하여 성 밖으로 나섰다. 아직 사례도 지내지 않은 내외지만 그들은 그날 오후에 돌아간 명 참판의 묘소에까지 갔다. 거기서 명씨의 업을 이을 이 장래의 부처는 명 참판의 무덤 앞에 원수 갚음을 보하였다.

그들은 밤에야 집으로 돌아왔다.

돌아온 그들은 숙생들에게서 태공이 벌써 정치의 실권을 잡았으며 몇 가지의 그의 명령이 벌써 실시되었다는 것을 알았다.

21

이러한 가운데서 한때 암흑의 구렁텅이에 빠졌던 활민숙은 다시 세상의 표면에 나타나려고 움직이기 시작하였다.

민씨의 세상은 몰락되었다.

왕비는 종적이 없어졌다.

태공이 입궐하였다.

정권은 태공의 손에 들어왔다.

오랫동안 벼르던 꿈은 마침내 실현이 된 것이었다. 활민은 제자들을 모아놓았다. 그리고 태공의 세상이 된 장래에 자기들이 취할 방침에 대하여 의논하였다. 미리 태공에게 내명을 받은 활민은 먼저 기쁨의 흥분으로 날뛰는 숙생들을 눌렀다. 혈기에 날뛰는 숙생들은 모두 한결같이 오늘 저녁부터라도 정부의 긴요한 자리를 차지할 자기네들을 꿈꾸고 있었다. 그러한 숙생들에게 활민은 먼저 정치의 여하함[21]을 설명하였다. 혈기와 용맹뿐으로는 그 나라의 정치를 도저히 잡을 수 없음과 지금의 숙생들은 정치를 잡기에는 모두 너무 젊음을 가르쳤다. 정치를 잡기에는 많은 경험을 겪고 많은 물정을 본 뒤에야 처음으로 그 능력이 생긴다는 것을 알게 하였다.

조선이라는 나라는 1, 2년 동안만 서 있다가 없어질 나라가 아니다. 운현대감이 정권을 잡은 조선은 인제부터 영구적 기초를 잡기 시작할 것이다. 그리고 기초를 잡는 지금은 한 개의 위대한 지배자만 있으면 그 지배자의 힘으로써 이렁저렁 일을 처리할 수가 있으니 기초를 온전히 잡은 장래에는 많은 인재(人才)가 있어야만 되겠다. 다방면으로 퍼져나가는 많은 문제와 많은 분규에 사람이 없으면 되지를 않을 것이다.

조급히 공명을 다투어서는 안 된다. 장래의 조선을 위하여서 지금은 공명을 다툴 날이 아니다. 날뛰는 혈기를 참고 또 참아서 장래 대조선의 귀중한 기둥이 되어야 한다. 정치에 대하여 아무 주견도 없는 지금 섣불리 귀중한 자리를 차지하고 한낱 허수아비로서 일생을 지내는 것보다 자기의 실력을 충분히 기른 뒤에 그 실력으로써 이 나라의 귀중한 자리를 차지하고 그 실력으로써 이름을 천추에 남기도록 하지 않으면 안 된다.

이러한 이유 아래서 활민은 인젠 활민숙이라는 요람을 버리고 정치계라는 활무대에 나서려고 날뛰는 숙생들을 눌렀다. 그리고 그새 일단 왕비당 때문에 폐쇄되었던 활민숙을 다시 부활시키고 이전에는 숙생들에게 무예를 가르치던 대신 장래는 정치를 가르치는 일방 온 숙생을 정부의 소관(小官)에 붙여서 실지로 운용되는 정치를 보도록 하게 하려 하였다.

물론 숙생들에게는 불평이 있었다. 자기네의 어버이가 세운 공이며 그새 10년에 가까운 날짜를 겪은 고난 등을 방패 삼아서 스승의 말에 공공히 반대한 몇 사람의 숙생도 있었다. 그러나 스승의 억압에 그 반대성은 즉시로 자취를 감추었다. 복종치 않자니 스승의 추천이 없이는 태공도 자기네를 긴히 써 줄지 안 줄지도 모를 일―그리고 또한 한편으로 스승의 그 정연한 이론에 복종치 않을 수가 없는 것이었다.

그 저녁으로 몇 사람의 일꾼을 사들였다. 그리고 그새 두 달 동안을 박쥐의 깃으로써 헛되이 묵어난 활민숙의 폐허를 수리하기 시작하였다.

스승은 늙은 몸이 직접 공사를 감독하였다. 숙생들도 모두 일꾼과 섞여서 돌아가면서 일을 도왔다.

이튿날 부상이 장안을 습격한다고 모두들 울며 부르짖으며 피난하는 공포의 장안에서도 활민숙뿐은 쉬지 않고 모르는 듯이 집수리뿐에 전력을 다하였다. 재영이와 명인호가 스승의 분부로써 때때로 나가서 시황을 보고 들어올 뿐이었었다.

이리하여 유월 보름날은 집수리가 끝이 났다. 그리고 활민숙이란 커다란 패가 다시 걸리고 대문은 널따랗게 다시 열렸다.

난후(亂後)

1

임오군란은 평정되었다.

태공의 한 달간의 집정은 시작되었다.

다시 섭정의 지위에 올라가서 태공의 눈에 제일 먼저 명료히 비친 것은 외국의 세력의 과도한 침입이었었다. 그새 운현궁에 깊이 박혀 있는 몇 해 태공은 외국의 세력이 각일각 조선의 안으로 새어 들어온 것을 모른 바는 아니었었다. 그러나 태공의 예상 외로 외국의 세력은 든든히 자리를 잡았다. 왕비당의 교활한 외교정책은 자기의 나라를 속이며 자기의 국민을 속이기 위하여 자기네의 세력의 위에 좀 더 금박(金箔)을 가할 필요상 외국의 세력을 끊임없이 끌어들였다. 외국의 문명을 수입하는 것은 옳은 일이다. 외국의 강대함을 배우는 것은 좋은 일이다. 그러나 정치와 국민의 관계를 모른 그들은 배우려 하지 않고 그저 끌어들이려 하였다. 외국의 아릉거리는[1] 속임수에 넘어간 그들은 아무 근거 없이 조선을 덜컥 개국하여버렸다. 그리고 태공의 세력을 꺾기에 급급한 그들은 외국의 세력이 조선에 들어오는 것은, 즉 외국 세력과 자기네 세력의 '합동'으로

---

1 아릉거리다 : 어릉거리다.

믿고 그 합동된 두 개의 힘으로써 전심하여 태공의 심은 씨를 뽑아버렸다. 그러는 동안에 이 우매한 정부의 눈을 쓸어주면서 외국은 조선의 땅에 꽤 굳게 자기네의 자리를 잡아놓았다. 정치가와 나라를 근심하는 사람이 정부에 없는 틈에 외국은 어름어름 표면상 태공의 세력을 꺾기와 토색하기에 열중한 당시의 정부의 요로를 돕는 체하면서 자기네의 세력을 꽤 든든히 부식하였다.

공사관도 어느덧 섰다. 공사의 세력은 어느덧 정부를 움직여서 조선의 군대에까지 그들의 마수(魔手)를 폈다. 태공이 기르던 낡은 군대를 없이하고 외국의 지도하에서 외국의 지휘로써 국방군(國防軍)은 훈련되었다. 이전 태공이 집정할 때는 외국은 겨우 통상, 교통 등을 요구하던 데 그쳤는데 지금의 외국의 세력은 어느덧 조선의 내정에까지 간섭하였다. 외국의 군대가 마음대로 경성에 주차[2]하였다. 왕궁에까지 외국인이 출입을 하며 이것저것을 간섭─을 넘어서서 지휘까지 하였다.

'외국이 내정을 간섭한다.'

이것은 두려운 일이었었다.

태공이 다시 정권을 잡고 입궐한 뒤에 만조의 백관들이 걱정한 것은 무엇보다도 외국의 항의─문죄(問罪)[3]였었다. 그들은 내국의 변란과 변란 뒤의 조처며 궁핍한 재정이며 흥분된 군중을 근심하기보다 먼저 외국─일본이나 청국에서 문죄가 올 것을 걱정하였다. 적어도 일본서는 물론 무슨 항의가 있을 것이며 전후의 사정으로 보아서 그 항의가 강경할 것을 알고 이것을 근심하였다. 그것 때문에 거기 대한 대책을 태공에게 여러 번 진언하였다.

---

2 주차 : 원본에는 '주탑'으로 되어 있으나, 주차(駐箚)의 오류로 보임. '외교 사절로서 외국에 머물러 있음'을 뜻함.
3 문죄 : 죄를 캐내어 물음.

태공은 처음에는 그것을 코웃음으로 넘겼다.

"무슨 일이 있으리. 하하하."

그는 호담히 이렇게 웃어버렸다.

돌아보건대 김기수(金綺秀)와 일본 수신사(修信使) 사건[4], 운양호 사건[5], 일본과 관련되는 몇몇 사건에 허리가 약한 정부의 요로들은 모두 일본에 아첨하여 어떻게든 말이 없도록만 하게 하려 하였다. 그러나 그때 임시로 정권을 다시 잡았던 태공이 단호한 처단을 내릴 때에 사건은 모두 흐지부지하여져버렸다. 더구나 운양호 사건 때는 일본의 유신공신인 흑전 청융(黑田淸隆)이며 정상형(井上馨) 등이 사신으로 강경한 담판을 하려 왔다. 그러나 태공이 주먹으로 책상을 두드리며 그들을 물리칠 때에 커다란 포부로써 왔던 그들도 빈손으로 돌아가고 말았다.

그리고 태공의 세력이 꺾인 뒤에 일본은 다시 이전의 주장을 고집하여 마침내 병자 수호조약(修好條約)은 체결되었었다. 이런 일로 보아서 태공은 외국이 조선을 간섭하는 것은 조선의 정치가의 허리가 약한 탓이라고 굳게 믿고 있었다. 그리고 외국에서 항의가 오더라도 한마디의 호령으로써 물리치려 하고 있었다.

2

태공의 이 뜻은 정부의 요로들은 모르는 바가 아니었었다. 그러나 이전과 같으면 태공이 한 번 호담히 웃은 뒤에

---

4 김기수와 일본 수신사 사건 : 1876년 일본과 강화도조약을 체결한 후 예조참의 김기수가 수신사로서 일본을 시찰하고 돌아와 올린 복명별단(復命別單)이 조정에 커다란 충격을 주었다.

5 운양호 사건 : 1875년 9월 20일 일본 군함 운요호(雲揚號)가 조선 해안을 탐사한다는 핑계를 대고 강화도 앞바다에 불법으로 침투했다가 조선 수군의 공격을 받자, 이에 대한 보복으로 함포 공격을 가하여 큰 피해를 입히고 퇴각한 사건.

"일본이 다 무에냐."

하고 호령을 하고 배를 쓰담으면 그것뿐으로 안심을 할 그들이었지만 지금은 그렇지 못하였다. 그들은 연하여 태공에게 외국의 두려움을 알리려 하였다.

그들의 과도한 근심에 태공의 마음도 적이 움직였다. 태공은 몇몇 대신에게 개인적으로 외국의 어느 점이 무서운가를 토론하여보았다. 대신들은 한결같이 외국에서 문죄를 할 때에 거기 대답할 바를 근심하였다.

이것은 태공에게는 더욱 기이한 일이었었다. 외국의 병력(兵力)을 무서워한다 하면 그것은 모를 일이다. 군사를 일으켜가지고 조선을 치려 할 때는 군사가 없는 조선은 두려워하는 것이 당연한 일이다. 그러나 '외국에게 대답할 말이 없다'고 일국의 대신들이 모두 얼굴이 변하여 걱정을 한다는 것은 기이한 일이었었다.

여기서 태공은 처음으로 외국에게 사건 때에는 아무런 일이 있을지라도 관계가 없지만 일단 외국에게 대할 때는 국내의 사건의 전 책임을 그 나라의 정부가 질 것이라는 점을 처음으로 보았다. 그리고 이것은 단군 이래 4천 년 태공이 먼젓번 집정할 때까지 한 번도 만나보지 못한 중대한 문제였었다.

여기서 태공은 조선의 약하여짐을 더욱 통절히 느꼈다. 외국이 어떠한 문제를 들고 들어올지라도 나라의 병력만 충실하면 외국이 내어놓는 문제 앞에 총부리와 대포를 향하여 놓으면 그뿐일 것이다. 아니 나라의 병력만 충실하면 외국에게 대하여 웬만한 큰 실수가 있더라도 외국에서는 그것을 문제로 삼지를 못할 것이다. '힘'은, 즉 '옳음'이었다. '약함'은, 즉 '죄'였다.

그러나 조선이라 하는 나라는 어떠한가. 태공뿐 아니라 아무의 눈에도 조선이 강하다고는 볼 수가 없었다.

창고에는 재정이 없었다.

군인은 총을 멜 줄을 몰랐다.

장교는 말을 탈 줄을 몰랐다.

관리는 백성을 보호할 줄 몰랐다.

대신은 외국을 눈 아래로 볼 줄을 몰랐다.

군대는 정식 훈련을 못 받았다.

이러한 조선을 강하다고 볼 수가 없었다.

이러한 조선의 모양을 외국에 보이기가 싫어서 일찍이 태공은 나라의 문을 굳게 닫고 그 굳게 닫은 안에서 일심 국력의 충실을 도모하였건만 태공의 사업은 중도에 깨어지고 태공이 집정을 할 때보다도 더욱 약하고 더욱 부끄러운 그림자를 외국의 눈앞에 내어놓았다.

이번의 변란에 외국이 받은 손해는 그다지 큰 것이 아니다. 그 나라의 몇 사람의 공사관원과 군인이 변란통에 맞아 죽었다. 그것뿐이다. 공사관이 불타 없어졌지만 이것은 자기네들이 몸을 지키기 위하여 수단으로 놓은 것으로서 그것은 문제를 삼을 것 안 된다.

'변란에 몇 사람이 상하였다.'

말하자면 이것은 가장 평범한 일이다. 만약 강자(强者)의 변란에 약자의 몇 사람이 상하였으면 다시 문제도 안 될 것이다. 그러나 약자의 변란에 강자의 몇 사람이 상하였다 하는 것은 반드시 무슨 문제가 생길 것이다. 문제 생길 근터리가 없어서 가만있던 그들에게서 무슨 문제가 안 일어나리라고는 도저히 바랄 수도 없는 것이다.

대신들의 근심은 이러한 곳에 있었다. 몇 해를 정계를 떠나서 울분 가운데서 지낸 태공에게는 처음에는 대신들의 근심이 우스워 보였다. 그러나 며칠을 지나면서 차차 명료히 조선의 지위를 인식하기 시작하면서부터는 태공의 마음에도 차차 이 문제가 무겁게 걸리기 시작하였다.

"무얼? 한 번 호령을 하면 꼬리를 빼고 달아날걸……."

역시 남에게는 이렇게 호통을 하며 배를 쓰담으며 웃는 태공이었지만 마음에는 차차 이 일이 근심되기 시작하였다.

3

불안이 차차 태공의 마음에서 자랐다.

'나라가 없어진다.'

단군 이래 4천 년, 이씨가 나라를 잡은 지도 5백 년, 그동안에 비록 외국의 정삭(正朔)을 받들어본 때는 있다. 하지만 한 번도 그 주권(主權)에는 흔들림을 보지 못한 이 나라가, 지금에 이르러서 혹은 소멸될지도 모르는 그 불안은 태공의 마음을 떨리게 하였다. 그런 일이 있으랴. 그것은 너무도 무서운 일이다. 상상도 할 수 없는 두려운 일이다.

그러나 그 상상도 할 수 없는 두려운 일이 혹은 눈앞에서 실현될지도 모르겠다는 무서운 예감 때문에 태공은 자기의 늙은 머리를 움켜쥐고 고민하고 하였다. 한 시간 두 시간씩 얼빠진 사람같이 눈이 멀거니 앉아 있는 일이 흔히 있었다. 이것은 뉘 책임이냐. 누가 이렇듯 나라를 위태롭게 만들었느냐.

'나는 아니다. 적어도 나는 책임이 없다.'

그러나 그 책임이 뉘게 있든 간에 책임 문제를 넘어서서 자기네의 눈앞에서 무서운 일이 실현될지도 모르겠다. 책임을 운운할 때가 아니다.

이러한 가운데서 태공은 자기가 비상히도 어려운 처지서 서 있는 것을 분명히 깨달았다. 나라를 이렇듯 위태로운 처지에 빠지게 한 그 책임

6 정삭을 받들다 : 정삭은 책력, 역법을 말한다. 우리나라에서는 중국과의 사대외교에 따라 중국의 역법을 받아서 사용했다.

은 태공 자기가 질 것이 아니라 하되 여기서 만약 이 나라에 여차한 일이 생긴다 하면 그때에 정부에 당국하였던 그는 죄 없는 책임을 자기 혼자서 져야 할 것이다. 나라를 이렇게 만들어놓은 것은 왕비의 일당이라 하지만 지금 정치의 권리를 잡은 태공은 마지막 책임을 지지 않을 수 없다. 만약 여기서 나라가 바로 선다 하면 문제가 없으려니와 불행히 좋지 못한 일이 생기면 좋지 못한 일이 생기도록 만들어놓은 왕비 일당보다도 시재 거기 당한 태공이 책임이 더 클 것이다.

여기서 태공의 고민은 더욱 커졌다. 그리고 때로는 자기도 지금의 자리에서 물러앉아서 그 불길한 책임에서 피할까 하는 생각까지 하여보았다.

태공은 자기의 늙음을 통절히 느꼈다. 기울어져가는 이 사직을 면하여 태공은 자기의 늙음과 늙음 때문에 약하여진 마음을 안타깝게 여겼다.

오래 벼르던 정권을 잡기는 잡았다. 그러나 잡고 보니 그것은 그다지 신통한 지위가 아니었었다. 바로잡기 힘들도록 기울어진 정국, 예상 의외로 위태로운 정국이었었다. 이 수습키 힘든 정국에 임하여 태공은 처음에는 아무런 대책도 세우지를 못하고 있었다. 그리고 늙음 때문에 매우 마음이 약하여진 그는 이 귀찮고 시끄러운 지위에서 몸을 빼어서 불길한 책임에서 피하고자 하는 생각을 여러 번 하여보았다.

"나는 아니다. 적어도 내 책임은 아니다."

그러나 자기가 그 자리에 몸을 빼면 자기의 책임뿐은 면할 수 있지만 그 뒤의 일을 생각할 때는 덜컥 몸을 빼어서 자기의 이름만을 보전할 수도 없었다. 자기가 몸을 빼서 이 지위에서 물러가면 나라는 다시 민씨 일당의 것이 될 것이다. 민씨 일당의 나라가 되면 나라의 운명은 불을 보기보다도 분명한 일이다. 그것은 나라의 파산이다. 나라는 없어지고 말 것이다.

사랑하는 나라, 사랑하는 백성—위태로운 낭떠러지에 서서, 거의거의 떨어져가는 이 나라와 백성, 잘 때나 깰 때나 언제나 그의 머리에서 떠나 보지 못한 이 나라와 백성—이의 장래의 운명을 생각할 때는 태공은 몸을 떨고 하였다. 그리고 현재의 조야(朝野)[7]에 아무리 살펴보아야 이러한 위태한 경우에서 나라를 구하여낼 만한 적당한 인물을 발견할 수가 없는 태공은 부족하나마 힘을 다하여 나라를 붙들어보려 결심하였다. 망하면 은 망하게 한 그 책임을 질지라도 나라와 운명을 같이하여 늙었으나마 자기의 힘, 자기의 수완, 자기의 역량이 있는껏 버틸 대로 버티어보려 결심하였다.

4

일단 결심을 한 뒤에는 태공의 처결은 단호하였다. 사면으로 싸이고 또 싸인 근심 가운데서 헤맬 때는 역시 한 평범한 인물에 지나지 못하지만 일단 그의 마음이 어느 방면으로든지 작정이 된 뒤에는 그의 뱃심은 좋았다. 어떤 일에든 흔들리지 않을 만한 '힘'이 그에게서 솟아났다.

자, 어떻게 버티나, 돈이 없고 군대가 없는 이 나라로서 돈 많고 강한 나라에 대하여 어떻게 버티어 나아가나. 태공은 처음에는 남의 힘을 빌려볼까 하였다. 남의 힘으로써 남의 힘을 막는 것—일본이 문제를 들고 들어올 때는 청국에게 붙어서 일본을 밀어내고 청국이 문제를 들고 들어 올 때는 일본에게 붙어서 청국의 힘을 막고—이렇게 남의 힘으로 남의 힘을 막아볼까 하였다. 뒤로 청국 앞으로 일본, 이들 맹수의 틈에 끼운 돈 없고 힘없는 조선은 자기를 노려보는 이 두 맹수에게서 피하기 위하여서는 맹수의 하나와는 악수를 하지 않을 수가 없을 듯이 보였다. 그러나 생각을 돌이켜 할 때에 호랑이를 피하고자 이리를 친할 수도 없고 이리를 피하고자 호랑이를 친할 수도 없었다. 앞뒤 문으로 이리와 호랑이를 받고 있는 이 양순한 양은 호랑이를 피하고자 이리와 친하였다는 이리의 밥이 될 것이 분명하고 이리를 막고자 호랑이와 친하였다는 또한 호랑이의 밥이 될 것이 분명하였다.

그러면 이 곤란한 경우에서 어떻게 벗어나나.

"망한다. 나라가 망한다."

거의 상상도 할 수 없는 이 무서운 현실을 때때로 눈앞에 보면서 태공은 몸을 떨고 하였다. 그리고 이 같은 무서운 경우에서 조선을 구하여 내일 유일의 방책으로 발견한 것은 역시 또다시 쇄국정책이었다. 앞뒤 문을 굳게 닫고 그 안에 숨어서 장래의 이리며 호랑이와 싸울 만한 힘을 기르자. 힘을 기르다가 기르던 도중에 당치 못하고 죽는다 할지라도 이것은 천명으로 할 수 없다. 굳게 닫은 문을 호랑이나 이리가 깨뜨리고 들어온다 할지라도 이것 또한 천명으로 할 수 없는 일이다. 그러나 내 손으로 이리를 피하고자 호랑이를 끌어들인다거나 호랑이를 면하고자 이리를 끌어들이지는 못할 일이다. 이대로 겪자. 끝까지 힘이 자라는 데까지 기운이 다하는 때까지 버티자. 버티고 내 땅을 지키자.

이것이 물론 만전의 책은 아니다. 쇠진한 이 조선이 스스로 지키면 얼마나 지키며 버티면 얼마나 버틸까. 그러나 내 손으로 내 강토를 남의 손에 바칠 수는 없었다. 버티고 지키는 동안에 이리며 호랑이를 당할 만한 힘이 생기면 그런 경사로운 일이 없다. 밑져야 본전─또다시 나라의 문을 굳게 닫자.

이러한 가운데서 조선의 장래는 9분의 절망에 섞인 1분의 희망밖에는 발견할 수가 없는 태공은 그 1분의 희망을 바라보면서 거기다가 자기의 온 정력을 부었다. 그리고 그 밖에 모든 일은 귀찮고 변변치 않게만 보였다.

불구대천의 원수, 더구나 조선을 이렇게 만들어놓은 장본인, 언제든 자기가 정권을 잡기만 하면 당장에 모두 참수를 하여버리려던 왕비의 일당에게 대하여서도 그는 아무런 처분도 내리지를 않았다. 그런 소소한 문제는 생각하기조차 싫었다. 더구나 그 수괴인 왕비가 변란통에 행방불명이 된 이래 그 생사에 대하여 많은 풍설이 돌았지만 태공은 그것조차 알아보려고도 아니하였다. 그러한 국내의 소소한 문제를 가지고 이렇다 저렇다 하기에는 그의 머리는 너무 근심으로 차 있었다.

변란통에 왕비는 몸을 피하여 시골로 내려가서 일가 되는 민응식(閔應植)의 집에 몸을 숨겨 있었다. 그리고 거기서 각 민씨들과 연락을 취하면서 선후의 책을 강구하고 있었다. 그것을 활민숙에게서 어떻게 알아내어 가지고 재영이가 태공께 그 일을 보고하였다.

5

재영이는 왕비의 숨어 있는 곳을 보고하고 왕비를 시하려는 뜻을 태공에게 보였다. 그러나 태공은 그것을 막아버렸다.

"못쓴다."

간단한 한마디였다. 그리고 잠깐 뒤에 주석을 하듯이

"국모―국모의 몸에……."

혼잣말같이 이렇게 중얼거렸다. 물론 그 뜻은 백성으로서 국모를 시하는 것은 대역의 죄라 하는 것이었다. 태공이 재영이에게 보인 뜻은 이러하였으나 왕비를 시하려는 것을 막은 진의는 다른 데 있었다.

지금 국난의 아침 나라가 힘을 합하여 외국에 대하여야 할 이때 국내에서 더구나 국민과 왕가의 새에 그런 불상사가 생기는 것이 태공의 마음에 맞지 않았다. 불구대천의 원수, 나라를 망치게 한 간당(奸黨)의 수령, 이런 의미로 볼 때에 그 간을 꺼내어 먹는다 할지라도 시원치 않지만 태산과 같이 커다란 짐을 앞에 한 이때의 태공의 마음에는 왕비에게 대하여 그래도 사랑하는 아드님의 배필이라는 골육의 따스한 정이 살아났다. 수레바퀴를 밀려는 당랑과 같은 자기의 처지를 생각할 때에 비록 저편에서는 자기를 배반하고 자기에게 원수진 행동만 했다 할지라도 태공은 저편을 밉게만 볼 수가 없었다.

요컨대 나라가 절망의 상태에 빠진 이때에 임하여 이 노인의 마음에는 원수를 원수로 밉게 보기 전에 동포로서 같은 나라에 생존하는 동족으로서 사랑하고 싶은 것이었다.

태공은 밤에 잠을 못 잤다. 어떻게 잠을 들었다가도 까닭 모를 거대한 공포 때문에 깜짝 놀라서 일어나 앉고 하였다. 잠들었다가 걸핏 깨면 그 순간 가슴이 천 근과 같이 되며 다시는 잠이 들 수가 없게 되고 하였다.

"이런 일이 과연 있을까. 나라가 하나가 온전히 없어진다 하는 이런 일도 과연 있을까. 꿈이로다. 이게 꿈이 아니고야 무엇이겠느냐?"

오래 벼르던 정권을 다시 잡은 데 대하여 치하며 축하며 이런 것이 모두 귀찮을 뿐만 아니라 성가시기까지 하였다. 더구나 '태공이 들어앉았으매 인제는 나라가 부강하여지겠다'고 아첨을 겸한 찬사를 드리는 사람이 있을 때는 이전과 같으면 그는 그 눈에 보이는 아첨에 고소를 하면서도 커다랗게 머리를 끄덕일 것인데 지금은 첫마디에 역정을 내고 뒤를 연하여 벽력같이 호령을 하고 하였다.

─하느님, 장차 어떻게 되오리까. 지금 거의거의 넘어져갑니다. 내 힘으로는 도저히 다시 세울 수가 없습니다. 너무 늦었습니다. 세울 수 없도록 기울어졌습니다. 게다가 아무리 둘러보아야 나보다 든든한 사람은 보이지를 않습니다. 뿐만 아니라. 사태가 이렇게까지 기울어진 줄을 아

는 사람 — 이해하는 사람조차 없습니다. 그러면 넘어지는 것이 이 나라의 운명이오니까. 넘어지는 것이 당신의 뜻이오니까. 4천여 년을 이 국체가 전면히 내려온 것은 오늘날 넘어지기를 준비하는 한 과정이었습니까. 꼭 넘어져야 하겠습니까. 세워주소서. 어떻게든 다시 세워주소서. 아직껏 듣도 보도 못한 일 — 말[言語]이 다른 백성이 이 나라를 슬며시 집어삼키려는 그런 일에서 구원해주소서. 그런 무서운 일이 어디 다시 있겠습니까?

태공은 하늘을 우러러보며 탄원하고 하였다. 일찍이 하늘과 땅에 머리를 숙여보지 못한 그였었지만 나라의 파산의 앞에 그는 자기의 늙은 머리를 조으며 탄원하는 것이었었다.

이렇게 불안한 공포에 새운 날을 보는 동안 조선의 천하에는 또다시 태공의 쇄국정책이 날개를 펴게 되었다. 불안과 공포 가운데 싸여서 그래도 어떻게 하여서든 넘어져가는 나라를 붙잡고서 생각하고 생각한 끝에 발견한 (만전의 책이랄 수는 도저히 없지만) 유일의 태공의 구국책(救國策)이었었다.

6

국내는 안돈되었다.

그새 왕비 일당에게 둘리어 살 때에 놀랍게도 압박을 받던 그들이었지만 그 학정이 없어지면서부터는(지배자라 하는 관념이 그다지 없는 그들의 천성으로 돌아가서) 자기네의 밥 짓기에 분주하였다. 10년 전과 같이 20년 전과 같이 그새의 그런 무섭던 학정은 모두 꿈으로 여기고 자기네들의 일로 돌아갔다. 만약 어떤 사람이 있어서 '그새 너희들이 겪은 학정을 기억하느냐'고 물을 것 같으면 그들은 오히려 그런 질문을 하는 사람을 괴이히 여길 것이다.

'무얼? 그런 일이 언제 있었느냐. 꿈에 그 비슷한 꿈을 꾼 듯싶기는 하지만 현실로는 그런 일이 없었다. 위에 있는 그이들과 아래 있는 우리들과 무슨 관련이 있기에 학정이니 무어니 있으랴.' 한 뒤에는 그들은 그새 이야기를 하기 위하여 손을 멈추었던 것을 애석히 여기는 듯이 다시 곧 일손을 잡을 것이다. 그러나 질문자로서 좀 더 뱃심 좋게 그냥 질문을 계속할 것 같으면 그들은 역정까지 내일 것이다.

'대원대감? 중궁? 몰라! 우린 다 몰라! 그이들은 우리 윗사람. 우리는 그이들의 아랫사람, 그 밖에 무슨 관련이 있담. 바쁘니 저리로 가게.'

─지배자에게 이렇게도 무심한 이 백성의 위에서 태공은 이미 기울어진 세태에 전전긍긍하면서 이것을 어떻게든 도로 바로 세워보려고 안을 달았다. 그의 노력은 오히려 비극에 가까운 엄숙한 노력이었었다.

"무슨 문제냐. 어떤 문제를 가지고 어떻게 오려느냐? 어서 오너라. 뱃심─내 뱃심으로 어떻게든 결쿠어보겠다.[8]"

반드시 들고 올 문제가 어서 오지 않는 데 대하여 태공은 전전긍긍히 지냈다. 그 문제는 온전히 오지 않으면 좋을 것인 대신 또한 반드시 오지 않고는 두지 않을 것이다. 어차피 나올 문제일 것 같으면 하루바삐 당면하여 저편이 거꾸러지든 이편이 거꾸러지든 결쿠어보아서 그 결말을 보고 싶었다. 하루를 끌면 끄느니만치 태공의 불안과 공포는 더욱 커갔다.

그러한 가운데서 다시 병력을 수습하며 일변으로는 겁먹은 대신들을 격려를 하며 심복인[9]으로써 귀한 국무를 처리하여 나아가는 태공의 노력은 진실로 엄숙하였다. 누구가 알아주지도 않는 노력─그렇게 노력하도록 나라가 기울어졌는지 알지도 못하는 가운데서 혼자서 하는 노력,

---

8 결쿠다 : 겨루다.
9 심복인 : 마음 놓고 부리거나 일을 맡길 수 있는 사람.

거기 태공은 전심전력을 다 부었다.

이렇게 다 넘어진 나라를 붙잡기에 온 노력을 다하는 동안 그리고 그 때문에 왕비 일당의 그 뒤의 거취에 대하여는 돌아보지도 못할 동안 왕비 일당에서도 또한 가만있지 않았다. 지극히 높은 지위에서 단번에 땅으로 떨어진 그들은 자기네가 왜 떨어졌는지 그 까닭을 탐구하기 전에 그리고 또한 자기네의 행동을 돌아보기[10] 전에 먼저 잃어버린 그 '자리'를 아깝게 여겼다. 그 '자리'를 어떻게든 다시 찾으려 하였다. 잃어버린 영화롭던 지위에 다시 올라가보려 하였다. 그리고 그들은 그 수단을 강구하였다.

그러면 그들은 어떤 수단을 썼나? 그들은 자기네의 병력으로써 정부의 지위를 점령하려 하였나? 이것은 제후 시대의 가장 평범한 정권 쟁탈의 수단이다. 그러나 그들은 병력이 없었다.

그러면 그들은 국민에게 마음을 사서 국민의 힘으로써 정부를 다시 점령하려 하였나? 이것은 민정시대의 정권을 잡는 가장 평범한 일이다. 그러나 그들은 정부가 국민과 관계가 있다는 것을 이해치를 못하였다.

그러면 그들은 자기네가 정권을 잃은 뒤에 자기네의 대신으로 들어앉은 태공에게 가서 '왜 남의 자리를 빼앗았느냐 당장에 내어놓으라'고 호령을 하였나? 혹은 '다시는 그런 학정을 안할테니 이 자리를 내어주십샤'고 애원을 하여보았나? 아니 그들은 이 수단도 역시 쓰지 않았다. 그들은 조선을 어서 바삐 망케 할 유일의 다른 수단을 썼다.

7

그들은 잃어버린 정권을 다시 얻기에 무력도 사용치 않았다. (아니 오히려 못하였다) 백성의 힘을 힘입으려도 아니하였다. 직접 태공에게 교섭하려고도 아니하였다.

일찍이 변란 때에 충주로 달아나 왕비는 몰래 그의 일당을 명하여 선후책을 강구케 하였다. 그리고 그들이 숙고한 결과로서 더 낸 방책은 이번의 변란을 청국 정부에 보고하여 청국 정부의 처리를 청함이었었다. 그리고 그들은 이것을 곧 실행하였다. 국내의 조그만 변란(변란이라 하되 상감이 그 상감대로 계시고 백성이 그 백성대로 있는 국부적 소변란)을 처리하여 달라고 청국 정부에 호소한 것이었었다. 포학한 재상 몇 사람이 매 맞아 죽고 왕비가 피신을 한 데 지나지 않는 작은 정변에 외국의 간섭을 구한 것이었었다. 그리고 겸하여 국태공의 완매하고 완고하고 포학하고 무식하고 무도하고 또한 야심 많음을 호소하여 이 국태공에 대한 조처까지 아울러 청하였다.

국태공이 없는 뒤에야 자기네의 지위가 안전하여질 것을 잘 아는 그들은 자기네의 힘으로는 도저히 처치하지 못할 국태공의 처치 문제를 외국에게 의뢰한 것이었었다.

여기서 작자는 지극히 간단히 조선과 청국과의 역사적 관계를 적겠다.

조선과 중국[11]이 명의상 주종국의 관계를 맺은 것은 이미 오랜 일이다. 그 때문에 중국[12]의 정삭을 받들어오기는 이미 오랜 일이다. 그 뒤에 주종관계를 그냥 맺을 명나라[13]도 없어지고 그 관계를 끊을 기회도 많았지만 그때는 조선에는 유교가 뿌리를 깊이 박고 명나라와 그 뒤를 이은 청나라의 일은 무엇이든 대국(大國)의 일이라는 관념이 깊게 박히게 되었는

11　중국 : 원본에는 '청국'으로 되어 있지만, 문맥상 '중국'이라고 하는 것이 타당함.
12　중국 : 원본에는 '청국'으로 되어 있지만, 문맥상 '중국'이라고 하는 것이 타당함.
13　명나라 : 원본에는 '조선'으로 되어 있지만, 문맥상 '명나라'라고 하는 것이 타당함.

지라 이 기괴한 주종관계를 그냥 끊지 않고 두었다. 동지사가 인사를 다니고 왕위(王位)에 변동이 있을 때에 보고를 하고 이러한 의식에 그치나마 그 주종관계는 그냥 계속되어 있었다. 내정이며 주권에는 아무 관계가 없었지만 청국은 청국의 존대풍(尊大風)으로 이 의식을 그냥 유지하고자 하였고 조선은 조선으로 대국 숭배열 때문에 폐지하지를 않고 그냥 계속된 것이었었다.

대원군이 집정하였다. 그때 천주교가 조선에 전파되기 시작하였다. 동시에 천주교를 통하여 외국의 세력이 차차 조선에 새어 들어오기 비롯하였다. 여기 임하여 굳게 쇄국을 선언한 대원군은 천주교도와 그 선교사를 죄 잡아서 형장에 끌어다 죽여버렸다. 그때 겨우 죽음을 면하여 도망한 리텔[14]이라는 선교사가 청국에 있는 불란서 수사제독(水師提督) 로젤[15]에게 이번의 참변을 보고하였다. 이리하여 병인년의 양소가 일어났다.

불란서의 함대는 대원군의 정예한 군대에게 격퇴를 당하여 달아났다. 그러나 일단 달아난 불란서 함대는 더욱 크게 짜 가지고 다시 조선을 침범하였다. 전의 원수를 갚고자 다시 왔으나 또다시 빈손으로 쫓겨 돌아갔다.

이듬해 신미년에는 미국 상선 하나가 통상을 하자고 대동강 하류에 왔다. 그러나 대원군의 쇄국정책은 여기서 풀릴 리가 없었다.

당해한 관리는 미국의 통상을 강경히 거절하였다. 여기서 시비가 나서 미국 상선은 대포(상선에 웬 대포가 있었는지)를 놓았다. 여기 격노한 민중—더구나 평안도 사람들은 제갈공명의 지혜를 본받아서 미국 상선을

---

14 리텔 : 리델(Félix Clair Ridel, 1830~1884).
15 로젤 : 로즈(Pierre Roze).

불살라버렸다. 그리고 항복하는 사람들을 모두 잡아내어 죽였다.

이 두 가지의 사건 때에, 불란서와의 사건 때에는 불란서 정부에서, 미국과의 사건 때에는 미국 정부에서 청국 정부에 향하여 항의하였다. 왜 그러냐 하면 조선은 청국의 속국이니깐 외교에 관한 책임은 그 종주국인 청국이 질 것이라는 견해 아래서…….

그러나 그때 내외에 일이 많은 청국서는 조선의 책임까지 자기네가 맡아서 질 수는 도저히 없었다. 질 힘도 없었거니와 질 겨를도 없었다. 그리고 그 책임을 지지 않자 하자면 다만 한 가지의 방책밖에는 없었다. 즉 청국과 조선은 아무 관계가 없다 하는 것이었다.

8

"조선의 일은 청국은 모른다. 왜 그러냐 하면 조선은 청국과는 아무 관계가 없는 독립국이니까……."

청국은 불란서와 미국에게 대하여 이렇게 대답하였다.

이리하여 조선은 자기가 알지도 못하는 틈에 청국과의 주종관계가 국제적으로 끊어진 셈으로 되었다.

그러나 비록 이렇게 선언은 하였다 할지라도 사람의 세상에서 '욕심'이라는 것이 없어지기 전에는 조선과 청국과의 관계가 온전히 끊어질 리가 없었다. 부득이한 일시적 사정으로 인하여 열강(烈强)에게 조선이 독립국이라고는 하였지만 청국은 내심 그것을 후회하였다. 그리고 언제든 기회만 생기면 열강에게 청국이 조선의 종주국이라는 것을 알게 하고자 때만 엿보고 있었다.

청국에게 외교적 타협의 거절을 당한 불란서와 미국은 직접 조선에게 교섭을 하여 그때의 문제를 해결하고자 하였다. 그러나 천지가 들어서 태공의 쇄국정책에 열복하여 있는 조선에는 사신이 들어올 길이 없는지라 따라서 교섭하여볼 길조차 없었다. 이리하여 조선은 청국의 속국인지 독립국인지가 서양제국의 새에 의문으로 되어 있었다.

임오군란이 일어났다.

정권은 바뀌었다. 민씨는 쫓겨 나가고 태공이 정부의 권리를 잡았다. 이때에 쫓겨난 민씨는 자기네의 잡았던 권리를 다시 잡기 위하여 이 사실을 들어서 청국 정부에 호소하였다.

기회만 엿보고 있던 청국 정부는 들고 일어섰다. 절호의 이 기회에 조선의 내정에 간섭을 하여 그것으로서 외국에게 대하여 자기네(청국)가 조선의 종주국이라는 증거를 보이려 하였다.

청국 정부는 수사제독(水師提督) 정여창(丁汝昌)에게 수군을, 오장경(吳長慶)에게는 육군을 영솔[16]시키어서 참의 마건충(馬建忠)과 함께 군함 위원(威遠), 제무(提武), 초용(超勇)의 세 호와 기선 수 척에 육병 2천 5백과 해병을 실어가지고 조선의 내정을 간섭하려 조선으로 보냈다.

일찍이 군란이 있는 날 공사관을 빠져서 도망한 일본 공사 화방의질(花房義質)의 일행은 제물포로 달아나서 군선 배를 얻어 타고 남양만 밖으로 나가서 영국 측량선의 구조를 받아가지고 장기(長崎)로 갔다. 그리고 거기서 군란의 경과를 자기의 정부에 보고하였다.

역시 조선에 대하여 무슨 빌미만 기다리고 있던 일본 정부는 즉시로 외무대신 정상형(井上馨)을 마관(馬關)으로 보내서 화방 공사를 정견케 하고 조선 정부를 문죄할 방침과 몇 가지의 조건을 가르쳤다. 조선에 있는 일본 거류민을 보호한다는 구실 하에 군함 네 척(금강(金剛), 일진(日進), 부상(扶桑), 훈휘(薰輝))을 해군소장 인례경범(仁禮景範)이 사령관이 되어 인솔하고 또한 그 위에 육군소좌 사내정의와 육군소장 고도병지조(高島鞆之

---

16 영솔(領率) : 부하, 식구, 제자 등을 거느림.

助)의 인솔로써 육군 일 대까지 합하여 조선으로 보내게 되었다.

군란이 일어난 유월 달은 이러는 동안에 지나갔다. 그리고 칠월이 잡혔다. 그 칠월로 들어서는 때에 인천 제물포 항구에는 일본 공사 화방의 질과 그를 에워싼 일본의 육해 병사를 만재한[17] 일본 군함이 들어와 닿았다. 그리고 그와 동시에 또한 청국 수사제독 정여창의 인솔한 조선 내정을 간섭하려는 청국 함대도 또한 들어와 닿았다.

두 개의 세력은 동시에 인천 항구에 들어와 닿았다. 이리하여 아직껏 자기네가 조선에 가지고 있던 종주권을 확인시키는 청국의 세력과 그 청국의 세력을 부인하기 겸하여 자기네의 새로운 세력을 조선에 부식하려는 일본의 세력은 안온의 꿈에 깊이 잠겨서 당파싸움으로나 세월을 보내던 조선의 천지를 놀라게 하고 조선의 간을 서늘하게 하였다.

─이것이 그때의 조선 청국 일본이 관련되는 역사의 대요[18]─다.

9

"오늘은 잠을 못 자렷다."

그날 밤 태공은 자기는 이 밤은 정녕코 자지를 못할 것을 알았다. 이전 재영이의 실종 때부터 몸의 건강이 말이 안 되게 된 태공은 그 뒤에 일어난 병란과 병란 뒤에 생겨난 놀라운 문제(아직 우리의 조상이 만나보지 못한 '외국과의 문제라는') 등등 때문에 이미 상한 건강을 회복할 겨를이 없었을 뿐 아니라 나날이 각각이 그의 건강은 더 나빠갔다. 조그만 무슨 문제가 하나 마음에 걸리기만 하면 그 때문에 그 문제에 번뇌되어 그는 한잠을 들지를 못하고 하였다. 오늘 생긴 중대한 문제─더구나 그때 받은 커다

---

17 만재하다 : 자동차, 배 따위에 물건을 가득 싣다.
18 대요 : 대략의 줄거리.

란 굴욕은 생각 안 하려야 안 할 수 없이 태공의 가슴을 쏘게 하였다. 그리고 그 때문에 그는 잠이 들듯 싶지도 않았다.

그것은 너무나 커다란 욕이었었다. 내 국가이다. 내 강토이다. 내 땅이다. 그 '내 땅'에 '내'가 들어오지 말라는데―그것도 말 좋게 '지금은 상당한 관사가 없으니 잠시만 기다려달라'고 빌붙어서 간청을 하였는데, 그 말이 무시를 당하는 이것은 너무도 커다란 욕이었다.

뿐이랴? 지금 이 장안은 외국의 군대의 발에 밟히우고 있지 않으냐. 때가 전쟁 때로써 조선의 병사가 패주[19]를 하고 그 대신 외국 군사가 들어온 것이라면 억울은 하지만 할 수는 없는 노릇이련만 한 방의 총도 놓아보기 전에 이 나라의 서울에 외국의 군대가 발을 들여놓는다 하는 것은 무엇이라 말할 수가 없었다. 이 나라의 실제의 지배권을 잡은 태공 자기가 경기감사 홍유창을 시켜서 이유를 들어서 잠시의 유예를 청하였거늘 저쪽에서 부득이 오늘 안으로 꼭 들어와야만 할 것이면 자기에게 다시 한번 그렇게 통지를 하고 거기 대한 회답을 기다려서 일을 결정하여야 할 것이다. 저편 쪽에서 그런 모든 수속을 밟지 않고 군대로써 자기의 몸을 호위한 뒤에 제 땅과 같이 자유로이 들어온 이것은 놀라운 무법이었다.

여기서 태공은 명료히 '조선의 파산'을 보았다. 왕비 일당의 그새 몇 해의 어리석고도 무지한 비정[20]은 조선이 스스로 설 힘이 생기기도 전에 덜컥 문호를 해방하고 그 위에 그새 겨우 조금 뿌리를 박았던 '생명의 씨'조차 뽑아버려서 이렇듯 외국으로 하여금 조웅을 업수이 여기게 하였다. 조선의 실력이 온전히 외국에게 알리어지기 전인 광무주 11년의 동

19 패주 : 싸움에 져서 달아남.
20 비정(秕政) : 백성을 괴롭히고 나라를 잘못되게 하는 정치.

래 예관(禮舘) 철폐 사건이며 광무주 13년 병자의 초량관문(草梁舘門)의 전령론(傳令論)이 일어나기도 여러 번 하였으되, 그때는 아직 조선의 실력이 외국에게 의문이었는지라 문제는 고조가 되지 못하고 삭아버리고 하였다. 이번에 일본의 태도가 이렇듯 강한 것은 조웅의 무력함을 저들이 충분히 보았기 때문이다.

모든 것을 알 대로 다 알고 이번의 행동에 나온 일본인지라 손쉽게 물러앉지 않을 것은 정한 일이다. 어떤 결단을 본 뒤에야 물러갈 것이다. 그리고 그 결말이란 '나라의 파산'에 다름없었다.

'나라의 파산.'

놀라운 이 사건에 당면하여 이것을 타개할 만한 그럴듯한 방책을 세우지 못한 태공은 곤한 몸을 자리에 눕히지도 않고 고민하고 있었다. 오른편 전신에서 히물히물 끊임없이 경련이 일어났다. 눈은 깜박일 줄을 잊은 듯이 멀거니 서서 있었다.

태공은 마침내 몸을 일으켰다. 가슴의 답답함은 그로 하여금 그대로 그냥 앉아 있게까지 못하게 하였다. 몸을 일으킨 그는 천천히 뜰로 내려갔다.

뜰을 역시 뜻 없이 이리저리 거닐던 그의 발은 어느덧 궁문으로 향하였다. 문에 서 있던 파수는 뜻 안 한 때의 국태공의 모양에 놀라서 자세를 바로 하였다. 그것을 곁눈으로 보면서 태공은 뒷짐을 지고 궁문 밖으로 나섰다. 지금 자기네의 위에 어떤 위기가 이르렀는지 짐작도 못하는 장안은 죽은 듯이 고요하였다. 그 한편 모퉁이에서는 이 시민이 예측도 못할 가장 놀라운 일이 착착 진행되는 것이었다.

10

너무 가슴이 답답하여 궁문 밖까지 나오기는 하였지만 거기도 별다른 위안이 있는내가[21] 고요히 잠들어 있는 거리를 보면 볼수록 거기 대한 애착과 애무심이 더 커지고 그런 생각이 커지면 커질수록 타개하기 힘든 이 난국에 대한 걱정이 더 커갔다.

과거의 화려하던 정치적 역사가 뒤를 이어서 그의 머리에 떠올랐다. 광무주의 즉위 경복궁 중수, 서원 철폐, 풍속 개량, 무럭무럭 자라는 조선의 위에 임하여 과단성 있는 이런 정치로써 나라를 화려하고 강대하게 꾸며 나아가던 그 시절 장래의 희망으로 빛나던 그 역사가 이 난국에 임하여 조롱하듯이 차례로 그의 늙은 머리에 떠올랐다. 그때에 앉아서 희망으로 빛나는 장래를 바라볼 때에 가까운 장래에 오늘과 같이 가련하고 비참한 속수무책한 경우를 만나리라고야 꿈엔들 생각했으랴.

무럭무럭 왕비 일당에 대하여 전에 맛보지 못한 맹렬한 증오심이 태공의 마음을 눌렀다. 그새 한동안 어지러운 생각 때문에 더구나 패전자에 대한 우승자의 자비심으로써 관대히 버려두었던 왕비 일당에 대하여 아직껏 맛보지 못한 결정적 보복심이 그의 가슴에 불러올랐다. 이게 다 뉘 탓이냐. 옳은 길로 옳은 방책으로 지도하여 나아가서 가까운 장래에 화려한 국가가 될 것을 의심 없이 믿고 있던 이 국가를 오늘과 같은 경우에 몰아넣은 것은 뉘 죄냐. 그 죄의 책임자에 대한 맹렬한 보복심은 미칠 듯이 태공의 마음에 불타올랐다.

―그래, 너희는 그 책임을 면하고 지금 안전히 숨어 있지. 그렇지만 '안전'히? 너희는 비록 아무도 모르리라고 하지만 내 손 아래서 활약하는 아이들은 너희가 충주에 숨어 있는 것을 다 알고 있다. 내게서 명령만 내리면 너희는 그날로 죽는 목숨이다.

보복심에 거의 정신을 잃은 태공은 그곳서 망연히 발을 떼었다. 발을

---

21 있는내가 : 원본 그대로의 표기. 문맥을 고려하면 '없었다' '없었고' 정도가 적당함.

뗀 그는 어두운 밤임을 다행히 사람의 눈을 피하면서 활민숙으로 향하였다. 재영이에게 명하여 왕비와 그 일당을 철저하게 소탕하라는 것이었다.

태공은 활민숙까지 이르렀다. 그러나 활민숙의 굳게 닫힌 대문은 따라오는 태공의 발을 그 앞에 멈추게 하였다. 발을 멈추는 동시에 그의 머리에는 미칠 듯이 자기의 마음에 일어났던 보복심에 대한 조소(嘲笑)적 비판이 생겼다.

ー그만두자. 이제 보복을 하면 무얼 하나. 미리 손쓰지 못해서 오늘날 이런 일을 저질러놓은 뒤에 인제 보복이나 해서 무얼 하나. 보복을 한댈 사 일이 바로 펴지도 못할 노릇ー그럴진대 보복을 한다 해야 나의 역사의 마지막 장에 쓸데없는 참혹한 기록 한 개를 더 늘이는 데 지나지 못하는 일ー오히려 눈감아두는 편이 나을 것이다.

태공은 잠시 더 정신없는 사람같이 서 있었다. 예까지 온 이상에는 아직 들어가보지 못한 활민숙에 잠깐 들러서 사랑하는 재영이라도 좀 만나보고 갈까고 주저주저하고 있었다. 그러나 밤중에 남의 문을 열라는 귀찮음이며 들어간 뒤에 밤중에 찾아온 이유에 대한 변명 등의 시끄러움을 생각하고 마침내 거리나 한 번 더 돌아서 운현궁으로 돌아가기로 하였다. 그리고 발을 돌이키면서 그는 무심코 대문을 손으로 조금 밀어보았다.

대문은 뜻밖에 소리를 삐거걱 내며 열렸다. 여기서 태공은 돌이켰던 발을 다시 멈추었다. 그리고 이제 그 대문 소리를 누구나 듣고 나오면 변명이나 하고 아무도 안 나오면 그냥 돌아가려고 잠시 더 기다려보았다.

저편 안에서 사뿐 하는 발소리가 들리는 듯하였다. 그 소리를 듣고 잠시 더 기다리다가 아무 소식도 없으므로 태공이 다시 발을 떼려 할 때에 그 발소리는 다시 났다. 사뿐사뿐 가볍게 이리로 달려오는 소리였다. 중대문의 열리는 소리가 들렸다. 대문으로 향하여 뛰어나오는 숨소리도 들렸다.

11

그 인물은 대문 밖으로 뛰어나왔다. 그리고 문밖에 서 있는 태공의 양 어깨를 힘 있게 꼭 붙들었다.

"누구냐."

태공은 그 인물을 쳐다보았다. 어두워서 보이지는 않았지만 목소리뿐으로 재영임을 알았다. 태공은 입을 열었다. 그러나 갑자기 목이 메어지려 하므로 말을 못 하고 어두운 가운데서 재영이를 쳐다보고 있었다.

이 말없는 인물의 앞에 재영이의 손아귀의 힘은 더욱 세어졌다.

"누구야!"

태공은 머리를 수그렸다.

"아직 안 잤댔느냐?"

재영이는 몸을 흠칫 하니 놀랐다. 음성은 그에게 낯익은 음성이었다. 그러나 이 음성의 주인이 밤중에 이곳까지 올 리가 없었다. 재영이는 붙든 사람의 얼굴을 보려 하였다. 그러나 어두움 때문에 보이지를 않았다.

"누구요?"

힐난의 목소리는 좀 온화하여졌다.

"나로다. 선생은 주무시느냐?"

"아이구."

재영이는 태공의 어깨를 잡았던 손을 놓고 한 걸음 물러섰다.

"어떻게—밤중에……."

"음, 너무도 갑갑하기에. 너는 아직 안 잤댔느냐?"

"저도 좀 마음이 공연히 언짢아서……."

"선생은 주무시겠지?"

"아니, 이제껏 말씀을 하셨는데요. 잠깐 들어가보시지요."

"들어가서 무얼 하겠느냐."

"예까지 오신 이상에야ー."

태공은 안 들어가겠다 하였다. 그러나 그의 쓸쓸한 마음은 잠시라도 들어가서 쓸데없는 헛소리나마 한두 마디 하면은 좀 나아질 것같이 생각되었다. 심란의 극 고민의 극ー누구와든 잠시 가슴을 풀어헤치고 이야기를 하여보고 싶었다. 재영이가 들어가기를 한두 번 더 권할 때에 태공은 마지 못하는 체하고 들어갔다.

활민도 뜻 안 한 때의 태공의 방래에 깜짝 놀라면서 일어섰다.

"아이구, 이게 웬일이세요?"

태공은 한숨을 쉬었다. 그리고 권하기 전에 먼저 내려가 앉았다. 활민과 재영이는 태공의 얼굴을 촛불에서 보았다. 태공의 놀랍게도 어두운 안색은 곧 두 사람의 마음에도 전달된 모양이었었다. 태공의 얼굴을 멀진멀진 바라보는 뿐 이 기괴한 거동에 대한 질문도 못하고 멍멍히 있었다. 태공이 마침내 먼저 입을 열었다ー.

"어떠시오?"

"참 정무(政務)에 얼마나 고단하시겠습니까. 밤중에 어떻게?"

태공의 입에서는 연하여 탄식이 나왔다. 활민과 재영이의 얼굴에 나타난 의혹의 표정은 태공의 가슴을 더욱 아프게 하였다.

태공 자기가 정권을 잡은 이상은 당연히 자기를 신망하던 그들(활민이며 그의 제자들)은 커다란 희망을 장래에다 두고 기다리고 있을 것이다. 태공 자기의 집정은 조선의 경사며 태공 자기의 경사며 활민숙 및 조선을 사랑하는 모든 사람의 경사일 것이다. 이러한 경사에 싸여서 그 경사스러운 일을 지휘하고 거느릴 자기는 언제든지 기쁨과 웃음에 젖어 있어야 할 것이다. 그렇거늘 아닌 밤중에 예고도 없이 무거운 얼굴로 갑자기 이곳에 뛰어든 자기의 위에 그들은 커다란 의혹의 눈을 던지는 것이 오히려 당연할 것이다.

태공이 마침내 입을 열었다.

"선생—."

"네?"

"조선은— 조선은—."

히물히물 놀랍게 그의 오른편 뺨이 떨렸다. 그 가운데서 그는 마지막 결론을 두 사람 앞에 내어던졌다.

"—망했구료."

"네?"

활민의 사제는 무릎을 세우면서 놀랐다. 그 놀라는 양을 보면서 태공은 성가신 듯이 주먹으로 방바닥을 두드렸다.

12

"그게 무슨 말씀이세요?"

사제의 입에서는 한꺼번에 이런 질문—아니 오히려 힐문이 나왔다.

이 질문 앞에 태공은 머리를 푹 수그린 채 다시 입을 봉하여버렸다. 세 사람의 숨소리만 차차 높아갔다.

마침내 재영이가 입을 열었다—.

"무슨 일이 생겼습니까?"

"무슨 일? 무슨 일이 지금 생긴 게 아니라 벌써부터 생겨 있던 일, 시기가 너무도 늦었다. 할 일이 너무 중해서 인제는 누구의 힘으로든 끊칠 수가 없게 됐구나. 벌써 그런 줄을 모른 바는 아니지만 하늘이 있은 뒤에야 설마 그런 일이 생기랴 하고 이미 넘어진 것을 다시 일으켜보려고 그새 무척이도 애썼다. 모든 세상에서는 나만 믿고 있지. 그 신망을 저버리지 않으려고 남몰래 애를 쓰기를 얼마나 했겠느냐. 아무한테도 내 마음의 근심을 보이지 않고 얼굴에 웃음을 띠고 이 난국에 당하려기에 얼마나 속이 탔겠느냐.”

태공은 활민의 사제에게 지금 조선이 당하고 있는 곤란한 처지를 설명하였다. 지금 당하고 있는 이 곤란한 처지에서 어떻게든 벗어나려고 남모르는 고심을 무척이 하여왔지만 오늘 입경한 화방 공사의 태도로 보면 조선이 소생할 가망이 도저히 없음을 설명하였다.

태공의 설명은 간단하였다. 그리고 그 간단한 설명으로도 활민의 사제는 태공의 뜻을 다 이해하였다. 태공의 설명을 다 들은 뒤에 사제는 이 의외의 놀랄 만한 사건에 위압된 듯이 멍하니 앉아 있었다.

한참 뒤에 활민이 겨우겨우 머리를 좀 들었다─.

“설마─.”

“그렇지. 설마─ 나도 이 설마에, 요행심을 붙이고 어떻게든 되겠지 하고 헛바람을 품고 있었소. 한 나라가 없어지단 그런 변이 어디 있나 하고 희망을 두고 있었소. 그렇지만 그게 다 헛일이었구려.”

“화방이를 몰아내면 어떻습니까?”

“조선에는 병사가 없구려.”

여기서 재영이가 듣고─ 일어섰다─.

“우리께 분부해주세요. 우리가 힘을 다해서 처치할 때.”

태공은 재영이를 보았다.

“저편은 수천 명이다.”

“수천 명이라도 괜찮습니다. 비록.”

말을 계속하려는 것을 태공은 끊었다.

“게다가 너희의 재간으로 아니 무슨 술법으로 여기 온 수천 명을 처치

한다 하자— 그 뒤에 있는 수백만의 군사, 핑계가 없어서 가만있는 커다란 세력을 어떻게 하겠느냐."

"오는 족족 모두 잔멸시키지요."

태공은 할 수 없이 고소하였다.

"젊은이란 좋은 게다. 못할 일이라도 해보겠노라고 덤벼드니까…….
그렇지만 생각해봐라. 너희 20명으로 될 일 같으면 내 손 아래 있는 군사(나약하나마 수천 명이 된다) 그 군사로 당해봐볼 게지 근심을 하지를 않겠다."

여기서 세 사람은 다시 침묵에 잠겼다. 한참 뒤에 활민이 침묵을 깨뜨렸다—.

"청국 힘을 빌려서 일본을 막으면?"

태공은 얼른 머리를 들었다. 그리고 한참을 활민의 얼굴을 바라보았다. 그러나 그의 늙은 머리는 다시 수그려졌다.

"그것도 생각 안 해본 바는 아니오. 그렇지만 이리를 몰아내자고 어떻게 집안에 호랑이를 불러들이겠소?"

"독—."

어른들의 말 틈에 세우려다가 재영이는 말을 끊었다.

"어디? 말해봐라."

"독으로써 독을 제한단 말도 있지 않습니까?"

가슴에 묻혔던 태공의 얼굴이 얼른 들렸다. 그리고 재영이를 번번히 바라보았다.

지극히 근거가 없는 재영이의 한마디의 말이었었다. 그러나 정치적으로 비상히 민감한 태공의 머리에는 이 한마디의 말이 꽤 크게 못 박히었다. 한 줄기의 광명이 저편 쪽에서 비치었다. 절망에 빠져서 헤매던 사람이 최후에 붙들 한 개의 근거를 발견한 것이었었다.

13

태공은 한 걸음 무릎으로 나와서 재영이의 어깨를 꽉 붙들었다.

"그게 네 지혜에서 나온 말이냐?"

재영이는 무슨 영문인지 몰라서 마주 태공을 바라보고 있었다. 태공은 재영이의 대답을 기다리지 않았다.

"방책은 섰다. 최후에 남아 있는 이 한 가지의 방책— 만약 이것으로 조선이 다시 구원이 된다 하면 이것은 내 힘이 아니고 순전히 네 힘이로다."

방책은 섰다. 그것은 절망에 빠졌던 조선을 어떻게 하면 구원할 수 있을지도 모르는 최후의—그리고 가장 위태로운 방책이었다. 이리를 막기위하여 집안에 호랑이를 불러들이는 것은 어리석은 짓이다. 그러나 이리와 호랑이를 서로 단독히 마주 세워놓고 그것을 조종하며 이리가 약하여지면 이편이 이리에게 가담을 하여 이리를 세게 하고[22] 호랑이가 약하여지면 호랑이의 편을 도와서 이리를 누르고 이러는 동안에 전력을 다하여 국력의 충실을 도모하는 것, 이것이 최후로 남아 있는 유일의 방책이었다. 좌우편의 힘의 균형을 잘 잡아 나아가서 서로 경계의 눈을 다른 데로 팔 틈이 없도록 하여놓고 그동안에 저편이 약하여 자퇴하기를 기다리든가 혹은 이편이 저편보다 우승한 힘을 기르는 것—이것이 재영이의 간단한 말에 암시를 받아가지고 태공의 머리에 순간적으로 세워진 최후의 그리고 유일의 방책이었었다.

희망은 다시 살아났다. 그것은 지극히 위험한 계획—잘못하다는 조선의 목숨을 더 짧게 할런지도 알 수 없는 계획이었지만 절망에 빠져 있는

---

22 가담을 하여 이리를 세게 하고 : 원본에는 '나담을 하여 이리를 세게 하오'로 되어 있으나 오자로 보임.

지금에 있어서 능히 볼 수 있는 유일의 광명의 줄기였다.

태공이 활민숙에 온 것은 헛길이 아니었다. 그 소득은 무엇에 비길 수 없이 컸다. 한없이 무겁던 그의 가슴은 훨씬 가벼워졌다.

그 뒤에 몇 가지의 한담을 하는 동안 태공은 이즈음의 왕비의 동정을 꽤 상세히 알았다. (인화가 여복을 하고 충주로 내려가서 왕비의 동정을 엿보고 있는 것이었다.)

절망의 구렁텅이에서 한 줄기의 희망을 본 태공은 장래의 계획에 대하면서도 또한 게을리하지 않았다. 장래에 빛나는 조선을 건설하기 위하여 외국(영, 미, 법, 덕)의 문명을 배우러 보낼 몇 사람의 유학의 인선(人選)을 활민에게 맡겼다.

절망의 가운데서 일없이 활민숙으로 왔다가 거기서 일루의 희망을 얻어 가지고 태공이 활민숙을 떠난 것은 거의 날이 밝아서였다.

그날 조정에서는 어제까지도 그렇게 음침하던 태공의 얼굴이 비교적 화탕한 것을 보고 의외로 여겼다.

수천의 병사에게 호위되어 조선의 천하를 압도하는 태도로 입경한 일본 공사는 하루 진일을 조선 정부에서 무슨 사절이 오기를(물론 그만치 놀라게 하였으니 당연히 올 것이었다) 헛되이 기다릴 동안 태공은 만조의 백관[23]을 모아놓고 커다란 연회를 베풀었다.

일본 공사는 하루 진일을 헛되이 기다렸다. 발을 구르면서 조조히 지냈다. 그러나 조선 정부에서는 개 한 마리 보이지 않았다.

이튿날도 일본 공사는 오늘이야 꼭 오려니 하는 마음으로 눈이 빠지도록 기다렸다. 아닌 게 아니라 조선의 조정에서도 태공이 일본 공사 내경[24]

---

23 백관 : 원본에는 '백팡'으로 되어 있으나 '백관'의 오자로 보임.
24 내경(來京) : 수도에 옴.

을 잊지나 않았나 하여 뒤로 채근도 하여보았다. 그럴 때마다 태공은

"왔으면 왔지 불청객이 자래라[25] 누가 오라는 걸 왔나? 내버려둡시
다."

하고는 하하하하 웃어버렸다. 이리하여 이틀 동안은 서로 저편의 마음을
엿보기만 하면서 일없이 지냈다.

사흘째가 되었다. 군란이 있은 지 한 달째 되는 칠월 아흐렛날.

성미가 급한 일본 공사 화방의질은 더 기다릴 수가 없었다. 더구나 청
국이 주둥이를 내밀기 전에 어떻게든지 처결하여야 될 일―조선 정부에
서 사절이 오기를 편편히 기다리고 있을 수만 없었다. 며칠을 꼭 올 줄
믿고 기다려보고가 노염 하나만 담긴 화방 공사는 마침내 폭발된 노염
앞에 대궐에 자진하여 참례할 방책을 고치지 않을 수가 없었다.

14

일본 공사는 자기 나라의 정예한 무력을 자랑하는 군대에게 호위되어
참례하였다. 그리고 피난 전후의 사정과 다시 입경하여 배알하게 된 기
쁨을 상감께 올렸다. 그런 뒤에 이만한 인사로써 예의는 끝을 막고 마침
내 자기가 들고 온 조건을 내어놓으려 하였다.

그때에 태공이 가로 들어섰다.

"정사에 관한 일은 나하고 토론합시다."

이것이 화방이에게 내어던진 태공의 첫 인사였었다. 화방이는 태공을
보았다. 일찍이 잠자는 호랑이로 알고 있던 태공이 정사에 간섭하려 드
는 것이 그의 마음에 맞지 않는 듯하였다.

"내가 정사를 맡은 사람, 나밖에는 정사를 토론할 사람이 없소."

---

25 자래(自來)하다 : 스스로 왔다.

화방이는 한순간 사방을 둘러보았다. 그러나 태공이 정사를 맡겠다는데 이의를 품은 사람은 있을 리가 없다. 이리하여 일본 공사 화방의질과 태공과의 새에는 현문우답(賢問愚答)[26]이 시작되었다.

"이번 변란은 어떻게 된 셈이오니까?"

이것이 화방의 첫 번 물은 말이었었다.

"글쎄, 내니 알겠소? 한심하오."

"우리 일본제국의 손해가 막심하오이다."

"거 참 안됐소."

태공의 대답은 이러하였다.

이 우답(愚答)에 화방은 한순간 힐끗 태공을 쳐다보았다. 그리고 목소리를 조금 높여서 다시 입을 열었다ㅡ.

"안됐다니 안되기만 해서야 어떡합니까?"

"글쎄 말이오. 나도 미안해서 당신네가 귀국한 뒤에 그때 변란의 괴수들을 잡아보기는 했지만 잡아서 뭘 하오? 몇을 가두어뒀다가 거저 도로 내보냈구려."

"물질의 손해가 막대한 것은 막론하고라도 수다한 인명이 상한 것을ㅡ."

말을 계속하려는 것을 태공이 아섰다ㅡ.

"내 말이 그 말이오. 잡기는 잡아왔지만 보니깐 모두들 가난한 놈들, 귀국의 손해를 받아내자니 아무것도 없는 놈이 이구려. 아무것도 없는 놈한테서 어떻게 손해배상을 짜내겠소? 딱하우."

이것이 우답이 아니면 우답이라는 것은 없을 것이다. 화방은 마침내 체모라 하는 가면 아래 감추었던 자기의 노여움을 표면에 나타내었다.

───────
26 현문우답 : 현명한 물음에 대한 어리석은 대답.

"대감께서는 누구를 놀리시오?"

"허, 그게 무슨 말이오? 놀리기를."

"변란에 일본제국이 손해를 보게 되면 조정에서 부담을 할 것이지 그 사람들이 무슨 관계란 말이오?"

공사가 격하여가는 데 반하여 태공은 점점 더 어릿거렸다.

"공사가 나를 놀리시는구려. 하하하하. 중 장가가는데 보살 무에라고. 하하하하. 그놈들이 무지한 짓을 했는데, 하하하하. 조― 하하하하 조선 정부가."

태공은 별 우스운 말을 다 듣겠다는 듯이 허리를 굽혔다 폈다 하며 웃었다.

"하하하하. 그러면 우리나라 재상 몇 사람이 난 중에 해를 보는데 그건 당신네 나라에서 손해를 내겠소?"

과연 어리석은 말이었다. 이 어리석은 말에 일본 공사는 더 성을 내야 할지 웃어야할지 모르겠는지 잠시 멍하니 있었다.

공사는 드디어 정색을 하였다.

"대감, 그렇게 웃으실 게 아니오. 귀국의 변란통에 우리 일본제국의 인민이 해를 보았으면 그 책임은 당연히 귀국 조정에 있을 게 아니오?"

태공도 같이 정색을 하였다.

"공사는 그럼 농담으로 그러는 줄 알았더니 진정 말씀이오? 그러면 나도 진정으로 대답하리다. 공사는 그때 보셨겠거니와 그런 혼잡통에 제 아비가 있어도 모를 지경인데 사람 몇 명 더구나 많은 사람이 해를 보는 가운데 귀국 인민 몇 명이 해를 보았다는 게 무에 그리 큰 문제란 말이오? 대일본제국이 그런 소소한 문제로 나라의 체면을 내어놓고까지 덤비어들 줄은 몰랐소."

나오면 나올수록 더욱 어리석은 대답이었다. 태공의 대답은 모두 자기의 사정만 말함이었지 국제적 의무라는 것을 무시하는 것이었다.

15

공사의 요구와 태공의 우답은 그냥 계속되었다.

공사는 일본 공사관을 조선 정부의 비용으로 지어놓을 것이라 하였다. 변란통에 공사관이 탔으매 조선 정부가 책임을 질 것이라는 뜻이었다. 이번에 공사를 호위하고 오느라고 일본 육해병의 출동비가 50여만 원이 걸렸으니 그것도 조선서 판상[27]할 것이라 하였다. 조선에 있는 일본 백성을 보호하기 위하여 수비대를 두어야 할 터인데 그 첫 비용은 조선서 부담할 것이라 하였다.

그 어떤 요구에든 태공은 너털웃음을 웃어가면서 우답(愚答)을 연발하였다.

태공의 심산은 다른 것이 아니었다. 일본이 이렇게 수다한 청구를 하는 것을 모두 넘기기만 하고 그러는 동안에 청병까지 입경하여 청국과 일본의 세력이 균형이 잡히는 그때를 기다려서 문제를 유야무야 중에 매장하려는 것이었다. 어리석기 짝이 없는 대답을 하는 동안 태공은 청병이 2, 3일 내로 입경한다는 쓸데없는 소리까지 여러 번 하였다. 이리하여 화방 공사의 마음을 더욱 조조하게 한 것이었다.

태공과 아무리 토의를 하여야 그야말로 맹랑하기가 짝이 없으므로 공사도 마침내 단념을 한 모양이었다. 그는 마지막으로 아직껏 토의한 건에 대하여 사흘 안으로 꼭 회답을 하라고 엄중히 부탁하였다.

거기 대하여 태공은 역시 대척하지 않았다.

"대답이래야 마주 앉아서 다 한 대답, 무슨 신기한 대답을 하겠소? 기

---

27 판상 : 남에게 끼친 손해를 물어줌.

다리지나 마시오."

그러나 본국 정부에서 훈령을 듣고 온 화방이는 다시 엄중히 최후의 부탁을 한 뒤에 기다리고 있던 군대에게 들리어서 위의 당당히 왜성대 임시 일본 공사관으로 돌아갔다.

일본 공사가 돌아간 뒤에 입시하였던 대신들은 모두 태공께 이번의 일－일본 공사를 얼러서 돌려보낸 일을 치하하였다. 그러나 그들의 얼굴 에는 인제 사흘 뒤에 이를 일본 공사 재접견 시의 일에 대한 근심이 숨어 있었다.

그것을 곁눈으로 바라보면서 태공은 말없이 나와서 손을 들어서 가마 를 불렀다. 그리고 달려온 가마에 몸을 싣고 운현궁으로 향하였다.

가마에 몸을 싣는 순간 그의 눈에서는 아직껏 악물고 참고 있던 눈물 이 마침내 터져 나왔다.

"커다란 시름을 치렀다."

이 안심에 대한 눈물도 많이 섞여 있었다. 그러나 그보다도 태공으로 하여금 더욱 눈물을 참지 못하게 한 것은 찢어지는 듯한 심통 때문이었 었다.

금년에 예순세 살이었었다. 육십[28] 줄에 든 지금까지 아직껏 누구에게 머리를 숙여보지 못한 그가 오늘 아직 콧물 흐르는 외국 사신 앞에서 마 음에 없는 너털웃음을 웃으며 속에 없는 말을 하며 마치 한 개의 어리석 은 어릿광대 노름을 한 생각을 하면 그 치욕감 때문에 그의 늙은 눈에서 는 한없이 눈물이 솟았다.

이 치욕－칠십을 머지않게 바라보는 자기가 아직 젖비린내 나는 어린

---

28 금년에 예순세 살이었었다. 육십 줄에 든 : 원본에는 '금년에 예순 살이었었다. 칠십 줄에 든'으로 되어 있으나 오자로 보임.

애에게 자기의 온 자존심과 이성을 죽여가면서 행한 그 행동—비록 치욕의 극이요 생각만 해도 얼굴을 붉힐 노릇이지만, 이것을 참아가면서 한 일이 만약 조금이라도 조선을 건져내는 도움이 되면 그에게는 아무 한이 없었다. 그러나 일이 여의하게 되지 못하면 오늘의 일뿐은 죽은 뒤에라도 결코 잊지 못할 통분한 일이었다.

그날 밤 태공은 오래간만에 비로소 좀 마음 평안히 잤다. 변란이 생긴 지 한 달 그새 하루를 마음 편히 자리에 들어가보지 못한 그—였었지만 오늘은 푹 마음을 놓고 잤다.

오늘의 일본 공사 접견—그것은 아직 결말을 보지 못했으니 알 수가 없지만 태공은 자기의 승리로 보았다. 그새 한 달을 겪고 또 겪던 무거운 짐을 오늘에야 겨우 벗은 듯하였다. 커다란 치욕감 가운데서도 태공의 마음은 적이 내려앉았다.

16

사흘이 지났다.

그 사흘 동안 조선 조정에서는 꿈쩍을 안 하였다. 일본 공사의 제출한 문제를 모두 잊은 듯이 내정뿐에 전력을 다하였다.

"기다리지나 마오."

일찍이 화방의질에게 대하여 이렇게 선언한 태공은 뱃심 좋게 모든 일을 모르는 듯이 지냈다.

이리하여 커다란 암투[29]를 품고 표면뿐은 평온한 사흘이 지난 뒤에 마침내 청국 군사가 오늘 입경한다는 소식이 들어왔다.

이것이 태공의 기다리던 것이었다. 일본 군사만 주차하여 있던 조선

---

29 암투 : 원본에는 '알투'라고 되어 있으나 오자로 보임.

서울에는 청국 군사까지 들어오게가 되었다. 서로 이해가 상반되는 청국과 일본의 두 군사는 필연의 결과로 대립하지 않으면 안 될 것이다. 그리고 잘 균형이 잡히도록 조종을 하는 것이 태공의 의무다. 조선 조정에서는 홍 영상(洪領相)[30]을 시키어서 일본 공사에게

'지금 국내에 일이 많아서 외교에 관한 일을 돌볼 여가가 없으니 차차 보아서 회답하겠다.'

는 뜻의 글을 보냈다.

좀 뒤에 일본 공사에게서 글이 왔다.

'이러한 일에 내사(內事)를 운운하시니 어찌하겠습니까. 그럼 사신은 본국으로 돌아갈 밖에는 도리가 없습니다.'

이런 뜻으로서 강박을 포함한 퇴경 통지였었다.

그러나 태공은 이를 믿지 않았다. 일본 공사가 이렇게 쉽게 물러갈 리가 없었다. 그래서 사람을 보내어 알아보니 뜻밖에도 일본 공사의 일행은 행장을 수습하고 있는 것이었다.

여기서 태공은 얼굴이 창백하여졌다. 일본 공사가 물러가면 경성에서 청국 세력만 있게 되는 셈으로서 세력의 균형을 잡으려던 태공의 계획과는 틀리는 것이다. 태공의 급사는 다시 왜성대로 달려갔다.

달려갔던 급사는 돌아왔다. 그 회보는 일본 공사와 군대의 대부분은 퇴경하지만 퇴경한대야 귀국하는 것이 아니요 제물포로 가는 것이며 경성에는 근등(近藤) 서기관이 그냥 묵어 있다 하는 것이었다. 그것으로 보면 퇴경한다 하는 것은 조선 정부를 위협하는 한 수단에 지나지 못하였다. 퇴경한다 하면은 조선 정부에서 놀라서 굴복을 하리라는 일종의 계획에 지나지 못한 것이 분명하였다. 더구나 조선 정부에서는 다른 회답

---

30 영상 : 영의정(조선 시대 의정부의 으뜸 벼슬).

이 없을 것이 분명하고 일변으로는 청국 군사가 밀려들어오니깐 일본 공사의 일행은 황급히 퇴경하는 것이 분명하였다.

그 일본 군사는 일찍이 조선 조정에서 그럴듯한 이유로써 막을 때에도 그것을 무시하고 입경하였던 것이었었다. 화방의질이 상감께 뵈오러 올 때에도 황홀히 그의 신변을 장식하였던 것이었었다. 오늘 가령 조선 조정에서 그럴듯한 회답이 없으면 다시 화방의질을 호위하여 가지고 대궐로 달려올 것이었었다. 그리고 조선 조정을 무력으로 위압하여 자기네의 조건을 승낙케 할 것이었었다. 화방의질을 호위하고 온 일본 군대는 그만한 임무를 가졌던 것이었었다.

그렇거늘 '청병입경'이라 하는 사건에 그 일본 군대는 슬며시 뒤로 빠져서 나가버렸다. 며칠 전에 들어오지 말랄 때에 대답도 않고 들어온 그 일병이……

이 일을 보고 표면으로는 허허 웃어버리는 태공의 눈에는 쓴 눈물이 어리었다.

저녁에 태공은 중신들을 불렀다. 그리고 몇 가지의 일을 의론한 뒤에 마지막으로 가장 의미 깊고 중대한 말을 하였다―.

"조선은 살아났다."

조선은 살아났다. 두 개의 세력은 대립하였다. 대립한 두 세력의 균형을 잡을 심산도 섰다. 인제는 실행이라는 도정이 남아 있을 뿐이다. 활민숙을 찾은 날 저녁 겨우 보이던 광명의 줄기는 지금은 꽤 넓게 구체적으로 보이게 되었다. 조선은 다시 살았다.

그리고 태공은 내일 뜻 안 한 괴변이 생겨나서 모든 계획이 꺾어지고 조선이 다시 솟아나지 못할 구렁텅이에 빠져서 마침내는 망하여버릴 것을 예측치를 못하였다.

17

　태공이 어지러운 정국을 수습하기에 여념이 없는 동안 왕비의 일당도 또한 그들의 활약을 그치지 않았다.

　많은 사대당으로 조직된 그들은 자기 나라의 정국을 처리하기에 — 아니 오히려 태공을 내어쫓고 자기네가 정치의 권력을 잡기 위하여 청국의 힘을 빌리기로 하였다. 태공이 이미 거꾸러진 나라를 다시 세우려고 갖은 애를 다 쓰는 동안, 그들의 밀사는 빈번히 제물포에 묵어 있는 청국 사신에게로 왕래하였다.

　마침내 왕비당과 청국 사신 참의 마건충(參議馬建忠)의 새에 계획은 성립되었다. 그것은 가장 대담한 계획이었다. 동시에 가장 무모한 계획이었다. 그리고 또한 가장 어리석은 계획에 다름 없었다.

　왕비의 일당은 자기네의 가장 무서운 원수인 태공을 청국으로 잡아가기를 청병에게 의뢰하였다. 자세가 당당한 청병도 처음에는 이 너무도 대담하고 무모한 계획에 찬성하지를 않았다. 그리하여 교섭은 누차 거듭되고 따라서 시일은 지연되었다. 그러나 이것이 조선 왕비의 희망이고 또한 중신들의 희망인 것이 차차 명료하여질 때에 청병도 마침내 이 무모한 계획을 실행하기로 하였다.

　제물포에 묵어 있던 청병이 마침내 서울로 들어왔다.

　칠월 열사흗날 — 저주받을 날은 이르렀다. 청국 참의 마건충은 운현궁으로 태공을 찾았다. 태공은 기뻐서 건충을 맞았다.

　건충의 마음속에 무서운 음모가 있는 것을 알지 못한 태공은 건충을 맞을 때에 오히려 안심의 기다란 숨을 내어쉬었다. 인제는 되었다. 건충만 잘 얼러대어서 청국의 세력으로 하여금 일본의 세력에 대립케 하여 그 균형만 잘 잡아 나아가면 조선의 솟아날 구멍은 저절로 생겨난다. 이만한 마음으로 태공은 건충을 맞은 것이었다.

그날 태공과 청국 참의와 사귄 말은 인사에 지나지 않았다. 태공은 원로 조선까지 와준 일을 감사하다 예를 하고 변변치 않은 일로 귀국에까지 폐를 끼침을 미안하다 하였다.

거기 대하여 건충도 또한 그럴듯한 인사로써 태공께 대하였다.

이리하여 인사와 그 뒤를 연한 몇 마디의 잡담이 끝난 뒤에 진으로 돌아가려던 건충은 무엇이 생각난 듯이 도로 돌아섰다.

"참, 대감, 청진(淸陳)에 와보시지 않으려오?"

"글쎄."

태공은 흔연히 대답하였다.

"갈 일이 있으면 가지요."

"아니, 별다른 일이 있는 게 아니라 우리나라 예의로는 이런 일에는 당연히 답사를 하는 상례로 돼 있기에 말씀이외다."

건충의 이 말에 태공은 주저하지 않았다.

"아, 그 일이면 나도 생각이 없는 바는 아니오. 그럼 오늘 저녁으로 가봅시다."

이만한 승낙을 듣고 건충은 돌아갔다.

저녁에 태공은 청국 진영을 찾아갔다. 서로 주고받는 인사의 이야기에 어느덧 밤이 깊었다.

그 뒤는 간단하였다. 태공이 운현궁으로 돌아오려고 가마에 몸을 실은 뒤에 처음으로 그 가마가 수상함을 발견하였다. 가마는 운현궁으로 향하지 않고 어느덧 남대문 밖으로 나섰다. 거기 깜짝 놀라서 둘러보니 가마의 주위에는 어느덧 청병이 둘리어 있었다.

여기서 태공은 모든 일을 다 알았다. 자기의 지금 향하는 곳이 어디인지 이 일이 뉘 음모에서 나온 일인지─그리고 마지막으로 이 일의 결과가 '조선'의 위에 어떻게 임할지 그 모든 것을 다 알았다.

태공은 한마디의 말도 하지 않았다. 죽은 듯이 가만있었다. 여기서 벗어날 수는 도저히 없을 것이다. 그리고 자기가 여기서 벗어나지 못한다 하는 것은 조선의 파산—다시 여망[31] 없는 파산을 뜻함이다.

태공의 입은 힘 있게 악물리어 있었다. 정신을 잃은 듯이 커다랗게 뜨인 눈은 뜻 없이 어두운 앞을 바라보고 있었다. 이러한 가운데서 그의 오른편 눈에서는 한없이 한없이 눈물이 흘렀다.

18

조선을 다시 살게 할 유일의 방책을 마음속에 배포한 늙은 영웅은 더러운 당파싸움에 희생이 되어 외국 군대에게 호송이 되어 그 나라의 중심지를 떠났다. 동틀 때는 그의 늙은 몸을 실은 가마는 어느덧 양화진도 넘어섰다.

이리하여 그의 몸은 제물포서 기다리고 있던 청국 기선에 실리어서 청국 천진(天津)으로 실어 갔다. 그리고 보정부(保正府)에 유폐하였다. 조선 역사에서 가장 더럽고 부끄러운 한 페이지는 여기서 실현된 것이었다. 일찍이 최후적 통고를 한 뒤에 경성을 떠나서 제물포로 간 일본 공사 화방의질은 제물포에 머물러 있었다. 자기가 경성을 떠난다면 조선 정부에서 놀라서 황급히 말리고 그의 조건을 승인할 것을 예기하고 그런 통고를 하였었지만 아무도 말리는 사람이 없는지라 싱겁게 제물포까지는 물러갔지만 본국서 받고 온 사명이 있는지라 그대로 귀국할 수도 없었다. 그래서 하여간 제물포에 묵어 있었다.

화방은 제물포에 묵어 있었다. 그리고 거기서 자기의 강적(強敵)인 대원군이 청국 군사에게 호송되어 천진으로 향하는 것을 보았다. 전후의

---

31 여망(餘望) : 아직 남은 희망.

사정상 제물포까지 물러오기는 하였지만 속수무책하여 본국 정부에 대한 책임상 절복(切腹)이라도 하야 할 경우에 있던 화방의질은 여기서 뜻 안 한 활로를 발견하였다. 대원왕이 없어진 조선 정부는 가히 두려울 바가 없었다. 그는 즉각으로 영상(領相)에게 제2차의 최후통첩을 하였다.

"여기까지 오기는 왔지만 일본과 조선과의 많은 생령을 생각하면 몸을 떨치고 귀국할 수도 없으므로 이틀 동안을 더 배를 멈추고 기다리니 회답을 바랍니다."

이러한 강박적 의미의 통첩이었었다.

무서운 태공을 멀리 처치하고 안심의 숨을 쉬려던 왕비 일당(벌써 조정에 들어앉은)은 여기서 다시 중대한 문제에 당면하였다. 그들은 이 중대한 문제를 해결하기 위하여 또한 청국 사신의 힘을 빌리려 하였다.

그러나 왕비 일당과 같이 어리석지 않은 청국 사신은 이런 귀찮은 문제에 주둥이를 끼우려 하지 않았다. 그들은 슬며시 정부의 청하는 응원을 거절하였다.

조정의 회의는 연하여 열렸다. 그러나 해결책은 한 가지도 생겨나지 않았다. 힘도 없고 뱃심도 없고 방략도 없고 게다가 겁은 남보다 많은 그들은 마침내 일본의 강박에 끌리지 않을 수가 업었다. 화방의질이 지정한 이틀째 되는 날 조선 조정에서는 전권대신으로 이유원, 부대신으로 김탐집을 뽑아서 인천에 정박하고 있는 일본 군함 '금강'으로 화방의질과 상의하러 보냈다. 이리하여 논쟁을 거듭한 결과—아무리 힘써 싸웠지만 화방의질이 제출한 조건에 사소의 수정도 가하지 못하고 소위 '제물포 조약'을 체결하였다. 그것은 태공이 조선의 땅에서 떠난 지 겨우 엿새째 되는 날이었다.

1. 지금부터 20일 이내로 흉도를 잡아서 처단할 것. 기한 내에 잡지 못하면 일본에 변리함.

2. 일본 관리로서 해 받은 자를 후히 장사할 것.

3. 조선 정부는 일본 관리의 해 받은 자의 유족과 부상자에게 5만 원을 낼 것.

4. 일본이 받은 손해와 공사를 호위한 육해군비 50만 원을 5개년부로 물 것.

5. 일본 공사관에 일본 경비병을 둘 것. 병영의 설치와 수선은 조선국이 맡을 것.

이것이 제물포 조약이었었다.

이리하여 일본은 마침내 뽑지 못할 든든한 뿌리를 조선에 박았다. 이 뿌리에서 자란 나무가 후일 갑신혁당의 난(甲申革黨之亂)으로 나타났고 갑신혁당의 난은 일청 천진조약을 체결케 하였고 천진조약은 후일(동학란을 동기로 한) 일청전쟁을 동양의 천지에 일으키게 하였다.

외국의 세력을 제어할 만한 뱃심을 가진 영웅을 잃어버린 뒤의 조선은 비록 조선 사람의 조선이라 하나 실질상 외국인들의 놀이터에 지나지 못하였다. 이러한 수년을 지낸 뒤에 조선이라 하는 등불은 마침내 깜빡 꺼져버렸다.

젊은 그들

1

칠월 열사흗날 저녁 전에 잠깐 운현궁에 들렀던 재영이는 태공에게서 방금 마건충(馬建忠)이와 회견한 전말을 들었다. 그때 태공의 얼굴은 늙음 때문에 생긴 많은 주름살 아래서도 희망과 기쁨으로 빛나고 있었다.

"한 가지 다만 한 가지—나이가 예순세 살, 앞이 짧은 게 걱정이로구나. 예순세 살. 예순세 살. 인간칠십 고래희라니 그 칠십까지 산다 쳐도 겨우 7년."

이렇게 말하는 태공의 안색에는 이 난국에 처하여 능히 국사를 처리할 만한 능력이 있는 사람은 자기 하나뿐이라는 자랑이 역력히 보였다.

이런 일이 있었는지라 그날 밤중에 생긴 사건은 과연 재영이로 하여금 거의 기절하도록 놀라게 하였다.

그날 밤 재영이는 연연이의 집에 갔었다. 거기서 늦도록 있다가 재영이는 밤이 깊어서 그 집을 나서서 활민숙으로 향하였다. 여름 밤—밤은 비록 깊었다 할지라도 거리에는 사람들이 꽤 많았다. 여기저기 한 무리씩 뭉쳐 서서 웃으며 지껄이고 있었다.

동창이 밝았느냐 노고지리 우지진다.

소치기 아이놈은 상기 아니 일었느냐

재 건너 사래 긴─.

　재영이는 흥그러운 마음으로 시조를 흥얼거리면서 천천히 걸음을 옮기고 있었다.

　그때였다. 저편 맞은편에서 푸른 달빛 아래 웬 장정 서너 개의 그림자가 나타났다. 그 장정들은 날아가듯 한 속력으로 이편으로 향하여 달려온다. 그리고 재영이의 곁으로 빠져서 재영이의 온 길─재영이의 뒤로 달아난다.

　재영이는 처음에는 무심히 보았다. 그러나 서로 어길[1] 때에 밤눈이 유난히 밝은 재영이는 그 장정들이 모두 운현궁의 하인임을 알아보았다.

　"?"

　재영이는 얼른 돌아섰다. 그때는 장정들은 벌써 재영이에게서 거리가 꽤 멀도록 저편으로 가는 중이었었다. 여기서 재영이는 즉각적으로 무슨 불안을 느꼈다. 한순간 주저한 재영이는 그 다음 순간은 자기의 속력을 다하여 그 장정의 뒤를 따랐다.

　재영이의 걸음은 나는 듯하였다. 운현궁 하인들과 재영이의 새의 간격은 차차 적어갔다. 운현궁 문까지 거의 이르러서 재영이는 마침내 맨 뒤 떨어진 하인의 뒷덜미를 붙들었다. 동시에 하인의 몸을 휙 돌려서 자기의 편으로 향하게 하여놓았다.

　"웬일이냐!"

　그러나 땀과 겁에 젖은 하인은 아무 일도 이해를 못 하는 모양이었었다. 재영이와 마주 향하여 선 하인은 과도한 흥분과 피곤으로 말미암아 쓰러지듯이 몸을 재영이에게 기대었다.

―――――――――

1　어기다 : 서로 길을 어긋나게 지나치다.

"웬일이야, 응?"

"네?"

"웬일이야."

그래도 그냥 정신을 못 차리는 하인을 보고 재영이는 마지막 수단으로 하인의 따귀를 떨어져라 하고 한 대 때렸다.

"정신 차려! 웬일이야."

흐리멍덩히 좌우로 헤매던 하인의 눈은 이 불의의 타격에 처음으로 정신을 차린 모양이었었다. 하인은 재영이의 얼굴을 쳐다보았다. 정면으로 달빛을 받고 있는 그 얼굴의 주인을 하인은 마침내 알아보았다.

"아이구, 나리. 큰일 났습니다."

"어서 말을 해!"

"대감께서 – 대감께서 –"

"대감께서 어쨌단 말이야!"

"대감께서 되놈의 가마를 타시고 – 속아 타시고 가셨답니다."

재영이의 머리에서 탕 하는 소리가 났다.

"가시다니 어디로?"

"소인이니 알겠습니까? 남대문 쪽으로, 남대문으로."

그냥 말을 계속하는 하인을 밀쳐버리고 그 다음 순간 그는 벌써 저편 모퉁이로 사라졌다.

2

재영이의 속력도 꽤 빨랐지만 태공을 태우고 달아나는 청병의 속력도 꽤 빠른 모양이었었다. 태공을 태운 가마가 재영이보다 얼마를 더 앞서서 떠났는지 모르지만 재영이는 내내 태공의 가마를 따르지를 못하였다.

물론 재영이는 태공의 가마의 거처를 알기 위하여 중도에 대단히 지체되었다. 눈에 원두막이며 사람이 보일 때마다 재영이는 잠든 그들을 깨워가지고 물어보았다.

청병에게 들리어서 나는 듯이 달아난 수상한 가마는 탐색의 실마리를 남기면서 인천 가도로 나갔다. 그 탐색의 실마리를 따라서 재영이는 가마의 뒤를 쫓아갔다.

시시각각으로 탐색의 실마리를 찾느라고 지체된 재영이는 도중에서 가마를 만나지 못하고 제물포 항구 부두에서야 처음으로 가마를 만났다. 그러나 그때는 이미 청병들로 철통같이 에워서 접근할 도리조차 없었다.

"하느님 하느님."

태공을 눈앞에 두고 접근하지 못할 경우에 있는 재영이는 자기로도 무슨 뜻인지 모르면서 이렇게 호소하고 있었다. 이 순간의 재영이에게는 조선이며 국사며 하는 모든 문제가 생각나지도 않았다. 커다란 마치로 머리를 얻어맞은 듯이 얼얼한 재영이에게는 다만 한 가지 '절망'이라 하는 막연한 생각이 날뛰고 있을 뿐이었었다.

재영이는 앞으로 돌아갔다 뒤로 돌아갔다. 그러나 아무 데로 돌아가든 신통한 일이 생겨나지 않았다.

전편에 머물러 있는 본선에서는 종선이 한 척 부두로 향하여 온다. 그것은 물론 태공을 본선으로 옮기려는 사명을 띤 배일 것이었다. 그 종선이 와 닿기 전에─태공이 떠나기 전에 다만 한순간이라도 태공께 뵙고자 재영이는 정신 나간 사람같이 앞뒤로 빙빙 돌고 있었다.

종선은 차차 부두로 가까이 왔다. 그리고 종선이 와 닿기만 하면 태공은 돌아올 방이 없는 먼 길을 떠날 것이었었다. 과도한 안타까움 때문에 재영이는 마음으로 발을 동동 굴렀다. 이마에서는 식은땀이 흘렀다.

마침내 재영이는 결심하였다. 부딪쳐보자. 되든 안 되든 간에 좌우간 부딪쳐나 보자.

활민에게 청국 관화를 배운 일이 있는 재영이는 천천히 청병을 인솔한 장교에게로 갔다. 그리고 공손히 허리를 굽혔다.

"소원이 있습니다."

장교는 재영이를 보았다. 보매 점잖은 젊은이가 허리를 굽히고 무슨 부탁을 하는지라 장교도 공손히 대답하였다—.

"무슨 말씀이시오?"

"대원대감께 잠깐만 면알²할 수가 없겠습니까?"

장교는 신발로 땅을 긁었다.

"그것은 내 직권으로는 넘치는 일이외다."

"그렇지만."

이 막다른 곳에서 재영이의 눈에는 눈물이 솟으려 하였다.

"무사(武士)의 정, 잠깐만 만나게 해주시오."

재영이의 얼굴에서 넘치는 진실을 본 장교는 눈을 아래로 떨어뜨렸다.

"당신은 대원왕과 무슨 친척관계라도 있소?"

"네, 피의 연락은 없지만 마음으로 맺어진 부자지간이외다."

장교는 머리까지 아래로 수그렸다. 그리고 무엇을 생각하는 듯이 머리를 끄덕였다.

"자, 잠깐만 만나게 해주시오. 평생을 남한테 숙여보지 못한 머리를 귀관 앞에 숙이고 간청합니다."

장교는 그냥 말이 없이 발로 땅만 긁고 있었다. 좀 뒤에야 장교의 입이

2 면알(面謁) : 지위가 높거나 존경하는 사람을 찾아가 뵘.

열렸다.

"내 직권에 넘치는 일, 군인이 직권에 넘치는 일은 할 수가 없소이다. 그렇지만 당신은 꼭 내 허락이 있어야만 가서 뵙겠소? 내게 모르게는 뵐 수가 없소?"

"네?"

"나는 역시 허락할 수 없소."

한 뒤에 장교는 휙 돌아서서 저편으로 가버렸다. 재영이는 장교의 뜻을 알았다. 그리고 감사의 눈을 장교의 등에 던지면서 태공의 가마로 향하여 갔다.

3

태공의 가마 앞에 가서 재영이는 넓적 엎디었다. 동시에 눈물이 소낙비와 같이 그의 눈에서 솟기 시작하였다.

경성서부터 내내 눈을 감고 온 태공은 여기서도 자기의 앞에 와 엎딘 재영이를 보지를 못하였다.

"대감!"

재영이가 마침내 입을 열었다. 이 소리에 태공은 처음으로 눈을 떴다. 동시에 그는 자기 앞에 엎디인 인물을 알아보았다.

"오오, 이게 누구냐."

"대감."

"어떻게 여기를 왔느냐."

"대감께서 가셨다는 소식을 듣고 곧 뒤를 따라왔습니다."

태공은 거기 응하려 하였다. 그러나 눈물이 앞서서 말을 못 하였다.

재영이도 더 말을 못 하였다. 눈물만 비 오듯 땅에 떨어졌다.

한참 뒤에 태공이 겨우 입을 열었다―.

"분하구나. 일이 다 깨어졌다."

"네."

아아, 이러한 최후의 경우에 임하여서도 저이는 당신의 일신상의 일보다도 나라의 일에 먼저 마음을 쓰시는구나.

"분하올시다."

"내가 가면 열흘을 견디지를 못하리라."

"대감."

태공은 또다시 입을 봉하였다. 마음에 없는 길을 기약 없이 떠나는 이와 가장 애모하던 이를 보내는 젊은이와 두 사람은 마치 두 벙어리와 같이 상대하여 있었다.

한참 뒤에 태공이 혼잣말같이 또 입을 열었다.

"이런 괘씸한 짓을 하리라고 과연 뜻도 못 했구나."

"대감! 분하올시다."

"아아, 국망— 국망— 국망."

"분하올시다."

"네가 그때 시할 뜻을 보일 때에 그대로 말리지만 않았더라면 오늘 이런 일이 생기지를 않을 것을……."

"네?"

재영이는 깜짝 놀랐다.

"그럼 이번 일도 역시 그—."

"아직 몰랐느냐. 물론 중궁마마의 일이로다."

아아, 오늘날 이런 일이 생길 줄을 알았더라면 그때 태공의 금령을 어기고라도 왕비를 시하고 그 일당을 잔멸시킬 것을……. 헛된 관대심과 자비심이 오늘날 이런 일을 생기게 하고 나아가서는 나라의 운명까지 꺾어놓았다.

젊은 그들

352

격분과 애 가운데서 눈물에 젖은 눈을 들어서 태공을 바라보매 태공
은 흐르는 눈물을 씻으려도 않고 눈을 힘 있게 감은 채로 얼굴을 하늘로
향하고 있었다. 태공의 오른편 반신에는 놀랍게 경련이 일고 있었다.

"자, 재영―진섭아. 좀 가까이 오너라."

마지막으로 네 등이라도 좀 두드려보자. 인제 가면 다시 살아서 돌아
올 길을 바랄 수 없는 몸, 네 등이라도 좀 두드려보자.

재영이는 무릎으로 걸어서 태공의 가마 앞으로 가까이 갔다. 그리고
자기의 커다란 몸집을 마치 어린애와 같이 태공의 무릎 위에 엎드렸다.

태공은 자기의 무릎 위에 내어맡기는 재영이의 등을 겹지 않고 쓸어
주었다. 사랑하는 나라 사랑하는 국민―자기의 온 정성을 다하여 어떻게
든 다시 세워보려고 별별 노력을 다하여 이미 넘어졌던 것을 겨우 도로
바로잡기 시작하던 그 나라를 뜻 안 한 마수(魔手)[3] 때문에 도로 잃어버린
지금의 태공에게 재영이는 이 세상에 남아 있는 유일의 사랑스런 존재였
었다. 태공의 늙은 눈에서는 연하여 눈물이 떨어졌다.

재영이의 눈에서는 눈물이 하염없이 흘렀다. 다시 볼 기약이 막연한
별리을 앞두고 태공의 무릎에 머리를 묻은 뒤에 재영이 마치 어린애와
같이 흐득흐득 느끼며 울었다.

이때에 아까의 장교가 두 사람의 가까이 이르렀다.

4

태공은 청국 기선으로―재영이는 부두에―두 사람의 새는 갈라섰다.

닻은 감겼다. 태공을 실은 배는 마침내 제물포 항구를 떠나서 청국의
길로 향하였다. 푸른 물결을 차면서 배는 미끄러지듯이 잔잔한 항구의

3　마수 : 음험하고 흉악한 손길.

물 위를 걸어 나갔다. 배에 있는 청병들과 부두의 청병들의 새에 기괴한 작별의 인사가 바다를 요란하게 하였다.

그것을 바라보면서 재영이는 좀 조용한 편을 찾아서 돌아갔다. 그리고 홀로 서 있는 어떤 바위를 찾아 가지고 그 위에 올라가 섰다.

─아아, 모든 것은 가버렸다.

즐겁던 과거며 희망으로 찬 장래며 모든 것은 오늘날 이 자리에서 속절없이 사라져버렸다. 무엇을 바라고 살랴, 누구를 바라고 살랴, 망국 인종─수모와 경멸밖에는 아무것도 없을 이런 명색 아래 살아가야 할 것이 딱하기가 짝이 없었다.

오늘 가신 이─오로지 그이에게 희망을 붙이고 그이를 신뢰하고 즐거울 장래를 예상하고 살아왔거늘 그이를 잃어버린 인제는 누구를 믿고 누구를 바라고 살랴. 장래에는 참담과 창피스러움밖에는 아무것도 없었다. 굴욕적 장래를 앞에 두고 그것을 번연히 알면서야 어떻게 살아가랴.

여기서 재영이의 마음은 한없이 죽음으로 죽음으로 달려갔다. 동시에 이전에는 그렇게도 피하던 왕비당의 마수가 자기의 위에도 이르기를 한없이 바랐다. 태공을 잃은 조선의 장래는 가련하고 음침할 것에 틀림없다. 따라서 재영이 자기의 장래도 또한 그럴 것이었다. 그럴진대 오늘 태공을 잡아간 그 마수에 걸리어서 자기는 또한 이 아무 광명도 없는 조선에서 벗어나서 태공의 가 있는 곳으로 가서 일생을 그의 손앞에서 적적히 보내고 싶었다. 비록 태공의 있는 곳에 가지를 못할지라도 이 눈앞에 보이는 세상에서라도 벗어나서 각각으로 망하여가는 그 꼴을 보지를 않고 싶었다. 적어도 태공이 이미 없어진 쓸쓸한 이 세상에는 남아 있고 싶지 않았다.

태공을 실은 기선은 검은 연기를 뽑으면서 차차 항구 밖으로 벗어져나간다. 그것을 정신없이 바라보고 있는 재영이의 눈에서는 인제 눈물도 안 나왔다. 무한한 고적함을 느낄 뿐 그 밖에는 아무것도 몰랐다.

문득 누가 재영이의 어깨를 잡아당겼다.

아아, 어서 잡아가라. 이 세상에 혼자는 남아 있기가 싫다. 재영이는 오히려 이 뜻 안 한 곳에서 자기의 어깨를 잡아당기는 사람을 안심하는 얼굴로써 돌아보았다.

그러나 그것은 포리가 아니었다. 민겸호의 아들 민영환이가 재영이의 뒤에서 재영이의 어깨를 잡아당겼다.

"명 형ー."

"아, 민 형. 어떻게."

"명 형은 여기 어떻게ー."

"나는ー민 형, 오늘 운현대감께서 가셨구려 가셨어. 민 형은 어떻게 여기를?"

영환이는 머리를 푹 수그렸다.

"나도 모르게나마 대감을 전송코자ー."

"민 형ー가셨구려! 가셨어. 그만 가셨어!"

재영이는 눈물에 젖은 눈을 영환이에게서 떼어서 바다로 돌렸다.

차차 작아가는 배는 검은 연기를 연하여 뽑으면서 서해로 서해로 나아간다. 그 차차 작아가는 것을 바라보면서 재영이는 안타까움을 이기지 못하여 사지를 와들와들 떨었다.

"민 형, 저것 보구려."

재영이는 손을 들어서 배를 가리켰다ー.

"차차 작아가는구려! 자꾸자꾸 작아가는구려! 조금만 더 있으면 보이지를 않겠구려."

영환이도 한숨을 쉬었다. 영환이의 눈에도 눈물이 맺혔다.

"명 형, 형의 마음을 짐작하겠소. 얼마나 답답하시오? 자, 인젠 돌아서

서 뒷일이나 잘 강구합시다."

그러나 배를 가리키는 재영이의 손은 내려오지 않았다.

5

"민 형, 내가 우습지요? 우습게 뵈지요? 그렇지만 민 형도 내 처지를 당해보오. 무얼 바라고 살겠소? 대감은 가셨구려. 나라는 망했구려. 앞 길을 생각하면 답답키만 하구려."

영환이는 민망한 듯이 재영이의 들리어 있는 손을 잡아 내리었다.

"형! 형의 마음을 모르는 바가 아니오. 나도 대감께 모르게나마 전송을 나왔던 사람, 오늘 내 마음도 형께 그다지 못하지 않게 아프오. 그렇지만 할 수 있소? 가신 이는 가신 이 남아 있는 사람은 또 남아 있는 사람의 길이 있지 않겠소? 자, 인제 돌아갑시다."

"나는 좀 더 여기 있겠소. 먼저 가시오."

"송군천리(送君千里)에 종유일별(鍾有一別)이라 남아 계시면 무얼 하오? 돌아와서 오늘 밤을 평안히 쉬고 내일 형은 형의 동지들에게 오늘 가신 일을 이야기해야지 않겠소?"

동지? 그렇다 자기에게는 동지가 있었다. 그러나 그 동지들도 모두 장래의 즐거움을 건설하기 위한 동지였었다. 장래에 대한 온 희망을 잃어버린 지금은 동지도 일이 없었다. 모두 한낱 쓸데없는 유희에 지나지 못하였다.

영환이는 말을 계속하였다―.

"그리고 또 형께는 연연이―정숙한 연연이가 있지 않소? 연연이는 지금 형을 기다리고 있을 게외다. 그 정숙한 연연이의 마음을 놓도록 어서 돌아가 보아야 하지 않겠소?"

연연이? 연연이는 다 무엇이었던가. 장래에 아무 희망도 바라볼 수 없는 자기에게 장래의 생활을 의미하는 연연이는 무슨 쓸데가 있을까. 모든 것은 다만 지나간 꿈이었었다.

차차 희미하게 되어가던 배(태공을 실은)는 마침내 안개 속에 싸여서 보이지를 않게 되었다. 다만 그의 위에서 나온 연기만 기다랗게 이편 하늘 위로 벋어 있었다.

"민 형, 배가 안 보이는구려. 내 눈에 눈물이 있어서 보이지 않는지 형께는 보이오?"

영환이도 머리를 기웃거렸다.

"글쎄, 저 방향으로 있을 텐데―가만, 고게 뭐요. 그게 배가 아니오?"

"어디?"

"조―기."

영환이는 어떤 방향을 가리켰다. 재영이는 영환이가 가리키는 방향을 살펴보았다. 그러나 재영이가 살필 동안 영환이가 먼저 자기의 말을 취소하였다―.

"아니로군. 배인 줄 알았더니. 그럼 인제는 보이지 않게 됐나 보우."

"……."

"자, 명 형. 인젠 돌아가십시다…."

"……."

"네?"

영환이는 두세 번을 재영이를 채근하였다. 그러나 배가 보이지 않게 된 뒤부터는 재영이는 영환이의 말에 대답도 안 하였다. 미친 듯이 빛나는 눈을 (태공의 탄 배가 사라진) 바다로 향하고 숨만 씨근거리며 서 있었다. 다만 때때로 정신 나간 사람같이

"가셨구려. 가셨구려."

이런 헛소리를 하는 뿐이었었다.

영환이는 거기서 별소리를 다 하였다. 그러나 재영이는 한마디도 알아듣지 못하였다. 종종 하는 소리를 막연히 의식할 뿐이었었다.

밤에 영환이는 재영이를 어떤 사관으로 끌고 갔다. 그리고 밤이 새도록 별말을 다 하여 재영이를 위로도 하여보고 격려도 하여보았다. 재영이의 사생활(私生活)에 대하여 박약한 지식밖에 없는 영환이는 동지, 연연이, 이 두 가지 문제를 이리로 풀고 저리로 풀어서 재영이의 마음을 좀 위로하려고 별 애를 다 썼다.

그러나 재영이는 밤새도록 영환이에게 대하여 한마디의 대답도 하지 않았다. 귀찮다는 듯이 혹은 시끄럽다는 듯이 때때로 눈을 흘겨서 볼 뿐이었었다.

그동안에 재영이의 마음에는 굳은 결심이 생겼다. 그리고 그 결심은 차차 차차 더 굳어져갔다.

6

이튿날 아침 제물포를 떠난 영환이는 밤이 들어서야 서울에 들어섰다.

"그럼 마음을 달리하지 말고 돌아가서 동지들을 만나보시오."

"그럼 안녕히 가시오."

이런 인사로써 영환이와 작별한 재영이는 활민숙으로 돌아왔다. 그러나 활민숙에서도 또한 비극이 그를 기다리고 있었다.

재영이는 먼저 스승의 방으로 들어가 보았다. 그러나 스승은 없었다. 뿐더러 스승의 방은 정하게 정리가 되어 있었다. 여기서 의혹을 품은 재영이가 뜰로 나와보매 이십 숙생의 방들도 모두 텅텅 비어 있었다.

"?"

재영이는 담시 뜰에서 주저하였다. 그리고 그 두리번거리는 동안 저편 강당에 불그림자를 발견하였다. 재영이는 강당으로 나갔다.

그것은 과연 의외의 처참한 광경이었었다. 강당에는 촛불이 밝게 켜져 있었다. 그 앞에 스승과 숙생들은 모두 나란히 하여 엎드려 있었다. 그리고 첫눈으로 모두가 살아 있는 사람이 아니고 시체라는 것을 알 수가 있었다.

잠시 문에 서 있던 재영이는 문 안에 있는 숙생 하나를 어깨를 들어서 얼굴을 들여다보았다. '김'이라는 숙생이었었다. 안색은 밀동자와 같이 창백하였다. 그리고 입에서 나온 가느다란 핏줄기가 턱에서 맺혀 있었다. 아직 죽은 지 오래지 않은 모양으로서 몸은 굳어지지 않았다.

"여보, 김 공!"

재영이는 김의 두 어깨를 잡고 맹렬히 흔들어보았다. 그러나 창백한 머리가 목 위에서 헛되이 앞으로 흔들거리는 뿐 대답이 있을 까닭이 없었다. 김의 앞에는 아까 먹은 듯한 독배(毒盃)가 그의 죽음을 설명하는 듯이 놓여 있었다. 머리를 둘러보매 각 숙생의 앞에 마다 독배가 하나씩 놓여 있었다. 모두들 독을 먹고 죽은 것이 분명하였다.

재영이는 김을 놓고 '엎디어 있는' 숙생들을 성큼성큼 넘어서 스승에게로 가서 스승의 얼굴을 들고 보았다. 스승도 벌써 저세상으로 갔었다. 스승의 입에서는 가느다란 피의 줄기가 반백의 수염을 물들였다.

재영이는 촛불을 돌아다보았다. 촛불의 한 자리로써 시간은 오래 지나지 않은 것을 알 수가 있었으나 맹렬한 독은 벌써 사제 20명의 목숨을 끊어버린 것이다.

"선생님! 선생님!"

대답이 없을 것은 예기하였지만 재영이는 안타까움에 참지 못하여 두어 번 소리를 높여 스승을 찾아보았다. 그런 뒤에 스승을 조심히 놓고 거기서부터 차례로 시체를 들어서 얼굴을 들여다보았다.

명인호도 있었다. 송만년이도 있었다. 아아, 이 모든 정다운 얼굴들—
10여 년을 고생을 같이 하며 같은 손 아래서 자라난 친구들, 들여다보면
들여다 보느니만치 재영이의 가슴은 더욱 아팠다. 다만 한 가지 장래에
대한 희망을 바라보며 지금의 고생을 쓰다 하지 않고 지내온 그들—지금
그들의 유일의 희망을 (태공과 함께) 잃어버리고 마침내는 죽음의 길을 밟
은 그들—죽음의 길을 취하기까지는 오죽이나 가슴이 아팠으랴. 죽기까
지는 오죽이나 원통했으랴.

왕비의 동정을 살피려 충주로 내려가 있는 인화만 이곳에 없었고 그
밖 숙생은 모두 여기서 절망의 최후의 길을 밟았다.

"기다리시오. 나도 곧 뒤로 그대들의 간 길을 따라가겠소."

자, 인화를 찾자. 충주로 내려가 있는 인화를 찾아서 전후의 사정을 알
게 하고 먼저 간 친구들보다 그다지 뒤떨어지지 않아서 그들의 뒤를 따
르자. 정신없이 그곳에서 뭇 시체들을 뒤적이고 있던 재영이는 하염없이
흐르려는 눈물을 악물고 다시 한번 살핀 뒤에 그 강당을 나섰다.

7

그가 급기 강당을 나설 때에 저편 담장 밖에서 웬 말발굽 소리가 났다.
재영이가 경계의 눈을 던지려 할 때에 말발굽 소리는 활민숙 대문 밖에
멎었다.

재영이는 몸을 문 뒤에 숨겼다. 그리고 때 아닌 때에 말을 몰아서 온
사람이 누구인지를 보려고 내다보았다.

말에서 가볍게 내리는 소리가 들렸다. 대문이 열린 소리가 들렸다. 그
리고 이편으로 돌아오는 사람은 칠월 보름 밝은 달빛 아래 온몸을 나타
내었다.

그것은 이인화였다. 지금 당연히 여복을 하고 충주에서 왕비의 동

정을 살피고 있을 줄 알은 인화가 남복으로 갈아입고 말을 타고 활민숙으로 돌아왔다.

문 뒤에 숨어 섰던 재영이는 뜰로 자기 몸을 나타내었다.

재영이는 고즈넉이 손을 들었다ㅡ.

"인숙이."

재영이의 소리는 그다지 분명히 들린 모양이었었다. 인화는 곧 이리로 향하였다. 그리고 자기를 부른 사람을 알아보고 달려왔다.

"어떻게 갑자기 상경했소?"

반가워서 달려온 인화는 이 비교적 엄격한 재영이의 질문에 멈춰 섰다. 그리고 재영이를 쳐다보았다.

"충주서 무슨 일이 생겼소?"

여기서 사찰과 숙생의 관계를 의식한 인화는 자기가 급히 달려온 까닭을 설명하였다. 왕비당의 행동에서 태공께 대하여 무슨 커다란 음모가 진행되는 것을 보고 그것을 알게 하려 부랴부랴 상경한 것이었다.

그 말을 듣고 재영이가 천천히 입을 열었다ㅡ.

"벌써 늦었소. 대감께서는 되놈들한테 잡혀서 어제 제물포서 청국으로 떠나셨소. 사흘만 더 일찍 알았더라면ㅡ."

그리고 그는 덥석 인화의 손목을 잡았다. 그리고 인화를 끌고 강당으로 들어갔다.

"이것 보시오, 이것! 아아, 나는 차마 못 보겠소.⁴ 이게 무슨 일이오?"

재영이가 손을 들어서 가리키는 방 안에서 참담한 광경을 발견한 인화는 날카로운 부르짖음을 내며 재영이를 쓸어안았다.

"이게ㅡ."

---

4 보겠소 : 원본에는 '오겠소'라고 되어 있으나 오류로 보임.

"그렇소. 제물포까지 태공의 뒤를 따라서 갔다가 돌아와보니 이 광경이오. 나도 방금 인천서 돌아왔소. 선생님 이하, 동지가 모두 이 모양이 되었구려."

"그래서 당신은—."

"네, 생각해보시오. 인제 우리가 더 살아서 무얼 하겠소. 더구나 아직껏 무사한 게 다행이지 내일 안으로 포교들의 눈이 우리를 찾으려고 번득이겠구려. 살아서 치치 없는⁵ 몸—그것을 포교들의 눈을 피해가면서 이리저리 숨어다니며 더 살아서 뭘 하겠소? 당신을 찾아서 당신만 승낙하면 함께 이 낙 없는 세상을 버릴 작정이었소."

공포와 비애 때문에 재영이에게 팔을 걸고 있던 인화는 문득 그 손을 내리어서 재영이의 손을 마주 잡았다. 그리고 그 손은 각일각 힘이 들어갔다. 그것은 재영이의 뜻이라면 어떤 이든 복종하겠다는 굳은 맹서였었다.

재영이는 인화의 뜻을 알아보았다. 참담한 방 안으로 향하고 있던 재영이의 얼굴이 인화의 얼굴을 내려다볼 때는 커다란 눈물이 한 방울 같이 쳐다보는 인화의 콧등에 떨어졌다. 이 세상에서는 하루를 같이 지내지 못하였지만 갈릴 길이 없는 저세상에 가서 영원히 같이 지내자는 굳은 맹서는 무언중에 두 사람의 새에 맺어졌다.

"인숙이."

"네."

스승과 동지—스무 개의 시체 앞에서 두 젊은 약혼자는 힘을 다하여 포옹하였다. 그들의 눈에서는 쓰린 눈물이 한없이 끝없이 흘렀다.

5 치치 없는 : 쓸데없는.

8

두 젊은 약혼자가 참담한 활민숙을 뒤로 한 것은 날이 거의 밝아서였었다. 두 사람의 기운 없는 걸음은 차츰차츰 더듬어서 기생 연연이의 집으로 갔다. 재영이와 인화 두 사람이 함께 찾아오는데 연연이는 놀라서 눈을 둥그렇게 하고 맞아들였다. 거기서 재영이는 연연이에게 지금 자기네의 위에 임한 사정을 이야기하였다. 인젠 다시 가망 없이 거꾸러진 조선 – 거기서 인제 살아갈 고통과 그 삶의 무의미 – 이런 것을 죄 이야기하고 활민숙의 동지들이 비참한 최후를 말한 뒤에 마지막에 자기의 결심까지 말하였다.

연연이는 재영이의 긴 이야기 동안에 한 마디도 말을 끼우지 않고 머리를 소곳이 숙이고 다 들었다. 재영이가 이야기를 다 끝낸 뒤에도 한참을 그 모양으로 있었다. 한참 뒤에야 그는 입을 열었다 –.

"네, 잘 알았습니다. 사람이 세상에 났다가 한 번은 죽는 것, 죽을 때에 죽지 못하면 죽음보다 더 큰 치욕이라는 말을 들은 일이 있습니다. 말리지 않겠습니다. 그리고 더러운 천비의 몸이지만 저도 뒤를 따르겠습니다."

재영이는 연연이의 얼굴을 보았다. 눈을 폭 내려뜨고 단아하게 앉아 있는 연연이었지만 그의 얼굴에도 결심의 빛이 역연하였다.

"연연이, 자네는 내 말을 잘못 들었네. 우리는 일생을 나라에 바쳤던 몸, 나라의 뒤를 따라서 우리도 가는대지만 자네는 그럴 필요가 없지 않나. 더구나 자네 –"

연연이는 재영이의 말을 가로막아섰다.

"무슨 말씀을 하세요? 이건 너무 과하신 말씀이외다. 아무리 천비의 몸이기로서니."

연연이는 그 자리에 쓰러졌다 –.

"너무도- 그건- 너무도-."

"연연이, 내 말을 끝끝내 듣게. 자네를 수모하고 자네를 욕하느라고 그러는 게 아닐세. 자네도 알다시피-."

재영이는 말을 끊었다. 그리고 한참 묵묵히 있다가 손을 들어서 연연이의 배를 가리켰다-.

"그 속에 든 건 명 씨 집안에 하나 남은 종자, 사람의 자식 되고 손주 된 도리에 조상의 봉양이야 안 해서 되겠나. 계집애가 나올지 사내가 나올지는 모르지만 외꼭지로 내려오던 명 씨 집안에 다만 하나 남은 종자, 거기 대한 중한 책임을 자네는 잊었나?"

연연이는 대답하지 못하였다. 엎디어 있는 그의 어깨는 격렬히 떨렸다.

"죽기는 사실 힘든 노릇이야. 그렇지만 죽어야 할 일을 만나서 죽지 않고 산다 하는 것은 더 힘든 노릇-이런 힘든 노릇을 자네에게 부탁하는 것, 나도 어려워. 하지만 사람이 세상에 살아가는 도리라 중대한 책임을 자네에게 부탁하네."

연연이는 그냥 대답하지 않았다. 그러나 한참 뒤에 그의 머리가 들리었다. 어느덧 그는 눈물도 거두었다. 윤택 많은 커다란 그의 눈은 정면으로 재영이에게 향하였다.

"알았습니다. 그럼 그냥 이 세상에 남아 있지요. 자, 아무 염려 말고 뒷일은 푹 마음을 놓으시고 뜻대로 하세요. 부족하나마 제 정성을 다해서 뒷일을 볼 때 두 분께서는 이 세상에서 누리지 못하던 복락을 후세에서나 마음껏 누려주세요."

이리하여 뒷일을 부탁하였다.

연연이의 솜씨로 손수 지은 조반으로 재영이와 인화와 연연이의 세 사람은 마지막 잔치를 열었다.

잔치가 끝난 때는 아침 해가 벌써 꽤 높이 오를 때였었다. 마지막 길을 떠나는 두 사람은 남아 있을 사람과 최후의 작별을 하였다.

"그럼—."

"그럼—."

다시 만나지 못할 마지막 작별—세 사람은 마지막 인사를 하고도 차마 떠나지 못하여 몇 번을 머뭇거렸다. 뒤에 서 있는 종 삼월이의 눈에서도 눈물이 비 오듯 하였다.

9

연연이의 집에서 나온 재영이와 인화는 속세의 마지막 일을 보기에 분주하였다.

그들은 먼저 이전의 임시 활민숙이던 집으로 찾아가서 주인에게 중대한 부탁을 하였다. 그것은 활민숙으로 가서 사제 20명의 시체를 거두어서 비밀히 장사하여달라 하는 것이었었다. 그 뒤에 그들은 마지막 길을 장식할 몇 가지의 물건을 사서 보에 쌌다.

흥정이 끝난 뒤에는 그들은 먼저 재영이의 선산을 찾아갔다. 이 세상에서 마지막으로 조상의 분묘에 뵙고자 함이었었다. 아직 성례⁶는 하지 않았지만 재영이와 인화는 이 명 씨 집안의 아들과 며느리로서 참배하였다.

그 뒤에는 그들은 또 이번은 인화의 산소에 참배하였다.

—당신네의 아들과 며느리—혹은 사위와 딸은 몹쓸 세상에 태어나서 기구한 반생을 보내다가 성례도 못한 채로 당신네의 계신 나라로 갑니다. 불효한 모든 죄를 용서하시고 용납하여 주시기를 바랍니다.

---

6 성례(成禮) : 혼인의 예식을 지냄.

―이리하여 속세의 의잔무는 끝이 났다.

속세의 잔무를 남김없이 다 끝내고 거기서 어선(漁船) 하나를 세내었다. 그러나 배에 막 오르려던 그들은 다시 어부를 찾았다. 그리고 자기네는 배를 다루는 것이 서투르므로 혹은 상하든지 하여도 안 되겠으니 배한 척의 값을 받아두었다가 무사히 돌아오거든 반환하여달라고 하고 배값을 치러준 뒤에 떠났다.

낡은 배에 대하여 새 배 값을 받은 어부가 마음으로 그 젊은이들이 실수하여 배를 부수기를 바라는 동안 배를 저어가지고 나온 그들은 무언중에 낡은 옷을 벗어서 물에 띄워 보내고 미리 준비하였던 옷을 꺼내어 입었다. 그들은 어느덧 신랑신부로 정장을 하였다.

가운데까지 나온 배는 젓지 않아도 아래로 아래로 흘러갔다. 그 가운데서 두 젊은 남녀는 한마디의 말도 사귀지 않고 죽음의 채비를 하였다.

잔도 준비되었다. 잔 속에 독주도 부어졌다. 말없이 죽음의 채비를 하고 있던 재영이의 얼굴에는 비로소 침통한 미소가 떠올랐다. 그리고 처음으로 입이 열렸다.

"자, 결혼의 첫 잔. 겸해서 이 세상에서 마지막 잔. 듭시다."

그리고 그는 술잔을 들었다. 인화의 입에도 미소의 그림자가 스치고 지나갔다. 그리고 말없이 술잔을 들었다.

그날 저녁 한강 하류에서 낚시질을 하던 어부의 한 사람은 저편 위에서 빈 배가 둥실둥실 떠내려오는 것을 발견하였다. 그리고 제 배를 저어서 따라가서 빈 배를 잡았다. 잡고 보니 그것은 빈 배가 아니었었다. 거기는 신혼의 정장을 한 남녀의 시체가 누워 있었다. 그리고 뱃전에는 유서라고 할 만한 글이 붙어 있었다. 그 글은 이런 것이었다―.

이 배에 손을 대어서 우리 두 사람의 신성한 죽음의 위에 간섭을 가(加)

하는 자는 영원히 우리 두 사람의 혼백에게 저주받을진저.

이 글을 본 어부는 질겁을 하여 자기의 배를 저어가지고 달아났다. 그리고 두 개의 시체를 실은 배는 하류로 하류로 흘러내려갔다.

그 뒤에도 그 배를 잡았던 사람이 몇이 있기는 하지만 그 무시무시한 글을 보고는 모두 배를 놓아주었다.

이리하여 두 개의 시체를 실은 배는 밀물에 조금 밀려 올라왔다가는 썰물에 도로 아래로 흘러가고 이러한 같은 일을 반복하여 며칠 뒤에는 마침내 서해 바다까지 이르렀다. 그리고 태곳적부터 많고 많은 비밀을 삼키며 이때껏 지나온 서해 바다는 이 조그만 어선의 비밀도 자기의 품 안에 들어오기가 무섭게 삼켜버렸다.

이래―그 두 개의 시체를 실은 어선은 다시 사람의 눈에 뜨이지 않았다.

『젊은 그들』, 청춘의 의리와 사랑의 비극

　장편 역사소설 『젊은 그들』(『동아일보』, 1930.9.2~1931.11.10)은 김동인의 삶과 문학의 획기적 전환을 알려주는 작품이다. 근대소설에서 조선 문단의 일인자가 되고자 했던 김동인은 선배 작가 이광수를 최고의 경쟁자로여겼다. 이광수는 평북 정주의 가난한 집안에서 태어나 일찍 부모를 잃고혼자 힘으로 힘들게 살아가야 했다. 일본 유학도 종교 단체의 장학금을 받거나 후원자의 도움을 받아야 했으며, 1917년 『매일신보』에 대중 독자를 위한 국문체 장편소설 『무정』을 연재할 때에는 그 원고료가 유학 비용이 되었다. 하지만 김동인은 평양 교회의 장로이자 자산가였던 김대윤의 둘째 아들로 태어나 유복하게 성장했다. 그러하기에 경제적 어려움 없이 일본 유학을 하고 대중 독자를 전혀 의식하지 않고서 작가 활동을 할 수 있었다. 또한 한국 문학사에서 최초의 순수 문학예술 동인지로 유명한 『창조』 역시 김동인이 발간 비용을 내었기에 세상에 나올 수 있었다.

　그런데 김동인도 『젊은 그들』을 쓰게 된 1930년대에는 경제적인 어려움으로 인해 이전의 고답적 문학관을 그대로 지킬 수 없었다. 그는 작가 활동에 전념하고자 일본 유학을 중단하고 귀국한 뒤에 고향으로 돌아가지 않고서울에서 호텔에 머물고 있었는데, 이때에 기생들과의 유흥에 빠져 아버지로부터 물려받은 재산을 흥청망청 낭비한다. 더욱이 평양으로 돌아간 뒤인1926년 무렵에는 유흥으로 낭비한 재산을 보충한다며 대동강가의 갯벌을 농토로 만드는 대규모 간척사업을 벌이다가 실패하여 남은 재산까지 모두 잃어버린다. 그리고 이러한 남편에 실망한 구여성 아내 김혜인의 가출로 이혼까지 하게 됨으로써 아주 어려운 처지에 놓이게 된다. 그러다가 김동 인은 근대교육을 받은 신여성 김경애와 재혼한 뒤에 새로운 출발을 위해 서울로 이사한다. 이때에 그가 가족의 생계를 유지할 거의 유일한 방안은 소설 원고료였다고 할 수 있다. 이에 이전에는 작품의 예술성을 손상한다 며 꺼려하고 거부하던 신문연재소설을 쓰기로 하면서 역사소설 『젊은 그 들』을 선택한 것이다.

그런데 지식인 독자 위주의 잡지 게재 단편소설과 달리 신문에 연재할 장편소설은 무엇보다 대중 독자의 취향을 고려해야 한다. 그렇다면 발표 당시부터 오랫동안 지속적으로 인기가 높았던 『젊은 그들』은 어떻게 독자 의 관심을 끌 수 있었는가? 크게 다음의 세 가지 점을 이유로 들 수 있을 듯 하다. 첫째로 미남 미녀 청춘 남녀의 애정 갈등이 작품의 전면에 제시되어 시종 비중 높게 전개된다. 둘째로 태공과 민비의 추종 집단인 적대적 양 진 영이 극단적으로 대립하여 극적 효과를 높이고 있다. 셋째로 부패한 상층 을 징벌하는 사회적 도적인 '의적'의 과감한 활약상이 제시되고 있다.

먼저 『젊은 그들』에서 남녀 주인공 안재영과 이인화는 애정 문제로 심각 하게 갈등한다. 서두인 '활민숙'에서 남장을 하고 민비 세력의 중심인 어영 대장 민겸호의 집에 하인으로 들어간 이인화는 자신의 정체가 발각되기 직 전에 탈출하여 활민숙으로 돌아간다. 그런데 그녀는 생명이 위험한 위기 상황을 무사히 넘긴 일보다 애정 문제로 더욱 힘들어한다. 활민숙에서 함 께 생활하면서 동료인 안재영을 좋아하게 되었지만, 적대 집단의 자객인 명인호를 부모가 정해준 약혼자 명진섭으로 오해하여 심각한 고민에 빠져 있기 때문이다. 그리하여 '명'에서는 태공을 살해하려고 운현궁에 몰래 들 어왔다가 안재영에게 사로잡힌 명인호를 그녀가 구해주기도 한다. 이때에 도망간 명인호를 안재영이 뒤쫓아가서 죽였다고 여겨 그를 연모하는 한편 으로 증오하는 마음이 생기기도 한다. 하지만 안재영이 그녀의 실제 약혼자였기에 이런 갈등은 무지와 오해로 인한 일시적 혼란일 뿐이다.

그리고 안재영 역시 이인화와 유사한 애정 갈등을 겪고 있다. 그는 이인화가 명인호를 몰래 풀어주었다는 사실을 알고 시기하며 분노하기도 한다. 약혼자인 이인화가 명인호에 대한 사랑으로 그를 풀어주었다고 오해하기 때문이다. 그리하여 안재영은 이전부터 자신에게 애틋한 마음을 내보이고 있을 뿐만 아니라 민겸호의 하인들에게 잡혀 위기에 처한 자신을 구해준 기생 연연에게 마음이 기울어지기도 한다. 이에 '춘광'에서 결국 연연의 마음을 받아들이고 두 사람이 함께 밤을 보낸다. 물론 안재영이 오랫동안 실종되자 스승 활민이 이인화에게 약혼자가 누구인지를 알려줌으로써 그들의 그러한 갈등은 바로 해소된다. 청춘 남녀의 이런 애정 갈등과 그것이 해소되는 파란만장한 경과는 다수 독자의 관심을 충분히 끌 수 있었을 것이다.

다음으로『젊은 그들』에서는 태공 추종 집단과 민비 추종 집단이 극단적으로 대립함으로써 권력 갈등의 긴장감을 높이고 있다. 이때에 태공을 지지하여 활민숙을 설립하고 숙생들을 모아서 그들을 교육하고 지휘하는 이활민과 민비의 권력을 지키고자 온갖 모략과 악행을 다하는 민겸호가 그 두 세력을 대표하여 대결 상황을 실질적으로 통제한다. 그리하여 이활민이 적대 세력의 정보를 얻고자 이인화를 민겸호의 집에서 하인으로 들여보내고 있을 때에 민겸호는 자신들의 최대의 적인 태공을 제거하고자 운현궁에 명인호를 자객으로 보내고 있다.

물론 중립적인 인물들도 나오고 있다. 하지만 태공 집단에 큰 호의를 베풀고 있다는 점에서 그들도 추종 세력과 다를 바가 없다. 민겸호의 집에 식객으로 있으면서 이활민의 지인이기도 한 최 진사는 양대 세력의 약점을 모두 비판하면서도 이인화가 위기에 처했을 때에 은밀히 그녀의 탈출을 도와주고 있다. 심지어 민겸호의 아들 민영환까지도 가문을 위한 아버지의 이기적 행위에 불만을 가질 뿐만 아니라, 잡혀서 심한 고문을 받고 처형을 당하게 된 안재영의 부탁을 받고 활민숙생들이 미리 도망을 칠 수 있도록 도와줄 정도이다. 그리고 명의 김시현은 양 집단의 정치적 대결 구도에 참여하기를 완강하게 거절하면서도 총상을 입고 시체나 다를 바 없는 안재영을 치료해주고 건강을 회복할 수 있게 성심껏 돕고 있다.

그리고 서술자도 직설적으로 "태공의 정치와 왕비의 정치의 사이에는 천양의 차가 있었다. 태공의 정치는 그것이 좋건 그르건 모두가 조선과 백성을 위한 것이었다. 그렇거늘 왕비의 정치에는 나라라는 것과 백성이라는 것이 안중에 없었다. 1에는 자기네의 부귀와 영화를 누리는 것, 2에는 태공의 정치와 세력을 꺾는 것─이것이 왕비의 정치의 전부였다"라고 하며, 태공을 추종하는 집단의 행위를 미화하면서 적대 세력인 민비 집단을 가혹하게 비판하고 있다. 그러니까 두 세력의 대립 상황에서 작가는 태공 집단을 일방적으로 긍정시하고 있다는 것이다.

그렇지만 윤승한은 『조양홍』(『동아일보』, 1940.2.6~6.29)에서 민비를 주인공으로 삼아 그녀의 추종 세력을 긍정시하고, 태공의 추종 세력을 부정시하고 있다. 이렇게 작가에 따라 태공과 민비에 대한 긍정과 부정이 대척적으로 달라지기도 한다. 그러니까 작가의 역사 해석 차이에 의해 영웅이 간웅이 되기도 하고, 간웅이 영웅이 되기도 한다는 것이다. 여러 작가들이 동일한 역사적 상황을 다룬 역사소설을 반복해서 쓰고 있는데, 이런 일도 작가들의 역사 해석 차이로 인해 이전 작품들에서 역사적 인물과 사건을 다루는 입장에 불만을 가졌기 때문일 것이다.

마지막으로 『젊은 그들』에서는 의적들의 통쾌한 활약을 통해 부당한 지배층에 대한 독자들의 억압감과 불만을 일시적이나마 해소해준다. '신사년 말'과 '임오초'에서 활민숙생들은 당시 부패하고 무능한 권력층인 민비 집단의 재물을 훔쳐 가난한 백성들에게 나누어줄 뿐만 아니라 그들의 생명을 위협하는 경고를 보내고 있다. 그런데 최 진사는 "백성의 돈을 민씨가 긁어 올리고 그 민씨의 돈을 활민이 뺏어다가 다시 백성들에게 나눠주고 그 돈은 또다시 민씨에게로 가고"라고 하며, 이러한 의적 활동이 사회적 모순의 근원적인 해결책이 될 수 없음을 비판하고 있다. 도적 행위를 통한 가난의 개별적 구제가 재물의 의미 없는 순환에 불과할 뿐이란 것이다. 의적 활동의 작품 분량이 매우 적은 것도 이러한 행위가 단순한 재물 순환에 한정된다고 여겨 그리 긍정시하지 않기 때문인 듯하다.

그렇지만 윤백남의 역사소설 『대도전』과 『해조곡』에서는 이러한 의적 활동이 체제 저항의 행위로 매우 긍정시되면서 허구의 역사적 무명 인물에 의거해 비중 높게 이루어지고 있다. 『대도전』의 기무룡은 친원파 기씨 가문의 후손으로 공민왕의 원나라 배척 운동으로 원나라로 쫓겨 가다가 이황산의 산적들에게 가족이 죽은 뒤에 그곳에서 성장한다. 그는 성년이 되어 그러한 사실을 알고 부모의 복수를 위해 고려로 돌아와 개경에서 부당한 지배층을 응징하는 의적 활동을 활발하게 벌이고 있다. 그리고 『해조곡』에서는 주인공 해룡을 비롯한 천주교인들이 조정의 박해를 피해 도망하다가 함께 모여 해적이 된다. 그들은 부패한 관리와 부자들의 재물을 훔쳐 자신들이 봉건 체제를 바꾸고자 조정에 맞설 때에 필요한 군자금을 마련하기 위해 그렇게 의적 활동을 벌이고 있다. 도적 행위가 지배 체제를 변혁하고자 하는 핵심 활동이 되고 있다는 것이다. 그런데 이렇게 지배 세력에 저항할 때에 친원파의 후손인 기무룡과 외래 종교인 천주교를 신봉하여 조정에 맞서는 해룡이 주인공으로 활약하고 있다. 이런 점은 윤백남의 역사소설이 민족주의 이념에서 벗어나 있음을 나타낸다.

그런데 윤백남의 역사소설은 야사와 허구에 충실하며 역사적 무명 인물의 시정 활동에 작품의 초점이 맞추어지고 있다는 점에서 '야사적 역사소설'이라 불린다. 반면에 이광수나 박종화의 역사소설은 정사의 역사적 기록에 충실하여 역사적 유명 인물의 조정 활동에 작품의 초점이 맞추어진다는 점에서 '정사적 역사소설'이라 불린다. 이렇게 역사소설을 관찬의 역사적 기록에 의거하여 조정의 정치사를 중시하는 정사적 역사소설과 야사나 허구의 시정 일상사를 중시하는 야사적 역사소설로 크게 나누어 볼 경우에, 『젊은 그들』은 야사적 역사소설에 속한다고 할 것이다.

하지만 김동인은 이러한 야사적 역사소설에 불만을 가진 듯하다. 「처녀 장편을 쓰던 시절-『젊은 그들』의 회고」란 글에서 "『젊은 그들』은 일본에 있어서의 시대물과 같은 것으로서 조선에 있어서의 첫 시험이었다. 배경은 역사에 두고 사상의 인물을 중요한 줄거리에 집어넣었다. 그러나 역사소설은 아니요, 거기 나오는 인물은 대원군, 그 밖 1, 2인을 제하고는 죄 가공의 인물이었다"라고 함이 그러하다. 『젊은 그들』이 일본 시대물의 영향을 강하게 받은 작품이고, 허구적인 인물을 주로 등장시켰기에 역사소설이 아니란 것이다.

시대물은 1920년대 무렵 일본에서 크게 유행하였는데, 17세기에서 19세기 중엽까지에 걸치는 에도 시대 또는 그 이전의 시기를 배경으로 하여 사무라이들의 의리와 싸움을 다룬 대중적이며 허구성이 강한 역사소설이라 할 수 있다. 『젊은 그들』에서도 태공을 충심으로 존경하고 따르는 청년들이 부모의 원수를 갚고 그의 재집권을 돕기 위해 목숨을 걸고 싸우고, 그가 청국으로 압송되어감으로써 도모하던 일이 실패로 끝나자 집단적으로 자결한다. 이런 점은 시대물의 일반적 흐름과 일치한다고 할 것이다.

그렇지만 시대물처럼 대중성과 허구성이 강한 소설이라고 해서 역사소설이 아닌 것은 아니다. 현재를 다루는 동시대 소설이 그러하듯이, 역사적 거리가 있는 과거를 다루는 역사소설 역시 대중성과 허구성이 강한 것과 그렇지 않은 것이 함께 존재하고 있기 때문이다. 그러므로 허구적 인물이 주로 등장하는 소설은 역사에 배경을 두어도 역사소설일 수 없다는 김동인의 주장을 그대로 받아들이기는 어렵다. 이런 판단은 역사소설이 역사적 기록에 의거하여 역사적 유명 인물을 중시해야 한다는 관점에 의거한다. 하지만 이런 역사소설관은 소설을 역사에 종속시키고 역사에 대한 해석을 작가의 주관으로 호도할 위험성이 높다. 사료에서 벗어나 역사적 현실을 창의적으로 복원함이 없이 그것을 비판적으로 해석하는 것만으로는 역사소설이 역사의 굴레에서 벗어나기 어렵고 결국 동일한 내용을 거꾸로 뒤집어 보인 것에 불과할 수 있다. 동일한 역사적 상황에 대해 단종을 주인공으로 삼은 이광수의 『단종애사』와 수양대군을 주인공으로 삼은 김동인의 『대수양』이 그러한 역사 해석의 뒤집기를 그대로 보여주고 있음이 그러하다.

그럼에도 불구하고 김동인은『젊은 그들』에 대한 자신의 불만을 해소하고자 새로운 역사소설『운현궁의 봄』(『조선일보』, 1933.4.26~1934.2.6)을 발표한다.『운현궁의 봄』은『젊은 그들』과 동일하게 이하응을 영웅으로 다루지만 인물 형상화 방식은 크게 달라지고 있다.『젊은 그들』과 달리『운현궁의 봄』에서는 역사적 유명인물인 이하응이 주인공으로 작품의 전면에서 주도적으로 활약하고 있기 때문이다. 그러니까 김동인은『젊은 그들』이 아니라『운현궁의 봄』을 역사소설의 모범 작품으로 여겼던 듯하다. 이후에 발표되는 김동인의 역사소설 대다수가 역사적 유명인물을 주인공으로 삼고서 그들의 영웅적 활약상을 그리는 데 초점을 맞추고 있다.

그런데 작품 발표 시기의 선후와 달리 이하응의 생애로 본다면『운현궁의 봄』이 전편이고,『젊은 그들』은 후편이다.『운현궁의 봄』에서는 외척 안동 김씨 가문의 억압과 견제를 피하고자 이하응이 자신을 위장하여 '상갓집 개'로 불릴 정도로 파락호로 행세하며 강한 의지와 지혜로 권력을 잡고자 노력하다가 철종의 사후에 대비 조씨의 도움으로 자신의 둘째 아들이 왕위에 오르자 섭정이 되어 조정의 실권을 장악하는 시기까지를 그리고 있다면,『젊은 그들』에서는 이하응이 며느리 민비와의 권력 다툼에 패배하여 운현궁에 은둔하면서 재집권을 도모하지만 성공을 눈앞에 두고 외세인 청국의 개입으로 실패한 시기까지를 그리고 있기 때문이다.

『운현궁의 봄』에서 주인공 이하응은 최상의 영웅이다. 그는 김씨 가문의 위협에서 벗어나고자 '상갓집 개'처럼 행세하면서 주어진 상황을 자신에게 유리하게 이끌기 위해 면밀한 계획을 세우고 최선을 다해 집권에 성공하고 있다. 그는 극적으로 화려하게 조정에 등장하여 실권자 섭정이 되어 왕권 강화를 위한 개혁을 신속하고 면밀하게 실행한다. 그리하여 곤궁했던 시절에 받았던 주변의 멸시와 비난을 무색하게 만들어버린다. 그런데 이러한 이하응의 성공은 바로 작가 자신의 성공으로 여겨지고 있는 듯하다. 그러니까 개성을 강하게 투영하여 이런 영웅적 인물을 작가 자신과 동일시하고 있다는 것이다. 즉 간척사업의 실패로 인한 경제적 파산과 이혼 등의 충격적 일을 겪으며 김동인은 상갓집 개와 같은 열악한 처지에 떨어져 있었다. 그러기에 영웅 이하응의 화려한 성공은 무엇보다 뜻 깊은 일이었고, 이에 그의 승리를 한껏 찬양하고 있다는 것이다.

그렇다면 이렇게 영웅적 인물에게 투영되는 김동인의 개성은 어떠한 것인가? 그것은 바로 '독립자존'이다. 당시에 김억은 "사람의 생겨 먹은 성격이란 이지와 교양과의 체질로는 암만하여도 고쳐지는 것이 아닌상 싶습니다. 그러기에 요한군까지라도 괴물이니 스핑스니 독립자존이니 하는 말을 동인에게 던지는가 보외다"[1]라고 했다. 소학교 동기이자 '창조' 동인으로 누구보다 가깝게 지낸 주요한에게 김동인은 괴물 같은 '독립자존'의 인물로 여겨졌다는 것이다. 이처럼 김동인은 기성의 권위와 규범에 제약받지 않는 독립자존의 독자적 삶을 추구했다. 그러기에 김동인에게 영웅은 규범적 인물이 아니라 독립자존함으로써 선악의 윤리에 구애받지 않는 일탈적 영웅이라 할 수 있다. 그리고 이러한 독립자존의 일탈적 영웅은 타인에 구속받지 않고 강력하게 자신의 욕망을 실현한 절대적 권력자와 광기의 천재적 예술가이다. 예술가를 주인공으로 삼은 「배따라기」와 「광염소나타」 같은 단편소설에서도 진시황과 네로 황제를 찬양하고 있을 정도로 김동인은 시종 이러한 독립자존의 영웅을 중시하고 있었다.

『젊은 그들』에서 이하응은 "자기 이외에는 이 혼란된 조선을 누르고 다스릴 만한 능력을 가진 사람이 없음을 잘 알고 있었다. 자기뿐이 이 혼란된 조선과 혼란된 세태를 바로잡을 유일의 사람이라는 것을 잘 알고 있었다"라고 독백할 정도로 자신만이 쇠약한 조선을 구할 수 있다고 믿고 있다. 그도 독립자존의 영웅인 것이다. 더욱이 흥선대원군 이하응은 최상의 권력자이면서 당대 최고 수준의 화가이기도 했다. 그러므로 김동인에게 있어서 이하응은 영웅 중의 영웅이었던 것이다.

---

1 김억, 「김동인론-문단인 종횡담」, 『동광』 27호, 1931.11, 70쪽.

하지만 김동인의 이러한 독립자존의 영웅주의는 범상한 인간인 아닌 비범한 영웅만이 운명과 맞서 승리할 수 있다고 여긴다는 점에서 한계를 드러낸다. 평범한 인간은 냉혹하고 광포한 운명에 맞설 수 없다고 한다면, 비범한 영웅 역시 마찬가지일 것이다. 아무리 뛰어난 능력을 지닌 영웅이라도 전지전능한 신이 아닌 인간일 뿐이기에, 그에게도 자신보다 우월한 능력을 지닌 존재가 언제 어디서 불시에 나타나 그를 압도하고 패배시킬 수 있기 때문이다. 불세출의 영웅 이하응 역시 며느리 민비에게 패배했을 뿐만 아니라, 임오군란으로 재집권의 기회를 잡았을 때에도 청국이란 강력한 외세에게 패배하고 있음도 그러하다.

1930년대 후반 김동인은 몸과 마음이 크게 손상되고 있었다. 그는 지독한 불면증과 수면제의 과용, 도박에의 몰두, 마약 복용 등 일련의 자기학대 행위 속에서 심신이 모두 병약해지며 심각한 정신적 불안감을 드러낸다. 그러다가 1948년『을지문덕』을『태양신문』에 연재하던 중에 뇌졸중으로 정신을 잃고 쓰러져 신체 마비 상태로 지내다가 1951년 1월에는 생을 마감한다. 그러니까『젊은 그들』에서 영웅 이하응이 청국에 잡혀감으로써 패배하고 있듯이, 작가 김동인도 현실의 삶에서 철저히 패배하고 있었던 것이다.

그런데『운현궁의 봄』처럼 역사소설에서 역사적 유명인물을 주인공으로 그릴 때에 오히려 역사의 실상과 어긋나기 쉽다. 작가는 그러한 유명 인물을 일상적 인물과는 다른 비범한 인물로 부각시키기 위하여 계속 그를 작위적으로 미화시켜야 하기 때문이다. 반면에『젊은 그들』처럼 역사적 유명 인물이 부차적 인물로 그려지고 안재영과 이인화 같은 허구적인 무명인물에 의해 우회적으로 서술될 때에 역사적 유명 인물의 개성과 역사적 역할이 더욱 뚜렷이 부각될 수 있다. 이에 강영주도 "『운현궁의 봄』에서는 대원군이 주인공으로 설정됨으로써 지나치게 빈번하고 상세하게 묘사되어야 하는 부담을 안고 있었던 반면,『젊은 그들』에서는 그의 역사적 의미가 추종자인 주인공들의 움직임을 통해 간접적으로 조명되고, 대원군 자신은 중요한 장면에만 등장함으로써 역사적 대인물로서의 그의 위대성이 효과적으로 부각될 수 있"²다고 하며, 『운현궁의 봄』보다 『젊은 그들』이 역사적 진실성을 더 잘 나타낸다고 보았다.

『젊은 그들』에서 태공 이하응이 청국으로 압송되자 활민숙생들이 집단적으로 자결한다. 그리고 이러한 사실을 알게 된 주인공 안재영과 이인화도 함께 자결함으로써 의리를 지키고 있다. 태공의 재집권이 실패했을 때에 그들은 자신들의 사랑을 중시하여 새로운 길을 찾아 나설 수도 있었다. 그런데 그들 역시 태공 및 활민숙생들에 대한 의리를 지키기 위해 사랑을 포기하고 있다. 이광수의 역사소설 『사랑의 동명왕』, 『마의태자』 등에서 역사적 유명 인물인 주인공들은 국가와 민족을 위한 자신들의 헌신을 강변하고 있지만, 그들은 결국 윤리적 신념을 망각하거나 무시하면서 의리보다 사랑을 중시한다. 그렇지만 김동인의 『젊은 그들』에서는 사랑보다 의리가 중시되고 있으며, 그리하여 청춘의 의리와 사랑은 비극으로 끝나고 만다.

그러니까 『젊은 그들』은 의리와 사랑으로 인한 청춘의 비극을 전면에 내세우면서 영웅 이하응의 궁극적인 실패와 좌절을 그리고 있다. 이런 점에서 『젊은 그들』은 첫 작품인 동시에 마지막 작품이 되면서 김동인의 역사소설 전체를 아우른다고 할 것이다. 작가 자신과 동일시되는 영웅의 절망과 퇴장은 바로 김동인의 역사소설을 실질적으로 마무리한 것이라고 할 수 있기 때문이다. 김동인 자신은 역사소설에 대한 고정관념으로 인해 『젊은 그들』의 가치에 불만을 갖기도 했다. 하지만 『젊은 그들』은 그렇게 불만스럽게 여긴 점으로 인해 오히려 작가의 한계를 뛰어넘어 역사적 진실성에 더 가까이 다가서면서 김동인의 역사소설을 대표하는 작품으로 우뚝 서 있다.

박종홍 (영남대학교 국어교육과 명예교수)

2   강영주, 「한국근대역사소설연구」, 서울대학교 박사학위 논문, 1986, 59쪽.

1900   10월 2일 평양에서 기독교 장로이며 부호인 전주 김씨 김대윤(金大潤)과 후
       실 옥씨 사이에서 3남 1녀 중 차남으로 태어났다. 호는 금동(金童). 장남 동원
       (東元)은 전실 소생이며 동인 · 동평 · 동선(여)이 옥씨 소생.

1907   기독교 계통의 학교인 평양 숭덕소학교에 입학.

1912   숭덕소학교 졸업과 동시에 역시 기독교 계통인 평양 숭실중학교 입학. '105
       인 사건'에 연루되어 감옥에 있는 형 동원의 부탁으로 작가 톨스토이를 처음
       접함.

1913   숭실중학교 중퇴.

1914   도일하여 도쿄학원에 입학.

1915   도쿄학원이 폐쇄되는 바람에 메이지학원 중학부 2년에 편입. 동교 1년 상급
       생이었던 주요한의 영향을 받아 문학에 대한 관심이 높아짐.

1917   아버지가 병환으로 사망했다는 소식을 듣고 황급히 귀국, 재산이 형제들에
       게 분배되는 바람에 어린 나이에 쌀 3천 석에 해당하는 막대한 유산을 물려
       받음.

1918   4월, 평양에서 수산물 도매상을 경영하는 부유한 상인의 딸 김혜인과 결혼.
       12월, 제2차 도일하여 도쿄 가와바타 미술학교에 입학.

1919   1월, 주요한과 공동으로 2 · 8 동경 유학생 독립선언서 기초를 의뢰받았으나
       적임자가 아니라는 이유로 사양함. 이달 1개월간 6차례에 걸쳐 도쿄경찰서
       에 연행, 검속됨. 2월 8일, 일본 요코하마의 복음인쇄소에서 『창조』(발행인
       주요한) 창간호가 발행됨. 동지에 처녀작 「약한 자의 슬픔」을 발표. 26일, 아
       우 김동평이 내던 등사판 지하 신문을 위해 격문을 기초한 것이 출판법 위반
       이 되어 6월 26일까지 3개월간 고초를 겪은 후 징역 6월, 집행유예 2년의 형
       을 받고 풀려남. 이때의 경험을 담은 작품이 단편 「태형」임. 가와바타 미술학
       교 중퇴.

- 1920 『창조』에 수필 「자기가 창조한 세계」 발표. 염상섭과 비평가의 태도에 관해 논쟁을 벌임. 12월, 장남 일환 태어남.
- 1921 『창조』 9호에 단편 「배따라기」 발표. 『창조』 폐간. 명월관 기생 등과 방탕한 생활에 빠짐.
- 1922 평양과 서울을 왕래하며 지냄. 6월 16일 장녀 옥환 태어남.
- 1923 평양 대동강에서 낚시를 즐기며 소일. 첫 작품집 『목숨』(창조사) 간행. 나도향을 만나 사귐.
- 1924 8월, 『창조』의 후신으로 『영대』를 발행하면서 경비 일체를 전담.
- 1925 단편 「감자」 발표.
- 1926 관개 수리 사업에 착수했으나 실패. 자포자기하는 심정으로 가산 정리를 부인에게 맡기고 상경, 서울 중학동에서 6개월간 하숙.
- 1927 나도향의 요절 소식을 듣고 애통해함. 파산의 충격으로 부인 김혜인이 남아 있던 유일한 토지(훗날 서평양역 일대)를 저당 잡히고 기타 금품을 챙긴 후 딸 옥환을 데리고 도쿄로 건너감. 뒤늦게 사실을 안 김동인은 일본으로 건너가 수소문 끝에 부인을 찾았으나 결국 딸만 데리고 돌아옴.
- 1928 영화 사업을 하던 아우 김동평의 권유로 정주, 해주, 선천, 진남포 등지를 돌며 흥행에 손을 댔으나 실패.
- 1929 순수문학에 대한 결벽증으로 신문 연재 소설을 기피해왔지만 다급해진 생활고를 해결하기 위해 『동아일보』에 『젊은 그들』 연재 시작. 이 소설은 연재 도중 무기정간되는 바람에 잠시 중단되기도 했으나 속간되자 연재를 계속하였음. 중편 「여인」, 장편 『태평행』(미완) 등 연재. 평론 「조선근대소설고」 발표.
- 1930 프로문학을 의식하고 쓴 「배회」와 자전적 단편소설 「무능력자의 아내」, 「광염소나타」 발표.
- 1931 4월 18일, 김경애와 재혼. 11월 24일, 차녀 유환 태어남. 서울 서대문구 행촌동으로 이사.
- 1932 1월, 단편 「발가락이 닮았다」가 염상섭을 모델로 쓰여졌다는 소문이 떠돌면서 이후 그와는 오랜 기간 불화가 지속됨. 7월, 최서해의 사망으로 애통해함.
- 1933 4월, 『조선일보』 사장 조만식의 청탁으로 『조선일보』에 장편 『운현궁의 봄』을 연재. 『조선일보』 학예부장에 취임했으나 생활과 창작 모두 여의치 않아 40여 일 만에 그만둠. 단편 「화중난무」 발표. 9월, 어머니 옥씨가 노환으로 사망함.

1934 3월, 일제에 협조하지 않은 탓에 총독부 검열에 위축을 느끼고 잠시 창작을
　　　멀리함. 이 기간 동안 「나의 문단 생활 20년 회고기」 등 회고록을 집필. 12월,
　　　순수문학적 입장에서 이광수 문학의 계몽성과 작가로서의 위선을 통박한 「춘
　　　원연구」 발표.

1935 7월 25일, 3녀 연환 태어남. 12월, 월간 『야담』을 주재하고 창간함. 이 잡지
　　　는 생계를 위해 만든 것이기 때문에 지면의 거의 절반을 손수 집필한 원고
　　　로 채움.

1936 『이광수·김동인 소설집』(조선서관) 간행.

1937 월간 『야담』(통권 19호)을 타인에게 양도한 후 형 동원의 금광이 있는 평안남
　　　도 영원으로 휴양을 감. 이때 광산업을 하던 형 동원, 주요한과 수양동우회
　　　사건으로 체포되어 서대문형무소에 수감됨.

1938 10월 8일, 4녀 은환 태어남. 장편 『운현궁의 봄』(한성도서) 출간.

1939 『김동인 단편집』(박문서관) 간행. 「김연실전」 및 수필 「처녀 장편을 쓰던 시
　　　절」 발표.

1941 소설집 『왕부의 낙조』 간행.

1942 1월, 김동환이 경영하던 삼천리사에서 아동문학가 최인화와 함께 무심코 나
　　　눈 '일본의 실권은 군부에 있으며 천황은 허수아비에 불과하다'는 요지의 말
　　　이 때마침 들렀던 일본 정보원의 귀에 들어가는 바람에 체포되어 천황 불경
　　　죄로 4개월간 구치된 끝에 3개월의 형을 받고 옥고를 치름. 7월 31일, 차녀
　　　유환 사망.

1943 4월, 친일 어용문학단체인 조선문인보국회가 결성되었으나 병을 핑계로 참
　　　가하지 않고 낙향함. 그러나 징용을 피하기 위해 어쩔 수 없이 조선문인보국
　　　회의 간사로 취임. 12월 27일, 차남 광명 태어남.

1944 황군 위문차 만주 등지를 다녀온 뒤 총독부로부터 종군보고서를 쓰라는 강
　　　요에 시달림. 집필에 위축되어 대부분의 시간을 독서로 소일함. 친일 소설
　　　『성암의 길』 발표.

1945 9월, 해방 후 결성된 문학단체인 중앙문화건설협의회 발족식에서 이광수의
　　　제명을 결의하자 그 부당성을 지적하고 탈퇴, 이광수의 친일행적을 비난하
　　　는 여론이 높은 가운데 그를 적극적으로 변호함. 11월, 서울 성동구 신당동
　　　(지금은 약수동)의 적산가옥을 얻어 이사.

1946 1월, 우익단체인 전조선문필가협회 결성을 주도함. 6월, 장편 『을지문덕』을

『태양신문』에 연재했으나 뇌막염이 발병하는 바람에 중단. 단편집 『태형』(대조사) 간행. 11월, 신당동 적산가옥이 미 군정에 접수되어 하는 수 없이 성동구 하왕십리동 110의 65번지로 이사.

1947 단편집 『광화사』(백민문화사) 간행.

1948 3월, 회고록 「문단 30년의 자취」 연재 시작. 4월 4일, 3남 천명 태어남. 수필 「여의 문학도 30년」 발표. 단편집 『발가락이 닮았다』(수선사), 장편 『수양대군』(숭문사), 『수평선 너머로』(영창서관) 간행.

1949 장편 『젊은 그들』(상 · 하, 영창서관), 『화랑도』(상, 한성도서), 사담집 『동인 사담집』(한성도서) 간행. 11월 14일, 1942년 『만선일보』에 연재했던 장편 『시들은 서총』을 출판하려고 민중서관과 계약했으나 화재로 원고와 지형이 모두 소실. 이후 이 작품은 발굴되지 못하고 현재에 이름.

1950 6 · 25전쟁이 일어나고 피난하고자 했으나 건강 악화로 그러지 못함. 형 동원이 이광수와 함께 납북되고 부인 김경애 여사가 대한부인회 성동지부장을 맡았다는 경력 때문에 끌려가 이틀 동안 고초를 겪음.

1951 1월 5일, 새벽에 적 치하의 하왕십리동 집에서 사망. 이웃 사람들에 의해 가매장되었다가 수복 후인 1952년 1월 6일 화장됨.

1955 월간 교양지 『사상계』에 의해 동인문학상이 제정됨. 이 상은 1967년 『사상계』의 간행이 중지됨에 따라 1968년 제12회 시상을 끝으로 중단됨.

1958 『동인 전집』(전 10권, 정양사)이 간행됨.

1976 9월, 한국소설가협회 주관으로 서울 사직공원에 김동인 문학비 건립.

1979 출판사 동서문화사에 의해 동인문학상 부활. 이 상은 1986년 중단됨.

1987 조선일보사에 의해 동인문학상 다시 부활.

1988 10월 2일, 조선일보사 동인문학상 운영위원회에 의해 서울 어린이대공원 야외음악당에 동인 문학비와 흉상 건립.

■ 소설

「약한 자의 슬픔」	『창조』 1~2	1919.2~3
「마음이 옅은 자여」	『창조』 3~6	1919.12~1920.5
「목숨」	『창조』 8	1921.1
「음악공부」 (필명 '김만덕'. 「유성기」로 개제)	『창조』 8	1921.1
「전제자」(「폭군」으로 개제)	『개벽』 9	1921.3
「배따라기」	『창조』 9	1921.5
「태형」	『동명』 16~34	1922.12.17~1923.4.22
「이 잔(盞)을」	『개벽』 31	1923.1
「어지러움」(필명 '김시어담'. 『감자』에 개작되어 수록)	『개벽』 35	1923.5
「눈을 겨우 뜰 때」	『개벽』 37~41	1923.7~11
「거친 터」	『개벽』 44	1924.2
「피고」	『시대일보』	1924.3.21~4.1
「유서」	『영대』 1~5	1924.8~1925.1
「감자」	『조선문단』 4	1925.1
「X씨」	『동아일보』	1925.1.1
「명문(明文)」	『개벽』 55	1925.1
「정희」(미완)	『조선문단』 8, 9, 11, 12	1925.5, 6, 8, 9
「시골 황서방」	『개벽』 60	1925.6
「원보부처」	『신민(新民)』 11	1926.3
「명화(名畵) 리디아」	『동광』 11	1927.3
「딸의 업을 이으려」	『조선문단』 20	1927.3
『태평행(太平行)』 (장편, 폐간으로 중단, 미완)	『문예공론』 2 『중외일보』	1929.6 1930.5.30~9.23

「동업자」(「눈보래」로 개제)	『동아일보』	1929.9.21~10.1
「K박사의 연구」	『신소설』 1	1929.12
「송동이」	『동아일보』	1929.12.25~1930.1.11
「여인」	『별건곤』 24~35 『혜성』 1~8	1929.12~1930.12 1931.4~11
「광염 소나타」	『중외일보』	1930.1.1~1.12
「순정 ― 연애편」	『조선일보』	1930.1.1~2
「순정 ― 부부애편」	『매일신보』	1930.1.1
「순정 ― 우애편」	『동아일보』	1930.1.23~24
「구두」	『삼천리』 1	1930.1
「아라샷 버들」(「포플라」로 개제)	『신소설』	1930.1
「배회」	『대조』 1~4	1930.3~7
「벗기운 대금업자」	『신민』 57	1930.4
「수정(水晶) 비둘기」	『매일신보』	1930.4.22~26
「소녀의 노래」	『매일신보』	1930.4.27
「수녀」	『매일신보』	1930.4.29~5.4
「화환」	『신소설』 3	1930.5
「죽음」	『매일신보』	1930.6.9~19
「무능자의 아내」	『조선일보』	1930.7.30~8.8
『젊은 그들』(장편)	『동아일보』	1930.9.2~1931.11.10
「대동강」	『매일신보』	1930.9.6
「무지개」	『매일신보』	1930.9.7~17
「약혼자에게」	『여성시대』	1930.9
「증거」	『대조』 6	1930.9
「죄와 벌」	『해방』 12	1930.12
「신앙으로」	『조선일보』	1930.12.17~28
「큰 수수께끼」(『야담』(1930.2)에 「여인담」으로 수록)	『매일신보』	1931.4.25~5.5
「거지」	『삼천리』 17	1931.7
「결혼식」	『동광』 24	1931.8
「박첨지의 죽음」	『삼천리』 19	1931.10

「발가락이 닮았다」	『동광』 29	1932.1
「아기네」(장편)(후에 『화랑도』(상·하)로 출간)	『동아일보』	1932.3.1~6.28
「잡초」	『신동아』 6~7	1932.4~5
「붉은 산」	『삼천리』 25	1932.4
「논개의 환생」(미완)	『동광』 33~36	1932.5~8
「떠오르는 해」	『동아일보』	1932.8.13~9.14
「해는 지평선에」	『매일신보』	1932.9.30~1933.5.14
「적막한 저녁」(1회분만 현존)	『삼천리』	1932.10
「사기사(詐欺師)」	『신생』 36	1932.10
「소설급고(小說急告)('씀'는 '씀'의 오식)	『제일선』	1933.3
『운현궁의 봄』(장편)	『조선일보』	1933.4.26~1934.2.6
「사진과 편지」	『월간매신(月刊每申)』 4	1933.4
『수평선 너머로』(장편)	『매일신보』	1934.7.10~12.19
「대동강은 속삭인다」(「대동강」「무지개」 포함)	『삼천리』	1934.9
「최선생」	『개벽』(복간 1)	1934.11
「몽상록」	『조선중앙일보』	1934.11.5~12.16
「어떤 날 밤」	『신인문학』 12	1934.12
「거인은 움직인다」(거인)(미완, 『대수양』으로 개제)	『개벽』(복간 3, 4)	1935.1.3
「낙왕성추야담(落王城秋夜譚)」(『왕부의 낙조』로 개제)	『중앙』	1935.1
「광화사」	『야담』 1	1935.12
「거목이 넘어질 때」	『매일신보』	1936.1.1~2.29
「시들은 서총(瑞塚)」(「연산군」으로 개제, 화재로 소실)	『만선일보』	1937.1.1~1939.2.20
「가두(假頭)」	『삼천리문학』 1	1938.1
「가신 어머님」	『조광』 29	1938.3
『제성대(帝星臺)』(장편)(『견훤』으로 발간)	『조광』 31~42	1938.5~1939.4
「대탕지(大湯地)아주머니」	『여성』 31~32	1938.10~11

「김연실전」(「선구녀」「집주름」과 묶어 「김연실전」으로 발간)	『문장』 2	1939.3
「정렬은 병인가」(미완, 『대조』 (1946.1~7)에 「정렬」로 다시 연재	『조선일보』	1939.3.14~4.18
「선구녀」	『문장』 4	1939.5
「젊은 용사들」(미완)	『소년』	1939.7~12
『대수양(大首陽)』(장편)	『조광』 64~74	1941.2~12
「집주름」	『문장』 23	1941.2
「잔촉(殘燭)」	『신시대』 2~10	1941.2~10
「어머니」(「곰네」로 개제)	『춘추』 3	1941.4
『백마강』	『매일신보』	1941.7.24~1942.1.30
「아부용(阿芙蓉)」	『조광』 76	1942.2
「분토(糞土)의 주인」(총독부 검열로 중단, 「분토」로 개제)	『조광』	1944.7
「성암(星巖)의 길」(미완)	『조광』 106~110	1944.8~12
「송 첨지」	『백민』 2	1946.1
「해방」	『민성』 2	1946.3
「학병수첩(學兵手帖)」	『태양』 1	1946.3
「논개의 환생」	『부인』 1~4	1946.4~9
「분토」(미완, 「을지문덕」으로 개제)	『신천지』 4~9	1946.5~10
「김덕수」	『대조』	1946.8
「반역자」	『백민』 5	1946.10
「망국일기(亡國日記)」	『백민』 7	1947.3
「속 망국일기」	『백민』 13	1948.3
「주춧돌」	『평화일보』	1948.7.6~11
「환가(還家)」	『서울신문』	1948.8.9~12
『을지문덕』(장편)	『태양신문』	1948.10~1949.7.14
「서라벌」(장편, 태극사 간)	—	1953

■ 평론

「소설에 대한 조선 사람의 사상을」	『학지광』 18	1919.1
「글동산의 거둠」	『창조』 5	1920.3
「제월(霽月)씨의 평자(評者)적 가치」	『창조』 6	1920.5
「제월(霽月)씨에게 대답함」	『동아일보』	1920.6.12~13
「자기의 창조한 세계」	『창조』 7	1920.7
「비평에 대하여」	『창조』 9	1921.5
「예술가 자신의 막지 못할 예술욕에서」(「계급문학시비론」 중)	『개벽』 56	1925.2
「소설작법」	『조선문단』 7~10	1925.4~7
「합평회」	『조선문단』 19	1925.8
「육당의 「백팔번뇌」를 봄」	『조선문단』 20	1927.3
「소설가의 시인평」	『현대평론』 4	1927.5
「박약한 차이점과 양문학의 합치점」(「민족문학과 무산문학의 합치점과 차이점」 중)	『삼천리』 1	1929.6
「조선근대소설고」	『조선일보』	1929.7.28~8.16
「내가 본 시인/주요섭군을 논함」	『조선일보』	1929.11.29~12.3
「내가 본 시인/김소월군을 논함」	『조선일보』	1929.12.11~12
「불가예측」(「조선의 문예 이론은 어디로 귀결될까?」 중)	『조선일보』	1930.5
「작가 4인」	『매일신보』	1931.1.1~8
「문단 회고」	『매일신보』	1931.8.23~9.2
「속 문단 회고」	『매일신보』	1931.11.11~22
「명(明)과 암(暗)」	『매일신보』	1931.12.18~30
「나의 변명 — 「발가락이 닮았다」에 대하여」	『조선일보』	1932.2.6~10
「부진한 문단의 타개책은? — 문인 측의 견지에서」	『매일신보』	1932.4.7~12
「여름날 만평 — 잡지계에 대한」	『매일신보』	1932.7.12~22
「소설가로서의 서해(曙海)」	『동광』 36	1932.8
「적막한 예원(藝苑) — 조선 예술에 생각나는 사람들」	『매일신보』	1932.9.21~10.6

「신문 소설은 어떻게 써야 하나」	『조선일보』	1933.5.14
「소설계의 동향」	『매일신보』	1933.12.21~27
「감상적 기분 니즌 비애」 (「1934년 문학 건설」 중)	『조선일보』	1934.1.18
「문예비평가론 — 문예비평과 이데올로기」(「작가로서 비평을 비평」 중)	『조선일보』	1934.1.31~2.2
「소설에 관한 관견 2·3」	『매일신보』	1934.3.15~24
「문단 15년 이면사」	『조선일보』	1934.3.31~4.6
「근대 소설의 승리」	『조선중앙일보』	1934.7.15~24
「한글의 지지와 수정 — 조선어학회 한글맞춤법통일안에 대하야」	『조선중앙일보』	1934.8.18~24
「역사와 사실과 판단과 사료에 대한 작자의 입장을 논함」	『조선중앙일보』	1934.10.26~31
「나의 문단 생활 20년 회고기」	『신인문학』 4	1934.12
「춘원연구」	『삼천리』 『삼천리문학』 『삼천리』	1934.12~1935.9 1938.1, 4 1938.10~1939.6
「조선 문학을 위하여 — 생활과 문학」	『매일신보』	1935.1.1
「단편소설 선후감(先後感)」	『조선중앙일보』	1935.1.2~8
「이월 창작평」	『매일신보』	1935.2.9~19
「삼월 창작평」	『매일신보』	1935.3.24~4.3
「사월 창작평」	『매일신보』	1935.5.16~22
「『무정』 수준에서 재출발해야 한다」	『조선중앙일보』	1935.5.9
「문예시평」	『조선중앙일보』	1935.5.14~25
「문예가협회에 대하야」	『조선일보』	1935.9.6~6
「예술의 사실성」	『매일신보』	1935.10.23
「조선의 작가와 톨스토이」	『매일신보』	1935.11.20
「극연(劇研) 십 회 공연을 보고」	『조선중앙일보』	1936.4.15~16
「신문 소설은 어떻게 쓰여지나」	『조선일보』	1937.5.18~20
「야담이라는 것」	『매일신보』	1938.1.22
「을묘사화의 재검토」	『야담』	1938.2
「조선 문학의 여명 — 『창조』 회고」	『조광』	1938.6
「내 작품의 여주인공」	『조광』	1938.6

「문자우상(文字偶像)」	『조광』	1939.4
「소설가 지원자에게 주는 당부」	『조광』	1939.5
「처녀 장편을 쓰던 시절 ─『젊은 그들』의 자취」	『조광』 50	1939.12
「작품과 제재 문제」	『매일신보』	1941.3.23~29
「창작수첩」	『매일신보』	1941.5.25~31
「『조선 문단』과 내가 걸어온 길」	『국민문학』 1	1941.11
「계유(癸酉)·병자(丙子)·정축(丁丑)」	『조광』	1941.12~1942.1
「결전 하 문단인의 결의 ─ 총동원 태세로」	『매일신보』	1944.1.1~4
「문화인의 총궐기」	『매일신보』	1944.12.10~11
「탁치(託治)냐 탁란(濁亂)이냐」	『대동신문』	1946.1.13~24
「해방 후 문단의 독재성」	『해동공론』	1947.4
「조선 문학을 어떻게 추진할까」	『중앙신문』	1947.11.1~2
「우리의 말」	『대조』 6	1948.1
「조선의 소위 판권 문제」	『신천지』 22	1948.1
「춘원의 「나」」	『신천지』	1948.3
「문단 30년의 자취」	『신천지』	1948.3~1949.8
「계란을 세우는 방법」(「조선 문학 재건에 대한 제의」 중)	『백민』 14	1948.4
「힌트·수인상(手印象)·표절」	『민성』	1948.6
「여(余)의 문학도(文學道) 30년」	『백민』 16	1948.10

■ 단행본

『목숨』(단편집)	창조사	1923
『여인』(중편소설)	삼문사	1930
『감자』(단편집)	한성도서(주)	1935
『젊은 그들』(장편소설)	영창서관	1936
『이광수 · 김동인 소설집』(단편집)	조선서관	1936
『운현궁의 봄』(장편소설)	한성도서(주)	1938
『수평선 너머로』(장편소설)	영창서관	1939
『왕부의 낙조(附 여인)』(중편소설)	매일신보사	1941
『배회』(단편집)	문장사	1941
『대수양』(장편소설)	남창서관	1943
『백마강』(장편소설)	남창서관	1944
『태형』(단편집)	대조사	1946
『김연실전』(연작)	금룡도서(주)	1947
『광화사』(단편집)	백민문화사	1947
『조선사온고(朝鮮史溫考)』(야사집)	상호출판사	1947
『동자삼(童子蔘)』(단편집)	금룡도서(주)	1948
『발가락이 닮았다』(단편집)	수선사	1948
『운현궁의 봄』(장편소설)	한성도서	1948
『토끼의 간』(사담집)	태극서관	1948
『폭군』(단편집)	박문서관	1948
『수양대군』(장편소설)	숭문사	1948
『화랑도』(장편소설)	한성도서(주)	1948
『동인사담집』(사담집)	한성도서(주)	1949
『왕자호동』(사담집)	청춘사	1951
『서라벌』(장편소설)	태극사	1953
『사초집』(야사집)	덕기출판사	1954
『춘원연구』(평론서)	신구문화사	1956
『견훤』(장편소설)	박문서관	1956
『을지문덕』(장편소설)	정양사	1958

『폭군』(단편집)	양문사	1960
『동인전집』(10권)	정양사	1958
『동인전집』(10권)	홍자출판사	1964
『김동인전집』(7권)	삼중당	1976
『김동인문학전집』(12권)	대중서관	1983
『김동인전집』(17권)	조선일보사	1988
『김동인평론전집』(김치홍 편저)	삼영사	1984